스캣!

스캣!

칼 히어슨 지음 | 김희진 옮김

살림Friends
살림

제1장

스타치 선생님이 사라지기 전날, 선생님이 가르치는 3교시 생물 수업을 듣는 학생들은 항상 그렇듯 머뭇거리는 발걸음으로 조용히 교실로 향했다. 늘 그랬듯 다들 두려움과 우울함이 뒤섞인 표정이었다. 스타치 선생님은 트루먼 학교에서 제일 무서운 선생님이었기 때문이다.

종이 울리자, 선생님은 크레인처럼 뻣뻣한 동작으로 몸을 펴고 180센티미터가 넘는 큰 키로 우뚝 섰다. 한 손에는 뾰족하게 깎은 티콘데로가 (미국의 유명 연필 상표―옮긴이) HB 연필을 빙빙 돌리고 있었는데, 골치 아픈 일이 벌어질 것을 예고하는 확실한 징조였다.

닉은 통로 건너 앉은 마르타 곤잘레스를 바라보았다. 마르타의 갈색 눈은 스타치 선생님에게 못 박혀 있었고, 그녀의 야윈 팔꿈치는 8단원을 펴 놓은 교과서 위를 마치 울타리 말뚝처럼 꼭 누르고 있었다. 닉은 자기 교과서를 사물함에 놓고 그냥 왔다. 손바닥에서 땀이 났다.

"안녕하세요, 여러분." 스타치 선생님은 너무 나긋나긋해서 도리어 오싹해지는 말투로 이야기했다. "캘빈 회로에 대해 나한테 이야기해 볼 사람?"

손을 든 건 딱 한 사람이었다. 그레이엄이었는데, 언제나 자기가 답을 안다고 주장하지만 한 번도 맞춘 적이 없는 아이였다. 학기 초 몇 주가 지난 뒤부터 스타치 선생님은 그레이엄의 이름을 부른 적이 없었다.

선생님은 재차 물었다. "캘빈 회로 말입니다. 아무도 없어요?"

마르타는 또 토할 것만 같은 얼굴이었다. 지난번 마르타가 토했을 때, 스타치 선생님은 바닥을 청소하기가 무섭게 마르타에게 구토 행위에 관여하는 주요 근육 다섯 개에 대해 보고서를 써 오라고 시켰었다.

닉과 다른 아이들은 기가 막혀 할 말을 잃었다. 도대체 학생이 토했다고 벌을 주는 선생님이 어디 있단 말인가?

선생님은 말했다. "지금쯤 여러분 모두가 광합성 과정에 대해 잘 알 때도 됐는데 말이죠."

마르타는 두 번, 침을 꿀꺽 삼켰다. 그녀는 스타치 선생님이 나오는 악몽을 자주 꿨다. 선생님은 염색한 금발을 해변의 모래 언덕처럼 한쪽으로 틀어 올린 모습이었다. 스타치 선생님의 옷차림은 바뀌는 법이 없었다. 언제나 빛바랜 파스텔 톤의 네 가지 색 폴리에스테르 바지 정장 중 하나에 단조로운 갈색 플랫 슈즈 차림이었다. 눈꺼풀은 진보랏빛으로 짙게 화장했지만, 턱에 난 새빨갛고 이상한 흉터는 가릴 생각도 하지 않았다. 흉터는 대장간 모루 모양이었고 그 흉터를 둘러싸고 무성한 추측이 나돌았는데, 그 누구도 감히 스타치 선생님에게 직접 물어볼 용기는 없었다.

마르타는 닉을 향해 가련하게 눈을 깜빡이고는 다시 선생님 쪽을 바라보았다. 닉은 마르타가 좋았지만 스스로 스타치 선생님의 희생양이 될 만큼이나 그 애를 좋아하는지에 대해선 확신이 없었다. 선생님은 발걸음을 떼었다. 교실을 훑어보며 희생자를 고르려 하고 있었다.

땀 한 방울이 줄을 타고 내려오는 거미처럼 닉의 목덜미에 흘러내렸다. 만일 용기를 내어 손을 든다면, 스타치 선생님은 재빨리 덤벼들 것이다. 선생님은 즉각 닉이 생물 교과서를 가져오지 않았다는 길 알아챌 것이고, 그 중죄를 용서받을 수 있는 유일한 방법은 캘빈 회로에 대해 설명하고 그 그림을 그려 보이는 길뿐인데, 그렇게 할 수 있을 것 같진 않았다. 닉은 아직도 7단원에 나온 크레브스 회로를 이해하지 못해 애를 먹고 있었기 때문이다.

스타치 선생님은 교실을 돌며 말했다. "다들 알다시피, 식물은 인간의 생존에 없어서는 안 될 존재죠. 그리고 캘빈 회로가 없다면 생물은 존재할 수가 없습니다. 게다가……."

그레이엄은 팔을 흔들며 강아지처럼 몸을 뒤틀었다. 교실의 다른 아이들은 스타치 선생님이 그레이엄을 지명해 주기를 기도했지만, 선생님은 그가 보이지 않는 것처럼 굴었다. 별안간 선생님은 마르타가 앉은 줄 앞쪽에서 말끝을 길게 끌며 멈췄다.

마르타는 굳어진 자세로 두 번째 책상, 리비라는 이름의 똑똑한 여자아이 뒤에 앉아 있었다. 리비는 캘빈 회로에 대해 전부 알았지만—그 애는 모든 것을 다 알았다—입을 여는 일이 거의 없었다.

"169쪽의 표에 아주 명확한 설명이 나와 있죠. 훌륭한 도표인데다가, 분명 시험에 나올 만한 것입니다. 반드시……."

마르타는 고개를 숙였는데, 이는 전략적 실수였다. 사소하기 짝이 없는 이 움직임이 스타치 선생님의 눈길을 끌었던 것이다.

닉은 숨을 들이마셨다. 지금이 아니면 때를 놓칠 거라는 걸 알았기에, 심장은 쿵쾅거리고 머릿속이 웅웅댔다. 스타치 선생님의 얼음장 같은 시선 아래서 마르타는 움츠러든 것 같았다. 마르타의 눈가에 눈물이 맺히는 게 보였고, 닉은 망설이는 자기 자신이 싫었다.

스타치 선생님은 연필로 리비의 책상을 톡톡 두드리며 잔소리를 했다. "이런, 여러분, 혼수상태에서 깨어나도록 해요. 캘빈 회로란?"

대답이라고는 종이 찢어지는 소리뿐이었다. 마르타의 팔꿈치가 부들부들 떨리는 바람에 교과서 책장이 찢어지고 있었다.

스타치 선생님은 얼굴을 찡그렸다. "다들 손을 번쩍 들 줄 알았는데." 선생님은 실망의 한숨을 내쉬며 말했다. "이번에도 내가 지원자를 골라야겠군요. 비자발적인 지원자겠지만……."

선생님이 연필로 마르타의 정수리를 가리키는 순간, 닉은 손을 들었다.

'끝장이군, 선생님은 날 벌레처럼 납작하게 으스러뜨리겠지.' 그는 생각했다.

닉은 시선을 내리깔며 스타치 선생님이 자기 이름을 부를 순간을 가슴 졸여 기다렸다.

"오, 드웨인?" 선생님은 크게 호명했다.

'세상에, 선생님은 내가 누군지 잊어 버렸나 봐.'

그러나 닉이 고개를 들어 보니 선생님은 교실 반대쪽에 있는 다른 아이를 연필로 가리키고 있었다. 교활하고 빈틈없는 선생님은 닉과 마르타를 완전히 갖고 논 것이다.

지목된 아이의 이름은 드웨인이었다. 닉은 초등학교 때부터 그 애를 알고 있었는데, 닉보다 두 살 많았고 '얼간이 드웨인'이라는 별명을 가진 아이였다. 어느 해 여름, 얼간이 드웨인은 키가 5인치 자라고 몸무게는 15킬로그램이나 불어났으며, 그때부터는 다들 그를 '스모크'라고 불렀다. 본인이 그렇게 불러 주길 바랐기 때문이었다. 그 애가 불 지르기를 좋아하기 때문이라고 말하는 아이들도 있었다.

스타치 선생님은 상냥하게 물었다. "자, 드웨인, 8단원을 다 공부했니?"

헝클어진 머리에 졸린 모습의 스모크는 툴툴거리더니 선생님을 향해 눈썹을 치켜 올렸다. 닉에게는 그의 표정이 보이지 않았지만, 구부정한 어깨로 보아 관심이라곤 조금도 없는 게 분명했다.

"드웨인?"

"네, 읽은 것 같은데요."

"읽은 것 같다고?" 스타치 선생님은 엄지와 검지와 중지로 노란 연필을 모형 비행기 프로펠러처럼 빙글빙글 돌렸다. 그렇게 긴장된 상황만 아니었다면 재미있는 광경이었을 것이다.

"너무 많이 읽어서 뭐가 뭔지 까먹었어요."

몇몇 학생들이 웃음을 참으려 애썼다.

마르타는 통로 건너에 앉은 닉을 팔꿈치로 슬쩍 찌르더니 '고마워'라고 입모양으로 말했다.

닉은 얼굴이 빨개지는 것을 느꼈다.

"손 들어 줘서 말이야." 마르타는 속삭였다.

"별것도 아닌데 뭐." 닉은 어깨를 으쓱하고는 대답했다.

스타치 선생님은 교실을 가로질러 스모크의 책상 옆에 가 섰다. "오늘은 생물책을 가져왔네. 그것만 해도 대단한 발전이구나, 드웨인."

“그런 것 같아요.”

“그렇지만 거꾸로 놓기보다 똑바로 놓고 보는 게 읽기 편할 것 같구나.”
스타치 선생님은 연필 꼭지의 지우개로 책을 돌려놓았다.

스모크는 고개를 끄덕였다. “네, 훨씬 낫네요.”

그는 책을 펼치려고 했지만, 스타치 선생님이 연필로 표지를 꾹 누르고
있었다.

“훔쳐 보기는 없기다. 캘빈 회로가 어떻게 이산화탄소로부터 당糖을 생
산해 내는지, 그 과정이 왜 광합성에 그렇게 중요한지 말해 보렴.”

“잠깐만요.” 스모크는 살집 두둑한 털투성이 목에 난 구역질나게 생긴
여드름을 후벼 파기 시작했다.

“다들 기다리고 있단다.” 스타치 선생님의 이 말은 사실이었다. 닉과 마
르타를 비롯한 다른 학생들은 엉덩이가 들썩거렸다. 뭔가 대단하고 어쩌
면 전설이 될지도 모를 일이 일어나리라는 걸 느낄 수 있었다. 물론, 48시
간 내에 모두들 보안관 대리에게 질문을 받고, 보고 들은 일을 이야기하
라는 요청을 받게 되리라는 건 알 턱이 없었다.

스모크는 키는 스타치 선생님보다 작았지만, 몸집은 황소처럼 좋았다.
반 아이들 전체는 물론이고 선생님들도 스모크의 덩치와 태도에 겁을 먹
는 게 대부분이었는데, 스타치 선생님만은 예외였다. 스모크는 연필을 툭
쳐서 책 위에서 치우려고 했지만 연필은 꿈쩍도 하지 않았다.

그는 뒤로 기대더니, 손마디를 우둑우둑 꺾고는 물었다. “질문이 뭐라
고요?”

마르타는 숨 죽인 신음소리를 냈다. 닉은 윗입술을 잘근잘근 깨물었다.
스모크가 시간을 끌면 끌수록, 스타치 선생님이 폭발할 순간은 더 무서

워질 게 뻔했다.

"이번이 마지막이다. 캘빈 회로에 대해 말해 보렴." 선생님은 얼음장 같은 목소리로 말했다.

"캘빈 클라인에서 그런 것도 나왔나요?" 스모크가 묻자, 학생들은 웃음을 터뜨렸다.

교실은 삽시간에 조용해졌는데, 그건 스타치 선생님이 미소를 지었기 때문이다. 스타치 선생님은 절대로 미소 짓는 법이 없었다.

마르타는 얼굴을 감싸더니 닉에게 중얼거렸다. "쟤는 죽고 싶은 거래니, 뭐니?" 닉에게는 지금 벌어지고 있는 일 전체가 기분 나빴다.

"이런, 드웨인, 이제 보니 너 코미디언이구나! 그런데 우린 그동안 네가 재능도 없고 미래도 없는 멍청한 녀석인 줄만 알았지 뭐니."

"그런 것 같네요." 스모크는 벌겋게 된 여드름을 계속 만지작거렸다.

"너에게는 '그런 것 같은' 게 참 많구나?"

"그게 어쨌다고요?"

"글쎄, 내가 보기에 너는 8단원을 들춰 보지도 않은 것 같은데, 내 말이 맞니?"

"네."

"게다가 넌 광합성 과정을 배우는 것보다 여드름을 건드리는 데 관심이 더 많은 것 같구나."

스모크는 목덜미에서 손을 떼고 팔을 늘어뜨렸다.

스타치 선생님은 스모크를 내려다보며 말했다. "교사의 임무는 각 학생의 뛰어난 점을 알아보고 계발해 주며, 학생이 자기 장점을 지식 추구에 활용할 수 있도록 격려하는 거지."

선생님의 목소리에 분노의 흔적은 없었는데, 닉에게는 그게 더 소름끼쳤다.

선생님은 말을 이었다. "그러니, 드웨인, 넌 그 주제에 완전히 심취한 게 분명하니까, 여드름에 대해서 오백 단어 보고서를 써 왔으면 한다."

교실은 다시 한 번 뒤집어졌다. 닉과 마르타도 저도 모르게 웃음을 터뜨리고 말았다. 이번에는 다들 웃음을 멈출 수가 없었다.

스타치 선생님은 잠시 기다렸다가 말을 이었다.

"'사춘기에 피부 피지선 발진을 일으키는 원인은 무엇인가?'와 같은 기초적인 인체 생물학에서부터 시작하도록 하렴. 인터넷에 수많은 자료가 있으니까, 적어도 인용을 세 군데 하고 출처를 달도록 해. 두 번째 부분에서는 여드름의 역사를 요약하렴. 의학적인 관점과 대중 문화적 측면, 두 가지 면에서 말이다. 그리고 마지막 부분에서는 너에게 솟은 여드름을 주제로 삼으면 되겠구나. 네가 지금 신나게 만지고 있는 그것 말이지."

스모크는 스타치 선생님을 험악한 눈초리로 쳐다보았다.

"제일 중요한 얘기가 남았는데, 그건 바로 재미있게 써 와야 한다는 거지. 너는 남을 웃기는 데 소질이 있으니까. 그것도 무척이나 말이야."

"아닌데요."

"겸손 떨 거 없어. 방금 전에도 반 친구들 모두를 웃겼잖니." 스타치 선생님은 스모크에게서 등을 돌리더니 명랑하게 연필을 흔들었다. "여러분은 어떻게 생각해요? 드웨인이 여드름에 대해 유머 넘치는 보고서를 써 와서 큰 소리로 읽으면 재미있을 것 같지 않나요?"

이젠 아무도 킥킥대지 않았다. 그레이엄조차 손을 내린 지 오래였다. 스모크는 인기 있는 애는 아니었지만 다들 안됐다는 생각을 하지 않을 수 없었다. 스타치 선생님이 원래 그런 사람이긴 하지만, 오늘은 평소보다 유난히 심하게 굴었다.

마르타는 또 구역질이 나는 듯한 얼굴이었고, 닉도 그런 기분이 들기 시작했다. 스모크는 친구가 없는데다가 확실히 별난 아이이긴 하지만 내버려 두기만 하면 결코 누굴 괴롭히는 일은 없었다.

"닉?" 스타치 선생님이 불렀다.

닉은 앉은 자리가 꺼져 들어가는 느낌이었다. '이럴 순 없어.'

"워터스 군, 듣고 있나요?"

"네, 선생님."

"솔직히 말해 봐요. 드웨인이 여드름에 대한 보고서를 읽어 주는 걸, 닉도 친구들도 모두 듣고 싶죠?"

닉은 고개를 푹 파묻었다. 그렇다고 말하면, 스모크를 숙적으로 삼는 셈이었다. 아니라고 말하면 학년말까지 스타치 선생님에게 완전히 찍히게 될 게 뻔했다.

현기증을 일으키거나 혀를 삼켜 버리고 싶었다. 이런 상황보다 구급차에 실려가는 게 훨씬 나을 텐데.

"대답해요." 스타치 선생님은 재촉했다.

닉은 무슨 말을 해야 스모크가 보고서를 안 써도 되고 스타치 선생님도 화내지 않을지 고민했다.

"솔직히, 전 드웨인의 여드름보다 캘빈 회로에 대해 배웠으면 좋겠어요."

몇몇 학생이 불안하게 소리 죽여 웃었다.

"기분 나쁘라고 하는 소린 아니고요." 닉은 스모크에게 어설프게 고개를 끄덕여 보이며 말했는데, 스모크는 무표정한 얼굴이었다.

스타치 선생님은 무자비했다. 선생님은 뒤돌아서서 스모크의 정수리를 톡톡 쳤다. "오백 단어다. 이번 주까지."

스모크는 찌푸렸다. "못 하겠는데요."

"뭐라고?"

"그건 너무해요."

"그래? 네가 아무런 준비 없이 수업 자료는 쳐다보지도 않고 수업에 들어오는 건 어떻고? 네가 내 시간과 반 친구들 시간을 빼앗는 건 하나도 너무하지 않다는 거니?"

스모크는 눈 위로 흘러내린 새카만 머리카락 한 줌을 빗어 넘겼다. "죄송해요. 됐죠? 이제 넘어가자고요."

스타치 선생님은 천천히 허리를 굽히고는 송사리를 낚아채려는 왜가리처럼 드웨인을 바라보았다. "어머, 우리 반 코미디언께서 웬일일까? 농담거리가 다 떨어졌니?"

"그런 것 같은데요."

"저런, 어쩌니. 오백 단어짜리 근사한 보고서를 기대하고 있는데 말이다. 줄 간격은 더블 스페이스로 말이야."

"안 돼요." 스모크는 말했다.

스타치 선생님은 연필 끝을 스모크의 코앞에 나란히 들이댔다.

"돼."

닉은 걱정스레 마르타를 쳐다보았는데, 마르타는 생물책을 덮어 놓고 책상 위에 머리를 대고 있었다.

스모크가 연필을 툭 치려 하자 스타치 선생님은 연필을 홱 치웠다.

"내 눈앞에서 사라져요. 안 그럼 후회하게 될걸요."

"협박하는 거니, 드웨인?" 별로 걱정스러운 것 같지 않은 목소리였다.

"협박이 아니라, 사실이에요."

스타치 선생님은 다시 연필을 스모크의 코앞에 들이댔다. "아니, 내가 아는 사실은 말이다. 네가 여드름에 대해 오백 단어 보고서를 써 와서 우리에게 큰 소리로 읽어 줘야 한다는 거란다. 아니면 이 과목에서 낙제하고 내년에 다시 듣든지. 알아듣겠니?"

스타치 선생님의 티콘데로가 HB연필을 쳐다보느라 스모크의 눈은 사팔이 되었다.

"그런 것 같아요."

그러더니 그는 태연하게 연필을 물어뜯어 반쪽 냈고, 나뭇조각과 함께 흑연까지 잘근잘근 씹더니 입 안에 든 것을 전부 꿀꺽 삼켜 버렸다.

스타치 선생님은 놀라서 손에 남은 축축한 나뭇조각을 바라보며 한 걸음 물러섰다.

반 아이들 중 누구도 손끝 하나 까딱할 수 없었다. 오직 스모크만이 생물책을 전투복 무늬 책가방에 던져 넣고 일어서서 느릿하게 문밖으로 나갔을 뿐이다.

제2장

버스정류장에서 집까지 걸어오면서 닉은 마르타에게 말했다. "그 두 사람은 싸움을 끝낸 게 아냐. 앞으로 두고 봐."

"내일은 수업이 없어서 너무 좋아. 정말 참을 수가 없어. 선생님은 마녀고 개는 완전히 바보야."

과학 수업을 듣는 학생들은 빅 사이프러스 숲 자연보호 구역 근처에 있는 검은 덩굴 늪지로 견학을 가게 되어 있었다. 장소를 고른 것은 스타치 선생님이었는데, 선생님 말에 따르면 그곳은 '광합성의 향연'이 벌어지는 곳이었다. 늪지는 외래산 난초와 오래된 사이프러스 나무가 많아 유명했지만 닉이 정말 보고 싶은 건 퓨마였다.

"분명 모기 때문에 말라리아에 걸릴 거야. 그렇지만 스타치 선생님의 바보 같은 생물 수업보다야 견딜 만하겠지."

닉은 웃었다. "2주 동안이나 비가 내리지 않았는걸. 모기는 별로 없을 거야."

"그럼 거미는 있겠지. 어쨌거나 싫어." 마르타는 손을 흔들고 자기 집 쪽으로 꺾어졌다.

닉의 집은 같은 구획에서 세 블록 떨어진 곳에 있었다. 사실 닉의 집은 버스 정류장과 더 가까웠지만, 그는 요즘 일부러 좀 돌아서 마르타와 같이 걸어오곤 했다.

계단을 오르던 마르타가 닉을 불렀다. "얘, 그 애가 내일 견학 때 올 것 같니?"

"스모크?"

"그럼 누구겠어?"

"안 왔으면 좋겠다."

"나도 그래." 마르타는 다시 한 번 손을 흔들고 현관으로 들어갔다.

닉은 집에 들어서자마자 자기 방의 컴퓨터로 달려가 이메일을 확인했다. 아버지의 소식이 궁금했던 것이다. 닉의 아버지는 주州 방위군의 육군 대위였는데 일곱 달 전에 이라크의 안바르 주에 배치되었다.

닉의 아버지는 거의 매일 아침이면 이메일을 보냈는데, 닉도 어머니도 소식을 듣지 못한 지 사흘이 되었다. 전에도 이런 일이 있긴 했다. 아버지의 부대가 전투 현지에 파견 나갔을 때였다. 닉은 걱정하지 않으려 애썼다.

닉의 엄마는 콜리어 군립 교도소 교도관이었다. 엄마는 오후 4시 30분이면 일을 마쳤고 보통 늦어도 5시 15분이면 집에 왔다. 닉은 컴퓨터 앞에 앉아 보고서 자료를 찾고 몇 분마다 한 번씩 이메일을 다시 확인했다. 엄마가 돌아오는 문소리가 날 때까지 아버지에게서는 메일이 오지 않았다.

"학교는 어땠니?" 엄마가 물었다.

"어떤 애가 스타치 선생님의 연필을 먹었어요. 못 믿으실 걸요. 선생님이 들고 있는데 그냥 씹어 버렸어요."

"무슨 특별한 이유라도 있었니?"

"화가 났던 것 같아요. 선생님이 걔 목에 난 엄청난 여드름을 웃음거리로 삼았거든요."

닉의 어머니는 부엌 조리대 위에 손가방을 털썩 내려놓았다. "우리가 사립학교에 엄청난 돈을 쏟아 붓는 이유가 궁금해지는구나."

"제가 보내달라고 한 게 아니잖아요." 닉은 어머니에게 일깨워 주었다.

"학급 규모가 작기 때문에?"

"그것도 한 가지 이유지."

"그리고 선생님들 수준이 더 높다고 엄마가 그랬잖아요."

"그렇다고들 하더라만."

"그리고 위험한 일이 적다는 거."

"그랬지." 어머니는 얼굴을 찡그렸다. "그런데 생물 수업에 자신이 흰개미인 줄 아는 애와 함께 공부한다는 얘길 듣게 되다니."

"흰개미라기보다 비버죠. 그렇지만 스타치 선생님이 걔를 비웃은 건 잘못이에요. 그 애는 엮이고 싶지 않은 애거든요."

어머니는 냉장고에서 V8 주스를 꺼내 유리컵에 부었다.

"연필 먹은 애 이름이 뭐니?" 어머니가 물었다.

"드웨인 스크로드. 엄마가 모르는 애에요."

"S-c-r-o-d라고 쓰니?"

"네, 맞아요."

"그럼 드웨인 스크로드 주니어구나. 난 그 애의 아버지를 안단다. 이름은 똑같이 드웨인이고."

"감옥에서 알았어요?"

어머니는 고개를 끄덕였다. "포트 샬롯에서 시보레(미국에서 인기 있는 자동차 브랜드—옮긴이) 대리점에 불을 질러서 6개월을 살았지. 그 이유란 게, 자기 타호(시보레 사에서 나온 스포츠형 다목적 차량—옮긴이)가 앨리게이터 앨리에서 변속기가 나갔기 때문이라나."

'걔가 그런 성격인 것도 무리가 아니군. 아버지가 정신 나간 인간이니.' 닉은 생각했다.

"저녁밥은 뭐예요?" 닉은 어머니에게 물었다.

"스파게티, 또는 스파게티, 아니면 스파게티."

"그럼 난 스파게티를 먹어야지."

"훌륭한 선택이구나."

"엄마, 아빠가 혹시 오늘 엄마 직장으로 이메일 보냈어요?"

"아니, 너한테는?"

"아직 안 왔어요."

어머니는 억지로 미소를 띠었다. "걱정 마. 분명 베이스캠프에서 멀리 떨어져 있어서 그런 걸 거야."

"한 번 더 컴퓨터로 확인해 보면……."

"우선 밥부터 먹자, 니키. 그런데 지금은 파스타 먹을 생각이 별로 안 드는구나. 나가서 바비큐 먹는 게 어떠니?"

"진짜로요?"

"진짜지 그럼." 어머니는 대답하며 주스 잔을 비웠다. "지금 이라크는 몇 시지?"

"새벽 1시 반쯤일걸요."

"아, 그럼 아빠는 주무시고 있겠구나."

"네, 분명 주무실 거예요. 내일이면 꼭 소식이 있을 거예요."

교장인 드레슬러 선생님은 깔끔하고 조심성 있고 말투가 부드러운 사람이었다. 트루먼 학교가 잘 굴러가고 조화로운 분위기가 느껴질 때 그는 가장 행복했다. 가장 불행한 순간은 학생과 교직원 사이에서 시끄럽고 귀찮은 일이 벌어질 때였다.

"정확히 무슨 일이 일어났는지 말씀해 주시죠." 그는 스타치 선생님에게 말했다.

선생님은 반쯤 갉아 먹힌 연필을 쳐들었다. "이 학생은 분노 통제 장애가 심각해요."

드레슬러 교장은 증거물을 살펴보았다. "먹은 걸 뱉어 버리지 않은 게 확실합니까?"

"오, 아니에요. 삼켜 버렸는걸요. 확실하게요."

"왜 보건실에 보내지 않으셨나요?"

"그 애가 수업 시간 도중에 나가 버렸기 때문이죠." 스타치 선생님은 불만스럽게 덧붙였다. "종 치기 16분 전에 말입니다. 16분이나 전에요."

"나뭇조각이 내부 장기에 해로울 수도 있는데……."

"그건 저도 잘 압니다, 교장 선생님."

"학생의 부모에게 조속히 이 일을 알려야 합니다."

"그리고 그 일뿐 아니라 그 아이의 도저히 참아 줄 수 없는 파괴적 행위에 대해서도 알려야죠."

"물론입니다." 드레슬러 교장은 불편한 심기로 대답했다.

트루먼 학교의 다른 모든 이들과 마찬가지로, 그도 될 수 있으면 스타치 선생님을 피하려 했다. 교장 자리에 오른 이후 그의 귀에는 이상한 이야기만 들려왔다. 스타치 선생님은 혼자 살았는데, 남편과 이혼한 건지 남편이 죽은 건지는 아무도 모르는 듯했다. 소문에 의하면 그 집에는 스컹크나 너구리 등 박제된 죽은 동물이 가득하다고 했다. 또 다른 소문에 의하면 스타치 선생님은 애완용으로 뱀 53마리를 키우는데, 개중에는 방울뱀도 있다고 했다.

스타치 선생님의 사생활이야 공식적으로는 드레슬러 교장이 신경 쓸 바가 아니었다. 그녀는 시간을 잘 지키고, 빈틈없고, 근면한 교사였다. 학생들이 선생님을 무서워하긴 하지만 동시에 많은 것을 배우고 있다는 건 부인할 수 없었다. 트루먼 학교 학생들은 PSAT나 SAT 시험의 생물 과목에서 항상 각별히 뛰어난 성적을 올렸다.

그렇지만 드레슬러 교장은 스타치 선생님에 대한 이상한 얘기들 중 사실인 게 있을까 하는 의심을 떨쳐 버릴 수 없었다. 스타치 선생님이 눈앞에 있으면 그는 무척 불편했다. 아마도 그녀의 덩치가 크고 위압적인데다가, 자신에게 좀 모자란 조카아이를 다루는 듯한 말투로 얘기하기 때문일 것이리라.

스타치 선생님은 말했다. "드웨인의 부모에게 전화하는 일은 기꺼이 제가 맡죠."

"괜찮습니다. 내일 견학 준비도 하셔야 하고……"

"벌써 짐도 다 꾸렸고 준비를 마쳤답니다."

"좋아요, 잘 하셨군요." 드레슬러 교장은 형식적인 미소를 지었다. "그래도 그 집엔 내가 전화하겠소. 내 소관이니까."

"오, 제가 걸어도 정말 괜찮아요." 스타치 선생님은 좀 지나칠 정도로 명랑하게 말했다.

"나한테 맡겨 주시지요."

스타치 선생님은 떠날 채비를 했다. 드레슬러 교장은 샌드위치를 포장할 때 쓰는 비닐봉지 안에 망가진 연필 토막을 조심스레 넣어 봉했다.

"그 애가 연필을 물었을 때 전 그걸 손에 들고 있었어요. 제 손가락을 물어뜯을 수도 있었다고요. 징계 조치를 취하셔야 한다고 생각합니다." 스타치 선생님이 말했다.

트루먼 학교에는 상세한 학생 품행 교칙이 있었지만, 학생이 선생님의 연필을 먹었을 때는 어떤 교칙을 적용해야 할지 교장은 선뜻 떠올릴 수 없었다. 아마 '제멋대로 굴었을 때'라는 항목에 들어갈 거라고 그는 생각했다.

"무엇 때문에 드웨인이 그런 짓을 하게 되었습니까?" 그는 스타치 선생님에게 물었다.

"제가 보고서를 써 오라고 했더니 화를 내더군요. 그리고 제가 보고서를 내준 이유는, 그 애가 예습해 오라는 과제를 안 해 왔기 때문이에요. 그 때문에 지명되었을 때 수업 자료에 대해 대답을 하지 못했고요."

"알겠습니다." 드레슬러 교장은 서랍을 열어 연필 토막이 든 봉투를 집어넣었다.

"그건 그렇고, 내일 견학 때 오시나요? 제 차를 같이 타고 가시면 되는

데." 스타치 선생님이 물었다.

"유감스럽게도 못 갈 것 같군요." 교장은 재빨리 대답했다. "내일은……
아침에 회의가 있어서. 학교 위원회 말입니다."

'회의가 없으면 만들기라도 할 거야.' 드레슬러 교장은 생각했다. 그는
야외 활동을 즐기는 편이 아니었고, 자연과 만나는 기회라곤 요리 프로
그램을 보는 중간 중간 채널을 돌리다가 〈애니멀 플래닛〉 채널의 야생동
물 방송이 눈에 들어올 때뿐이었다. '검은 덩굴' 따위의 이름이 붙은 늪지
는 절대 유쾌한 장소가 아닐 게 분명했다.

"좋은 기회를 놓치신다니 안타깝네요." 스타치 선생님이 말했다.

"선생님 말씀이 분명 맞겠지요."

스타치 선생님이 교장실을 떠난 후 드레슬러 교장은 스크로드 가家에
전화를 걸었다. 어떤 남자가 전화를 받더니, 그가 이해할 수 없는 말을 뭐
라고 퉁명스럽게 중얼거리고는 끊었다.

당황한 교장은 드웨인 스크로드 주니어에 대한 파일을 펼쳐 보았다. 기
록에 따르면 그는 초등학교 때 2년 유급했고 후에는 체육 교사와 싸워서
공립 중학교에서 퇴학당한 전력이 있었다. 그와 맞붙는 동안 교사는 치아
세 개가 부러지고 오른손 새끼손가락 끝이 잘렸는데, 드웨인이 물어뜯어
삼켜 버린 탓이었다.

드레슬러 교장은 생각했다. '물어뜯는 게 아주 버릇인 모양이군.'

드웨인 스크로드 주니어 같은 아이가 어떻게 트루먼 학교에 들어왔을
까라는 그의 궁금증은 곧 풀렸다. 전임 교장이 남긴 편지에서 드웨인의
부유한 할머니가 엄청난 액수를 기부했다는 사실을 알 수 있었던 것이
다. 드웨인의 학비 역시 할머니에게서 나왔다.

드레슬러 교장은 스타치 선생님의 연필을 삼킨 일 때문에 드웨인이 심하게 앓게 되기라도 하면 트루먼 학교는 물론 앞으로 들어올 기부금도 위험할 거라는 결론을 내렸다. 그는 파일을 치우고 터덜터덜 주차장으로 걸어가 차에 올랐다. 그리고 새로 단 근사한 GPS를 이용해 스크로드 씨네 집으로 향했다.

그 집은 네이플스 변두리, 우거진 소나무 관목 틈새로 난 포장되지 않은 길가에 있었다. 드레슬러 교장이 도착했을 때 해는 이미 져 있었고 숲에서는 밤벌레들이 윙윙거렸다. 진입로에는 여러 대의 차량이 서 있었는데, 제대로 관리된 것은 하나도 없었다. 낡아 빠진 픽업트럭 하나, 핸들이 구부러진 오토바이 하나, 보도블록 위로 올라선 진흙투성이 사륜 오토바이 하나, 문짝 두 개가 달아난 우그러진 미니밴 하나, 그리고 SUV 하나가 있었는데, 겉에는 누군가가 밝은 오렌지색으로 '스미더스 시보레를 불매한다!!!!!'라고 적어 놓았다.

집안에는 불빛이 없었지만 정면 창이 열려 있고 클래식 음악이 들려왔는데, 덕분에 드레슬러 교장은 조금 기운이 났다. 음악은 바흐의 콘체르토였다.

드레슬러 교장은 넥타이를 바로잡고 초인종을 눌렀다. 대답이 없자 그는 노크를 했다.

그러자 면도하지 않은 얼굴에 야윈 남자가 덧문가에 모습을 드러냈다. 사냥 복장에 빨간색 트럭 운전수 모자 차림이었고 맨발이었다.

"정부에서 나왔소?" 남자는 적대적인 태도로 드레슬러 교장의 눈앞에 녹슨 펜치를 들이댔다. "세금 때문에 온 거라면, 당신 입술을 뜯어내 우리 집 새한테 먹여도 불평은 마쇼. 난 3개 국어를 하는 마코앵무새를 기르고 있거든."

드레슬러 교장은 달아나고 싶은 충동을 애써 참았다. "저, 저는 트루먼 학교에서 나왔습니다. 드웨인의 아버지 되시나요?"

"그렇소만, 증명서라도 보여 주시지?"

드레슬러 교장은 불안해 하며 양복 재킷 안주머니에서 명함 한 장을 꺼냈다. 드웨인 스크로드 씨는 명함을 낚아채더니 안으로 들어가 버렸다. 몇 분 후 그는 어깨에 푸른색과 금색의 화려한 깃털을 한 커다란 새를 앉힌 채 돌아왔다. 새는 갈고리처럼 생긴 두꺼운 부리로 교장의 명함을 찢어발기고 있었다.

드웨인 스크로드 씨는 덧문을 열고 닫히지 않게 한쪽 무릎으로 버텼다. "DJ가 또 무슨 짓을 했소?" 그는 물었다.

"DJ요?"

"드웨인 주니어 말이오. 뭔가 고약한 짓을 저질렀구먼. 당신이 여길 찾아왔다는 게 첫 번째 증거고, 그 녀석이 없다는 게 두 번째 증거지. 들어오고 싶으쇼?"

드레슬러 교장은 고개를 젓고 그럴 필요 없다고 정중하게 말했다. "오늘 아드님과 한 선생님 사이에, 뭐랄까, 언쟁이 있었습니다. 제가 전해 듣기로는 숙제와 관련된 일이더군요."

"그게 그리 큰일이오?" 드웨인 스크로드 씨가 웃자, 마코앵무새도 따라 웃었다. 완벽하게 똑같은 웃음소리여서 드레슬러 교장은 몸서리를 쳤다.

그는 이 집을 방문한 게 실수였음을 깨달았다. 드웨인 주니어는 스타치 선생님 시간에 일어난 일을 아버지에게 말하지 않은 게 분명하고, 설령 삼킨 연필 때문에 끙끙 앓는 한이 있어도 말할 생각은 추호도 없는 게 틀림없었다.

"뭐 하러 여기까지 애써 오셨는지 모르겠구먼." 드웨인 스크로드 씨는 중얼거렸다. "늙고 돈 많은 우리 전前 장모님이 학교에 전화라도 한 거요? 그래서 엉덩이에 불이 나도록 달려오신 건가?"

"아닙니다, 스크로드 씨. 제 결정이었습니다." 드레슬러 교장은 떠나고 싶어 좀이 쑤셨다. "그냥 아드님을 만나 보려고 했지요. 그 아이에게서 직접 이야기를 들어보고요. 본교의 과제 관련 방침을 확실히 알려 주려는 겁니다. 음, 앞으로는 자기 의무를 혼동하는 일이 없도록 말입니다."

"혼동?" 드웨인 스크로드 씨는 킬킬거렸고, 마코앵무새는 섬뜩하게 따라 웃었다. "DJ는 혼동 따위 겪지 않소. 걘 그냥 DJ일 뿐이오."

"글쎄요, 담당 선생님과 전 걱정이 되었습니다." 드레슬러 교장의 이 말은 반만 진실이었다. 스타치 선생님은 전혀 걱정하는 것 같지 않았으니까. "DJ가 오늘 학교에서 연필을 삼켰다는 사실을 알려 드려야겠군요. 병원에 가 봐야 할 겁니다."

드웨인 스크로드 씨는 코웃음을 쳤다. "그 애는 밥통이 강철 같소. 꼬맹이였을 때는 돌멩이, 굴 껍질, 큰 너트, 한번은 피아노 줄까지 먹었지. 분명 연필 따위로 앓지는 않을 거요."

"그래도 본인과 이야기를 나눠 보고 싶은데요."

"그러니까 아까도 말했지만 걔는 여기 없소. 아직 학교에서 안 왔으니까."

드레슬러 교장은 근심을 숨길 수 없었다. "그렇지만 수업은 이미 오래전에 끝났습니다. 바깥은 벌써 어둡고……."

"눈이 아주 날카로우시군."

"DJ가 늦는다고 전화했었나요?"

"그냥 신경 끄시지 그러쇼."

"혹시 오늘 오후에 축구 연습이 있는 것 아닐까요? 아직 축구장에 있을지도 모르잖습니까."

드웨인 스크로드 씨는 교장에게 드웨인 주니어는 축구팀에도, 미식축구팀에도, 라크로스팀에도, 그 외 트루먼 학교의 어떤 팀에도 소속되어 있지 않다고 일러 주었다.

"그 애는 혼자 다닌다오." 스크로드 씨는 설명했다. "고독한 무법자랄까, 뭐 그런 거지. 제 할머니가 휴대폰을 사 주긴 했는데 걸어 봐야 받기나 하는지 모르겠소."

걱정의 물결이 밀려오는 바람에 드레슬러 교장은 언짢아졌다. 드웨인 주니어가 숲 속에서 길을 잃고 바늘처럼 뾰족한 연필 조각으로 뱃속이 꽉 차서 고통에 몸부림치는 모습이 눈앞에 선했다. 뒤이어 그에 못지않게 불쾌한, 트루먼 학교 위원회에서 파면당하고 스크로드 가에게 고발당해 법정에 끌려나온 자신의 모습도 그려졌다.

"DJ는 아주 늦어서야 집에 기어 들어올 때도 있소. 난 굳이 기다리진 않지. 그 애는 덩치가 좋으니까, 걔를 건드리려 드는 멍청한 자식들은 별로 없거든."

드레슬러 교장은 명함을 한 장 더 꺼내 뒷면에 자기 집 전화번호를 적었다. "아버님이나 어머님이 드웨인에게 연락을 받으시면 바로 연락 주실 수 있을까요?"

"어머님은 이 집에 없소. 지금은."

"아, 죄송합니다."

"뭐가 말이오? 우린 잘 지내는데. 안 그러냐, 나딘?"

마코앵무새는 그르렁대는 소리를 내더니 스크로드 씨의 사냥용 재킷에 달린 해진 옷깃을 갉아 댔다.

드레슬러 교장은 전화번호가 적힌 명함을 그에게 건네주었고, 명함은 곧장 새의 입에 들어갔다.

"주니어 걱정은 하지 마시구려." 그는 덧문이 쾅 닫히도록 내버려 두며 말했다. "때가 되면 나타나겠지. 그럼 잘 가쇼."

드레슬러 교장은 서둘러 진입로를 지나 잠가 둔 차가 있는 쪽으로 향했다. 열쇠를 찾느라 뒤적이는데 관목 사이로 어떤 동물이 달려가는 소리가 들렸고, 그는 심장박동이 빨라짐을 느꼈다.

솔잎 향기 때문에 드레슬러 교장은 커다란 재채기를 했는데 불 꺼진 집 안에서 목소리가 들려오는 바람에 깜짝 놀랐다.

"감기 조심하세요!" 나딘이 외쳤다. "아 보 수에! 게준트하이트(서양에서 상대방이 재채기를 했을 때 하는 인사말로, 각각 프랑스어와 독일어에 해당한다―옮긴이)!"

제3장

아침 해가 막 떴을 무렵 학생들은 피곤하고 부스스한 모습으로 학교 주차장에 모였다. 닉이 보도 경계석 위에 앉아 있는데 마르타가 다가왔다.

"너 괜찮니?" 마르타는 물었다.

"그냥 좀 피곤해서 그래." 닉은 새벽 4시부터 컴퓨터 앞을 지키고 있었지만, 이라크의 아버지에게서는 여전히 아무런 소식도 없었다.

마르타가 나란히 앉았다. "스모크는 어딨니?"

"못 봤는데."

"다행이다. 어쩌면 학교를 그만뒀을지도 몰라. 걘 운전면허를 딸 수 있는 나이니까, 분명 학교를 그만둬도 될 나이겠지, 그렇지 않을까?"

"꿈도 크다."

마르타는 말했다. "꿈 커서 미안하구나, 그렇지만 난 걔가 정말 무섭단 말이야."

"스타치 선생님보다 더? 설마."

스타치 선생님은 팔팔하고 기운찬 모습으로 와 있었다. 진흙탕 속에서도 끄떡없을 것 같은 장화에 빳빳한 캔버스 천 바지, 헐렁한 긴소매 셔츠를 입고 있었으며, 해진 밀짚모자 위로는 모기 방지용 베일을 걷어 올리고 있었다. 건조한 날씨 때문에 모기는 거의 사라졌지만, 스타치 선생님은 항상 최악의 사태에 대비할 태세를 갖추는 사람이었다.

"듬뿍 발라요, 여러분!" 선생님은 소리쳤다. "자외선 차단제, 벌레 퇴치약, 입술 보호제도 바르세요. 우리가 갈 곳은 정글이니까요!"

닉과 마르타는 버스에 타려고 줄을 섰다. "어쩌면 선생님이 전갈한테 물릴지도 몰라." 마르타가 중얼거렸다.

"너무 불쌍하다." 닉은 속삭였다. "전갈 말이야."

스타치 선생님이 날카롭게 호루라기를 불었다. "내 수업을 듣는 학생들은 다들 노트를 가져왔죠?" 선생님은 머리 위로 까만색 노트 한 권을 들어 보였다. "여러분이 보는 걸 모두 적어 넣으세요. 곤충, 동물, 새, 나무, 모두 말이에요. 실습 점수에 들어갈 겁니다."

TV에 나오는 '악어 사냥꾼'의 축소판 같은 옷차림을 하고 온 그레이엄이 손을 들었다. 스타치 선생님은 언제나처럼 그냥 무시했다.

"구급상자 세 개가 준비되어 있습니다. 한 선생님이 하나씩 가지고 다닐 겁니다. 도움이 필요한 상황에 처하거든 곧바로 선생님께 말하세요. 잘 기억해 두세요. 각 조별로 반드시 모여 다닐 것, 혼자 돌아다니지 말 것, 그리고 가장 중요한 것은, 우리가 탐험하게 될 매우 특별한 이 장소를 존중해야 한다는 것입니다. 휴대폰은 끄도록 하세요. 나나 다른 선생님이 벨소리를 듣는 일이 생기면 바로 압수입니다."

스타치 선생님은 까만색 노트를 내려놓고 어떤 도구를 집어 들었다. 닉은 그것이 휴대용 경적임을 알 수 있었다. 우렁차고 잘 울리는 소리를 내는 경적으로, 부캐니어 미식축구 경기 때 술 취한 얼간이들이 갖고 놀기 좋아하는 물건이었다. 닉의 아버지는 경기 시즌 관람권을 갖고 있었다.

"이 소리가 우리의 비상 신호입니다." 스타치 선생님은 경적으로 귀청이 찢어질 듯한 짧은 신호음을 내보이며 말했다. "이 소리를 들으면 즉시 선생님 뒤에 줄을 서서 바로 버스로 돌아오세요. 질문 있나요?"

그레이엄이 한쪽 팔을 흔들며 팔짝팔짝 뛰었다.

스타치 선생님의 시선은 그를 무시했다. "좋아요, 여러분." 선생님은 손뼉을 쳤다. "검은 덩굴 늪지에서 즐거운 하루를 보냅시다!"

버스는 스쿨버스와 달리 널찍하고 깨끗한데다 냉난방도 완벽했다. 닉과 마르타는 좌석 아래에 배낭을 넣고 앞쪽에 나란히 앉았다.

마르타가 닉을 툭 치더니 창밖을 가리켰다. 스타치 선생님이 자기 차에 오르고 있었다. 전기와 가솔린을 둘 다 사용하는 유선형의 하이브리드 자동차였다. 차 번호판에는 "매너티(바다소海牛라고도 하며, 물속에 사는 포유동물로 멸종 위기에 처해 있다—옮긴이)를 살립시다"라는 표어가 붙어 있었다.

"빗자루는 집에 놔 두고 왔나 봐." 마르타가 말했다.

닉은 스타치 선생님이 다른 이들과 같이 버스를 타고 가지 않는 게 이상하다고 여겼다. 혹시 어제 일어났던 일 때문에 스모크와 같은 버스를 타고 싶지 않아서일까, 그는 궁금했다.

그러나 다행스럽게도 스모크는 보이지 않았다. 다른 과학 선생님인 닐 선생님과 모피트 선생님이 통로를 돌아다니며 학생들에게 가정 통신문을 걷었다. 학생이 견학 중에 다치더라도 학교 책임이 아니라는 내용에 부모님 사인을 받은 가정 통신문이었다.

"아파서 못 간다고 할 뻔 했어. 난 늪이 싫거든." 마르타가 닉에게 털어놓았다.

"퓨마를 볼 수 있었으면 좋겠다."

"너 미쳤니?"

"진심이야. 정말 근사할 텐데." 퓨마가 사람을 해쳤다는 기록은 플로리다 주 역사상 단 한 건도 없었다. 그 커다란 고양잇과科 동물은 플로리다 주 전체를 통틀어 채 백 마리도 안 남아 있었던 것이다.

"비디오카메라도 가져왔어. 혹시 모르니까."

마르타는 자기 어머니가 유령 난초(나무에 붙어서 자라는 희귀 난초로, 꽃이 유령과 같은 모습을 하고 있어 유령 난초라 불린다—옮긴이)를 가져오라 시켰다고 말했다. "내가 그랬지. '저, 엄마, 그거 불법이거든요.' 그러니까 엄마가 그러잖아. '그렇지만 잘 키울 거란 말이야!' 난 대답했어. '엄마는 내가 감옥에 갔으면 좋겠어요?' 엄마가 날 좀 내버려 뒀으면 좋겠어."

닉이 보기에, 마르타는 스타치 선생님이 버스에 없어서 기분이 나아진 것 같았다. 게다가 스모크가 빠진 건 보너스였다.

"아버지는 잘 계시니?" 마르타의 질문에 닉은 허를 찔렸다.

"잘 지내셔."

"언제 돌아오시지?"

"22일 뒤에." 닉은 마르타에게도 다른 친구에게도 아버지가 이라크에 갔다는 얘기를 하지 않았다. 하지만 네이플스 지역신문에 파병된 사람 명단이 실렸고, 학교 체육관 앞 게시판에도 그 명단이 붙어 모두가 알고 있었다.

"그럼 그때는 아주 집에 오시는 거지?" 마르타가 물었다.

"그랬으면 좋겠어."

닉은 아이팟을 틀었고, 마르타도 자기 아이팟을 켰다. 가는 길은 거의 한 시간이나 걸렸다. 29번 국도에서 토마토를 가득 실은 트럭이 뒤집어져 차가 막혔기 때문이다. 소방관 한 명이 케첩 색으로 범벅이 된 도로를 호스로 청소하고 있었다. 닉의 눈에 도로 한편에 죽어 있는 수사슴 한 마리가 보였고, 그는 이른 아침의 안개 속에서 토마토 트럭이 사슴을 친 게 분명하다고 생각했다. 그는 사슴이 퓨마에게 쫓겨 달아나고 있던 게 아닐까 생각해 보았다.

마침내 버스는 느리게 돌아 바퀴 자국이 파인 좁디좁은 흙길로 접어들었다. 맞은편에서 오는 트레일러트럭에 길을 비켜 주느라 두 번이나 갓길로 피해야 했다. 닉은 두 대의 트럭이 모두 새것이고 문짝에는 빨간색 다이아몬드 모양 로고가 붙어 있다는 점을 눈치챘다. 트럭들은 버스 곁을 덜컹거리며 지나치면서도 속도를 거의 줄이지 않아 엄청난 먼지를 일으켰다.

비가 안 온 지 한참 되어, 보통 때면 아침 햇빛을 받아 빛나곤 하는 젖은 초원이 메마른 갈색이 되어 있었다. 닉은 늘어선 나무들을 보며 검은 덩굴 늪지가 가까워지고 있음을 알 수 있었다.

그는 배낭에 손을 넣어 자외선 차단제 튜브를 꺼내 팔과 목에 쭉 짰다.

"코도 빼먹지 마." 마르타가 말했다. "얘, 내가 해 줄게."

"아냐, 됐어."

"가만있어." 마르타는 튜브를 빼앗아 손바닥에 새하얀 크림을 조금 짜내더니, 가면에 색을 칠하는 것처럼 닉의 얼굴 구석구석에 꼼꼼하게 펴

발랐다. 닉은 다른 아이들이 그 모습을 보지나 않을까 싶어 겁에 질렸다.

"이제 내 차례야." 마르타가 이어폰을 빼며 말했다.

"뭐가?"

마르타는 그에게 튜브를 건네주고 눈을 꼭 감았다. "조심해. 눈에 들어가면 무지 쓰라리거든."

닉은 덫에 걸려든 기분이었다. 몸을 움츠렸다.

마르타가 말했다. "우리 삼촌은 늘 기저 세포종이 생겨. 피부암의 일종이야. 병원에 가서 제거해야 되지."

닉은 마르타의 뺨과 이마에 서둘러 자외선 차단 크림을 바르고 낮은 소리로 말했다. "됐어. 잘 발라졌다."

"귀도 발라 줘."

"아, 적당히 해라."

"너 대체 왜 그러니? 미안하지만, 기저 세포종은 우리 집 유전이란 말이야. 우리 엄마한테 물어 봐."

솔직히 말할 수는 없었지만, 마르타의 피부를 만지니 기묘한 기분이 들었다. 나쁜 기분은 아니고, 단지 기묘할 뿐이었다. 마르타는 운전석의 백미러에 얼굴을 비쳐 보며 닉이 빼놓은 곳은 없는지 점검했다.

"잘 발랐네. 그렇게 나쁘진 않았지?"

도착할 때까지 닉은 창밖의 경치에 푹 빠져 있는 척했다. 마침내 버스가 덜컹거리며 멈추고 아이들은 몰려 나왔다.

스타치 선생님이 기다리고 있었다. 모기 방지 베일로는 선생님의 튀어나온 턱이 다 덮이지 않아, 모루 모양의 생생한 흉터가 뚜렷이 드러나 보였다. 베일 안쪽으로는 커다란 보라색 선글라스를 쓰고 있어서 꼭 돌연변

이 잠자리 같았다.

"자, 여러분, 줄 서세요." 선생님은 손뼉을 치고는 걸어가기 시작했다.

한 선생님당 학생 15명이 조를 이뤘다. 선생님들이 이름을 부르는 동안 아이들은 걱정스러운 눈치로 웅성거렸다. 스타치 선생님 조에 들어가고 싶은 아이는 아무도 없었다. 어떤 선생님보다 아이들을 훨씬 더 닦달해 댈 게 뻔하기 때문이다. 견학에서 제일 중요한 건 적당히 농땡이 칠 수 있다는 점이니까.

마르타는 닉에게 바싹 붙더니 말했다. "스타치 선생님이 내 이름을 부르면, 하늘에 걸고 말하는데, 난 심장 발작이 난 척할 거야."

그러나 기적적이게도 마르타의 이름을 부른 것은 닐 선생님이었다. 닉도 마찬가지였다. 둘은 살아난 것이다.

스타치 선생님은 일행을 모두 거느리고 덤불과 소나무 숲 사이로 난 판잣길을 따라 우거진 숲 속으로 들어갔다. 오래된 낙엽송들이 서늘한 그늘을 드리우는 지점에서 판잣길은 끝이 났다.

각 조는 저마다의 방향으로 흩어졌다. 나무 꼭대기 위로 보이는 하늘은 구름 한 점 없이 밝게 빛났다. 메마른 날씨에도 불구하고 늪지에는 여전히 물이 흥건해서, 발이 온통 젖는 힘든 여정을 거쳐야 했다. 학생들은 다리를 보호하기 위해 긴 바지를 입고, 견학이 끝나면 버려도 되는 낡은 운동화를 신으라는 안내를 이전에 들었었다. 그레이엄만이 멍청하게 반바지를 입고 왔고, 얼마 안 가 그 애의 정강이는 수고양이가 할퀸 꼴이 되고 말았다.

닐 선생님의 전공은 식물학이었는데, 선생님은 툭하면 멈춰 서서 특색 있는 풀이나 나무를 가리켜 보이곤 했다. 스타치 선생님의 지시를 신중하게 새기고 있던 닉과 마르타는 자동적으로 배낭에서 노트를 꺼내 받아 적었다. 첫 번째 휴식 시간이 왔을 무렵 목록은 폰드애플나무, 기생 무화과나무, 월계참나무, 소귀나무, 사발팜나무, 야생커피나무, 부활미역고사리까지 갔다.

동물 세계를 엿보기는 좀 더 까다로웠다. 닐 선생님은 나뭇가지 위에서 아메리카올빼미 한 마리를, 조금 뒤에는 이끼 낀 통나무에서 햇볕을 쬐는 어린 붉은배거북 한 마리를 발견했다. 그레이엄은 가터뱀을 보더니 그게 독사인 늪살무사인 줄 알고 비명을 질렀다. 마르타와 다른 여자애 두 명은 천막만 한 크기의 거미줄에 뒤엉켰고, 미키 매리스라는 남자아이는 초록색 아놀도마뱀 한 마리를 붙잡았는데, 닐 선생님의 명령에 따라 그 자리에서 놔 주었다.

퓨마의 흔적이 없나 살펴보던 닉은 갓 남은 돼지 흔적을 발견했지만 그 외 별다른 수확은 없었다. 이따금 멀리 떨어져 늪 구석구석을 돌아다니는 다른 조 아이들의 소리가 들렸다. 한 번은 스타치 선생님의 목소리가 분명한 요들송 같은 것도 들었다. "우린 지금 브로멜리아드(파인애플 속의 식물―옮긴이)의 천국에 있는 거랍니다!"

정오가 되자 닐 선생님의 조는 점심을 먹기 위해 선생님 말로는 5백 살이나 먹었다는 구부러진 사이프러스 아래에 자리를 잡았다. 아이들은 각자 먹을 샌드위치를 싸왔다. 닉의 것은 칠면조와 치즈, 마르타의 것은 땅콩버터와 누텔라였다. 둘은 닉의 어머니가 보냉용 아이스백에 싸 준 라임맛 게토레이 한 병을 나눠 마셨다.

닐 선생님은 조원들에게 물었다. "성가신 모기들이 왜 없는지 아는 사람 있나요?"

그레이엄이 손을 들었다. 닐 선생님이 이름을 부르자 그는 깜짝 놀란 듯했다.

"왜냐하면…… 왜냐하면요……."

"그래, 그레이엄?"

"왜냐하면……."

"대답해 보렴."

"그건…… 음……." 그레이엄은 끝내 모르겠다는 듯 어깨를 으쓱했다. "전혀 모르겠는데요."

닐 선생님은 다른 학생을 지목했다. "레이첼?"

"날씨가 너무 건조해서 모기가 살 수 없기 때문입니다." 레이첼이 대답했다.

"괜찮은 추론이군요. 그렇지만 그 조그만 벌레들이 알을 낳을 만한 물은 아직 충분하죠. 닉 워터스, 닉은 어떻게 생각하지?"

닉은 딴 데 정신을 팔고 있었다. 아버지 생각을 하고 있었던 것이다. 마르타는 닉을 쿡 찔렀고 닉은 당황해서 고개를 들었다. "네? 질문을 못 들었는데요."

"왜 모기들이 우릴 물어뜯지 않을까?" 닐 선생님은 조금 안달을 내며 물었다.

마르타는 전날 스타치 선생님 수업에서 자기를 도와준 닉에게 보답하기로 결심하고, 말 도중에 끼어들어 대답했다. "모기고기가 새끼 모기들을 몽땅 잡아먹거든요."

"정답!" 닐 선생님은 답을 맞힌 사람이 있어 한숨 돌린 표정이었다.

"저도 질문이 있는데요. 우리가 본 덩굴들은 전부 녹색이던데 왜 이곳을 검은 덩굴 늪지라고 하는 거죠?"

그레이엄은 다시 손을 들었고, 다른 학생들은 꿍얼거렸다. 닐 선생님이 말했다. "그 이유는 나도 잘 모르겠는걸. 누구 설명해 볼 사람?"

그 순간 높이 솟은 사이프러스 나무들 사이에서 귀청을 찢을 듯한 울음소리가 들렸다. 인간이 낼 수 있는 소리 같지는 않았다.

애써 감추기는 했지만, 닐 선생님도 학생들만큼이나 놀랐다. 선생님은 다들 조용히 하라는 신호로 손가락을 들어 입술에 갖다 댔다. 죽은 나무 둥치를 딱딱거리며 쪼던 딱따구리 한 마리가 별안간 멈칫하더니 휙 날아가 버렸다.

겁에 질린 아이들도 있었지만, 닉은 흥분을 느꼈다. 소리를 낸 동물이 무엇인지 알 것 같았다. 닉은 배낭 속의 비디오카메라를 움켜쥐고 손가락으로 녹화 버튼을 더듬어 찾은 뒤 야생의 울음소리가 들려온 방향으로 렌즈를 들이댔다.

숲 그림자 때문에, 그리고 닉의 손이 약간 떨렸기 때문에 뷰파인더를 통해 자세한 부분까지 보기는 어려웠다. 어느새 곁으로 다가온 마르타가 닉의 어깨 너머로 들여다보았다.

"보이니? 저거 보여?" 마르타는 뷰파인더 스크린 위를 손가락으로 가리켰다.

무엇인가가 나무줄기들 사이를 뛰어다니고 있었다. 커다랗고, 황갈색인 흐릿한 형체가.

"어디로 갔을까? 그거 뭐였니?" 마르타가 속삭였다.

"가만 기다려 봐." 닉은 말했지만, 더 이상의 움직임은 없었다.

잠시 후, 철벅대는 소리가 들리더니, 소란스런 바스락거림이 일다가 이

내 고요해졌다.

아무도 찍 소리 못하고 있는 가운데 닐 선생님이 입을 열었다. "아마 여우나 멧돼지였겠지. 걱정할 거 없단다." 그다지 자신 없는 말투였다.

닉은 카메라를 껐다. "여우치곤 너무 컸어. 분명 퓨마였다고."

다른 아이들이 모두 닉처럼 퓨마 같은 동물에 대해 호기심을 느끼는 것은 아닌데다가, 어떤 아이들은 혹시 마주치지나 않을까 하는 걱정에 어쩔 줄을 몰랐다. 미키 매리스는 벌떡 일어나더니 모두가 당장 버스로 돌아가야 한다고 말했다.

닐 선생님이 말했다. "분명 퓨마였을 것 같지는 않구나."

"곰이었을지도 모르잖아요?" 그레이엄이 끽끽대는 소리로 말했다. "저긴 흑곰들이 산대요. 스타치 선생님이 그러셨단 말이에요!"

닐 선생님이 아이들을 진정시키려 애쓰는 동안, 닉은 비디오카메라의 버튼을 만지작거렸다. 비디오테이프를 느린 속도로 재생시켜 그 생물이 무엇인지 자세히 보고 싶었던 것이다.

마르타가 닉의 팔을 잡아당겼다 "얘, 무슨 냄새 나지 않니?"

닉은 카메라에서 고개를 쳐들고 코를 킁킁댔다. "연기 냄새야."

"확실히 그래."

바로 그때 스타치 선생님의 경적이 요란하게 두 번 울렸다. 다들 수군거리며 닐 선생님 곁으로 모여들었고, 선생님은 가능한 한 빠른 걸음으로 자기를 따라 판잣길로 돌아가자고 말했다. 그렇다고 뛰지는 말고, 수다 떨지도 말고 말이다.

입 아프게 두 번 말할 필요도 없었다. 학생들은 서둘러 가방을 챙겨 선생님 뒤에 줄을 섰고, 선생님을 따라 아까 걸어왔던 축축한 토탄투성이 진흙탕을 되짚어 빠르게 나아갔다. 연기 냄새는 점점 강해졌고 군데군데 나무 사이로 잿빛 안개 같은 것이 보였다.

판잣길에 집합한 뒤에는 세 팀이 합쳐 길게 한 줄로 섰다. 줄 맨 끝에서 스타치 선생님은 학생들을 주목시키기 위해 경적을 불었다.

"잘 들어요. 여러분! 늪 저쪽 끝에서 작은 불이 났어요. 이맘때면 흔한 일이죠. 나무가 썩은 축축한 흙에 다다르면 분명 다 타고 꺼지겠지만, 굳이 위험을 무릅쓰는 건 바보 같은 짓이니까요. 그래서 오늘 견학은 여기서 이만 마치고 학교로 돌아가게 되었습니다. 곧바로 학교로 말이에요."

마르타는 끙끙거리더니 닉 쪽으로 기대왔다. "우리더러 자기 수업에 들어오라고 하면 어떡하지? 그럼 난 분명 토하고 말 거야. 온 바닥에 말이야."

"집에 가는 길에 바퀴가 펑크 나기를 기도할 수밖에." 닉이 말했다.

그게 퓨마였든 뭐였든, 사이프러스 그림자 사이로 휙 지나간 생물을 다시 한 번 볼 수 있기를 바랐던 닉은 실망했다. 그렇지만 산불은 장난칠 만한 상대가 아니었다. 거센 바람을 받으면 불꽃은 아무리 빠른 인간이라도 달아나지 못할 속도로 땅을 휩쓸고 지나갈 게 뻔했다.

"그럼 닐 선생님과 모피트 선생님 뒤로 줄 서 있어요." 스타치 선생님이 말했다. "난 잠시 후에 같이 갈 테니까요. 리비가 약을 떨어뜨려서, 찾으러 가야 합니다." 그러면서 어찌나 요란하게 손뼉을 쳤던지 종이봉지가 빵 하고 터지는 소리 같았다. "자, 잽싸게들 움직여요! 가세요!"

그 순간, 갔다 오겠다는 스타치 선생님의 결심에 누구도 이의를 제기할 수 없었다. 리비 마셜은 천식 발작을 자주 일으켰고, 언제나 흡입약을 가지고 다녔다. 산불 연기 때문에 리비는 숨쉬기가 더 힘들어질 거였다.

"신속하고 조용히 움직여요." 아이들이 버스 주변으로 몰려들자 모피트 선생님이 재촉했다.

닉 앞에는 마르타가 있었고, 그 앞에는 그레이엄이, 그 앞에는 미키 매리스, 그 앞에는 레이첼, 그 앞에는 축구팀의 스타인 헥터가 있었다. 학생들이 어찌나 급하게 몰려들었던지 서로 발을 밟는 지경이었다. 뒤에 서 있던 아이가 밀치고 지나가는 바람에 닉은 운동화 한 짝을 잃어버렸다. 대수代數를 잘하는 진이라는 소년이었는데, 닉을 제치고 그냥 가 버렸다.

신발을 찾으려고 몸을 구부린 닉은 구부러진 판잣길 쪽을 돌아보았다가 마침 밀짚모자와 잠자리 안경을 쓴 스타치 선생님이 연기가 피어오르는 늪을 향해 홀로 나아가는 모습을 보았다.

선생님이 돌아오지 않으리라는 것을, 닉은 알 턱이 없었다.

제4장

　카메라 배터리가 나가는 바람에 닉과 마르타는 버스에서 비디오테이프를 볼 수 없었다. 학교로 돌아왔을 때는 시간이 너무 늦어서 닐 선생님과 모피트 선생님은 아이들이 카페테리아에서 숙제를 하는 걸로 그날 일과를 마치도록 했다.

　마르타는 치아 교정 때문에 치과에 가 봐야 했으므로, 닉은 버스정류장에서 혼자 집까지 걸어갔다. 운동화가 질퍽거렸다. 닉은 운동화를 현관에 벗어 던지고 자기 방으로 뛰어가 이메일을 확인했다.

　메일은 없었다.

　닉의 아버지는 플로리다 주방위군의 제53 보병여단 소속이었는데, 부대의 별칭은 "악어 여단"이었고 웹사이트가 있었다. 전투 중에 병사가 사망 시, 웹사이트에 추모 게시물이 올라왔다. 닉은 숨을 죽이고 게시판을 클릭했다.

바그다드 근처에서 도보 순찰을 돌던 중 길가에 설치된 폭탄이 폭발해 사망한 어느 예비군의 사진이 나타났다. 그 사람은 닉의 아버지가 아니었지만, 닉은 추모글을 자세히 읽었다.

사망한 군인은 서른 살이었고, 탬파에 아내와 두 어린 자녀가 있었다. 사진 속의 남자는 빳빳하게 다림질한 군복을 입고 성조기 앞에 서 있었다. 너무나 강인하고 자신만만한 모습이라 죽었다는 사실을 도저히 믿을 수 없을 정도였다.

닉은 울지 않으려고 침을 꿀꺽 삼켰다. 주방위군 사이트를 닫고, 재미있는 동영상이나 몇 개 보려고 유튜브 창을 띄웠다. 닉은 어머니의 활기를 북돋우는 것이 자기가 해야 할 가장 중요한 임무라고 여겼다. 집에 돌아온 어머니에게 눈물이 글썽이는 자기 모습을 보여 주고 싶지 않았다.

어머니가 직장에서 돌아왔을 때에는 닉의 기분도 나아졌다. 닉은 카메라 배터리를 충전하고, 검은 덩굴 늪지에서 찍은 테이프를 보려던 참이었다.

"견학은 어땠니?" 어머니가 물었다.

닉은 산불 이야기를 해 드렸다.

"아무도 다치지 않아서 천만다행이구나. 왜 불이 났니?"

닉은 어깨를 으쓱했다. "누가 알겠어요? 건조한 시기니까, 언제나 불이 날 수 있죠."

"뭐, 넌 나보다 훨씬 더 신나는 하루를 보낸 게 분명하구나."

어머니는 냉장고에서 플라스틱 포장 몇 개를 꺼내고는 너무 피곤해서 요리를 할 수 없으니 저녁은 그리스식 샐러드로 하겠다고 말했다.

"신나는 일이 하나 있었어요. 숲 속에서 퓨마를 본 것 같아요. 비디오에 찍혔는데, 엄마도 볼래요?"

어머니는 소파에 앉았다. 닉은 벽에 카메라 코드를 꽂고 텔레비전에 연결했다. "자세히 봐야 보여요. 좀 흐릿하거든요. 그리고 무지 잠깐이에요."

재생 버튼을 누르자 사이프러스가 우거진 늪지가 텔레비전에 나타났다. 흔들거리는데다가 초점도 꽤 빗나갔지만, 텔레비전으로 보니 카메라의 작은 뷰파인더로 봤을 때보다 보기 편했다.

"저거예요!" 나무줄기 사이로 황갈색 형체가 지나가자 닉은 외쳤다.

잠깐의 정적 이후 화면은 멎었다.

"그거니?" 어머니가 물었다.

닉은 되감기 버튼을 눌렀다. "다시 보자고요."

테이프의 처음부터 끝까지는 고작 15초에 불과했다. 동물이 나타나자 닉은 화면을 정지시켰다.

"얘야, 그것 참 별나게 생긴 퓨마로구나."

짐승은 카메라 반대편을 향해 움직이고 있었기 때문에 머리가 제대로 보이지 않았다. 몸통은 퓨마처럼 늘씬한 유선형이 아니었다. 그보다 더 땅딸막하고 똑바로 서 있는 생물이었다.

"멧돼지가 아닐까." 어머니가 말했다.

"색깔이 달라요. 우린 울음소리를 들었는데, 그건 고양이 종류의 동물이 내는 소리였다고요. 맹세해요." 닉은 테이프를 슬로우 모션으로 재생시키고, 되감은 다음 다시 틀었다.

꼬리는 어디 있는 거지? 닉은 시무룩하니 생각했다. 퓨마라면 길고 끄트머리가 까만 꼬리가 달려 있을 텐데.

"거기서 정지!" 어머니가 소파에서 벌떡 일어났다. "좋아, 이제 확대해 봐. 확대!"

"재생 중일 때는 확대가 안 돼요. 이건 포토샵이 아니잖아요."

"그럼 그냥 봐!" 어머니는 텔레비전으로 다가가 동물의 몸통 중간쯤에 있는 짙은 색 끈을 짚었다. "저거 보이니?"

아주 잘 보였다. "믿을 수 없어."

어머니는 미소를 지었다. "한 방 먹은 거구나, 니키."

"바보 된 거죠."

"뭐가 됐든 말이야. 네가 말하는 '퓨마'는 벨트를 차고 있구나!"

학교가 파한 후 드레슬러 교장은 평소 때보다 오래 남아 있었다. 모피트 선생님과 닐 선생님이 교장실에서 견학 과정에서 일어난 일을 설명하고 있었다. 교장은 자기 귀에 들어오는 소리 때문에 부들부들 떨렸다.

"그래서 선생님들이 마지막으로 스타치 선생님을 보았을 때, 그분은 늪으로 되돌아가고 있었다는 겁니까, 산불이 났는데?"

"리비 마셜의 천식 흡입약을 주우러 갔던 거죠." 닐 선생님이 말했다.

드레슬러 교장은 겁에 질린 티를 내지 않으려 노력했지만, 사립학교 교장으로 12년을 근무하면서 교사를 잃었던 적은 단 한 번도 없었다.

"그렇지만 왜 올 때까지 기다리지 않았습니까?" 그는 물었다.

"불 때문에요." 닐 선생님이 대답했다. 그는 지원 사격을 받으려고 모피트 선생님 쪽을 돌아보았고, 모피트 선생님은 고개를 끄덕였다.

"스타치 선생님이 기다리지 말라고 하셨어요." 모피트 선생님은 설명했다. "아이들을 최대한 빨리 데리고 가라고 하셨어요. 학교로 오시겠다고요. 선생님은 자기 차를 가지고 가셨거든요."

"그래요, 그래요, 아까 말했잖습니까." 드레슬러 교장은 손가락으로 책상을 톡톡 두드렸다. 완전히 이치에 맞는 설명이었다. 학생들의 안전이 항상 최우선이니까. 물론 스타치 선생님은 버스가 그 지역을 즉각 떠나도록 지시했을 터였다.

닐 선생님은 곧바로 결론을 내지 않으려 했다. "어쩌면 이리로 오지 않고 곧바로 댁에 가셨는지도 모르지요. 아니면 가게에 들렀는지도 모르잖습니까. 휴대폰으로 전화 걸어 보셨나요?"

"열 번은 걸었죠." 교장이 말했다. "안 받습디다."

그는 트루먼 학교에 교사 실종을 보고하는 공식 절차가 정해져 있는지 의심스러웠다. 분명 경찰에 알려야 할 것 같았다.

"누군가 스타치 선생님 댁을 직접 방문해서 정말 안 계신지 확인해 봐야 할 것 같군요."

모피트 선생님도 닐 선생님도 굳이 자청하고 싶다는 기색은 아니었다. 교직원들은 모두 스타치 선생님에 대한 기묘한 이야기들을 들었던 것이다. 그 끔찍스런 애완 뱀들이라든지, 박제 동물들이라든지, 뭐 그런 소문들을 말이다.

"이 근처에 스타치 선생님 친지들이 사는지 혹시 아십니까? 소식을 들은 적이 있는지 연락해 볼 만한 분들이 없을까요?"

닐 선생님도 모피트 선생님도 스타치 선생님이 친척 얘기를 하는 것은 들은 기억이 없었다.

"선생님 남편은 10년 전에 브라질로 갔다고 들었는데요." 모피트 선생님이 말했다.

"난 사라졌다고 들었는데." 닐 선생님이 말했다. "흔적도 없이 말입니다."

드레슬러 교장은 치밀어 오르는 분노를 누르려고 애썼다. "누군가는 있겠죠. 형제나 자매나 육촌지간이거나." 그는 스타치 선생님의 채용 서류를 뒤져 친인척으로 누가 적혀 있는지 찾아봐야겠다고 생각했다.

전화벨이 울려 회의가 중단되었다. 전화를 건 사람은 소방서 부서장으로, 아까 드레슬러 교장이 걸었던 전화에 답해 온 것이었다.

닐 선생님과 모피트 선생님에게는 교장의 말소리만 들렸는데, "그렇군요", "알겠습니다", "정말입니까?"라는 말이 거의 전부였다. 전화를 끊은 교장 선생님의 얼굴은 잿빛이었다.

"소방관들이 스타치 선생님을 못 찾았답니다. 그런데 선생님 차는 판잣길 가까운 비포장도로, 전에 놓아 두고 간 자리에 그대로 있다더군요."

"파란색 프리우스 말입니까?" 닐 선생님이 물었다.

드레슬러 교장은 단호하게 고개를 끄덕였다.

모피트 선생님은 털썩 주저앉았다. "오 세상에, 안 돼."

"소방대가 도착했을 때 불은 벌써 꺼져 있었답니다. 그건 다행이죠."

닐 선생님이 물었다. "아직도 거기서 스타치 선생님을 찾고 있답니까?"

드레슬러 교장은 검은 덩굴 늪지는 숲이 너무 우거지고 정글 같아서 소방차의 조명등도 별 수 없다고 설명했다. "해가 뜨면 수색대가 다시 갈 겁니다."

모피트 선생님이 침울한 눈빛으로 창밖을 바라보았다. "너무 끔찍한 일이에요. 그분이 혼자 늪으로 돌아가도록 놔두지 말았어야 하는 건데."

"어쩔 수 없었잖습니까. 아이들을 안전하게 대피시키는 일이 더 중요하니까요." 드레슬러 교장이 말했다. "두 분 다 집에 돌아가셔서 좀 쉬시지요. 소식이 있으면 내가 연락드리겠습니다."

닐 선생님과 모피트 선생님이 떠나자 교장은 보안관 사무소에 전화를 걸어 교사 한 명이 실종되었다는 보고를 하고 싶다고 이야기했다. 파견원은 보안관 대리를 학교로 보내 모든 정보를 수합하겠다고 말했다.

기다리면서, 드레슬러 교장은 노트를 펼치고 은색 만년필 뚜껑을 열었다. 2003년 졸업생들에게 선물로 받은 펜이었다. 아침 조회 때를 대비해 산불과 스타치 선생님에 대해 뭔가를 써 둬야 한다는 사실을 깨달았기 때문이다.

트루먼 학교의 모든 이들이 던져 댈 질문을 잠잠하게 하거나, 교실에서 교실로 퍼질 터무니없는 소문들을 멈추게 하려면 무슨 말을 해야 좋을지, 전혀 알 수가 없었다.

모피트 선생님 말이 맞았다. 정말 끔찍한 일이었다.

견학에서 돌아온 이후 리비 마셜은 어찌나 신경이 날카로워져 있었는지, 리비의 부모는 아이가 잠자리에 들 것 같지도 않다고 생각했다. 리비는 끊임없이 스타치 선생님 이야기를 해 댔고, 왜 선생님이 천식 약을 가지고 학교에 나타나지 않았는지 궁금해 했다.

"괜찮으셨으면 좋겠어요." 리비는 아버지에게 말했다. "불 속에 갇혔으면 어쩌죠? 다쳤으면 어떡해요?"

리비의 어머니는 말했다. "분명 괜찮으실 거야, 아가. 틀림없이 네 약을 가지고 있다가 내일 수업 시간에 주실 거란다."

사실 리비의 아버지는 확신이 들지 않았다. 제이슨 마셜은 콜리어 보안관 사무소의 형사였다. 리비가 산불 이야기와 흡입약을 가지러 혼자 돌아갔던 선생님 이야기를 하자 그는 걱정이 되었다. 스타치 선생님이 전화조차 걸지 않았다는 것은 이상하게 여겨졌다.

리비가 양치질을 하는 동안, 제이슨 마셜은 주방으로 가서 조용히 소방관 친구에게 전화를 걸었다. 친구는 빅 사이프러스 숲 근처에서 난 불은 이제 꺼졌지만, 구조대가 버니 스타치라는 여성 앞으로 등록된 자동차 한 대를 찾았고, 차 주인은 보이지 않으며 늪에서 길을 잃은 것으로 추정된다고 말해 주었다.

가뜩이나 흥분한 리비를 더 자극하고 싶지 않았던 리비의 아버지는 그 사실을 말해 주지 않았다. 아마 딸도 곧 알게 될 터였다. 분명 다음날 학교에 가자마자 알게 되겠지.

결국, 10시 반쯤 리비도 잠들었다. 한 시간도 지나지 않아 리비의 어머니도 잠에 빠졌다. 보니 마셜은 마르코 아일랜드에서 인기 있는 아침 식사 전문점을 운영했고, 매일 아침 동트기 전에 일어나 먼 길을 운전해 갔다.

이제 잠들지 못하는 것은 제이슨 마셜이었다. 무릎 위에 책을 펴들고 침대에 앉아 있었지만 책은 눈에 들어오지 않았다. 그는 리비의 선생님을 생각하고 있었다.

조금만 머리가 있는 사람이라면 빅 사이프러스 숲에서 하룻밤쯤 버틸 수 있었다. 어딘가 마른 장소에서 웅크리고 앉아 가만히 있기만 하면 된다. 벌레만 빼면 괴로울 일은 없다. 적어도 야생동물이 습격할 일은 없었다.

최악의 행동은 겁에 질려 앞뒤 없이 달리다가 숲 속으로 들어가는 짓이었다. 독사에게 물리거나 멧돼지 엄니에 당하거나 곰에게 쫓기기 딱 좋은 짓이다. 제이슨 마셜은 리비의 생물 선생님이 상식 있는 사람이어서 침착성을 유지하며 도움이 올 때까지 기다리기를 바랐다.

제이슨 마셜이 눈꺼풀이 무거워져 불을 끈 것은 자정이 한참 지나서였다. 다음으로 그가 알아챈 것은, 거실에서 개가 맹렬하게 짖고 있고 그 때문에 아내가 자기 어깨를 흔들어 깨우고 있다는 사실이었다. 머리맡 탁자의 시계는 새벽 2시 20분을 가리켰다.

"샘이 미쳤나 봐. 자기가 가서 좀 봐야겠어." 보니가 말했다.

샘은 까만 래브라도 레트리버 개였다. 다섯 살이며 몹시 온순한 성격이었다. 샘이 무엇을 보고 짖는 일은 거의 없었다. 심지어 길고양이들을 봐도 그랬다. 제이슨 마셜은 탁자 서랍을 열어, 방아쇠에 번호 잠금 장치가 달린 경찰용 리볼버를 꺼냈다.

그는 청바지를 쑤셔 입고 급히 거실로 향했다. 샘이 잔뜩 긴장해 현관문 앞에 서 있었다. 개는 으르렁거리는데다가, 목덜미의 털을 곤두세우고 있었다.

"괜찮다, 애야." 제이슨 마셜은 권총 방아쇠의 잠금장치를 풀었다. 가슴팍에서 심장이 쿵쾅대는 것을 느꼈다. 샘이 이렇게 긴장한 모습은 한 번도 본 적 없었다.

"거기 누구요?" 그는 문에 대고 말했다.

아무 대답이 없었다. 샘은 커다란 까만 머리를 치켜들고 끙끙거렸다.

"누구요?" 제이슨 마셜은 다시 물었다.

문 반대편에서는 여전히 아무 소리도 들리지 않았다. 그가 조용히 문을 열자 샘은 기대에 찬 시선으로 주인을 올려다보았다.

"앉아." 제이슨 마셜이 명령하자 개가 앉았다.

그는 오른손에 총을 쥐고 문에 왼손을 댄 채 힘껏 밀쳐 연 후 총을 겨누고 뒤로 물러섰다.

아무도 없었다. 제이슨 마셜은 포치와 현관 계단을 둘러보았고 샘이 그 뒤를 따랐다. 개는 그곳에 멈춰 서서 떨고 있는 촉촉한 코를 들고 밤공기를 쿵쿵대며 들이마셨다.

창백한 초승달 빛이 밝게 비추는 앞마당에는 움직이는 물체라곤 전혀 찾아볼 수 없었다. 귀뚜라미와 도마뱀붙이의 떨리는 소리가 들릴 뿐 모든 것이 완벽하게 평화로웠다.

"애야, 뭘 들은 게냐?" 제이슨 마셜이 샘에게 묻자 샘은 보도를 따라 바깥문까지 보이지 않는 자취를 따라가기 시작했다.

'어쩌면 너구리였을 거야, 아니면 주머니쥐였거나.' 그는 생각했다.

침입자의 정체가 뭐였든, 샘은 제 의무를 다해 그것을 겁줘 쫓아 버렸다는 것이 만족스러운 모양이었다. 샘은 꼬리를 흔들며 한가한 걸음걸이로 그의 아내가 애지중지하는 채소밭으로 가 볼일을 보았다.

제이슨 마셜은 리볼버를 허리춤에 꽂고 집을 빙 돌아 뒷마당 쪽을 확인하러 갔다. 개가 잽싸게 따라와 앞쪽에서 명랑하게 깡충대며 뛰어갔다. 둘이 집 앞으로 돌아왔을 때, 샘은 계단을 뛰어올라 가더니 포치 근처를 열심히 쿵쿵대기 시작했다.

그의 아내가 문틈으로 내다보았다. 잠옷 가운과 보풀보풀한 슬리퍼를 신은 리비도 그 뒤에 서 있었다.

"모두 별 문제 없어. 개가 너구리 소리를 들은 걸 거야. 자러 가거라." 제이슨 마셜이 말했다.

"그렇지만 샘은 절대 짖지 않는데, 분명히 뭔가를 보고 짖었다고요." 리비가 졸린 소리로 이야기했다.

"음, 너구리들이 떼로 몰려왔나 보지." 리비의 엄마가 말했다. "이제 전처럼 느긋한 모습이잖니. 그러니 자자꾸나. 엄마는 내일 일찍 일어나야 한단다."

"아빠, 왜 총을 꺼냈어요?"

제이슨 마셜은 청바지에서 튀어나온 권총 손잡이를 내려다보았다. "도둑일지도 몰라서 그랬지. 하지만 아니었어. 이제 자러 가거라. 우리 딸."

"어, 누가 샘에게 새 장난감을 줬어요?" 리비가 물었다.

제이슨 마셜이 뒤돌아보자 개가 입에 뭔가 반짝이는 것을 문 채 문간에 자랑스럽게 앉아 있는 모습이 눈에 들어왔다. 꼬리가 털북숭이 와이퍼처럼 앞뒤로 세차게 흔들렸다.

"그거 내려놔, 샘, 내려놔!" 보니 마셜이 명령했다.

개는 행복한 듯 그 말을 무시했다.

"제이슨, 샘이 저걸 삼키기 전에 자기가 뺏는 게 낫겠어."

샘은 음식도 아닌 걸 집어삼키는 짓을 잘했다. 제이슨 마셜은 샘의 목걸이를 붙들고 개를 집 안으로 끌어들였다. 그리고 손가락으로 개의 턱을 억지로 벌리는 기분 나쁜 일에 돌입했는데, 쉽지 않았다.

"가만있어, 착하게 굴어야지. 그거 놓아라, 샘."

개는 술래잡기 놀이를 한 판 벌이기로 결심하고 미친 듯이 방 안을 빙글빙글 뛰어다니기 시작했다. 가족들이 샘을 구석으로 몰아넣을 때마다 샘은 다리 사이로 빠져나와 다시 뜀박질을 했다.

"난 손들었어." 마침내 보니 마셜이 항복했다. "다들 잘 자요."

리비도 슬리퍼를 벗어던졌다. "나도요." 리비는 한숨을 쉬고 자기 방으로 향했다.

제이슨 마셜은 안락의자에 앉아 기다렸다. 뒤쫓는 이들이 사라지자, 샘도 곧 놀이에 질렸다. 개는 헐떡이며 깔개 위에 누워 그 미스터리한 장난감을 제이슨 마셜의 발치에 떨어뜨렸다.

리비의 아버지는 몸을 앞으로 내밀고, 깜짝 놀라 그것을 바라보았다. 그는 작은 원통형 알루미늄 물체를 주워 들어 개의 침을 닦아 내고, 확실히 해두고자 하는 차원에서 처방전 레이블에 쓰여 있는 이름을 확인했다.

틀림없었다.

그것은 딸의 천식 흡입약, 검은 덩굴 늪지에서 잃어버렸던 바로 그 약이었다.

제 5 장

트루먼 학교의 옛날 이름은 트랩윅 아카데미였다. 18년 전 빈센트 Z. 트랩윅은 학교를 세우면서 자신의 이름을 붙였다. 그는 부유한 로드아일랜드 출신 은행가로 남서쪽 플로리다로 이사 와 더 큰 부자가 되었다.

빈센트 트랩윅은 자기의 버릇없는 응석꾸러기 세 자녀가 보통 아이들과 같은 학교에 다니게 하고 싶지 않았으므로, 직접 사립학교를 세우고 자신과 피부색, 종교, 정치관이 다른 이들은 누구도 들어올 수 없게 했다.

그 결과, 트랩윅 아카데미의 학생 수는 터무니없으리만치 적었고 나가는 돈도 어마어마했지만, 빈센트 트랩윅에게는 그리 큰 문제가 아닌 듯했다. 그는 죽으면서 학교에 20만 달러를 남겼다. 막대한 금액이긴 했지만 그 돈으로 학교가 영원히 굴러갈 수는 없는 노릇이었다.

그래서 학교 이사회는 점차 입학 규정을 완화했고 지역사회와 친해지려고 노력하여, 온갖 부류의 학생들을 다 받아들였다. 설립자가 죽은 이후, 학교는 최초로 값비싼 교육비를 감당할 형편이 안 되는 집안의 똑똑한 아이들과 운동선수들에게 장학금을 주었다. 학생 수는 점차 늘었고, 트랩윅 아카데미의 명성도 높아졌다.

모든 일이 순조롭게 흘러가던 어느 날 빈센트 트랩윅의 친자식들이—이제는 졸업을 하고 성인이 되었는데—말썽을 일으키기 시작했다. 맏이인 빈센트 주니어는 모나코에서 호화판 도박 잔치를 벌이기 위해 작고한 부친이 운영하던 은행에서 수백만 달러를 횡령한 끝에 붙잡혔다. 가운데 아이인 샌드라 수는 세 차례나 맥주를 잔뜩 마시고 골프 카트를 탄 채 네이플스 부두로 돌진한 혐의로 붙잡혔다. 막내 이기는 자기가 운영하는 누추한 체인식 양로원의 노인들에게 속임수를 써 그들이 생활 보장 기금으로 받은 돈을 횡령했다가 체포되었다.

트랩윅이라는 이름은 지칠 줄 모르고 신문을 장식했다. 그것도 트랩윅 아카데미의 평판에는 전혀 도움이 되지 않는 방식으로 말이다. 아이러니하게도 학교가 탄생한 계기였던 바로 그 말썽쟁이 아이들이 어른이 되자 학교의 명성에 제일 큰 적이 된 셈이었다.

긴급회의의 결과—회의가 열린 것은 어느 늦은 밤, 이기 트랩윅이 현금으로 두둑한 기저귀를 찬 채 새러소타 공항에서 체포된 후였다—이사회는 만장일치로 학교의 이름을 바꾸기로 결정했다. 이사회는 해리 S. 트루먼 대통령의 이름을 딴(오래전에 사망한 인물이었으니 결코 학교 홍보에 문제를 일으킬 리가 없었다) 트루먼 학교라는 이름을 정했다.

비용을 아끼기 위해 이사회는 학교 강당 앞에 서 있는 빈센트 Z. 트랩윅의 화강암 동상을 완전히 교체하지는 않기로 했다. 대신 그 지역의 건

축가 한 명을 고용하여 빈센트 트랩윅의 얼굴을 깎아내고 그 자리에 미국 33대 대통령의 학구적인 표정을 새겨 넣도록 하였다.

촉박한 스케줄과 빠듯한 예산 안에서 조각가는 최선을 다했다. 동상의 새 얼굴은 충분히 알아볼 만하기는 했지만 고작 새끼 고양이 얼굴만 한 크기였다.

불행히도 완성된 작품은 해리 S. 트루먼을 쏙 빼닮았다고는 할 수 없었다. 몸통 부분이 영 아니었는데, 그 점은 어쩔 도리가 없었다. 빈센트 Z. 트랩윅은 몸무게가 114킬로그램이나 나갔지만, 트루먼 대통령은 고작 80킬로그램 정도였던 것이다. 그 결과 이 학교의 동상을 처음 보는 사람들은 대체 그것이 누구인지 알 도리가 없었다.

닉과 마르타가 버스에서 내렸을 때, 보안관 대리 세 명이 이 이상한 화강암 조각상 곁에 서서 큰 소리로 그게 누구인지 의견을 주고받고 있었다.

"무슨 일이지?" 마르타가 닉에게 물었다.

"나한테 묻지 마. 아마 '싫다고 말하세요' 날인가 봐."

트루먼 학교에서는 일 년에 한 차례 경찰관, 의사, 카운슬러를 초청해 학생들에게 약물 남용과 음주의 위험성에 대한 강의를 했다. 학생들은 그날을 '싫다고 말하세요' 날이라고 불렀다. 그러나 세 명의 보안관 대리는 분위기로 보아 학교의 호출을 받고 온 것 같았다. 클립보드를 들고 휴대용 무전기를 켜 놓고 있었던 것이다.

"무슨 일이 있는 거야." 마르타가 말했다.

닉도 동의했다. "또 도둑이 들었나 봐."

크리스마스 휴일 동안 도둑이 들어 학교 컴퓨터실에서 노트북 몇 대를 훔쳐 간 사건이 있었다. 범인은 포트 마이어스에서 온 십 대 형제 두 명이었는데, 이들은 나중에 신호 위반에 과속으로 걸렸고, 사라진 노트북은 두 형제의 아버지 소유인 픽업트럭 화물칸에 쌓여 있었다. 아이들은 컴퓨터를 저당 잡히고 그 돈으로 비디오 게임을 살 작정이었다고 털어놓았다.

마르타는 닉을 쿡 찌르며 보안관 대리들에게 무슨 일로 왔는지 물어보라고 시켰다. 아버지가 군인이어서 그런지 닉은 공무원 같은 사람들을 상대하는 일을 전혀 어려워하지 않았다(스타치 선생님만 빼고 말이다).

닉은 보안관 대리들 중 한 사람을 향해 다가갔는데, 그 사람이 해리 트루먼 동상이 꼭 "볼링 핀이 외투를 입고 있는 것" 같다고 하는 소리가 들렸다.

"실례합니다." 닉은 예의바르게 끼어들었다. "오늘 아침 학교에서 무슨 일이 있었나요?"

갑작스런 질문에 여성 보안관 대리는 순간 심각해졌다. "그 얘기는 할 수 없어. 너희 학원장 선생님이 조회 때 말씀하실 거야."

"교장 선생님이겠죠." 닉은 말했다.

"그게 그거지."

첫 종이 울렸고, 학생들이 강당으로 밀려 들어가기 시작했다. 마르타와 닉은 뒷자리 문 가까이에서 빈자리를 찾았다. 아침 조회는 보통 끔찍하게 지루했다. 끝내지 못한 숙제를 하거나, 문자 메시지에 답장을 하기 딱 알맞은 기회였다.

매일 하는 기도가 끝난 뒤―영원히 지속되는 느낌이었다―드레슬러 교장은 연단으로 걸어가 잠시 할 말이 있다고 말했다. 그는 종이 한 장을 펴서 읽기 시작했다.

"여러분 중 몇몇은 알고 있겠지만, 어제 검은 덩굴 늪지로의 견학은 그 지역에서 작은 화재가 발생하는 탓에 일찍 마치게 되었습니다."

닉은 대수 교과서를 탁 덮고 자세를 고쳐 앉았다. 마르타는 휴대폰을 껐다.

"트루먼의 모든 학생들은 신속하게 대피하여 학교로 무사히 돌아왔습니다." 드레슬러 교장은 말을 이어갔다. "그러나, 우리 생물 선생님 한 분, 그러니까 스타치 선생님은, 학생의 약을 주우러 하이킹 길로 되돌아갔습니다. 선생님은 학교로 돌아오지 않았는데 그 이후 스타치 선생님을 본 사람도 없습니다. 그래서 스타치 선생님이 길을 잃고 늪에서 밤을 지새운 게 아닐까 생각합니다."

강당에 속삭임의 물결이 일었다. 마르타는 닉을 꼬집더니 말했다. "오…… 세상에…… 하느님."

닉의 마음에는 오만 가지 생각이 떠올랐다. 아직은 마르타에게 어머니와 함께 비디오테이프에서 본 것을 말해 주지 않았다. 닉이 퓨마라고 생각했던 동물이 사실은 인간, 사이프러스 나무들 사이를 기어 다니던 인간이었다는 사실을 말이다.

이제 닉은 어두운 색 벨트를 찬 그 미스터리한 모습이―아마 그 사람 때문에 소름끼치는 동물 울음소리가 났을 것이다―스타치 선생님의 실종과 관련이 있다는 생각을 떨쳐 버릴 수 없었다.

만일 그게 스모크였으면 어쩌지? 닉은 생각했다. 그 애가 갑자기 머리가 돌아서 무서운 짓을 저질렀으면 어쩌지?

닉은 마르타의 손가락을 자기 팔에서 떼어 냈다.

"소방서에서 동틀 무렵 늪으로 나가 스타치 선생님 수색을 계속했습니다." 드레슬러 교장은 연단에서 말을 계속했다. "다행히도 불은 꺼졌고 어젯밤 날씨가 온화했으니, 선생님이 위험에 빠져 있을 이유는 전혀 없습니다. 수색팀은 경험이 풍부하고 매우 철저하며, 나는 긍정적인 결과가 나오리라 믿어 의심치 않습니다."

닉은 속삭였다. "스모크가 안 보이는데."

마르타는 강당에 줄지어 앉아 있는 학생들을 아래위로 훑어보았다. "아마 그냥 좀 늦는 걸 거야. 걘 조회 때는 언제나 늦잖아."

"그래."

"너무 무섭다. 닉." 마르타는 볼을 부풀리더니 입 안의 공기를 슈욱 하고 뿜어냈다. "내 말은, 난 그 여자가 정말 싫지만, 그래도, 늪에서 길을 잃었다고 생각하니……"

연단에서는 드레슬러 교장이 종이를 뒤집어 계속 읽어 나갔다. "오늘 아침 여러분은 분명 교내에 사법 관계자 몇 분이 계신 걸 보았을 겁니다. 놀라거나 경솔한 추측에 빠지지는 말아 주십시오. 이런 경우에 취하는 일상적인 절차일 뿐이니까요. 스타치 선생님 수업을 듣는 학생들과 견학에 참가했던 학생들은 오늘 보안관 대리들과 이야기를 나누게 될 수 있습니다. 여러분이 가능한 한 협조적으로 행동해 줄 것을 바라는 바입니다."

마르타가 말했다. "엄마한테 전화해야 되겠어."

"뭐하러?" 닉이 물었다.

"텔레비전에 이 일에 대한 방송이 나올지도 모르니까. 우리 엄만 흥분하실 거야."

드레슬러 교장은 준비한 연설문을 마치고 덜 흥미진진한 전달 사항으로 넘어가, 조만간 있을 축구 토너먼트, 점심 메뉴의 변화(잘게 간 쇠고기의 운송에 차질이 생겨 일주일간은 칠리가 나오지 않을 거라는 말이었다), 그리고 교내

에서 "발가락이 보이는 샌들은 스타일을 막론하고" 착용을 금지한다는 새
로운 복장 규칙을 발표했다.

학생들은 듣고 있지 않았다. 스타치 선생님 이야기로 떠들썩했던 것이
다. 강당의 분위기는 걱정이 아니라 끊임없는 궁금증에서 비롯된 것이었
다. 교장 선생님의 안심하라고 하는 연설 덕택에 대부분의 학생은 수색팀
이 곧 사라진 선생님을 발견할 것이라 믿었다. 일단 스타치 선생님이 돌아
오기만 하면, 검은 덩굴 늪지 사건은 선생님에게 얽힌 화려한 전설이 하
나 더 추가되는 것밖에 되지 않을 터였다.

조회가 끝난 뒤 닉과 마르타는 해리 트루먼 동상 옆에 서서 종이 울리
기를 기다렸다. 리비 마셜이 엄청나게 흥분해서 뛰어왔다.

"드레슬러 교장 선생님 말은 틀려. 스타치 선생님은 길을 잃은 게 아니
야! 선생님은 어젯밤에 늪지에서 나왔거든!" 리비는 불쑥 내뱉었다. "교장
선생님한테 말해서 구내전화로 알리라고 해야겠어."

"선생님을 봤다고? 어디서?" 마르타가 물었다.

리비는 고개를 저었다. "본 건 아니지만, 선생님이 우리 집에 들러서 포
치에 이걸 놔두고 갔어!" 리비는 천식 흡입약을 무슨 트로피나 되는 것처
럼 내보였다. "샘이 찾았어. 샘은 우리 집 개야."

닉이 말했다. "누구 실제로 선생님을 본 사람 있니?"

"아니, 그렇지만 샘이 현관 계단에서 인기척을 듣고 미친 듯이 짖기 시
작하더라고. 선생님 말고 또 누구겠니? 내 약을 찾으러 돌아갔던 게 바로
스타치 선생님이잖아."

닉이 다른 아이들보다 더 스타치 선생님을 좋아했던 건 아니지만, 선생
님이 다치거나 혹은 더 나쁜 일이 일어나지 않기를 바랐기 때문에, 리비

가 가져온 소식은 반가웠다.

"왜 노크를 하지 않았을까." 닉은 궁금했다.

"늦은 시간이었으니까 그렇지." 리비가 조급하게 말했다. "그리고 불이 꺼져 있었거든. 분명 아무도 깨우고 싶지 않았던 걸 거야."

닉과 마르타가 보기에도 이치에 맞는 소리였다.

"이제 드루피(〈톰과 제리〉에 나왔던 볼이 축 쳐진 개 캐릭터. '기운 없는, 의기소침한'이라는 뜻도 있다―옮긴이) 드레슬러를 찾으러 가야겠다. 그리고 힘을 좀 내게 해 줘야지." 리비는 황급히 사라졌다.

종이 울렸고, 마르타는 책가방을 집어 들었다. "솔직히 말해, 그 못된 늙은 마녀가 늪에서 무사히 나왔다니 다행이다."

"나도 그래." 닉이 말했다.

"우리가 왜 그 여자한테 무슨 일이 일어났는지를 신경 써야 되는지 모르겠어."

"선생님이 용감한 일을 했기 때문이지. 불길이 다가오는데도 리비의 약을 가지러 돌아갔잖아."

마르타는 어깨를 으쓱했다. "그래. 마녀한테도 기분이 괜찮은 날이 있는 법이니까."

드레슬러 교장은 한 줄기 희망을 느꼈지만 한편 당황스럽기도 했다.

조회가 끝난 뒤 소방부 부서장에게 전화가 걸려 왔는데 새벽에 대원들이 검은 덩굴 늪지에 다시 갔더니 스타치 선생님의 푸른색 프리우스가 사라졌더라는 말을 전한 것이다. 부서장은 밤새 스타치 선생님이 차 있는 곳까지 가는 길을 찾은 것이라고 추정했다.

리비 마셜이 전해 준 정보도 이 추측을 뒷받침해 주었다. 리비는 드레슬러 교장의 사무실로 뛰어 들어와 천식 약이 돌아왔다는 이야기를 쏟아냈는데, 어찌나 숨 가쁘게 말하던지 그는 리비가 약을 들이마셔야 하는 것은 아닌가 걱정했을 정도였다.

이런 사실들로 보아 스타치 선생님은 살아 있고, 늪지에서 무사히 탈출했음이 분명한 것 같았다. 그렇지 않고서야 리비가 잃어버린 약이 어떻게 집 앞 포치에 놓여 있을 수 있었겠는가?

드레슬러 교장의 마음이 불편한 건 누구도 스타치 선생님을 보았거나 이야기를 나눈 적이 없다는 사실 때문이었다.

스타치 선생님은 그날 아침 수업에 나오지 않았다. 이런 상황에서는 충분히 이해할 만한 일이었지만, 수업에 빠지겠다는 연락조차 없다는 점은 이상했다. 이는 트루먼의 교직원 출석 규정에 어긋나는 일인데, 트루먼에서 스타치 선생님처럼 교칙을 철두철미하게 지키는 사람은 없었기 때문이다.

18년 동안 스타치 선생님이 수업에 빠진 일은 단 한 번뿐이었는데, 학교로 오는 길에 토끼 한 마리를 피하려다가 차가 뒤집어졌기 때문이었다. 선생님은 구급차 운전수의 무전기를 빌려 사고로 결근한다는 연락을 했고, 다음날에는 한쪽 팔에 깁스를 하고, 한쪽 눈에 안대를 차고, 쇄골에 금속 핀 두 개를 박은 채로 학교에 나왔었다.

리비가 사무실을 나간 뒤, 드레슬러 교장은 즉시 스타치 선생님의 휴대폰에 전화를 걸었고…… 걸고, 걸고, 또 걸었다. 그리고 자택으로도 전화를 걸었다. 양쪽 다 대답은 없었다. 당황스런 일이었다.

드레슬러 교장은 마지못해 보안관 대리들이 임무를 계속해 학생들에게 질문을 해도 좋다는 허락을 내렸다. 적어도 엄밀한 의미에서 보면, 스타치 선생님은 여전히 실종 상태였으니 말이다.

리비와 이야기를 나눈 뒤, 닉과 마르타는 생물 수업에 들어가면 스타치 선생님이 연필을 빙빙 돌리며 있을 거라고 기대했다. 그런데 모피트 선생님이 스타치 선생님 책상에 앉아 있어 둘은 놀랐고, 보안관 대리가 문틈으로 고개를 들이밀고 드웨인 스크로드 주니어를 찾는 바람에 한층 더 놀랐다.

모피트 선생님이 말했다. "드웨인은 오늘 결석이에요."

"좋아요." 보안관 대리는 클립보드를 훑어보았다. "그레이엄 카슨은요?"

그레이엄은 손을 번쩍 들었고, 보안관 대리는 그에게 따라오라는 손짓을 했다. 그레이엄은 중요한 사람이나 된 양 환한 얼굴로 교실을 나갔다.

"이해가 안 가." 마르타가 닉에게 속삭였다. "경찰들이 왜 있는 거지? 그 늙다리 마녀가 멀쩡하다는 걸 모르는 건가?"

닉도 어리둥절하기는 마찬가지였다. 스타치 선생님이 안전하다면, 왜 보안관 대리들이 돌아다니면서 질문을 하는 걸까?

제복을 입은 다른 경관이 교실로 들어와 마르타의 이름을 불렀다. 마르타는 눈이 왕방울만 해지더니 초조한 눈빛으로 닉을 쳐다보았다.

닉은 말했다. "별일 아냐. 그냥 네가 아는 대로 말해."

몇 분 후 마르타가 돌아왔고, 성가시다는 표정으로 자리에 풀썩 주저앉았다. "스타치 선생님은 괜찮다고 말했는데, 계속 질문을 해 대더라."

"어떤 질문을?" 닉은 물었다.

"잡담은 금지예요!" 모피트 선생님이었다. 선생님은 엄한 표정으로 칠판을 가리켰는데, 칠판에는 선생님이 써 둔 '8단원을 복습하세요'라는 말이 쓰여 있었다.

리비 마셜이 그다음으로 불려 나갔고, 닉은 아마 리비가 마지막일 거라고 예상했다. 리비에게 스타치 선생님이 간밤에 약을 가져다주었다는 얘기를 들으면 보안관 대리들도 수사할 만한 일이 아니라는 점을 깨달을 터였다.

그러나 리비는 얼굴이 벌게져 씩씩대며 교실로 돌아왔다. 닉은 대체 일이 어떻게 돌아가는 건지 도통 알 수가 없었다.

한 명씩 한 명씩, 스타치 선생님의 생물 수업을 듣는 나머지 학생들이 불려 나갔다. 면담은 짧을 때도 있고, 꽤 오래 걸릴 때도 있었다. 교실을 들락거리는 아이들이 하도 많아서 캘빈 회로는 물론, 생물책의 어떤 주제에도 집중할 수가 없었다.

닉의 이름은 마지막으로 불렸다. 닉은 아침에 트루먼 동상 옆에서 얘기를 나눴던 여자 보안관 대리에게 이끌려 빈 교실로 갔다. 보안관 대리는 닉에게 앉아서(그렇게 했다) 마음을 편히 가지라고(이건 불가능한 일이었다) 했다.

"어제 견학 때 일어났던 일로 넘어가자." 보안관 대리는 무릎 위에 아무것도 적혀 있지 않은 보고서를 끼운 클립보드를 놓고 앉아 있다가, 닉의 성과 이름을 적어 넣었다. "스타치 선생님이 그 아가씨의 천식 흡입약을 찾아보러 돌아갔을 때, 혼자였다는 게 확실하니?"

"네, 선생님이 혼자 판잣길을 걸어가시는 걸 봤어요." 닉은 대답했다.

보안관 대리는 종이 위에 대답을 휘갈겨 썼다.

닉은 재빨리 덧붙였다. "선생님은 괜찮으실 거예요. 어젯밤에 리비의 약을 되돌려 주셨거든요. 그 얘기 아세요?"

보안관 대리는 고개를 끄덕이고 계속 적어 나갔다.

"그러면 무엇 때문에 이러시는 건지 잘 모르겠는데요." 닉은 말했다.

"견학 전날로 넘어가자. 수업 중에 스타치 선생님과 드웨인 스크로드라는 남학생 사이에 일어났던 일에 대해 좀 물어보고 싶은데."

닉은 목덜미의 근육이 뻣뻣해지는 것을 느꼈다. "선생님은 그 애에게 연필을 들이대셨고, 그 애는 연필을 물어뜯어 두 동강 냈어요."

"그 애가 선생님을 협박하기도 했니?"

"무슨 말씀이세요?"

보안관 대리는 말했다. "너희 반 애들 몇 명이 그러는데, 드웨인이 '후회하실 거예요' 뭐 이런 말을 했고, 스타치 선생님이 '협박하는 거니?'라고 했다더라. 그런 얘기가 오갔던 것을 기억하니?"

닉은 분명하게 기억했다. 또한 드웨인 스크로드 주니어의 얘기가 빈말이 아닐 거라고 걱정했던 기억도 났다. 드웨인 스크로드 주니어의 의도가 무엇이었는지 확신할 수 없었기 때문에, 그 이야기를 하기는 좀 거북했다.

그렇지만 닉의 아버지는 아들에게 아무리 어렵더라도 항상 진실한 태도를 지녀야 한다고 가르쳤었다.

"스타치 선생님이 드웨인에게 여드름에 관해 오백 단어 보고서를 쓰라고 하셨어요." 닉은 말을 꺼냈다. "심각한 일이었다고요."

아무 반응도 보이지 않는 것으로 보아, 보안관 대리는 다른 학생들에게 이 이야기를 들은 게 분명했다.

닉은 말을 계속했다. "그래서 드웨인이 '후회하실 거예요'라던가, 뭐 그런 소릴 했죠. 개는 화가 나 있었어요. 애들은 화가 났을 땐 입에서 나오는 대로 아무 소리나 하잖아요."

보안관 대리는 몇 마디 더 적어 넣었다. "드웨인은 별명이 있니?" 그녀는 벌써 알고 있으면서도 물었다.

"스모크요." 닉은 대답했다.

"왜 그렇게 부르지?"

"개가 그렇게 불리는 걸 좋아하니까 그렇죠."

보안관 대리는 고개를 들어 닉을 바라보았다. "어떤 애들은 그 애가 방화벽이 있어서 그런 거라던데. 불장난 치는 걸 좋아해서 그런다고 말이야."

"전 몰라요. 전 개랑은 어울리지 않거든요." 닉은 말했다.

"그렇지만 그런 소문은 들었지, 안 그래?"

닉은 보안관 대리가 자기 입에서 드웨인이 좀 이상한 아이라는 소리를 끌어내려고 한다는 점을 눈치 챘다. "제가 직접 보고 아는 점만 듣고 싶으실 거라고 생각했는데요. 소문에 관심이 있으실 줄은 몰랐어요."

보안관 대리는 눈썹을 치켜 올렸다. "소문이 진실로 밝혀질 때도 있는 법이란다, 닉."

"이제 교실로 돌아가도 돼요?"

그녀는 말했다. "검은 덩굴 늪지에서 난 불은 저절로 일어난 게 아니었어. 방화였지."

"뭐라고요?"

"수사관들은 그게 '치밀하게 계획된 화재'라고 했어. 불을 지른 사람은 반대편에 방어선을 파서 불이 다 타고 저절로 꺼지도록 했지. 무슨 짓을 하고 있는지 잘 알고 저질렀던 거야."

닉은 말문이 막혔다.

보안관 대리는 펜으로 클립보드를 톡톡 두드렸다. "네 생각엔 드웨인이 수업 시간에 일어났던 일 때문에 스타치 선생님에게 앙갚음을 하려고 그런 짓을 할 것 같니? 소규모 화재를 일으켜서 선생님에게 겁을 주고 견학을 망쳐 버리려고 말이야."

"전 모르겠어요." 닉은 솔직하게 말했다.

마음속으로 닉은 사이프러스 나무 사이에서 본 황갈색 형체, 퓨마인 줄로 알았던 인간의 모습을 계속 떠올리고 있었다. 어쩌면 그건 스모크였을지도 모른다.

닉은 이 생각을 혼자만 알고 있기로 했다. 집에 가서 비디오테이프에 나온 늪지를 배회하는 인간을 다시 한 번 볼 필요가 있었다.

보안관 대리는 말을 이었다. "에세이 숙제 때문에 드웨인은 무척 화를 냈지, 그렇지 않니?"

"그럼요." 닉은 대답하면서 생각했다. 누군들 화가 안 나겠어? 스타치 선생님은 그 애에게 완전히 창피를 주었는데.

"드웨인이 이모칼리 부근에서 트레일러 건물을 불을 질러 태워 버려서 말썽을 빚었다는 사실을 알고 있었니? 그 애가 고작 열 살 때 일이란다. 또 한 번은, 가솔린에 적신 대걸레로 고속도로에 설치된 광고판에 불을 지르다가 붙잡혔지. 새벽 3시에 주 경찰관에게 걸렸었단다."

"진담이세요?" 닉은 아연해졌다. 그건 어리석은 애들이 흔히 저지르는 장난이 아니었다. 심각한 범죄 수준이었다.

"넌 드웨인이 무섭니?" 보안관 대리가 물었다.

"그렇지는 않아요. 누굴 괴롭히는 일은 전혀 없거든요."

"스타치 선생님은 그 애를 무서워했니?"

이 질문에 닉은 그만 웃고 말았다. 보안관 대리는 뭐가 그리 우습냐고 물었다.

닉은 대답했다. "만일 스타치 선생님을 만나 보신다면, 보안관 대리님도 그게 우스운 질문이라는 걸 알게 되실 거예요."

보안관 대리는 몇 줄을 더 끼적이고 펜 뚜껑을 닫았다. "닉, 드웨인이 어디 있을지 짚이는 데 없니?"

닉은 단호하게 고개를 저었다. "아뇨. 정말 몰라요."

보안관 대리는 일어섰다. "도와줘서 고맙다."

"전 정말 그 애에 대해선 아무것도 몰라요." 닉은 우겼다.

"바로 그거야. 아무도 그 애에 대해서는 모르더라. 안 그래?"

그녀는 문을 열고 닉에게 나가라는 손짓을 했다.

제6장

수업이 끝난 뒤, 보안관 대리들은 교장실에 들러 두 명만 제외하고 면담을 마쳤다고 전했다.

"흠, 스타치 선생님으로부터는 아직 연락이 없습니다. 드웨인 스크로드는 오늘 결석이고요." 드레슬러 교장은 말했다.

여자 보안관 대리는 필요한 경우 형사가 이 사건을 맡게 될 것이라 말했다. "그 남학생이 불을 질렀는지 증명하기는 어려울 거예요. 하지만 범인이 곧바로 나와서 물어보면 솔직히 인정하는 경우도 있죠. 방화광들은 그런 점에서 유별나거든요."

드레슬러 교장은 자세를 곧추세웠다. "뭐라고요, 잠깐만요. 여러분은 드웨인이 불을 냈다고 보십니까?"

"아무한테도 얘기 못 들으셨어요?" 여자는 물었다.

교장은 멍하니 고개를 저었다.

"그 아이는 이런 쪽에 전력이 있거든요." 그녀는 덧붙였다.

다른 방화 사건에 대한 이야기를 듣고, 드레슬러 교장은 충격을 감출 수가 없었다. "나는 정말 몰랐습니다. 그 학생 주소를 알려 드리죠." 교장은 근엄하게 말했다.

"감사합니다만, 벌써 알고 있습니다. 그 애의 재킷에 쓰여 있더군요."

드레슬러 교장은 드웨인 스크로드 씨로부터 아들이 어디 있는지 전혀 연락 받은 바가 없었는데, 놀랄 만한 일도 아니었다. 아마 보안관 대리들이라면 그 수다쟁이 앵무새인지 뭔지, 아무튼 그 망할 놈의 새를 거느린 남자로부터 더 많은 정보를 캐낼 수 있을 터였다.

교장은 왜 학적부에 드웨인 주니어가 과거에 저지른 방화 사건 기록이 전혀 없는지 궁금했다. 드웨인의 부유한 할머니가 뭔가 손을 써서 트루먼 입학 위원회에 그런 사건들을 감췄던 것이라고 그는 추측했다.

학생이 자기가 싫어하는 선생님에게 복수하기 위해 불을 지르는 위험한 짓을 할 수 있다는 생각에 드레슬러 교장은 불안했다.

그러나 보안관 대리도 말했듯, 유죄임을 증명하는 일은 비록 가능하다 할지라도 어려울 것이 분명했다. 소방부서 수사관들은 현장에서 유죄가 될 만한 증거라고는 전혀 찾지 못했다. 타고 남은 성냥 한 개비조차 찾지 못했다. 방화범은 솜씨 있게 제 흔적을 감춘 셈이다.

요원들이 나가자마자 드레슬러 교장은 스타치 선생님에게 전화를 걸어 보았지만, 집전화로도, 휴대폰으로도 신호만 갈 뿐이었다.

드레슬러 교장의 비서가 문틈으로 고개를 들이밀고 말했다. "카슨 부부가 오셨습니다."

교장은 맥없이 툴툴거렸다. 조지와 길다 카슨은 적어도 일주일에 한 번은 학교를 찾아 아들 그레이엄에 대해 이야기를 하곤 했는데, 부부는 자기 아들이 천재이며 적어도 한 학년쯤, 어쩌면 두 학년 정도는 월반해야 마땅하다고 철석같이 믿었다.

드레슬러 교장은 그레이엄 카슨이 평균 수준의 학생이며 수학은 개인교습을 좀 받으면 좋을 것 같고 프랑스어는 보충수업이 필요하다는 것을 잘 알고 있었다. 좀 열정이 지나치긴 하지만 썩 괜찮은 아이였다. 게다가 막무가내이고 자만심 강한 부모보다야 훨씬 봐줄 만한 학생이었다.

"카슨 부부를 상대할 수는 없소. 오늘은 안 됩니다." 드레슬러 교장은 비서에게 말했다.

"그렇지만 홀에서 기다리고 계신걸요."

"내가 패혈성 인두염에 걸렸다고 전해요. 아니면 우리 집 고양이가 이빨 수술을 받고 있다고 하든지. 아무렇게나 둘러대란 말이오!" 분통이 터진 교장은 이렇게 내뱉고는 교장실 뒷문으로 슬쩍 빠져나갔다.

지도 추적 장치를 이용했는데도 스타치 선생님의 집을 찾기는 어려웠다. 채용 서류에 적힌 주소는 서쪽 독수리 대로 777이었는데, GPS 데이터에는 수록되어 있지 않은 주소였다.

그래서 교장은 일단 동쪽 독수리 대로를 찾아내고 거기서 서쪽으로 향해, 포장도로가 끊기고 흙길이 나올 때까지 계속 달렸다. 거기서 약 3.2킬로미터를 더 가자 막다른 길이 나왔고, 톱야자나무 한 그루에 양철 우편함 하나가 덩그러니 꽂혀 있었다.

우편함에는 777이라고 적혀 있었지만 이름은 없었다.

드레슬러 교장은 차에서 내려 덤불과 숲을 뒤지며 건물이 있나 찾아보왔다. 차도라기보다 광산용 수레나 다닐 법한 지저분하고 좁은 길이 눈에 들어왔고, 조심스레 구불구불한 길을 따라갔더니 마침내 빈터가 나왔다.

그리고 그 빈터에, 덧문은 다 닫히고 기울어진 3층짜리 목조 주택 한 채가 서 있었다. 벽은 잡초로 뒤덮였고, 창문은 모조리 안쪽에서 가리개가 내려져 있는 상태였다.

본인도 인정하는 바였지만, 드레슬러 교장은 특출하게 용기 있는 사람은 아니었다. 사람 사는 냄새가 나는 시끌벅적하고 요란한 소리와 멀어져 이렇게 지저분하고 손 닿은 흔적 없는 장소에 있으려니 영 불편했다.

불안에 떨며 낡은 집을 바라보고 있자니, 그는 버니 스타치에 대해 들은 기분 나쁜 소문들을 떨쳐 버릴 수가 없었다. 스크로드 가를 방문했을 때 싸워야 했던 달아나고 싶은 충동이 이번에는 더 급박하게 그를 잡아끌었다.

그러나 이번에도 교장은 두려움을 억눌렀다. 스타치 선생님이 성격도 고약하고 별난 사람일지는 모르지만, 트루먼 학교의 충직하고 소중한 직원이었다. 선생님이 무사한지 확인하는 것은 내 의무야, 드레슬러 교장은 다짐했다.

스타치 선생님의 푸른색 프리우스가 집 옆에 주차되어 있었다면 이 임무가 좀 더—훨씬 더—달가웠을지도 모르지만, 차는 거기 없었다.

드레슬러 교장은 스타치 선생님을 불렀지만 대답은 없었다. 현관 계단을 향해 걸어감에 따라 그의 맥박은 빨라졌다.

"스타치 선생님? 댁에 계십니까?"

아무 대답이 없었다.

"스타치 선생님? 나요, 드레슬러 교장이오."

그는 포치에 한 발을 내딛었다. 그리고 순간 얼어붙었다.

흔들의자에 쥐 한 마리가 앉아 있었다. 쥐는 그를 빤히 쳐다보았다.

그것도 작고 새하얀 쥐가 아닌, 토실토실 살찐 갈색 쥐였다. 살짝 비웃음을 짓는 듯 입을 벌리고 있어 길고 누런 앞니가 드러나 보였다.

드레슬러 교장은 크건 작건 설치류는 딱 질색이었다. 쓰레기를 먹고 무시무시한 질병을 옮기는데다가 다락방에 둥지를 틀고 불결한 쥐 새끼들을 떼로 낳아 놓는 것들 아닌가…….

"훠이!" 그는 손뼉을 치며 위협했다. "저리 가!"

괴롭게도 쥐는 꿈쩍도 하지 않았다.

어쩌면 광견병에 걸렸는지도 몰라. 드레슬러 교장은 불안했다. 뛰어올라서 내 목을 공격하면 어쩌지!

"훠어이! 꺼져 버려!" 그는 소리쳤다.

쥐는 눈 하나 깜빡이지 않고, 씰룩거리지조차 않았다. 드레슬러 교장은 매우 수상하다고 생각했다.

좋은 생각이 났다. 그는 주머니에서 차 열쇠를 꺼내 쥐를 향해 집어 던졌다. 열쇠는 쥐의 머리에 부딪쳐 짤랑 소리를 냈고 쥐는 의자에서 포치의 마룻바닥으로 굴러 떨어지더니, 미동도 없이 가만히 있었다.

미동도 없이, 판자처럼 뻣뻣하게.

"농담이겠지." 드레슬러 교장은 중얼거렸다.

살아 있는 쥐가 아니었다. 사냥 기념으로 벽에 걸어놓는 사슴이나 송어처럼 박제된 쥐였던 것이다.

꼬리를 붙잡고 주워 올리자, 목에 뭔가를 두르고 있는 것이 보였다. 놋쇠 이름표가 달린 작은 가죽 목걸이였다.

드레슬러 교장은 박제 쥐의 목걸이에 각인된 이름을 들여다보았다. 첼시 에버레드라고 적혀 있었다.

교장은 부르르 떨었다. 첼시 에버레드는 몇 년 전 트루먼 학교의 스타였던 학생이었다. 전 과목 A에, 수영팀과 테니스팀 소속이었고, 롤린스 대학에 조기 입학 허가를 받았었다.

그러나 드레슬러 교장은 첼시라는 여학생에 대한 다른 기억을 떠올렸다. 첼시는 스타치 선생님의 생물 우등반 수업에 있다가 다른 수업으로 옮겨가겠다는 신청을 했었고, 허락을 받았다.

쥐가 첼시의 이름을 달고 있는 것으로 보아 스타치 선생님은 그 일 때문에 아직도 첼시 에버레드를 용서하지 않은 모양이었다.

드레슬러 교장은 박제 쥐를 조심스레 도로 흔들의자에 올려놓고, 마음을 추스른 뒤 문을 노크했다. 아무 대답이 없어 그의 마음은 크게 가벼워졌다.

서둘러 계단을 내려오면서, 그는 음침하고 생기 없는 집을 뒤돌아보고 다른 사립학교 교장들도 버니 스타치처럼 유별난 선생님들을 다뤄 봤을까 하고 생각했다.

줄무늬가 있는 긴 뱀 한 마리가 드레슬러 교장의 앞길을 휙 지나갔고, 놀란 그는 부리나케 뛰기 시작했다. 차까지 갔을 때에는 땀투성이에 숨을 헐떡이고 있었다. 그는 차 안으로 뛰어 들어가 문을 잠갔다.

그 순간 스타치 선생님의 우편함의 무언가가 그의 눈길을 끌었다. 왔을 때에는 보지 못했던 것이었다.

작은 붉은 깃발이 올라와 있었다.

스타치 선생님이 편지를 보내고 있다는 이야기였고, 정말로 검은 덩굴 늪지에서 나와 집으로 돌아왔었다는 이야기였다……. 그리고 멀쩡하게 살아 있다는 증거이기도 했다.

좋은 소식, 사실 최고의 소식이었다!

그렇다면 왜 그가 보낸 음성 메시지에 답을 하지 않았을까? 드레슬러 교장은 의아했다. 왜 전화를 받지 않았던 걸까?

교장은 차문을 열고 슬며시 밖으로 나갔다. 자기 혼자뿐인지 확인하기 위해 주위를 둘러본 후—숲 어귀에 자기 홀로 있는 것이 확실했다—그는 스타치 선생님의 우편함을 열었다.

안에는 단 한 통의 편지가 있었다. 드레슬러 교장은 편지가 트루먼 학교 앞으로 되어 있고, 봉투에 자기 이름이 쓰여 있는 것을 보고 깜짝 놀랐다.

우체국에서 스타치 선생님의 편지를 정식으로 배달해 줄 때까지 기다려야 한다는 것은 알았지만, 호기심을 이길 수가 없었다. 그는 우편함에서 봉투를 끄집어냈다.

우편배달부와 마주쳐 왜 편지를 꺼내 가는지 해명해야 할 일이 생기지 않기만을 바라면서, 드레슬러 교장은 조심스럽게 편지를 들고 곧바로 학교로 향했다.

그리고 아무도 마주칠 염려 없는 자기 사무실에서 편지를 뜯어 읽기 시작했다.

드레슬러 교장 선생님께,

대단히 유감스러운 일이지만, 갑자스레 집안에 일이 생겨서 무기한 휴가를 요청하는 바입니다.

이 일로 제 학생들과 동료 교직원들에게 끼쳐 드리게 될 불편함에 대해서는 죄송하게 생각합니다. 제 개인적 사정이 마무리되는 즉시 교사로서의 의무를 다할 것을 약속드립니다.

이해해 주시고 기다려 주실 거라 여기며, 이 일에 대해서는 제 사생활을 존중해 주시면 감사하겠습니다.

B. 스타치 올림

편지는 스타치 선생님 전용 편지지에 타이프로 찍혀 있었다. 교장은 편지를 두 번 더 읽은 뒤 접어서 도로 봉투에 넣었다.

스타치 선생님의 채용 서류는 이미 책상 위에 올라와 있었다. 드레슬러 교장은 모든 페이지를 훑어보았다. 지원서, 연금 기록서, 보험 서류 등을.

친인척을 적으라는 난에는 '없음'이라고 적혀 있었다.

드레슬러 교장은 지친 듯이 이마를 문지르며 생각했다. 가족이 없는데 어떻게 갑작스런 집안 문제가 생겼다는 거지?

닉은 늪에서 찍은 비디오를 텔레비전 화면으로 보여 주려고 마르타를 집에 데려왔다. 마르타가 닉의 집 안까지 들어온 것은 처음이었다.

"너희 아버지니?" 마르타는 액자에 끼워져 거실 테이블에 놓인 사진을 가리키며 물었다.

"응, 아버지셔."

"들고 계신 건 돛새치니? 엄청 크다."

"50킬로그램이나 나갔지." 아버지 이야기를 하자 닉은 이메일을 확인해 보고 싶은 기분이 들었지만, 나중에 혼자 있을 때 하기로 결심했다.

"이리 와. 테이프를 보자."

닉이 황갈색 형체가 나타난 부분에서 화면을 정지시키자, 마르타는 소파에서 벌떡 일어났다. "보인다! 벨트가 보여!"

"카우보이들이 총알을 넣어 차고 다니는 벨트지."

"그렇지만 저게 개일까? 그건 잘 모르겠다." 마르타는 눈을 가늘게 뜨고 텔레비전 화면의 영상을 살펴보았다.

닉은 스모크가 바지에 탄약용 벨트를 차고 온 적이 있었는지 잘 기억나지 않았다. 마르타는 그런 벨트가 교칙 위반일 거라고 말했다.

"이 비디오 얘기 언제 경찰에 할 거니? 아니, 말하기는 할 거야?" 마르타가 물었다.

스타치 선생님의 학생들은 하루 종일 보안관 대리들과 나누었던 면담과, 스모크가 검은 덩굴 늪지 화재 관계자로 조사받고 있다는 소식 이야기로 떠들썩했다.

닉은 마르타에게 어떡해야 할지 모르겠다고 했다. "얼굴은 안 보이잖아. 누군지 확실히 알아볼 도리가 없는걸."

"개가 맞는다는 데 5달러 건다. 분명 몰래 와서 스타치 선생님에게 복수하려고 불을 질렀을 거야."

전에 저질렀던 일들을 고려해 보았을 때, 스모크가 유력한 용의자라는 점에는 닉도 동의할 수밖에 없었다.

"그런데 개는 어디 살지?" 닉이 마르타에게 물었다.

"난 모르지. 알고 싶지도 않아. 어딘가의 동굴에 사는 게 분명해."

마르타가 가자마자 닉은 자기 방으로 가서 컴퓨터를 켰다. 아버지로부
터는 전혀 소식이 없었다.

닉은 이제 더 이상 그냥 연락이 늦어지는 거겠거니 하고 생각할 수 없
었다. 이라크에 간 이후 그레고리 워터스 대위가 이렇게 오랫동안 집에 이
메일을 보내지 않은 적은 없었다. 닉은 괴롭고 불안해졌다. 무슨 일이 일
어난 게 틀림없었다. 그렇지 않고서야 다른 이유가 없었다.

그런 무서운 생각에 잠겨 혼자 있고 싶지는 않았으므로, 닉은 문밖으
로 달려가 마르타를 따라잡을 때까지 뛰었다.

마르타는 닉의 발소리를 듣고 깜짝 놀라 뒤돌아보았다. "엇, 무슨 일이
야?" 마르타는 미소를 지으며 물었다.

닉은 발걸음을 늦추고 나란히 걷기 시작했다. 손을 주머니에 찔러 넣
고, 아무렇지도 않은 척 행동하려 애썼다. "서클 K에 가서 우유하고 이것
저것을 좀 사야 되거든."

"그렇지만 거기까진, 음, 3킬로미터나 되는걸."

"괜찮아. 엄마한테 사다 놓는다고 했어." 그럴싸한 이야기는 아니었지만,
닉이 꾸며낼 수 있는 제일 나은 변명이었다.

"같이 가 줄까?" 마르타가 물었다.

"좋아."

티는 내지 않았지만, 마르타가 같이 가겠다고 해서 닉은 기분이 나아졌
다. 닉은 마르타가 기분이 좋을 때면 으레 그렇듯 수다를 떨어 주었으면
하고 바랐다. 아버지 걱정을 떨치게 해 줄 무언가가 절실히 필요했던 것이
다.

예상했던 대로 마르타는 자기의 영문학 숙제에 대해 이야기를 늘어놓기 시작했다. 전혀 관심 없는 주제이긴 했지만, 닉은 마르타가 자기 주제인 제인 오스틴에 대한 내용으로 대화를 이끌어가는 대로 그냥 두었다. 이라크의 안바르 지방이 아닌 영국의 시골에 대해 상상력을 펼치자 마음이 훨씬 가벼워졌다.

편의점에 가려면 초록 왜가리 공원 도로를 건너야 했는데, 이는 고속도로로 연결되는 4차선 도로였다. 이 도로는 개통된 지 몇 달밖에 되지 않았지만 벌써 군에서 가장 차가 많이 다니는 길이 되었다.

마침내 신호등이 빨간불로 바뀌고 차들이 멈췄다. 교차로를 반쯤 건넜을 때 닉은 스타치 선생님이 몰던 차와 같은 푸른색 프리우스 한 대를 목격했다. 멈춰 있는 프리우스의 뒤로는 서너 대의 차가 서 있었고, 닉은 운전자가 누구인지 보려고 손차양을 했다. 햇빛이 너무 강렬해서 앞이 보이지 않았다.

"너 미쳤니?" 마르타가 뒤를 돌아보고 소리 질렀다. "그러다가 팬케이크처럼 납작해 지겠다."

닉은 서둘러 길을 마저 건넜다. 신호등이 녹색불로 바뀌고 차들은 움직이기 시작했다.

프리우스가 지나갈 때 닉은 운전자를 잠깐 볼 수 있었는데, 분명 여자는 아니었다. 얼굴은 보이지 않았지만 어깨가 떡 벌어지고 검은 니트 모자를 귀까지 푹 눌러 쓴 남자였다.

엉뚱한 차였나 봐, 닉은 생각했다.

그러다가 닉은 마르타가 보도블록 가에 선 채 고속도로로 멀어져 가는 푸른색 프리우스를 쳐다보고 있음을 눈치 챘다. "이상한걸, 저 차 번호판이 똑같아. 그 있잖아, 그 여자 거랑."

"정말이니?" 닉은 몰랐었다.

"하긴 불쌍한 매너티를 보호하자는 사람은 많으니까." 마르타가 지적했다.

"그렇긴 해." 닉은 이 우연의 일치에 대해 곰곰이 생각하며 대답했다.

편의점에 도착했을 때 닉은 자기 주머니에 55센트밖에 없다는 걸 깨달았는데, 엄마 심부름을 한다고 둘러댔던 말이 완전히 들통 날 실수였다.

마르타는 알아챘는지도 모르지만 그런 기색을 비추지 않았다. 마르타가 빌려 준 몇 달러로 닉은 반 갤런들이 우유를 샀다.

닉은 마르타를 집 근처까지 데려다 주고 집으로 향했다. 집 앞 골목 모퉁이를 돌던 닉은 차도에 어머니의 차가 서 있는 것을 보고 깜짝 놀랐다. 교도소 카페테리아에서 상한 부리토를 먹어 배탈이 났을 때를 빼고는, 어머니가 직장에서 조퇴한 적은 한 번도 없었던 것이다.

현관문을 열며 닉은 소리쳤다. "엄마!"

거실에도, 주방에도 어머니의 모습은 없었다. 닉은 우유를 냉장고에 넣고 복도를 지나 부모님 침실로 갔다. 문은 닫혀 있었다.

"엄마?" 닉은 문을 살짝 노크했다. "엄마, 나예요."

"들어오렴."

어머니는 침대에 걸터앉아 있었는데, 옆에는 구겨진 휴지 뭉치가 수북했다. 눈에는 핏발이 섰고, 코를 훌쩍이고 있었다.

닉은 별안간 무릎의 힘이 쑥 빠졌다. "오, 안 돼!"

"돌아가신 건 아냐. 하지만 부상을 입었대."

"얼마나 심한데요?" 닉은 쉰 목소리로 물었다.

어머니는 팔을 뻗어 닉을 끌어안았다. "집으로 오고 계시대."

"얼마나 심하대요?" 닉은 떨며 재차 물었다.

어머니는 닉의 이마에 입맞춤을 하고, 뺨에 흐른 눈물을 닦아 주었다.

"집으로 오고 계시대. 중요한 건 그거란다."

제7장

밀리센트 윈십은 나이 77세, 몸무게 42킬로그램에, 어마어마한 부자였으며 동갈치처럼 억센 성격이었다. 외동딸 휘트니는 남편과 아들을 버리고 파리로 가 버리는 수치스런 짓으로 집안에 망신을 주고는 파리에서 치즈 가게를 열었다. 윈십 부인은 휘트니와 결혼했던 사내가 마음에 썩 들지는 않았지만, 아내에게 버림받은 채 자신의 유일한 손자를 키우게 된 그의 처지에 대해서는 몹시 안쓰럽게 여겼다. 아버지의 이름을 따 드웨인이라 불리는 덩치 좋고 반항기 있는 사내아이였다.

그래서 윈십 부인은 적어도 손자가 교육만큼은 최고 수준으로 받을 수 있게 도와줘야겠다고 결심했다. 성적이 나쁘고 종종 말썽을 일으키는 학생이었기 때문에, 트루먼 학교에서 드웨인 주니어의 입학을 썩 달가워했던 건 아니었다. 윈십 부인은 엄청난 액수의 수표를 끊어 주고 이 문제를 해결했다.

다섯 개 주에—캘리포니아, 뉴욕, 애리조나, 사우스캐롤라이나, 플로리다—다섯 채의 집을 두고 번갈아 가며 머무르는 윈십 부인이 드웨인 주니어를 보러 오는 일은 그리 자주 있는 일은 아니었다. 윈십 부인의 집은 모두 챔피언십 골프 경기장이 자리한 곳에 있었다. 그녀는 직접 골프를 치지는 않지만, 알록달록한 골프 의상을 차려입은 사람들이 에메랄드빛 언덕을 터벅터벅 걸어가다가 몇 걸음마다 멈춰 서서 자그맣고 하얀 공을 미친 듯이 휘갈겨대는 광경을 몹시 즐겼던 것이다. 윈십 부인은 골프가 세상에서 제일 볼 만한 구경거리라고 생각했고, 호화로이 단장한 저택 창가마다 갖춰 둔 특제 고성능 쌍안경으로 넷씩 짝지어 골프 치러 가는 사람들을 몇 시간이고 훔쳐보곤 했다.

윈십 부인은 네이플스에서 1년에 두 주밖에 머무르지 않았지만, 그럴 때면 항상 드웨인 주니어와 그 아버지를 데리고 외식하러 가곤 했다. 연락에 즉각 답이 없으면 운전사를 시켜 스크로드 가로 쳐들어가 몸소 소란을 일으켰다.

그날, 덧문을 쾅쾅 두드리고 집안의 스테레오 스피커에서 요란하게 울려대는 모차르트의 심포니에도 지지 않을 만큼 큰 목소리로 손자의 이름을 고함쳐댄 것도 바로 그런 연유에서였다.

곧 음악이 멎고 드웨인 스크로드 씨가 느릿느릿 현관으로 왔다. 장모의 모습을 본 그는 당황하여 운전수 모자 밑으로 삐져나온 기름 끼고 헝클어진 머리카락을 매만지며 공연히 수선을 피웠다.

"안녕하세요, 밀리." 그는 애써 명랑한 투로 인사했다. "무슨 일로 오셨어요?"

"내 손자를 보러 왔지. 자네 눈엔 뭐 하러 온 것 같은가? 그 애는 어디 있나?" 윈십 부인은 딱딱거렸다.

"들어오실래요?"

"사양하겠네. 왜 전화를 안 받는 건가? 저녁 먹자고 메시지를 남겼는데 말일세. 그게 이틀 전이었는데 아직도 연락이 없다니."

드웨인 스크로드 씨는 애처로운 한숨을 쉬었고, 어깨에 올라앉은 커다란 마코앵무새도 덩달아 한숨을 쉬었다.

"아직도 그 멍청한 새를 데리고 있군."

"멍청하지 않아요. 3개 국어를 하는걸요."

"정말인가? 아무 나라 말이든 좋으니 DJ가 어디 있는지 말하라고 시켜 보게."

"얘는 몰라요. 그리고 저도 모르고요." 드웨인 스크로드 씨는 웅얼거렸다.

윈십 부인의 성에 차지 않는 대답이었다.

"자네의 딱 하나뿐인 아들 이야기를 하는 건데, 어디 있는지 모른다 고?" 윈십 부인은 눈을 부라리며 다그쳤다.

드웨인 스크로드 씨는 문을 열고 포치로 나왔다. "어딘가 오지로 캠프를 하러 간댔어요. 그게 한 며칠 됐는데, 그 이후로 소식이 없네요."

"그럼 학교는 어쩌고?"

"그 아이 말로는 휴식이 필요하다나요."

"배부른 소리 하고 앉았군."

드웨인 스크로드 씨는 양손을 번쩍 들었는데, 하마터면 어깨에 앉아 있던 마코앵무새를 떨어뜨릴 뻔 했다. "제가 어쩌길 바라세요, 밀리? 걔도 나름대로 제 계획이 있다고요. 하기 싫다는 일을 내가 억지로 시킬 수는 없는 거 아닙니까."

"오, 그럴 수야 없겠지. 자네는 고작해야 개 아버지 아닌가." 윈십 부인은 잔뜩 비꼬았다. "또 말썽을 저질렀나? 이번만은 제발 진실을 말해 주게."

드웨인 스크로드 씨는 다 망가진 버드나무 의자에 앉아 맨발에 난 벌레 물린 자국을 열심히 긁어댔다. "한 시간 전에 경찰이 왔어요. 누가 빅 사이프러스 숲에 불을 질렀는데, 경찰은 그게 주니어 짓이라고 보고 있어요."

밀리센트 윈십은 눈을 감아 버렸다. 또 말썽을 시작했군.

"걜 잡아들일 만한 증거가 있는 건 아니에요. 그냥 찔러 보는 거죠, 그게 다예요."

"그런 소릴 듣는다고 내 기분이 나아질 것 같나?"

드웨인 씨는 주머니를 뒤적거려 해바라기 씨 한 알을 꺼내 마코앵무새에게 주었다. "DJ가 집에 오면 장모님께 꼭 전화하라고 할게요. 다 같이 그때 그 스테이크 집에 갈 수 있을 거예요. 보니타 비치 근처에 있는 거 말이에요."

"걔가 감옥에 안 가면 말이지. 그렇게 되면 탐스런 과일 바구니나 안겨 줘야겠지."

"아, 그런 말씀은 마세요."

"드웨인 자넨 아직도 실업자인가?"

"저라고 뭘 어쩌겠어요? 자동차가 없는데!" 그는 분통에 차서 '스미더스 시보레를 불매한다!!!!!!'고 칠해 놓은 타호를 손가락질했다. "저놈의 회사가 아직도 새 변속기를 안 준다고요."

"아마 자네가 회사 건물에 불을 질러서 그런 거겠지. 자네 생각엔 그 사건이 이번 일과 관계가 있는 것 같나?"

"그건 끝난 얘기잖아요!" 스크로드 씨는 씩씩댔다. "난 사회에 빚을 갚았다고요. 감방에도 다녀왔잖아요."

원십 부인은 화보다 슬픔이 치밀어 올랐다. 드웨인 스크로드는 싹싹한 성격은 아니었어도 항상 성실한 일꾼이자 어엿한 가장이긴 했는데, 휘트니가 프랑스로 달아나 버린 뒤로는 사람이 달라졌다. 그는 거의 폐인이 되었고 네이플스에서 꾸려가던 골동품 피아노 가게에도 관심을 버렸다. 1년도 안 되어 가게는 도산했고, 지금껏 드웨인 스크로드는 제대로 된 직업을 구하지 못했다. 시보레 대리점에 불을 지른 사건은 최악의 나락이었다.

"자네가 여섯 달간 감옥에 있었을 때 말인데, 난 아직도 왜 자네가 드웨인을 시켜 내게 연락을 안 했는지 이해가 안 가네. 대체 무슨 생각으로 애를 여기 혼자 내버려 둔 건가?"

스크로드 씨는 벌레 물린 발만 내려 보다 말고 고개를 들었다. "그런 일을 장모님이 아시는 게 부끄러워서였을 거예요." 다 갈라진 목소리였다. "그리고 DJ는 제 앞가림은 제대로 하거든요. 절대 굶고 다니지 않았어요. 제가 돈을 좀 보내 줬으니까요."

그 돈은 내가 보내 준 거잖아, 집이 은행에 넘어가지 말라고 말이야, 원십 부인은 생각했다.

스크로드 씨는 말을 이었다. "먹을 것도 잔뜩 있었어요. 걘 제대로 지냈다고요, 백 번도 넘게 말씀드렸잖아요."

원십 부인은 그에게 삿대질을 해댔다. "이 집에 제대로 된 건 하나도 없네. 자네도 그렇고, 자네 아들도 그렇고, 아무것도 말일세. 이제 제대로 살 때도 되지 않았나, 드웨인. 이제 정신 차릴 때라고."

스크로드 씨는 일어섰고 낡은 의자에서는 삐걱대는 소리가 났다. "예에."

푸른색과 금빛을 띤 마코앵무새가 재잘거렸다. "위! 야!"

윈십 부인은 눈을 흡떴다. "부디 자네 앵무새의 입 좀 다물게 할 수 없나?"

"그냥 앵무새가 아니에요."

"드웨인 주니어는 캠프하는 데까지 어떻게 갔지?"

"저 혼자 운전해서 갔죠."

"걔 나이에 운전을 한다고?"

"면허를 땄어요, 밀리. 두 달 전에 열여섯 살이 되었거든요."

윈십 부인은 눈을 가늘게 떴다. "그건 나도 잘 안다네. 생일 카드를 보내지 않았나, 자네도 기억하겠지?"

스크로드 씨는 당황한 표정이었다. "걔한테 수표 보내 주셔서 감사하다는 전화를 하라고 시켰는데, 잊어버렸나 봐요."

"그래서 자네는 애한테 차를 사줬나?"

"아뇨. 중고로 나온 오토바이를 사서 고쳤죠. DJ는 오토바이를 좋아하거든요."

"아주 근사하군 그래. 다음 크리스마스에는 헬멧을 하나 사 줘야겠군. 그리고 장례 보험도 들어 줘야지."

스크로드 씨는 얼굴을 찌푸렸다. "세상에, 왜 그렇게 비아냥거리는 말씀만 하시는 거예요?"

"왜요? 푸르쿠아? 바룸?" 마코앵무새가 소리 질렀다.

"내 말 똑바로 듣게, 드웨인." 윈십 부인은 단호하게 말했다. "내가 당장 내 손자 녀석에게 연락을 받지 못하면, 자네 인생은 엄청 꼬이게 될 걸세.

난 그 애가 수업이나 빠지고 숲에서 소시지나 구워 먹으라고 교육비를 대 주는 게 아니니까 말이야. 그건 나를 모욕하는 짓이고, 난 모욕당하는 게 질색이라네."

스크로드 씨는 신문지로 궁둥이를 얻어맞은 강아지처럼 움찔했다. "있는 힘껏 주니어를 찾아볼게요."

"잘 생각했네, 그 애를 만날 때까지는 여길 뜨지 않을 작정이거든. 그럼 툭 터놓고 말해 주게나. 자네 생각엔 늪에 불을 지른 게 그 녀석 같나?"

"진심으로 말이에요? 전 뭐라 말할 수가 없네요."

"그 애가 왜 그런 짓을 하겠나? 내가 아는 사람 중에 방화범은 자네밖에 없으니, 자네라면 뭔가 확실히 짚이는 구석이 있을 거라 생각했지."

스크로드 씨의 눈빛이 분노로 활활 타올랐다. "난 그 애한테 불이나 지르라고 가르친 적 없습니다. 걔가 더 잘 알 거예요."

"그럼 경찰이 잘못 짚은 것이길 빌어 보세."

윈십 부인이 계단을 반쯤 내려갔을 때 스크로드 씨가 그녀를 불렀다.

"참, 밀리, 잠깐만요! 휘트니는 어떻게 지낸답디까?"

이 질문에 밀리센트 윈십은 가슴이 쿵 하고 내려앉았다.

그녀는 드웨인 스크로드 씨를 바라보며 나직하게 말했다. "파리에서 돌아오지 않겠다더군."

"치즈 장사가 잘 되는 모양이죠?"

"미안하네, 내 정말로 미안하이. 그런데 자네의 보물단지 같은 새가 방금 자네 셔츠에 온통 똥을 퍼질러 싸 놓았구먼."

스크로드 씨는 엉망이 된 앞자락을 내려다보며 암울하게 고개를 끄덕였다. "그건 몰랐군요."

스모크가 스타치 선생님의 연필을 먹어 버린 그 월요일 아침, 그레고리 워터스 대위는 이라크를 떠나 독일에 있는 미군 군사 시설로 호송되었다. 거기서 그는 워싱턴 D.C에 있는 월터 리드 군사 병원으로 옮겨졌다.

목요일 아침 닉과 어머니는 비행기를 타고 병원을 찾아가 로비에서 한 시간을 기다렸다. 마침내 의사 한 명이 나와 자기소개를 했다. 두 사람은 의사의 뒤를 따라 수많은 간호사와 잡역부와 환자들을 지나쳐 가며 미로처럼 얽힌 칙칙한 복도를 누볐다. 그렇게 많은 젊은 사람들이 휠체어에 앉아 있는 광경을 닉은 처음 보았다.

의사는 닉과 어머니를 개인실로 데려갔다. 그는 인체 횡단면도를 가리켜 가며, 워터스 대위가 험비 지프차를 타고 가다 대전차 로켓포에 맞아 오른쪽 팔과 어깨 대부분을 잃었다고 설명했다.

"저희도 압니다." 닉의 어머니는 단호하게 말했다. "라마디의 기지 측에서 전화를 받았거든요. 지금 만나 볼 수 있을까요?"

"어깨의 심각한 부상 때문에 부군이 의수를 착용할 수 없을지 모른다는 이야기도 전해 들으셨나요?"

"기계로 된 갈고리 같은 거 말씀이신가요?"

"어려울 겁니다만, 저희는 희망을 버리지 않고 있습니다."

"제발, 만나 볼 수 있게 해 주시지 않겠어요?"

닉과 어머니는 의사를 따라 계단 한 층을 올라가서 긴 복도를 한참 걸어갔다. 눈에 보이는 환자마다 한쪽 팔이나 다리가 없었다. 양다리가 다 없는 환자도 있었다. 닉은 쳐다보지 않으려고 애썼다. 아버지의 병실에 들어가기 전 닉은 마음을 추스르려고 잠시 멈춰 섰다.

그레고리 워터스 대위는 침대에 똑바로 기대앉아 있었는데, 눈은 감고 있었다. 붕대와 반창고를 칭칭 두른 가슴이 숨을 쉴 때마다 가볍게 올라 갔다 내려갔다 했다. 닉은 아버지의 머리칼이 밀려 있고 얼굴 한쪽이 불 그레한데다가 상처 자국으로 살갗이 벗겨져 있음을 눈치챘다. 침대 옆 알루미늄 걸이에 매달린 링거에서는 호박색 액체가 나와 투명한 튜브를 통해 온전한 쪽 팔로 들어가고 있었다.

닉의 어머니는 눈물이 넘쳐흐르는 눈으로 말없이 침대 발치에 서 있었다. 어머니가 비틀거리는 것 같아 닉은 어머니의 허리에 팔을 두르고 병실에 단 하나 놓인 의자로 부축해 갔다.

"아직 진통제를 많이 투여중이라, 깨어나더라도 기운이 없을 겁니다." 의사가 말했다.

"엄마한테 물 한잔만 갖다 주시지 않겠어요?" 닉은 부탁했다.

닉의 아버지는 의사가 방을 나가고도 한참이 지나서야 눈을 떴다. 가족을 보자 아버지는 졸린 듯한 미소를 지었다. 닉의 어머니는 남편을 껴안고 얼굴을 어루만졌다. 닉은 아버지의 왼손을 꽉 잡았고, 아버지도 닉의 손을 굳게 맞잡았다.

아버지는 오른팔이 있던 자리에 남은 붕대에 감긴 혹을 바라보며 농담을 했다. "이제 셔츠에서 필요 없는 쪽 소매를 다 꿰매 버려야겠어."

닉의 어머니가 말했다. "거 참 재밌는 농담이네, 그레그."

"왼손으로 커브볼 던지는 법을 배우면 되지 뭐, 별일 아냐."

운동 신경이 뛰어났던 닉의 아버지는 볼티모어 오리올스 2군 리그에서 투수를 맡았었고, 닉의 어머니를 처음 만난 것도 그 무렵이었다. 스크랩북에 철해 놓은 신문에는 그레그 워터스의 속구가 시속 151킬로미터를 기록했다는 기사가 실려 있었다.

메이저 리그 진출에 실패한 닉의 아버지는 학업으로 돌아와 경영학 학위를 땄고, 포트 마이어스의 어느 스프링클러 회사에서 사무직으로 일했다. 지루하기 짝이 없는 3년을 보낸 뒤 그는 다시 야구로 돌아와 마이너리그 클럽에서 투수 코치를 맡았다. 행복했지만, 수입은 보잘것없었다. 주방위군에 들어간 이유 중 하나도 바로 그 때문이었다. 입대 축하 보너스는 닉의 트루먼 학교 첫해 수업료를 대는 데 들어갔다.

그레그 워터스는 한 달에 한 번 주말마다 탬파에 가서 군사훈련을 받았다. 나라는 평화로운 상태였고, 해외로 파견되어 진짜 전쟁에 투입되리라고는 그도, 가족들도 생각지 못했다. 그런데 이라크 침공 이후 모든 것이 바뀌었던 것이다.

"집에 가도 된다고 했어?" 닉의 아버지가 물었다.

"자기 하기 나름이지 뭐. 내일이면 재활 훈련을 시작한대." 어머니가 대답했다.

"신나는군." 그레그 워터스는 느릿하게 눈을 깜빡거렸다. "피곤해 죽겠는데 말이야."

닉의 시선은 하얀 붕대와 반창고로 둘러싸인 살덩이, 예전에는 아버지의 우람한 오른팔이 있던 자리로 자꾸만 향했다. 붕대가 어찌나 새하얗게 빛나는지 할로윈에 하는 미라 분장처럼 가짜 같아 보였다.

어머니가 말했다. "그레그, 당신은 좀 쉬어. 저녁 식사 때 다시 올게."

"아기 다루듯 나한테 밥을 떠먹여 줄 건 아니지?"

"물론 아니죠, 대위님. 스스로 드셔야죠."

"그래야 우리 마누라답지." 아버지는 씨익 웃었다. "니키, 넌 견딜 만하냐?"

"전 괜찮아요, 아빠."

"힘든 일이지, 나도 안다. 하지만 더 심할 수도 있었어. 나는 거기서 살아남아 빠져나올 수 있었으니 운이 좋은 거란다. 험비 안에서 내 옆에 앉아 있던 녀석은 그러질 못했지."

닉은 머리가 빙빙 도는 기분이었다. "그 사람, 아빠 친구였나요?"

"형제나 다름없었지."

닉은 눈길을 떨궜다. 아버지가 그렇게 죽음 가까이 갔었다는 사실이 믿어지지 않았다.

닉이 눈을 들었을 때, 그레고리 워터스 대위는 깊이 잠들어 있었다.

드웨인 스크로드 씨를 찾아갔지만 별 협조를 얻어내지 못한 제이슨 마셜 형사는 트루먼 학교에 들러 드레슬러 교장을 데리고 버니 스타치의 집으로 갔다. 같이 가자고 부탁한 사람은 교장이었는데, 형사로서도 거절할 이유가 없었다.

낡은 집의 삐걱거리는 계단을 올라가던 중 드레슬러 교장이 소리쳤다. "쥐가 없어졌다!"

"뭐가 없어져요?" 형사는 물었다.

"흔들의자에 박제 쥐 한 마리를 놔뒀더군요. 졸업생 중 한 명의 이름을 붙인 쥐던데요."

제이슨 마셜은 못 믿겠다는 기색이었다.

"정말입니다." 드레슬러 교장은 말했다.

형사는 스타치 선생님 집 현관문을 노크했다. 대답은 없었다. 초인종을 눌렀지만, 고장이 나 있었다. 둘은 집 반대편으로 돌아가 뒷문을 두드렸다. 여전히 아무 대답 없었다.

"내일 다시 와야겠군요." 제이슨 마셜이 말했다.

드레슬러 교장은 실망했다. "그냥 들어가시면 안 될까요? 스타치 선생님이 어디 아프거나 사고가 났거나…… 나쁜 일이 생겼을 수도 있지 않습니까."

"수색 영장 없이는 들어갈 수 없습니다. 그리고 범죄가 발생했다고 믿을 만한 이유 없이는 영장을 발부받지 못할 겁니다. 그런 증거는 없잖습니까."

교장은 기운이 쭉 빠져서 제이슨 마셜을 뒤따라 눈에 띄지 않는 위장 경찰차로 돌아갔다.

"갑작스레 집안에 일이 생겼다는 그 편지 말인데, 난 그 얘기를 믿지 않습니다. 아무리 확인해 봐도 그 여자한테는 가족이 없어요."

형사는 차 흙받이에 기대서서 껌 한 통을 꺼냈다. 드레슬러 교장에게도 권했지만, 교장은 정중히 사양했다.

"리비가 스타치 선생님에 대한 어이없는 이야기를 전부 해 주더군요. 아이들이야 조잘대길 좋아하는 법이니, 저도 보통 그런 얘기에는 별 신경 쓰지 않습니다. 하지만 선생님께서 포치에 박제 쥐가 있다는 얘기를 하시니, 그게 정상적인 사람 행동은 아니지 않습니까?"

드레슬러 교장은 끄덕였다. "확실히 좀 별난 사람이죠."

"어쩌면 견학 때 불이 난 뒤로 심하게 놀란 것뿐일지도 모릅니다. 무서운 경험이었을 테니까요. 결국 숲에서 나와 리비의 천식약을 들고 우리 집으로 달려왔겠지요. 그리고 집으로 돌아가 거울을 보면서 '세상에, 거기서 죽을 수도 있었잖아! 좀 쉬어야겠어.' 이렇게 생각했는지도 모르죠."

드레슬러 교장은 미심쩍었다. "버니 스타치답지 않아요."

"불이 났는데 빅 사이프러스 숲에서 혼자 밤을 지새운다고 생각해 보십시오. 아무리 기가 센 사람이라도 오싹해질 겁니다."

"뭐 가능한 이야기이긴 하겠죠."

"그냥 추측일 뿐입니다." 형사는 휴대폰을 꺼냈다. "이 집 전화번호가 뭐죠?"

교장은 이제 그 번호를 완전히 외우고 있었다. "555-2346입니다."

제이슨 마셜은 번호를 누르고 기다렸다. 스타치 선생님 집의 전화는 딱 두 번 울린 후 자동응답기로 넘어갔다.

"메시지가 있는데요." 형사는 드레슬러 교장에게 속삭였다.

"뭐라고 합니까?"

제이슨 마셜은 재발신 버튼을 누르고 휴대폰을 교장에게 건넸다. 교장은 수화기 반대편에서 들려오는 녹음된 인사말에 귀를 기울였다.

안녕하세요. 집안에 급한 일이 생겨서 언제까지가 될지 모르지만 학교를 떠나 있을 겁니다. 삐 소리가 나면 메시지를 남겨 주세요. 하지만 한참 뒤에나 연락 드릴 수 있을 것 같네요. 죄송하게 생각합니다. 자, 이제 삐 소리가 울립니다!

"스타치 선생님 목소리인가요?" 형사가 물었다.

"확실히 그렇게 들리는군요."

"처음에는 편지, 이번에는 전화 음성 메시지라. 솔직히 말씀드리죠. 보안관 사무소에서 할 수 있는 일은 이제 더 없습니다. 이 여잔 멀쩡히 살아 있는 게 분명하니까요." 제이슨 마셜이 말했다.

"그럼 왜 전화하지 않는 겁니까?"

"아마 있지도 않은 '집안 문제'에 대한 질문에 답하기 싫은가 보죠. 제가 말씀드렸듯이, 쉬고 싶다는 생각이 들어 학교에 안 나올 변명거리를 꾸며 냈을 겁니다.”

“하지만 그건 스타치 선생님답지 않아요.” 드레슬러 교장은 고집했다.

“아주 갑자기 일에 완전히 지쳐 버리는 사람들이 있죠. 그런 경우를 전에도 본 적 있습니다.” 형사는 차문을 열고 운전석에 앉았다.

“잠깐만요.” 드레슬러 교장은 스타치 선생님의 우편함으로 재빨리 걸어가 안을 들여다보았다. 텅 비어 있었다.

트루먼 학교로 돌아오는 길에, 교장은 제이슨 마셜에게 방화 수사가 어떻게 되어가냐고 물었다. 형사는 드웨인 스크로드 주니어에 대한 정보를 소방부에 넘겼다고 답했다.

“지금까지로서는 그 학생이 사건을 저질렀다고 볼 증거는 없었습니다.” 제이슨 마셜은 말했다.

“무슨 실마리라도 잡았나요?”

“쓸 만한 건 전혀 없습니다. 화재 현장 근처에서 볼펜 하나를 찾기는 했죠. 레드 다이아몬드 에너지라는 회사 이름이 새겨져 있었습니다. 탬파에 있는 석유 회사인데 늪지 근처 약간의 땅에 대해 채굴권을 갖고 있더군요. 두말할 것도 없지만 스크로드 군은 그 회사 직원이 아닙니다. 볼펜이 그 학생 것 같지는 않아요.”

“그럼 방화 건은 어떻게 되는 겁니까?”

“신통치가 않습니다, 뭐 운 좋은 일이 생기지 않고서야 말이죠.”

드레슬러 교장은 드웨인 주니어가 적어도 당분간은 체포되지 않으리라는 생각에 남몰래 안도의 한숨을 쉬었다. 밉살맞은 언론이 떠들어 대면 학교의 평판이 땅에 떨어질 게 뻔했다. 몇 년 전, 트루먼 학생 하나가 훔

친 스노콘(고깔 모양 콘에 담긴 슬러시 형태의 얼음과자—옮긴이) 트럭을 몰다 잡
혔는데, 그 사건은 TV 뉴스를 타고 마이애미 주까지 알려졌던 것이다.

"드웨인이 수업에 나오면 연락을 드릴까요? 아직도 그 학생과 얘기를
해 보고 싶으십니까?" 교장은 제이슨 마셜에게 물었다.

"그러면 좋죠. 우리가 자기를 지켜보고 있다는 걸 그 녀석에게 알려 주
기 위해서라도요."

"좋은 생각입니다." 드레슬러 교장은 말했지만, 그런다고 해서 드웨인
스크로드 주니어가 조금이라도 겁을 먹을 것 같지는 않다고 생각했다.

제8장

헬리콥터는 네이플스 공항을 이륙해 동쪽으로 향했다. 앞쪽 승객용 좌석에는 30대 중반쯤의 덩치 좋고 땅딸막한 남자가 앉아 있었다. 이름은 드레이크 맥브라이드, 레드 다이아몬드 에너지 회사의 사장이었다. 그의 뒤에는 프로젝트 매니저 지미 리 베일리스가 앉아 있었다. 엔진 소음을 뚫고 이야기를 나누기 위해 둘 다 마이크 달린 헤드셋을 끼고 있었다.

드레이크 맥브라이드는 카우보이모자에 뱀피 부츠, 똑딱단추가 달린 연한 색 실크 셔츠 차림이었으며, 스티로폼 컵에 든 뜨거운 커피를 홀짝이고 있었다. 지미 리 베일리스는 황갈색의 긴소매 작업복 셔츠에 더러운 바지를 입고 있었다. 무릎에는 지도 한 장을 펼쳐 둔 채였다.

얼마 안 되어 헬리콥터는 검은 덩굴 늪지 위를 맴돌았다. 지미 리 베일리스는 오래 묵은 사이프러스 숲 가장자리에 펼쳐진 지저분한 초원에 나 있는 시커멓게 그을린 초승달 모양 흔적을 가리켰다.

"불이 나서 저런 겁니다."

"우리 장비는 손상된 거 없지?"

"물론이죠." 나를 저능아로 아는 건가? 지미 리 베일리스는 생각했다.

드레이크 맥브라이드는 햇빛을 가리려고 눈가에 손을 댔다. "저 바로
아래가 22구역인가?"

"예, 사장님."

"그리고 저쪽이 21구역이고?"

"그렇습니다."

"그놈의 지도 좀 보여 주게."

드레이크 맥브라이드는 텍사스 출신도 아니면서 텍사스 사람들의 옷차
림과 말투를 열심히 따라했다. 휴스턴 출신이며 26년 동안 석유와 천연
가스 채굴에 힘써 온 지미 리 베일리스가 보기에는 매우 눈꼴신 행동이
었다. 드레이크 맥브라이드는 북부 뉴욕 주 출신이라 텍사스 토박이 말투
를 구사할 이유가 전혀 없었으니 말이다.

그러나 머리가 꽤 잘 돌아가는 편인 지미 리 베일리스는 자기 월급을
주는 사람 비위를 거슬러서 좋을 게 없다는 걸 잘 알았다.

"60미터 더 내려가자고." 드레이크 맥브라이드가 조종사에게 명했다.

헬리콥터의 기세에 나무 꼭대기에 있던 하얀 해오라기 몇 마리가 겁을
먹었고 사슴 한 마리가 메마른 초원을 경중경중 뛰면서 달아났다.

"그 망할 놈의 짐승이 있는 건 아니지?"

"아닙니다. 총 소리에 겁먹어 완전히 달아난 게 분명합니다."

지미 리 베일리스는 주머니를 뒤적여 텀스 소화제를 꺼냈다. 빅 사이프

러스 프로젝트를 맡게 된 이후 줄곧 그의 속은 뜨거운 석탄이라도 삼킨 것처럼 쓰라렸다.

드레이크 맥브라이드는 말했다. "그 털투성이 짐승을 빵 쏴서 산산조각 냈더라도 별로 아쉬울 거 없는데 말이야."

"퓨마를 죽이면 중벌을 받습니다, 사장님. 정부는 꽉 막혔거든요."

"퓨마라, 허!" 드레이크 맥브라이드가 콧방귀를 뀌었다. "서부에는 퓨마가 아주 널렸지. 코요테~ 잡듯 그냥 맘대로 쏴 죽여도 된다고."

그가 '코요테'의 끝자를 길게 끌어 발음하는 바람에 지미 리 베일리스는 짜증스러워졌다. 그는 '척하는' 인간은 딱 질색이었다.

"그놈의 퓨마를 누군가 여기서 보기라도 하면 일이 귀찮아진다고. 참견쟁이 수렵 관리인들이 우리 프로젝트 현장을 온통 들쑤시고 다니는 건 정말 질색이란 말일세, 자네 알아듣나?"

"퓨마는 진작에 여길 떴습니다, 사장님. 사슴 잡는 소총으로 두 차례나 머리 있는 데 총알을 쏟아 부었거든요. 그렇게 빨리 뛰어가는 건 본 적이 없을 정도였습니다. 아직도 뛰어 달아나고 있다 해도 믿을 정도로요."

"자네 말이 맞길 바라네, 형씨."

나도 그러길 바란다네, 지미 리 베일리스는 생각했다. 퓨마는 플로리다에서 가장 유명한 멸종 위기 동물이었고, 목격했다는 보도가 나면 많은 사람들의 관심을 끌었다. 열정이 지나친 산불 수사관이 레드 다이아몬드 사의 채굴사업이 퓨마 서식지를 어지럽힌다는 판단을 내리기라도 하면, 프로젝트 전체가 연기되거나, 심하면 아예 금지될 수도 있었다.

헬리콥터 조종사는 화재 현장을 한 바퀴 더 돌았다. 드레이크 맥브라이드는 검게 그을린 풀과 나무를 내려다보며 커피를 후루룩 삼키고는 말했다. "건조기로군."

사장이 재미있으라고 한 소리인지 아닌지 지미 리 베일리스는 도통 알 수가 없었다.

"지금까지 하던 대로 계속하게." 드레이크 맥브라이드가 말했다. "그리고 한바탕 로큰롤을 출 준비나 하자고."

"예, 사장님."

"그리고 잊지 말고."

"압니다. 안 들키게 바싹 수그리고 있으라는 거죠."

"방울뱀 배때기보다 더 낮게 말이지." 드레이크 맥브라이드가 말했다.

닉과 어머니는 일요일 밤에 워싱턴 D.C.에서 돌아왔다. 닉은 다음날 아침 일찍 일어나 팔을 붕대로 감았다.

도와 달라고 하자, 어머니는 에이스 붕대 통을 의심스레 쳐다보며 물었다. "다른 애들이 뭐라고 할까?"

"신경 안 써요." 닉이 말했다. "저도 아빠가 겪는 걸 똑같이 버텨 내고 싶어요."

"한참 있어야 돌아오실 텐데."

"한발 먼저 시작하는 거죠."

"니키, 부탁이다."

"그냥 둘둘 말아 주세요, 엄마."

평소 때처럼 마르타는 스쿨버스에서 닉 옆에 앉았다. 닉이 오른팔을 셔츠 밑에서 등 뒤로 돌려 단단히 싸매 놓은 것을 보고 마르타는 무슨 일이냐고 물었다. 교복 재킷의 오른팔이 축 늘어져 있었다.

닉은 말했다. "지금부터, 난 모든 일을 왼손으로 할 거야."

"글씨 쓰는 것도? 야구하고 라크로스는 어쩌고?"

"그것도 다."

마르타는 눈썹을 찡그렸다. "네 오른팔은 멀쩡한데 말이지?"

"응."

"정말 심한 짓이다, 닉. 그건, 뭐랄까, 장애인을 놀리는 짓 같잖니."

닉은 볼을 붉혔다. "아냐, 딱 그 반대야. 우리 아빠가 이라크에서 로켓포에 맞아 아주 심하게 다치셨어. 오른팔을 어깨 있는 데까지 완전히 잃으셨다고."

마르타는 흠칫 헉 하는 소리를 냈다. "세상에, 정말 미안해. 나으실까?"

닉은 결연히 고개를 끄덕였다. "하지만 앞으로 평생 왼손만 쓰셔야 돼."

"아, 그래서 네가 왼손잡이로 바꿨구나." 마르타는 미소를 지으며 재킷의 빈 소매를 집어 들었다. "정말 멋지다."

"뭐라 말하든 상관없어."

"진짜로 하는 말이야. 너희 아버진 언제 집에 오시니?"

"아마 곧 오실 거야." 닉은 어머니와 함께 월터 리드 군인 병원에 갔던 이야기를 해 주었다. "목요일이랑 금요일에 결석한 건 그 때문이었어."

"아무도 안 알려 줬어. 난 네가 독감에 걸린 줄 알았지."

"차라리 독감이 낫지." 우울하게 내뱉고는, 닉은 학교에 도착할 때까지 쭉 입을 다물었다.

첫 수업은 영문학이었다. 담당인 그룬월드 선생님은 스티븐 크레인의 유명한 단편 「오픈 보트」에 대해 수업을 할 예정이었다. 닉은 그 소설을 워싱턴에서 돌아오는 비행기 안에서 다 읽었다.

가방에서 바인더를 꺼내려고 하는데, 책 넣는 곳 입구에 달린 지퍼가 단단히 맞물려 움직이지 않았다. 오른팔을 몸에 동여매 두지 않았더라면 별일 아니었겠지만, 힘이 약한 왼손만으로는 지퍼를 내릴 수가 없었다. 잡아당길 때마다 가방이 위로 딸려 올라오는 바람에 제대로 힘을 줄 수가 없었던 것이다.

닉의 뒤에 있던 미키 매리스가 그 모습을 보고는 도와주려고 손을 뻗었다. 닉은 손사래를 쳐서 거절했다. 누가 이기나 해 보자는 마음으로 양쪽 발로 가방을 밟아 움직이지 못하게 했다. 온 힘을 쏟아부어 지퍼가 걸린 부분을 확 잡아당겼는데, 지퍼는 즉각 손가락 사이로 빠져나가고 말았다.

닉은 나지막이 투덜거렸다. 책가방을 무릎 위로 끌어올리고 볼펜 끄트머리를 이용해 망가진 지퍼의 이빨을 분리해 내고서야 고집스런 가방을 열 수 있었다. 닉은 영어 과목 바인더를 꺼내 책상 위에 내던지고, 조심스레 왼손으로 펜을 쥐고는 필기할 태세를 갖췄다.

"난파선의 선원들을 다룬 이 유명한 이야기는," 그룬월드 선생님이 수업을 시작했다. "작가가 젊었을 때 겪은 실제 에피소드를 바탕으로 한 거랍니다."

왼손으로 글씨 쓰기란 팔 끝에 게의 집게발을 달고 있는 것처럼 이상한 느낌이었다. 닉은 펜을 부드럽게 놀리려고 애썼다. '실제 경험을 바탕으로 한'이라는 말을 쓰려고 했는데, 종이에는 파란 벌레가 기어간 듯한 자국만 남았다. 그것도 어지럼증에 시달리는 벌레 같은 자국이.

어깨 너머로 닉을 흘끗흘끗 바라보던 미키 매리스가 속삭였다. "야, 괜찮아. 내 공책 빌려 줄 테니까 수업 끝나고 복사하면 되잖아."

닉은 단호하게 고개를 저었다. "어쨌든 고마워." 그렇게 쉽게 그만둘 생각은 없었다.

수업이 끝날 때쯤, 닉이 그 고생을 하며 엮어 낸 글자들은 제법 영어 알파벳을 닮은 꼴을 하게 되었다. 다음 수업은 대수였고, 변덕스런 대수 공식은 또 다른 차원의 도전거리였다. 다행스럽게도 닉은 익숙지 않은 손으로 쓰기에는 숫자와 기호가 알파벳보다 더 쉽다는 점을 깨달았다.

생물 시간이 되자 닉의 왼팔은 후들거렸고 손가락은 경련이 날 지경이었다. 임시 교사가 등을 돌린 채 칠판에 서서 필기를 하고 있었다.

"스타치 선생님은 아직도 안 왔어?" 닉은 마르타에게 속삭였다.

"휴가 중이시래. 넌 그 말이 믿기니? 드레슬러 교장 선생님이 금요일에 발표하셨어."

이상하군, 닉은 생각했다. "이유도 말씀해 주셨어?"

"갑작스레 집안에 일이 생겨서, 라더라. 진짜 이유는 뭔지 알 게 뭐야." 휴대폰이 갑자기 진동하자 마르타는 휴대폰을 껐다. "그 늙은 마녀가 다시 오긴 할 거래, 불행히도 말이야."

닉은 책가방에서 생물책을 꺼내려고 분투했다. "스모크는?"

"아무도 본 사람이 없어. 학교를 그만둔 게 분명해, 아니면 드레슬러가 걜 퇴학시켰든지. 어느 쪽이든 그리 아쉬운 일은 아니지."

"불을 질렀다고 잡혀간 건지도 몰라."

"리비가 그러는데 그건 아니래. 리비네 아빠가 그 사건을 맡았으니까, 걔는 얘기를 들었을 거야. 얘, 왼손잡이 씨, 팔은 좀 어때?"

"아주 편해." 닉은 거짓말을 했다.

임시 교사는 커다랗고 장식이 없는 글씨체로 자기 이름을 적고 있었다.

마르타가 숨을 들이마셨다. "안 돼!"

"제발 저 사람만은." 닉도 중얼거렸다.

웬델 왁스모는 전설적인 괴짜였다. 닉과 마르타는 그의 수업을 들은 적이 한 번도 없었지만, 소문은 들었다. 전교생이 다 알았다.

유별난 행동 때문에 웬델 왁스모는 벌써 옛날에 공립학교 교단에서 추방당했다. 그러나 트루먼 같은 사립학교는 늘 임시 교사가 부족해 허덕였기 때문에 웬델 왁스모가 불려오는 일이 이따금 있었다.

그가 등을 돌려 학생 쪽을 바라보자 학생들은 너나할 것 없이 킥킥거렸다. 웬델 왁스모는 빛 바랜 검은 턱시도에 화사한 노란색 나비넥타이를 매고 있었다.

"그래, 요 흰개미 자식들아, 뭐가 그리 웃기냐?" 그는 도저히 가만히 듣고 있을 수 없는 날카롭고 새된 소리로 물었다. 스타치 선생님의 반 정도 되는 키에 옆으로는 두 배나 퍼져 보였고, 듬성듬성 난 빨간 머리는 대접만 한 크기로 벗겨진 이마를 가리기 위해 빗어 넘겼지만 대머리는 여전히 눈에 띄었다.

"이제 일어나서 국기에 대한 맹세를 노래하거라."

학생들은 어떻게 해야 할지 몰라 서로 마주 보았다. 아무도 일어서지 않았다. 그레이엄이 손을 들자, 웬델 왁스모는 조급하게 손가락을 딱 퉁겨 그를 지목했다.

"저희는 국기에 대한 맹세를 아침 조회 때만 해요. 그리고 노래를 부르지는 않아요, 왁스모 선생님." 그레이엄이 설명했다.

"내 수업 시간엔 해야 돼."

그래서 학생들은 전부 일어나 〈아름다운 아메리카〉의 선율에 맞춰 국기에 대한 맹세를 노래했다. 정말 어처구니없이 들렸다.

학생들은 숨죽여 웃으며 자리에 앉았다.

웬델 왁스모는 스타치 선생님이 돌아올 때까지 자신이 대신 수업을 맡을 거라고 말했다. 또한 자신이 비들버그 주립대학에서 높은 학위를 받았으니 '왁스모 박사님'이라고 불러 달라고 명령했다. 왁스모 박사 말로는 '다코타 주의 하버드'라고 하지만, 닉은 그런 이름의 대학은 전혀 들어본 적이 없었다.

그레이엄이 다시 손을 휘둘렀다.

"또 뭐냐?" 웬델 왁스모가 짜증스럽게 물었다.

"노스다코타요, 아니면 사우스다코타요?"

"둘 다. 그리고 서부 미네소타 주까지 쳐도 마찬가지지. 이제 교과서 117쪽을 펴라. 오늘은 아마르amar 동사 변화법을 배울 거다. 물론 '사랑하다'라는 뜻의 동사지."

리비 마셜은 더 이상 참을 수가 없었다. "하지만 스페인어 시간이 아니에요. 생물 시간이라고요!" 리비는 그만 소리치고 말았다.

웬델 왁스모는 눈썹을 찡그리더니 고개를 획 쳐들었다. "내가 갓난애인 줄 아나? 순무 트럭에서 떨어진 것 같아? 아가씨 이름이 뭐야?"

마르타는 닉에게 쪽지를 보냈다.

아주 환상적인데! 화내는 꼴이 꼭 붕붕대는 벌레 같다!

닉은 슬쩍 웃으며 쪽지를 주머니에 찔러 넣었다.

노려보는 웬델 왁스모 앞에서 리비 마셜은 바들바들 떨고 있었다.

"이름이 뭐냐고 물었을 텐데?" 그는 다그쳤다.

닉은 왼손을 들고, 허락도 받지 않고 말했다. "리비 말이 맞아요, 왁스모 박사님. 지금은 생물 수업 시간이라고요. 보세요, 이게 교과서예요."

웬델 왁스모는 닉 쪽으로 걸어와 교과서를 낚아채더니 퉁명스레 책을 휘리릭 넘겨 보고는 도로 닉에게 밀었다.

"스타치 선생님 책상 위에 교사용 책이 있어요." 닉은 말했다.

웬델 왁스모는 고개를 돌려 그쪽을 보았다. "있군." 그는 중얼거리더니, 다시 닉 쪽을 돌아보았다. "그럼 자네 이름은 뭔가?"

"닉 워터스입니다."

"워터스 군, 자네 오른팔은 어떻게 된 건가?"

"아무 일 아니에요. 그냥 실험입니다."

"난 오른팔이 부러졌던 적이 있지. 젖소가 내 팔을 깔고 앉았거든." 웬델 왁스모는 근엄하게 말했다. "웃겨 보이려고 하는 건가?"

"아닙니다. 진지한 실험이에요."

마르타가 손을 들려고 했지만, 닉은 그러지 말라는 눈초리를 했다. 반의 모든 애들이 아버지가 당한 사고에 대해 수군거리는 건 싫었다.

"이백 킬로그램이 넘는 소가 자넬 깔아뭉개는 일은 안 당하는 게 좋네, 워터스 군. 웃긴 일이 아니거든." 웬델 왁스모는 교실 앞으로 성큼성큼 가더니 스타치 선생님의 책을 들었다. "좋아, 여러분, 117쪽을 펴도록."

학생들은 가만히 앉아 있었다. 왁스모가 농담을 하는 줄로 알았지만, 그게 아니었다.

"뭘 멍하니 기다리고 있는 건가?" 그는 날카롭게 물었다.

"이건 스페인어 책이 아니에요, 왁스모 박사님." 리비 마셜이 작은 소리로 용감하게 말했다.

레이첼도 말했다. "저흰 117페이지는 한참 전에 지났어요."

"그래?" 웬델 왁스모의 얼굴에 미소 비스무레한 것이 지나갔다. "여러분 중에는 내 수업을 들어본 사람이 아무도 없는 게 확실하군. 그렇지 않다면 월요일에는 과목과 상관없이 내가 항상 117쪽을, 그리고 117쪽만, 가르친다는 걸 잘 알 테니 말이야."

닉은 웃지 않으려고 입술을 깨물었다.

"오늘 오전 에그먼트 학교에서는 맥케이 선생님의 세계사 상급반 수업을 대신 들어갔지. 종이 울렸을 때는 학생들 전부가 역사책 117쪽을 확실히 암기하게 되었어. 117쪽은 로마 제국 지도였지!"

임시 교사 중엔 별난 사람이 많았지만, 웬델 왁스모는 특별한 종류였다. "교사는 각자 자기한테 맞는 교육 방식이 있는 법이다." 그는 주절거렸다. "스타치 선생님은 자기 방식이 있고, 나도 내 방식이 있어. 그리고 어느 한쪽을 골라서 집중, 집중, 집중하는 게 내 방식이다."

그는 생물책 117쪽을 펼치더니, 몇 문단을 훑어보고 밝은 표정으로 고개를 들고는 물었다. "그럼, 세포막에서 단백질이 어떻게 작용하는지 말해 볼 사람?"

처음으로 그레이엄조차 너무 당황해서 손을 들지 못했다. 리비 마셜이 느릿한 소리로 질문에 답했다. "단백질은 특정 세포가 서로 소통할 수 있게 해 주는 화학 물질을 방출하고, 물과 당분이 세포막을 통해 이동하도록 도와줍니다."

웬델 왁스모 박사는 환희에 찼다. "내 말이 바로 그거다, 여러분! 요 까탈스런 아가씨가 공부는 좀 제대로 하는군! 다들 필기하길 바란다."

마르타가 이를 악물고 투덜거렸다. "뭐 하러 필기해? 스타치 선생님이 3주 전에 이 부분을 시험 봤는데."

"저치한테 말하지 마." 닉이 소근거렸다.

웬델 왁스모가 말할 때마다 깡마른 울대뼈가 오르락내리락했고, 노란 나비넥타이도 따라서 흔들렸다.

"빨리 대답하게. 인지질燐脂質 분자란 뭔가? 거기 너!" 그는 그레이엄을 가리켰다. "정의를 내려 보게."

그레이엄은 어찌할 바 모르고 넋이 나간 표정이었다. "잊어버렸어요."

웬델 왁스모는 찌푸렸다. "일어나게, 학생."

그레이엄이 불안하게 일어섰다. "네, 선생님?"

"자장가를 불러."

"하지만 저는 자장가는 하나도 몰라요." 그레이엄은 울음을 터뜨리기 일보 직전이었다.

웬델 왁스모가 한숨을 쉬었다. "음악 없는 하루는 햇빛 없는 하루나 마찬가지지. 그럼 날 따라 부르게."

쉬잇, 아가야, 아무 말도 하지 마렴.
엄마가 너에게 구관조를 사 줄게.
만약 구관조가 말을 하지 않으면
엄마가 뻐꾹 시계를 사 줄게……

마르타가 닉의 귀에 대고 말했다. "저런 가사가 아닌데."

"그러게 말이야."

웬델 왁스모는 가수 체질은 아니었다. 충격에 싸인 학생들은 노래가 끝나자 다행이다 싶었는데, 그는 이 반응이 감격에서 우러나왔다고 착각했다.

"자네 차례일세." 그는 그레이엄에게 말했다.

"전 못하겠어요."

"뭐라고?"

"정말 못하겠어요."

웬델 왁스모는 팔짱을 꼈다. "이 전함의 선장은 나일세."

"네."

"그러니 자네는 내가 시키는 대로 하게. 아니면 그 뒷감당을 하든지."

임시 교사는 권력이 아주 약했지만, 그레이엄은 이 위협에 완전히 겁에 질리고 말았다. "인지질 분자가 무엇인지 생각난 것 같아요." 그는 용감하게 말했다.

"누가 그런 걸 물어봤나? 이제 노래하게."

"쉿, 아가야," 그레이엄은 고통스레 찡그린 얼굴로 노래를 시작했다. "울지 말아라……."

갑자기 문이 쾅 하고 열리더니 학생 하나가 교실로 들어왔다. 닉은 처음에는 그가 누군지 알 수 없었다.

재킷은 얼룩 한 점 없는데다가 다림질 되어 있었고, 카키색 바지는 말끔하게 빨아 주름이 펴진 상태였으며, 넥타이는 완벽하게 매어져 있었다. 볼은 빡빡 씻어 반들거렸고, 머리는 가르마를 타서 깔끔하게 다듬었으며,

손에서도 기름기나 땟자국이라고는 찾아볼 수 없었다.

"이건 또 누구신가?" 웬델 왁스모가 물었다.

"드웨인 스크로드 주니어입니다." 학생이 대답했다.

제 9 장

마르타는 닉에게 또 쪽지를 보냈다.

마르타와 반의 다른 아이들과 마찬가지로 닉도 스모크에게서 눈을 뗄 수가 없었다. 믿어지지 않는 대변신이었다.

웬델 왁스모가 말했다. "늦었군, 스크로드 군."

"죄송해요. 오토바이 피스톤 봉이 나갔거든요." 스모크는 책가방을 내려놓고 얇은 플라스틱 파일을 꺼내 임시 교사에게 내밀었다.

"제 에세이예요. 스타치 선생님이 시키신 대로 오백 단어에요. 정확히는 오백 여덟 단어죠."

몹시 흥미롭다는 듯한 수군거림이 교실을 휩쓸고 지나갔다.

웬델 왁스모는 파일 첫 페이지를 열었는데, 거기에는 에세이 제목이 가운데 정렬로 인쇄되어 있었다.

여드름의 악착같은 저주

드웨인 스크로드 주니어 씀

웬델 왁스모는 멍청하게도 큰 소리로 제목을 읽었고, 교실은 폭소의 도가니가 되었다.

"스타치 선생님이 재미있게 쓰라고 하셔서요." 스모크는 변명하듯 말했다. 깔끔한 옷차림이 영 불편한데다가, 관심의 대상이 되어 어색한 듯했다.

"이건 무슨 헛소리지?" 웬델 왁스모는 파일을 돌돌 말아 쥐고 휘둘러댔다. 턱시도까지 입고 있으니 꼭 오케스트라 지휘자 같았다. "스타치 선생님이 자네에게 여드름에 대해 보고서를 써 오라고 했다는 소리인가? 진지하게 답하게."

이런 적대적인 태도에도 스모크는 놀라우리만치 침착했다. "읽을까요, 말까요?"

"큰 소리로 말인가? 그럴 필요 없네, 스크로드 군. 자리에 앉게."

웬델 왁스모는 못마땅하게 콧방귀를 뀌며 여드름에 대한 보고서를 더러운 자기 서류 가방에 넣었다.

스모크는 자리에 앉아서 펜과 공책을 꺼냈는데, 그 모습에 반 아이들은 모두 경악했다. 닉이 기억하는 한 스모크가 필기하는 걸 본 적은 한 번도 없었던 것이다.

"스모크가 아니야." 마르타가 속삭였다. "저건 가짜가 분명해."

"아니면 숨겨둔 쌍둥이라든지." 닉이 말했다.

웬델 왁스모 박사는 주목받던 위치를 빼앗겨 심통이 난 듯했다. 그는 드웨인 스크로드 주니어에게 급하게 다가가 말했다. "자네 말이야, 저 어처구니없는 여드름 보고서에 대한 자네 말이 진실인지, 아니면 날 놀려서 친구들을 웃기려고 꾸며낸 수작인지 난 반드시 알아내고 말 걸세."

스모크는 어리둥절했다. "제가 왜 그런 바보 같은 짓을 하겠어요?"

"애들은 항상 임시 교사를 놀리려 드니까, 바로 그게 이유지. 임시 교사를 저희들 먹잇감으로 아니까. 우리가 너희들을 웃겨 주려고 이 자리에 서 있는 줄 아는 게지."

웬델 왁스모는 한층 더 다가왔다.

"난 너 같은 부류를 잘 안다. 하지만 난 항상 학생을 존중하는 사람이야. 그렇지 않다면 내가 귀찮게 뭐 하러 이렇게 차려입겠나?"

스모크는 어깨를 으쓱했다. "정신 나간 인간이라서 그런가요?"

교실은 웃음으로 폭발했고, 웬델 왁스모의 얼굴은 자주색으로 변했다. 그리고 그의 행동에 학생들은 웃음을 급히 삼켰다. 창백하고 땅딸막한 손가락으로 스모크의 코를 쿡 찔렀던 것이다.

"너," 화로 펄펄 들끓는 소리였다. "당장 사과해!"

닉과 다른 학생들은 스모크가 스타치 선생님의 노란 연필을 물었듯 분명 임시 교사의 성가신 손가락을 물어뜯어 두 동강 낼 거라고 생각했다.

그러나 드웨인 스크로드 주니어는 반 전체에게 충격을 안겼다. 그는 웬델 왁스모를 물지도, 씹지도, 심지어 침을 뱉지도 않았다. 대신 이를 꼭 악물고, 숨을 천천히 내쉬며 말했던 것이다. "선생님 말이 맞네요. 죄송해요."

흥분한 마르타는 즉시 닉에게 쪽지를 적었다.

진실을 밝히자면, 드레슬러 교장은 완벽하게 제정신이고 정상인 임시 교사를 네 명이나 알았다. 교장은 웬델 왁스모가 어느 정도 정신이 나간 인간이라는 것을 아주 잘 알면서도 그를 고른 것이었다.

드레슬러 교장에게는 버니 스타치가 자기 수업을 누가 맡고 있는지 알게 되면 당장 휴가를 끝내고 학생들을 구출하러 달려올 거라는 믿음이 있었다.

그동안 교장은 웬델 왁스모의 거슬리는 옷차림, 괴상한 수업 방식, 노래를 불러대는 미치광이 같은 버릇에 대해 항의를 늘어놓는 화난 학부형들의 전화에 시달려야 했다.

그러나 드레슬러 교장은 그보다 더 심각한 문제를 떠안고 있었다.

"커피 드시겠습니까?" 그는 제이슨 마셜에게 물었다.

형사는 정중히 거절하고 자리에 앉았다. "그 학생과 말씀 나눠 보셨습니까?"

"한마디도요. 오늘 아침에야 수업에 나왔거든요. 별안간 나타난 거죠."

"뭐 달라진 점은 없던가요?"

드레슬러 교장은 거북하게 웃었다. "모든 면이 달라졌습니다. 완전히 새사람 같아요."

"무슨 말씀이시죠?"

"진짜 학생 같아 보인다는 말입니다. 정말로 학교에 있고 싶어 하는 것 같아요."

"그건 좋은 일 아닙니까?"

"물론이죠." 대답은 그렇게 했지만, 드레슬러 교장은 사실 놀라고 의심스러웠다. 종이 울리자 그는 불안하게 커피를 한잔 더 따랐다.

"직접 만나 보시죠." 그는 제이슨 마셜에게 말했다.

얼마 후 드웨인 스크로드 주니어가 교장실로 들어왔다. 방화범과는 거리가 멀어 보였다. 미래의 학생 회장이라 해도 될 만한 모습이었다. 게다가 스타치 선생님의 연필을 소화시킨 뒤였음에도 완벽하게 컨디션도 좋고 건강해 보였다.

드레슬러 교장은 마셜 형사를 소개했다. "자네한테 몇 가지 질문을 하고 싶다고 하시네, 드웨인."

"그러세요." 드웨인 스크로드 주니어는 교장실 가죽 소파에 편안하게 앉았다.

제이슨 마셜은 노트를 꺼냈다. "스타치 선생님과 있었던 사건은 들었다."

드웨인은 부정하지 않았다. "연필을 물어뜯으면 법에 걸리는 건가요?"

"몇몇 애들이 네가 선생님을 협박했다고 하던데."

"선생님이 절 놀리셨어요. 화가 치솟았던 것 같아요." 그는 인정했다. "내 얼굴 앞에서 사라지지 않으면 후회하게 될 거라 말했죠. 그런 말은 한 건 잘못된 행동이었어요. 확실히."

"진짜 그럴 생각은 아니었다는 건가?"

"당연히 아니죠."

제이슨 마셜은 드웨인의 대답을 적었다. 드레슬러 교장은 너무나 정상적으로 보이는 드웨인의 모습에 도무지 익숙해질 수가 없었다. 대체 무엇이 그의 몸차림과 태도에 그렇게 극적인 변화를 가져왔는지 상상조차 가지 않았다.

"그런데 다음날 넌 학교에 오지 않았지." 형사가 말했다.

"네, 수업을 빼먹었어요. 그것도 제 잘못이에요."

"검은 덩굴 늪지에 가 본 적 있니?"

"물론이죠. 뱀 잡으러요."

"견학 날에도 거기 갔었니?"

드웨인은 이 질문을 예상했던 듯했다. "아뇨, 전 마르코에 농어 낚시하러 갔었어요. 거기에 송어 떼가 몰려왔고 밀물 때였거든요. 벤지 오세올라에게 물어보세요, 걔는 다리 다른 쪽 끝에 있었어요."

드레슬러 교장이 듣기에 드웨인 스크로드 주니어의 이야기는 충분히 아귀가 맞았지만, 형사의 질문은 그게 다가 아니었다.

"드웨인, 뭘 좀 물어볼 텐데, 화내지 않겠다고 약속하렴. 이런 게 내 직업이니까, 알겠지?"

"문제없어요."

"네가 견학 날 검은 덩굴 늪지에 몰래 들어가 스타치 선생님에게 겁을 주려고 불을 질렀니?"

드웨인은 화내지 않겠다는 말을 지켰다. 매우 침착했던 것이다. 그는 제이슨 마셜의 눈을 똑바로 쳐다보면서 말했다. "이젠 그런 짓 하지 않아요."

"그래서 대답은 아니라는 거지?"

"그럼요."

"지난 며칠 동안, 스타치 선생님이 네 협박이 진짜라고 믿게 될 만한 행동을 한 적이 있니? 견학 이후로 선생님은 학교에 나오지 않으셨다."

드웨인은 웃었다. "그 선생님은 아무것도 겁내지 않아요. 특히 애들을 겁내지는 않죠. 전 그 선생님하고 더 이상 싸우기 싫었어요. 그래서 선생님이 요구한 대로 그 멍청한 에세이도 써 온 거라고요. 아, 죄송해요, 하지만 정말 멍청한 숙제였어요."

드레슬러 교장은 물어보는 게 의무라고 느꼈다. "무슨 에세이였는데?"

드웨인은 눈알을 굴렸다. "저에게 뾰루지에 대해 오백 단어 보고서를 쓰라고 하셨어요."

교장은 흠칫했다.

"진짜예요."

드레슬러 교장은 스타치 선생님이 학교에 돌아오면 외교적인 대화를 좀 나눠야겠다고 생각했다. 학생의 버릇을 고쳐 주는 것과 모욕하는 것은 전혀 다른 일이니까.

형사는 여드름 보고서에 대한 이야기는 이미 들어 알고 있었다. "이쯤에서 끝내지. 시간 내줘서 고맙다, 드웨인."

드웨인은 소파에서 일어섰다.

"잠깐만 기다리게, 한 가지 물어볼 게 있네." 드레슬러 교장이 말했다.

드웨인 스크로드 주니어는 초조한 눈빛으로 돌아섰다.

"그냥 궁금해서 물어보는 걸세, 드웨인. 도대체 무슨 일이 있었기에 자네가 그렇게 변한 건가?"

"무슨 말씀이시죠?"

드레슬러 교장은 허물없고 진실한 표정으로 비치길 바라며 미소 지었다. "자네 옷차림이며, 행동하는 방식 하며, 분명 자네도 달라졌다는 걸 알고 있을 텐데."

드웨인 스크로드 주니어는 자기 모습을 내려다보더니 생각에 잠겨 목덜미에 난 새빨간 뾰루지를 긁적였다. "며칠 동안 캠프를 갔었어요. 여러 가지에 대해 생각할 시간이 많았죠."

"어떤 일들 말이지?" 제이슨 마셜이 물었다.

"예전에 제가 나아가던 방향이며, 제가 저질렀던 실수와 잘못했던 일들에 대해서요."

형사마저 깊이 감동한 듯했다. "그것도 다 성장해 나가는 과정이지."

"예, 뭐, 아무것도 거칠 게 없이 살았던, 그런 게 지겨워졌어요. 그래서 다른 방식으로 행동하려고 결심했죠."

드레슬러 교장은 이해가 간다는 듯 고개를 끄덕였다. "음, 우린 새로운 모습의 자네가 맘에 든다네, 드웨인."

"아주 착실한 변화야." 제이슨 마셜도 거들었다.

"그런 것 같아요." 그리고 드웨인 스크로드 주니어는 교장실을 나갔다.

저녁 식사는 넘기 힘든 벽이었다.

"프라이드치킨이나, 뭐 손으로 잡고 먹을 수 있는 음식을 준비할 걸 그랬구나." 닉의 어머니가 말했다.

"괜찮아요. 고기가 안 움직이게 해야 되는데."

닉은 접시에 담긴 돼지갈비를 물끄러미 바라보며 어떻게 잘라야 할지 고심하는 중이었다. 나이프는 왼손으로도 꽤 잘 다룰 수 있었지만, 다른 쪽 손에 포크를 쥐고 꾹 누르지 않고서는 이리저리 빠져나가는 고기를 어떻게 할 수가 없었다.

"오른팔 풀자, 오늘 밤만이라도 말이야." 어머니가 부탁했다.

"절대 안 돼요. 아빠도 이렇게 해야 되잖아요, 안 그래요?"

"아빠가 집에 계셨으면 분명 내가 고기를 썰어 줬을 거야."

그날 오후 전화로 실망스런 소식이 왔었다. 그레고리 워터스 대위가 다친 어깨에 감염이 생겨 고생한다는 소식이었다. 의사는 닉의 어머니에게 항생제의 효과가 느리게 나타나고 있다고 전했다.

의사가 전해 준 좀 더 밝은 소식은 워터스 대위의 초기 재활 훈련이 놀라운 성과를 거두고 있다는 점이었다. 닉은 기뻤지만, 놀라지는 않았다. 아버지는 항상 신체적으로 최고의 상태를 유지해 왔으니까.

"왜 아빠랑 통화하게 해 주지 않는 거예요?" 닉은 물었다.

"주무시고 계셨거든. 오늘 오후에 두 시간이나 왼팔 단련 훈련을 하셨대."

"몸짱 대위님이라고 불러 드려야겠네요."

"그러게 말이다." 어머니는 닉이 나이프로 찔러 대는 동안 돼지갈비가 접시 위에서 이리저리 미끄러지기만 하는 광경을 보고 있었다.

"너 그러다 굶어 죽겠다, 니키. 내가 해 줄게."

"싫어요! 제가 할 거예요." 좌절한 닉은 나이프를 내려놓고 롤빵을 집어 세 입만에 삼켰다. "왼손잡이가 된 첫날일 뿐이니까요." 닉은 우물거리며 말했다.

"한손잡이겠지. 다른 애들이 뭐라고 하든?"

"별말 없어요. 마르타는 멋지대요."

"체육 시간은 어땠어?"

"괜찮았어요." 닉은 말했지만, 사실은 전혀 괜찮지 않았다. 잘 쓰는 팔을 등 뒤로 붙들어 매고 하자니 라크로스는 무척 어려웠고, 팀에서 닉은 무용지물이 되었다.

나중에는 그가 샤워를 하는 동안 선배 두 명이 수건걸이에 둔 닉의 에이스 붕대를 빼앗아 퍼지 파웰 4세라는 이름의 뚱뚱하고 발이 느린 신입생을 꽁꽁 묶어 버리는 데 썼다. 코치 두 명이 달라붙어 10분을 씨름하고서야 그를 풀어 줄 수 있었다.

그러니까, 체육 시간은 한마디로 재난이었다.

어머니가 말했다. "내일이 되면 아플 거야. 뜨거운 물로 목욕하려무나."

닉도 이의는 없었다. 얼마나 팔이 아픈지 당황스러울 지경이었다. 하루 종일 장작을 팬 것도 아닌데 말이다. 필기를 하고, 책가방을 메고, 몇 번 문을 열고, 라크로스 채를 휘두르는 일상적인 동작만으로 완전히 진이 빠졌다. 두 팔이 멀쩡한 게 얼마나 행복한 일인지, 앞으로 절대 그 고마움을 잊지 못하리라.

30분 동안 몸을 푹 담그고 있다가 팔을 다시 동여매고 나서 닉은 숙제를 펼쳤는데, 대수 문제 18개를 풀어 오는 것이었다. 도중에 어머니가 들어와 왼쪽 어깨 위로 들여다보았다.

"감동적이다, 읽을 수 있을 정도인걸. 답이 맞았는지 틀렸는지는 모르겠지만 확실히 읽을 수는 있구나."

"두고 보세요."

"뭐 좀 물어봐도 되겠니, 니키? 너 언제까지 왼손잡이로 지낼 거니?"

"왼손을 잘 쓸 수 있게 될 때까지요."

"그러고 나서는?"

"저도 몰라요, 엄마. 거기까진 생각 안 해 봤어요."

사실은 충분히 생각해 보았다. 의사 말로는 닉의 아버지는 집에 돌아오고 나서도 몇 달 동안 병원을 드나들며 재활 훈련을 받아야 한다고 했다. 닉은 아버지가 받는 왼팔 훈련을 똑같이 받으며 병원에 함께 다닐 계획이었다.

수학 숙제를 마친 닉은 예습삼아 오 헨리의 단편을 읽었다. 제법 기분 전환이 되었다. 그다음에는 양치질이라는 힘든 과제에 도전했는데, 잇몸에서 조금 피가 나기는 했지만 무사히 마쳤다.

원래는 오른팔을 묶은 채로 잘 생각이었지만 도무지 편안한 자세가 되지 않았다. 손이 계속 저려 왔고, 잘못된 자세로 잠들었다가는 탄력 있는 붕대 때문에 팔이 완전히 다쳐 버리지 않을까 걱정이었다.

닉은 꽤 힘들게 팔을 풀어냈는데, 팔은 기운 없고 마비된 느낌이었다. 피가 다시 통하게 하려고 닉은 주먹을 쥐었다 폈다 하며 근육을 풀어 주었다.

어머니가 문을 빠끔히 열었을 때 닉은 벌써 불을 끄고 아이팟으로 음악을 듣고 있었다. 어머니는 놀랐다. "이야, 아직 8시 반밖에 안 됐는데."

"녹초가 됐어요."

어머니는 앉아서 닉의 이마에 손을 얹고 열이 있는지 재 보았다. 닉은 아픈 데 없다고 말했다.

"아빠 때문에 걱정되니?" 어머니가 물었다.

"네, 떨쳐 버릴 수가 없어요."

"내일 아빠한테 전화를 걸자. 약속할게."

"감염이 아주 심한 게 분명해요."

어머니는 걱정 말라고 닉을 달랬다. "의사가 그러는데 부상을 입어 사지를 절단했을 때는 종종 일어나는 일이래.”

‘절단’이라는 말에 닉의 가슴이 뒤흔들렸다. 진실이 서서히 머릿속에 들어왔다. 닉의 아버지는 팔 하나를 절단한 장애인인 것이다.

하지만 그래도 살아 계시잖아, 정말 중요한 건 그거야, 닉은 생각했다.

어머니는 말했다. “난 TV를 보다가 좀 있다 자러 가마, 네가 잠이 안 올지도 모르니까 말이야.”

“고마워요, 엄마, 하지만 눈이 감기기 일보 직전이에요.”

한 시간이 지났지만 닉의 눈은 여전히 말똥말똥했다. 몸은 녹초가 되었지만 머리는 고압선처럼 불꽃을 튀기며 돌아갔다. 아버지가 겪었던 일, 폭발하는 로켓탄이 내뿜은 불꽃, 산산조각으로 부서지는 험비, 불길과 연기와 비명 소리에 대한 상상에서 벗어날 수가 없었던 것이다…….

눈을 감으면 악몽에 시달릴까 두려워진 닉은 침대 옆 탁자에 두었던 휴대폰을 쥐고 마르타에게 전화를 걸었다. 마르타는 신호음이 두 번 가자마자 받았다.

“안 잤니?” 닉은 낮은 소리로 물었다.

“페이스북을 뒤지고 있었지. 팔 많이 불편하니?”

“엄청.”

“아빠랑 전화했어?”

“오늘은 못 했어. 재활 훈련을 받으셨거든.”

마르타는 말했다. “나도 잠이 안 왔어. 학교에서 벌어지는 일에 대해 생각하고 있었는데, 내 결론은 이거야. 스타치 선생님은 마녀라는 거지.”

“그런 소린 그만 해.”

“아니, 내 말은 ‘진짜’ 마녀라는 거야. 생각해 봐. 선생님이랑 스모크는 동시에 사라졌었어. 스모크는 갑자기 학교로 돌아왔는데, 완전히 인격 이식 수술을 받은 것 같잖아. 분명 스타치 선생님이 개한테 마법을 걸었을 거야!"

닉은 웃었다. "여긴 호그와트가 아니야, 마르타. 여긴 트루먼 학교라고."

"선생님이 마법사라고 말한 게 아니잖아. 마녀라고 했지."

"어쨌거나."

"좋아, 척척박사 씨, 그럼 박사님의 뛰어난 이론을 들려주시죠."

"그런 거 없어." 닉은 인정했다. "뭔가 이상한 일이 벌어지고 있다는 것만은 확실해."

"고맙구나."

스타치 선생님이 휴직을 청한 이유가—소위 그 '갑작스런 집안 문제'가—영 엉터리 같다는 데에는 닉도 동감이었다. 그 여자는 석기 시대 이래 단 하루도 결근한 적이 없었으니까.

그런데 더 놀랍고 수상쩍은 건 드웨인 스크로드 주니어가 새롭고 나아진 모습으로—기민하고, 깔끔한 몸차림에 숙제도 완벽히 해 가지고—수업에 나왔다는 사실이었다. 한마디로 완전히 딴 사람이 된 것이다.

닉은 마치 이야기가 한쪽으로 나아가다가 깜짝 놀랄 만한 반전으로 빠지는 단편소설의 주인공이 된 듯한 찜찜한 기분이었다.

그리고 이런 이상한 일이 시작된 건 죄다 스모크가 스타치 선생님의 연필을 먹어 버린 날부터였다.

마르타가 물었다. "너 앉아 있니?"

"누워 있어. 침대에."

"그렇구나. 내가 오늘 수업 끝나고 뭘 봤는지 아니? 스타치 선생님 거랑 똑같이 '매너티를 살립시다'라는 번호판이 붙은 푸른색 프리우스 기억나지? 그거 있잖아, 스타치 선생님 차였어. 분명해."

"어떻게 알아?" 닉은 믿기 어렵다는 듯 물었다.

"그 차가 에이스 하드웨어 사의 주차장에서, 시속 80킬로미터는 되는 속도로 날 듯이 달려가는 걸 봤거든. 그리고 조수석에서 마운틴듀를 꿀꺽꿀꺽 마시고 있던 게 누군지 알아? 스모크였어!"

"거짓말 마."

"하느님께 맹세해. 트루먼 교복을 입고 있었다고!"

"그럼 운전하고 있던 사람은 누구였는데?"

"까만색 스키 비니 모자를 꾹 눌러 쓴 남자 같았어. 그렇지만 분명 스타치 선생님이었을 거야. 너도 알잖아, 마녀는 마음대로 변신할 수 있다는 걸." 마르타가 자신 있게 말했다.

"야, 너 어쩌다 그런 걸 믿게 됐니? 마녀 같은 건 없어, 그러니까 그런 소리는 집어치워."

수화기 저편에서 침묵이 흘렀다. 닉은 마르타의 마음을 상하게 한 것 같아 걱정이었다.

마르타가 말했다. "넌 내 말을 안 믿는구나."

"난 그냥 해리 포터에나 나오는 그런 얘길 안 믿는다는 거야, 알았어? 하지만 네가 오늘 푸른 차에 탄 스모크를 봤다는 건 믿어. 그리고 그 차가 스타치 선생님 거라는 것도 믿어. 우연 치곤 너무 괴상하지만 말이야."

닉이 자기 얘기가 꾸며 낸 거라고 생각하지 않는다는 말에 마르타는 안심했다. "그럼 이제 우리 어떻게 하지?"

"이제? 이제 스타치 선생님 차를 몰고 스모크를 데리고 돌아다니는 사람이 누군지 알아내야지. 그리고 그 둘이 스타치 선생님한테 무슨 짓을 했는지도."

"재밌겠다!"

닉은 그러고도 한참 동안 뜬눈으로 누워 있었지만, 더 이상 아버지를 불구로 만든 바그다드 로켓탄 공격 생각으로 괴롭지는 않았다.

대신 닉은 검은 덩굴 늪지와 거기 숨겨진 비밀에 대해 생각하고 있었다.

제10장

헬리콥터가 착륙하는 것을 본 이는 아무도 없었다. 그날 아침에는 검은 덩굴 늪지를 찾는 관광버스도, 견학 온 학교도 없었기 때문이다. 드레이크 맥브라이드는 헬리콥터에서 내려 문짝에 레드 다이아몬드 로고가 있는 트럭을 향해 걸음을 서둘렀다. 운전석에서 지미 리 베일리스가 나와 무거운 표정으로 고개를 끄덕이며 사장에게 인사했다.

"대체 무슨 일이 일어난 건가?" 드레이크 맥브라이드가 물었다.

"전화로 거의 다 말씀드렸잖습니까."

"저 녀석인가?" 드레이크 맥브라이드는 턱짓으로 트럭 안에 웅크린 형체를 가리켰다.

"예, 사장님."

지미 리 베일리스가 조수석을 열자 비참한 몰골의 젊은 사내 하나가 나왔다. 투명한 뽁뽁이 비닐을 급하게 둘둘 말아 가렸을 뿐, 그 밑으로는 홀딱 벗은 알몸이어서 눈이 안 갈 수가 없었다. 귀중품을 운송할 때 포장하는 그런 비닐이었다.

"이게 무슨 꼬락서니야?" 드레이크 맥브라이드가 외쳤다.

"트럭에 저것밖에 없었거든요. 그래서 옷가지 좀 가져다 달라고 부탁드린 겁니다."

드레이크 맥브라이드는 어깨를 으쓱했다. "음, 잊어버렸네." 그리고 뽁뽁이 비닐을 두른 사내에게 물었다. "자네 이름이 뭔가?"

"멜턴입니다."

"일한 지 얼마나 됐지?"

"겨우 3주입니다." 멜턴이 대답했다.

"그럼 아직 전액 보장은 안 되겠군. 허나 걱정 말게. 진료비는 적어도 육십 퍼센트까지 책임져 줄 테니까. 자넬 때리던가?"

"그건 아닙니다만, 불독개미가 제 볼기짝을 아주 사납게 물어뜯어 놔서요."

지미 리 베일리스가 말했다. "얼른 맥브라이드 사장님께 무슨 일이 있었는지 말씀드리게. 바쁘신 분이니까."

회사 사장을 상대하고 있는데도 멜턴은 딱히 감개무량한 기색이 아니었다. 레드 다이아몬드 에너지 회사 따위는 전혀 모르는 편이 나았을 거라는 표정이었다.

"저는 저쪽에서 파이프를 쌓아 올리고 있었죠. 그런데 뒤쪽에서 덮치더군요. 그다음에 정신차려 보니 제가 사이프러스 나무에 단단히 붙어 있었어요. 나무를 뽑아낼 수는 없는 노릇이었죠."

"홀딱 벗고 말이지." 드레이크 맥브라이드가 말했다.

"네, 제 옷을 훔쳐갔거든요."

"파이프도 훔쳐갔습니다." 지미 리 베일리스가 덧붙였다. 아침 식사 이후 그는 벌써 텀스 소화제를 한 갑 전부 먹어 버렸다. 텍사스에서 조용한 생활을 보내고 싶다는 소망이 절실했다.

드레이크 맥브라이드는 손을 꼽아 가며 불쌍한 멜턴에게 저질러진 죄목들을 늘어놓기 시작했다. "그러니까, 폭행에, 절도에, 음란 어쩌고……자넬 공격한 놈들이 몇이었나?"

"모르겠는데요."

"그럼, 몇 놈이나 보았나?"

"한 명요. 하지만 더 많았을 거예요. 한 놈이었으면 제가 그렇게 당하진 않았죠."

입 밖에 내지는 않았지만, 지미 리 베일리스의 생각으로는 건장한 사람이면 깡마르고 줄담배를 피워 대는 멜턴 정도는 혼자서도 충분히 제압할 수 있을 것 같았다.

드레이크 맥브라이드는 지미 리 베일리스를 한쪽으로 데려갔다. "경찰에게 22구역에서 이런 일이 발생했다고 할 수는 없으니, 21구역이라고 말하자고. 거긴 불법이 아니니까. 이 친구도 제대로 말하게 교육시키게."

"경찰한테 거짓말하는 건 너무 위험합니다." 지미 리 베일리스는 주의를 주었다. "특히 멜턴한테 의지해야 한다면 더 그렇죠. 저 녀석 머리는 구운 감자 수준입니다. 아무 말이나 지껄여 버릴 수도 있어요."

드레이크 맥브라이드는 분한 한숨을 쉬었다. "22구역에는 원래 들어와선 안 되잖나. 구덩이를 파고 파이프를 놓는 건 더 안 되는 짓이고. 거짓

말하는 수밖에 더 있겠나, 지미?"

"간단합니다. 경찰을 부르지 않으면 되죠." 지미 리 베일리스는 짜증스러움을 감추려 애썼다. 사실 그는 애초부터 이런 식의 사기가 불안했다. 드레이크 맥브라이드는 둘 다 엄청난 부자가 될 거라고 자신을 꼬였지만 말이다.

"제가 알아서 하겠습니다." 지미 리 베일리스는 사장에게 말했다.

"하지만 그러면, 도둑떼를 날뛰게 내버려 두는 꼴 아닌가. 무법자, 산적, 뭐라든 말일세."

"사장님은 정말로 경찰이 흔적도 없이 사라진 파이프 도둑을 추적하러 이 먼 데까지 와줄 거라고 생각하십니까? 경찰은 그보다 큰 고기를 쫓는 법입니다."

"분명 그냥 마약중독자 나부랭이겠지." 드레이크 맥브라이드는 중얼거렸다. "얼간이들 같으니, 2톤이나 되는 파이프를 어디다 팔려고 그럴까?"

둘은 트럭으로 돌아왔다. 멜턴이 불 꺼진 담배꽁초를 뻐끔대고 있었다. "이번 일 때문에 오줌 쌀 정도로 놀랐어요." 그는 투덜대더니 뽁뽁이 비닐을 벗으려고 했다.

"어이, 잠깐!" 드레이크 맥브라이드는 멈추라는 시늉을 했다. "기분 나쁘게 듣지는 말게나. 난 지금 발가벗은 사내놈을 보고 있을 기분이 아닐세. 그 비닐 옷 그냥 입고 있지."

지미 리 베일리스는 멜턴에게 시내로 가는 길에 월마트에 데려다 주겠다고 약속했다. "새 옷을 사 주고, 따끈한 점심도 사 주지."

"이거 감사합니다. 초과 수당은 어떻게 되죠?"

지미 리 베일리스는 드레이크 맥브라이드를 쳐다보았는데, 영 못마땅한 얼굴이었다.

"이봐요, 난 밤새 여기 붙어 있었다고요. 그놈의 불독개미들이 내 엉덩이 살점을 물어뜯어 갔고요. 이건 근무 시간이 아니라는 말입니까?" 멜턴이 팔을 쳐들자 레드 다이아몬드 에너지 사장의 눈에는 굳어진 풀 때문에 생긴 끈끈하고 시뻘건 찰과상이 보였다. 지미 리 베일리스가 드라이버로 나무껍질에 들러붙은 풀을 떼어 냈던 것이다.

"죽을 것 같진 않은데." 드레이크 맥브라이드가 맞받아쳤다.

지미 리 베일리스는 물었다. "자넬 공격한 자가 어떻게 생겼는지 말해 주게."

멜턴은 확실히 보지 못했다고 말했다. "스키 모자를 눈까지 푹 눌러 써서, 얼굴은 제대로 보지 못했어요."

"젊었나, 늙었나?"

"모르겠는데요. 그렇지만 정말 힘이 셌어요. 미친놈이었고요."

드레이크 맥브라이드가 얼굴을 찡그렸다. "약물 중독자야. 내가 뭐랬나?"

"아니에요. 뭐에 취해서 맛이 간 놈은 절대 아니었어요. 그냥 확 돈 놈이었죠. 그 망할 놈의 나무에 날 붙여 놓으면서 날더러 곰 잡는 미끼랬어요. 그런 소릴 하더라니까요. 죽이죠?"

지미 리 베일리스가 물었다. "무기를 가지고 있던가?"

"모르겠어요. 아마 그랬겠죠."

무기는 없었다는 거군, 지미 리 베일리스는 생각했다. 무기도 없는 공격자한테 붙잡혀서 비싼 파이프를 잔뜩 빼앗겼다고는 차마 말 못할 테니까.

"내 말 듣게나." 드레이크 맥브라이드가 말했다. "경찰은 부르지 않을 걸세, 알겠나? 이 일은 레드 다이아몬드 사에서 처리하지. 내 약속하네. 그

못된 놈을 잡아서 다시는 누구한테도 이런 짓을 못하게 할 거라네."

"빠를수록 좋죠."

"그동안 자네는 입 꼭 다물고 있게, 알겠나? 여기서 있었던 일은 아무한테도 말하면 안 되네. 아내와 자식들에게도 말일세." 드레이크 맥브라이드가 말했다.

"여자 친구밖에 없는뎁쇼."

"어쨌든 말하지 마." 지미 리 베일리스가 단호하게 끼어들었다. "살아 있는 인간이라면 누구한테도 말하지 말게. 알아듣겠나?"

"알겠습니다." 펠턴은 멍하니 속이 훤히 비치는 비닐 옷의 공기 방울을 터뜨리는 중이었다. "저, 월마트에 들르면 담배 좀 사다 주시겠어요? 그 변태 놈이 바지를 벗기면서 마지막 남은 한 갑을 가져가 버렸거든요."

"물론이지." 지미 리 베일리스가 약속했다.

"하나만 더요. 지금까지 한 번도 헬리콥터를 타 본 적이 없는데……."

드레이크 맥브라이드의 얼굴이 딱딱하게 굳었다. "미안하게 됐네, 형씨."

"딱 한 바퀴만 돌면 안 될까요? 너무 그러지 마시고."

"옷을 안 입으면 헬리콥터에 탈 수 없다네. 연방 항공국의 엄격한 규칙이 그래."

"뭐라고요? 날 놀리시는 거죠."

"그렇게 됐네, 안됐군."

그러고 레드 다이아몬드 에너지 사의 사장은 한쪽 뒤꿈치로 빙글 돌아 조종사에게 시동을 걸라고 손짓했다.

아버지 드웨인 스크로드 씨는 레어로 구운 20온스짜리 등심 스테이크를 먹어 대고 있었다. 드웨인 스크로드 주니어는 김이 무럭무럭 나는 커다란 파스타 접시를 물끄러미 바라보았다. 밀리센트 윈십은 신선한 새우 칵테일을 집어 들었다. 그 나이가 되면 잡담을 하기 위해 음식을 다 먹을 때까지 기다릴 만한 참을성은 없기 마련이었다.

"DJ 이번 학기 성적은 어떠냐?" 그녀는 손자에게 물었다.

"별로 안 좋아요. 하지만 더 잘할 작정이에요."

"오늘은 숙제가 없나 보지?"

"내일은 학교 안 가요. 교사 수업 준비의 날이거든요."

"뒤쳐진 공부를 따라잡기 아주 좋은 기회 같은데."

"네, 할머니. 교과서도 집에 가져왔어요."

"정말 착실하고 멋져 보인다는 말을 꼭 해 주고 싶구나."

당황한 드웨인은 파스타를 잔뜩 떠서 빨개진 볼을 감추었다.

윈십 부인은 스크로드 씨 쪽을 보고 말했다. "대단한 변화야. 난 감동했네."

"절 쳐다보지 마세요, 밀리. 전부 DJ 혼자 해낸 거니까요." 그는 커피를 후룩 들이키며 말했다. "캠프 갔다가 돌아오더니, 세상에, 딴 사람이 온 것 같았다니까요. 더러운 자기 옷가지를 정리하고, 양치질을 하루에 두 번씩 하고, 늦게까지 안 자고 숙제를 하더라고요. 하룻밤 새에 어른이 된 것 같아요."

"자네도 좀 배워 보게." 윈십 부인은 얼음장 같은 미소를 지었다.

"아, 그만 좀 하세요." 스크로드 씨가 말했다.

그들은 요트와 배가 가득한 정박소가 바라다 보이는 야외 테이블에 앉아 있었다. 레스토랑은 '은빛 돌고래'라는 이름이었고 음식은 맛이 아주 뛰어났는데, 비싼 게 흠이었다. 늘 그렇듯 윈십 부인이 계산을 했고, 그러면서 아주 흡족해 했다. 손자가 좋은 방향으로 변한 걸 그냥 지나칠 수가 없었다.

스크로드 씨는 문제가 달랐다. 그는 자기 자신이나 자기 인생을 개선하려는 의지를 눈곱만큼도 보이지 않았다. 좀 전만 해도 윈십 부인은 그가 밉살맞은 애완조에게 가져다주려고 굴 크래커 여러 봉지를 주머니에 슬며시 집어넣는 꼴을 보고야 말았던 것이다.

"얘기해 봐라, DJ 너 언젠가는 대학에 갈 수 있겠니?"

"네, 할머니. 갈 수 있어요." 드웨인이 대답했다.

"반가운 소리구나. 직업을 얻기 위해 무슨 과목을 공부할지는 생각 좀 해 본 게냐?"

스크로드 씨는 크게 쩝쩝대면서 끼어들었다. "그런 소리 하긴 너무 이르잖아요. 애 숨 좀 쉬게 내버려 두세요, 밀리……."

"환경 과학요." 드웨인이 대답했다.

"정말이냐?" 할머니는 얼굴이 환해지더니 스크로드 씨를 날카롭게 쏘아보았다. 스크로드 씨의 입이 떡 벌어졌다.

"전 자연이 정말 좋아요. 조용하고 아름답거든요. 게다가 전 동물이나 낚시 같은 걸 즐기니까요."

"넌 꼬마였을 때부터 탐험가 소질이 있었지. 게다가 겁도 없고 말이다." 윈십 부인은 애정 어린 말투로 이야기했다.

스크로드 씨는 고기 한 줄기를 빼내려고 이쑤시개로 어금니를 후벼 대기 시작했다. "미안하지만, 주니어가 '과학자'가 된 건 상상이 안 가는데. 쳇, 생물을 두 번인지 세 번인지 낙제했으니 말이에요."

"두 번이에요." 드웨인이 화를 냈다.

윈십 부인은 스크로드 씨를 노려보았다. "내 말 잘 듣게, 제대로 들어. 얘는 되고 싶은 건 뭐든 될 수 있네. 일단 좋은 본보기만 찾으면 말일세."

"어이쿠." 스크로드 씨의 대답은 윈십 부인의 모욕에 대한 답이 아니라 이쑤시개로 잇몸을 찔렀기 때문이었다.

드웨인은 포크를 내려놓았다. "사람들이 에버글레이즈 습지(플로리다 반도 남서부 일대에 펼쳐져 있는 아열대성 습지대로, 자연 경관과 동식물을 보호하기 위해 국립공원으로 지정되어 있다─옮긴이) 같은 데를 싹 밀어 버리면, 저 같은 사람은 대도시 말고는 갈 곳이 없어져요. 그리고 전 대도시가 질색이에요."

윈십 부인은 신중하게 손자를 살펴보았다. "캠프는 어땠는지 얘기해 봐라."

드웨인은 헛기침을 했다. "농어를 몇 마리 잡았어요. 새끼 두 마리가 딸린 수달을 보았고, 늘 그렇듯 악어는 잔뜩 보았죠." 그는 다시 먹기 시작했다.

"계속 혼자 있었니?"

"거의 그랬어요." 드웨인은 접시에서 고개를 들지 않았다.

"네 아빠가 불 얘기를 하더구나. 교장이 나한테까지 전화했었다."

"무슨 불요?"

"늪에서 난 불 말이야." 스크로드 씨가 참견했다. "아무것도 모르는 척은 하지 말려무나."

드웨인은 포크로 파스타 면을 돌돌 말았다. "아, 네, 그 불요."

윈십 부인은 냅킨으로 입가를 톡톡 두드리고는 다시 반듯하게 접어 무릎에 놓았다. "DJ 난 일흔일곱 살이다. 그렇다고 내가 공룡이라는 소리는 아니지만, 아주 젊지도 않지. 난 시간을 낭비할 수가 없단다, 알아듣 겠니?"

"네, 할머니."

"그럼 네가 불을 질렀는지 솔직히 말하거라. 그랬느냐, 안 그랬느냐?"

"안 그랬어요, 할머니."

"그런데 경찰은 네가 했다고 생각하지. 왜 그런 거냐?"

스크로드 씨가 또 끼어들었다. "걔들은 아무것도 증명할 수 없어요. 아 니면 저 녀석은 지금 소년원에 들어가 있을 테니까."

윈십 부인은 스크로드 씨에게 거슬린다는 눈총을 보내고, 손자에게 부 드럽게 물었다. "윗선에 네 얘기를 할 기회를 주더냐?"

"네, 할머니. 전 솔직하게 제가 안 그랬다고 말했어요."

"이제 그런 짓은 안 하는 거 맞지?"

"네, 이젠 불장난 하지 않아요."

"늪지에 불을 지르는 짓은 미래의 환경 과학자가 할 만한 일이 아니지."

"그럼요."

할머니는 말했다. "그날 아침 트루먼 학교에서 견학을 나왔었다. 누군가 가 크게 다칠 수도 있었어, 아니면 죽거나."

드웨인은 할머니의 눈을 똑바로 바라보았다. "제가 안 그랬어요, 할머 니. 맹세해요."

"그래, 널 믿는다."

"그 얘기 끝났다니 천만다행이군요." 스크로드 씨가 안달이 나서 레스 토랑 안을 둘러보며 말했다. "대체 웨이터가 어디로 사라진 거지? 디저트 가 뭔지 빨리 먹고 싶어서 좀이 쑤시는데."

윈십 부인이 사위의 한심할 정도로 멍청한 머리를 후려갈기지 않은 것은 순전히 손자 드웨인에 대한 사랑 때문이었다.

"네 엄마가 너에게 편지를 썼다고 하더라만."

드웨인은 놀란 기색이었다. "편지 못 받았어요."

"한 통도?"

"전혀요."

"저도 못 받았어요." 스크로드 씨가 새된 소리로 말했다.

자기 딸이 그렇게 이기적이고 무관심하게 굴 수 있다는 사실에 윈십 부인은 부끄러웠다. "미안하다, DJ 내 그 애랑 얘기를 해 보마."

"할머니 잘못이 아닌걸요."

"디저트 먹을 거니?"

"전 괜찮아요."

"전 디저트 들어갈 자리 많이 남겨 놨는데요." 스크로드 씨가 배를 두드리며 진지하게 말했다.

밀리센트 윈십은 웨딩 케이크에 올라앉은 바퀴벌레라도 보는 듯 그를 노려보았다. "다들 배불리 먹었군." 날카롭게 말한 그녀는 계산서를 부탁했다.

마르타의 어머니는 아이들을 쇼핑몰에 내려 주기 전에 물었다. "영화 제목이 뭐니?"

마르타는 억지 기침을 하고 닉 쪽을 보았다. 닉은 재빨리 머리를 굴렸다.

"스파이더맨 7편, 〈거미줄 발사자의 복수〉예요." 닉은 곤잘레스 부인에게 대답했다. 그런 영화가 진짜 있는지는 알 턱이 없었다. 스파이더맨 시리즈가 몇 편까지 나왔는지 잊어버렸던 것이다.

"13세 이상 관람가겠지?"

"그럼요, 엄마."

"여기서 10시 반 정각에 보자. 늦지 말아라."

"잘 가요 엄마." 마르타가 성급하게 말했다.

"돈은 충분히 있니?"

"엄마, 안녕!"

닉과 마르타는 영화에 대해 거짓말한 것 때문에 비열하고 나쁜 사람이 된 듯한 기분이 들었지만, 어쩔 도리가 없었다. 스타치 선생님의 집을 몰래 보러, 그것도 어두워진 뒤에 간다고 하면, 부모님이 절대 허락해 주시지 않을 게 뻔했기 때문이다.

"맵퀘스트(전 세계에 걸쳐 자세한 지도를 제공해 주는 웹사이트—옮긴이)를 보니까 3.9킬로미터밖에 안 된대." 닉은 프린트해 온 지도를 살펴보며 말했다. 닉은 스타치 선생님의 주소를 리비로부터 얻었는데, 리비는 자기 아버지가 드레슬러 교장을 만나러 간 사이에 아버지 방에서 교직원 파일을 뒤져 알아낸 거였다.

"내가 어쩌다 손전등을 안 가져왔을까." 마르타가 말했다.

닉은 재킷 주머니에서 손전등을 꺼냈다.

"가자."

그리고 둘은 드넓은 주차장을 가로질러 도로 쪽으로 나아갔다.

곧 쇼핑몰의 밝은 조명은 그들 뒤로 사라졌다. 둘은 맵퀘스트에 나온 방향에 의지해 가며 다섯 블록을 걸어 흉내지빠귀 골목까지 갔고, 거기서 일곱 블록을 더 나아가 찌르레기 도로에 접어들었다. 스타치 선생님이 사는 거리에 오자 닉은 말했다. "여기서 도로가 끝날 때까지 서쪽으로 가야 해."

마르타가 웃었다. "말도 안 돼! 그 늙은 매 같은 여자가 진짜 '독수리 대로'에 살고 있다니. 이렇게 완벽할 수도 있니?"

"777번지, 맨 끝 집이야."

"어울린다."

보도가 끝나자 가로등도 사라졌다. 닉과 마르타가 흙길을 걸어감에 따라 밤도 깊어졌다. 닉은 손전등을 꺼냈다.

"그 여자 말고는 아무도 여기 안 사는 걸까?" 마르타가 불안하게 말했다.

둘은 건설 중인 집 몇 채를 지나쳤고, 허리케인에 당했는지 지붕도 없이 버려진 어떤 집 앞을 지나갔다. 숲에서는 귀뚜라미와 매미 우는 소리가 울렸고 토끼나 너구리가 내는 듯한 더 묵직한 소리도 들렸다. 무슨 소리를 들을 때마다 닉은 그 정체가 뭔지 보려고 손전등을 숲으로 겨냥했지만, 그것들은 매번 소나무와 관목 사이에서 전혀 알아볼 수 없도록 움직임을 멈췄다.

닉은 무서워할 것 없다고 마르타를 안심시켰지만, 자기도 두근거리기는 마찬가지였다. 보통 때라면 야외에 나와 산책하는 것을 좋아하지만 칠흑같은 어둠 속을 걷는 건 전혀 문제가 달랐다.

"부탁 하나만 할게. 그 붕대 좀 풀어라." 마르타가 말했다.

"왜?"

"내가 기절해서 쇼핑몰까지 데리고 가려면 두 팔이 다 있어야 할 테니까."

“넌 기절 안 할 거야.”

“아냐, 분명 무서워서 죽어 버릴 거야. 미친 곰 한 마리가 우릴 쫓아오면 말이야.”

“아니면 퓨마든지.” 분위기를 밝게 하려고 닉이 농담했다.

“입 다물어.”

둘은 다가오는 자동차 불빛을 경계하며 시시때때로 뒤를 돌아보았지만, 독수리 대로는 묘지처럼 고요했다. 한쪽 팔을 불편하게 뒤로 동여매고서도 보통 때처럼 빨리 달릴 수 있을지 닉은 의문이었다.

“얼마나 남았니?” 마르타가 물었다.

닉도 몰랐다. 지도에 나온 거리보다 더 먼 모양이었다. 닉은 발걸음을 빨리했다. 손전등의 하얀 빛줄기가 둘의 앞에서 흔들거렸다. 머리 위로는 구름이 두텁게 드리워져 별빛과 달빛을 가리고 있었다.

작은 동물 한 마리가 눈앞에서 재빨리 길을 가로질러 사라지자, 마르타는 꺅 소리를 지르고 닉을 붙잡았다. “이건 너무 무서운 짓이야. 우리 돌아가자.”

“쉬잇, 다 왔어.”

손전등 불빛이 7자만 세 개 써 있고 이름은 없는 평범한 금속 우편함을 비췄다.

“집은 어디지?” 마르타가 물었다.

“이쪽이야.” 닉은 마르타를 이끌고 자동차 한 대 정도의 넓이에 불과한 풀이 우거진 길로 들어섰다. 하마터면 큰채찍뱀 한 마리를 밟을 뻔했는데, 다행히 뱀은 마르타가 눈치채기 전에 그림자 속으로 스르륵 사라졌다. 끝까지 다 가서 닉은 쭈그리고 앉았다. 마르타가 그 뒤에 무릎을 꿇었다.

스타치 선생님의 집은 빈터 한가운데에 덩그러니 서 있었다. 세어 보니 3층이었는데, 낡은 목조 건물은 구부러지고 약해서 3층보다 작아 보였다. 포치 천장에서는 갓도 없는 전구 하나가 깜빡였지만 창문으로 보이는 불빛은 없었다. 푸른색 프리우스는 마당에 없었다.

"아무도 없네." 마르타가 초조하게 이를 딱딱 떨며 말했다.

"봐야 알지."

"어딜 가려고?"

"엿보려고. 그게 계획이었잖아. 안 그래?"

마르타가 바싹 다가왔다. 둘은 뒤쪽 포치까지 집을 재빨리 둘러보았는데, 어두울 뿐이었다. 계단을 살금살금 올라간 뒤 둘은 들여다볼 만한 창문이 없나 찾았지만 헛수고였다. 모두 덧문이 내려가 있었다.

"이제 됐어, 할 만큼 했잖아." 마르타가 돌아섰다.

"이리 돌아와."

"그만 좀 해, 닉. 난 정말 오싹하단 말이야."

"뭔가가 이상해."

"알려 줘서 고맙구나! 이제 가면 안 되겠니?"

"내 말은, 여길 좀 봐. 선생님은 집에 안 온 지 한참 됐단 말이야." 닉은 손전등으로 이곳저곳을 비췄다. "저 거미들 좀 봐."

마르타는 움찔했지만, 닉이 말하는 바를 이해했다. 스타치 선생님은 깔끔쟁이로 악명이 높은데, 포치에 빗자루나 대걸레를 댄 흔적이라곤 없었다. 천장 구석에는 반짝이는 거미줄이 태피스트리처럼 늘어지고, 바닥에는 솔잎과 나방 허물과 도마뱀 똥이 널려 있었다.

"선생님은 견학 날 이후 집에 오질 않았어. 20달러 걸어도 좋아."

"그럼 누가 우편물을 가져가는 거지? 차는 누가 몰고?" 마르타가 물었다.

"바로 그거야. 그게 미스터리라고."

"스모크는 다 알 거야."

"걔는 다음 차례야. 그동안은……"

마르타가 고개를 휙 숙이더니 머리를 감쌌다. "방금 박쥐가 날 스치고 지나갔어. 하느님께 맹세해!"

"그렇게 겁쟁이처럼 굴지 마." 닉은 뒷문의 손잡이를 흔들어 보았지만, 문은 잠겨 있었다.

"가야 돼. 돌아갈 길이 멀단 말이야." 마르타는 걱정스레 하늘을 살폈다.

포치를 둘러보던 닉은 시든 야자나무가 심겨진 커다란 화분 하나를 발견했다. "좀 도와 줘." 닉은 주머니에 손전등을 집어넣었다. "저걸 들어 올려야 돼."

"좋아, 넌 이제 진짜 정신 나간 애야."

"서둘러. 셋 셀 테니까……"

화분은 고작 몇 인치 움직였지만, 그걸로 충분했다. 닉은 나무 바닥에 남은 동그란 먼지투성이 자국을 가리켰다. 열쇠 하나가 놓여 있었다. 닉은 미소 지었다.

"가시죠, 아인슈타인 씨." 마르타가 말했다.

열쇠는 문에 거뜬히 들어맞았고, 딸깍 소리와 함께 잠금 장치가 열렸다.

"너도 들어올 거지?" 닉이 물었다. "아니면 거기서 박쥐랑 검은 독거미랑 같이 있는 게 낫겠니?"

제11장

스타치 선생님 집에 몰래 들어온 것을 평생 제일 용감한 일로 칠지, 제일 멍청한 일로 칠지 닉은 알 수 없었다.

그러나 세상에서 제일 못된 생물 선생님이 집안 문제 따위로 학교를 쉴 리가 없다는 것만은 확신했다. 무슨 일인가가, 그것도 심각한 사건이 일어났고, 드웨인 스크로드 주니어가 연관돼 있는 게 분명했다.

"죽었으면 어떡하지?" 마르타가 문을 닫으며 속삭였다. "시체를 발견하면 어떡하니?"

입 밖에 내지는 않았지만, 닉도 역시 그런 끔찍한 생각을 했었다.

"그러면 경찰은 우리가 그랬다고 생각할 거야! 우린 앞으로 평생을 감옥에서 살게 될 거라고!"

"좀 진정해라, 알았니?"

"이렇게 어두운 곳은 처음이야. 손 좀 내밀어 봐."

"난 한 손밖에 없잖아." 닉은 일깨워 주었다. "그럼 손전등은 네가 들어."

5학년 때의 제시 크로넨버그 이후, 닉은 여자애와 손을 잡아 본 적이 없었다. 다음 해 여름 제시의 가족은 애틀랜타로 이사를 갔고, 이후 닉은 제시의 소식을 듣지 못했다.

"그 마녀가 뱀을 전부 어디다 두었을 것 같니?" 마르타가 닉의 손가락을 쥐어짜며 물었다.

"그냥 시시한 소문일 뿐이야."

"진짜 소문일지도 모르잖아. 어쩌면 남편도 그 여자가 죽였을지 몰라. 한 20년 전에 사라졌다고 하더라."

문으로 들어온 다음 닉과 마르타는 채 세 걸음도 떼지 못했다.

"나 정말 무서워 죽겠어."

"나도 알아. 네가 내 손을 짓뭉개고 있잖아."

닉은 마르타의 손에서 자기 손을 빼고 손전등을 다시 잡았다. 손전등을 켠 순간, 닉은 스타치 선생님에 대한 많은 괴상한 이야기 중 적어도 하나는 사실임을 깨달았다. 집에는 박제된 동물이 가득했다. 그것도 장난감 가게에서 파는 보들보들하고 껴안기 좋은 것들과는 거리가 멀었다.

마르타가 중얼거렸다. "여기서…… 나가야…… 해."

"좀 참아."

"이건, 뭐랄까, 완전히 동물원이잖아!"

닉 역시 이런 광경은 결코 상상도 못했다. 벽에서 벽까지, 바닥에서 서까래까지 엄청나게 많은 박제 동물이 아무렇게나 흩어져 있었다. 온갖 크기의 조류, 포유류, 파충류, 양서류가 똬리를 틀고, 뛰어오르고, 잠복하고,

으르렁거리고, 솟구쳐 오르고, 달려드는 등 다양한 자세를 하고 있었다. 동물들은 텅 빈 유리 눈알을 통해 닉과 마르타를 꿰뚫고 헤아릴 수 없는 먼 곳을 응시했다.

"그 여자 정신병자라고 내가 그랬잖아." 마르타가 속삭였다.

닉은 손전등 불빛으로 생명 없는 동물원을 두루 비췄다. 받침대마다 손 글씨로 쓰인 이름표가 붙어 있었다.

"여기서 뭘 했는지 알 것 같아."

"제정신을 잃어버리는 거 말고 다른 일 말이니?"

닉은 골든 레트리버만 한 몸집에 점박이 무늬가 있는 황갈색 고양잇과 동물에게 다가갔다. 그 옆에는 얼룩덜룩하고 자그마한 새 한 마리가 유목으로 만든 막대 위에 기운차게 도사리고 있었다. 벽에는 머리 위 높이로 갑옷 같은 등짝을 한 못생긴 갈색 물고기가 얹혀 있었다. 닉은 각각 이름표를 확인했다.

"전부 다 멸종 위기종이야. 저건 퓨마 새끼고, 저건 세이블 곶(플로리다 주 남쪽 끝에 있는 곶—옮긴이)에 사는 바다 참새고, 벽에 있는 못생긴 물고기는 짧은코 철갑상어야. 스타치 선생님이 수업 계획서에 멸종 위기 동물 목록을 실어 놨기 때문에 알아."

"넌 수업 계획서를 진짜 읽었니? 네가 무슨 괴짜들의 왕이야?"

"기말고사에 나온다고 했단 말이야."

"어쨌거나, 닉. 곧 돌아가지 않으면……."

"여길 봐." 닉은 귀가 짧은 갈색 토끼를 비췄다. "키스 제도(플로리다 주의 남단에서 남서쪽을 향해 호弧 모양으로 뻗은 가늘고 긴 열도—옮긴이) 남부의 늪토끼야. 그리고 저건," 닉은 땅딸막한 다리가 달린 하키 퍽만 한 크기의 덩어리를 가리켰다. "아기 장수거북, 그리고 이 조그만 녀석은……."

"쥐잖아." 마르타는 짜증스럽게 끼어들었다. "역겹고 냄새나는 쥐."

"틀려." 닉은 이름표에 붙은 이름을 천천히 읽었다. "이건 촉-타-왓-치 해변쥐야."

"나도 그렇게 말하려고 했어." 마르타가 냉담하게 말했다.

"야, 여기 목걸이를 한 녀석도 있다." 닉은 씩 웃으며 이름을 읽었다. "첼시 에버레드. 특별한 사람인가 봐."

마르타는 불안한 듯 주위를 둘러보았다. "여긴 너무너무 소름끼친다."

닉은 낡아 빠진 납작한 트렁크로 다가갔다. 뚜껑이 너무나 묵직하고 비틀려 있어서 한 손으로는 들 수가 없었다.

"좀 도와줘." 닉은 마르타에게 말했다.

"싫어! 그 여자가 남편을 박제해서 넣어 놓았으면 어쩌려고?"

"그만 좀 끙끙대라."

둘은 힘을 합쳐 오래된 상자를 간신히 열었는데, 다행히도 안은 텅 비어 있어 마르타는 가슴을 쓸어내렸다.

마르타는 코를 킁킁거렸다. "우리 할아버지네 다락방 냄새가 나."

밖에서 차문 닫히는 소리가 났다. 닉은 잽싸게 손전등을 껐다.

"숙여!" 닉은 마르타를 바닥으로 끌어당겼다.

창의 덧문 틈으로 차의 헤드라이트 불빛이 빛났다. 닉과 마르타의 귀에는 누군가가 소리를 죽이려는 노력도 없이 쿵쿵대며 계단을 올라오는 소리가 들렸다. 그 다음으로는 문손잡이를 찰칵대는 소리가 들렸다.

"딱 걸렸다." 마르타가 신음했다.

닉은 열린 트렁크를 손짓했다. "너 먼저 들어가."

"싫어. 절대 싫어."

"들어가!"

둘은 안으로 기어들어가 뚜껑을 잡아당겨 닫았다. 들리는 소리라고는 소나무 바닥에 울리는 쿵쿵대는 발자국 소리뿐이었고, 발소리는 가벼운 것이 아니었다. 가냘픈 여자가 아닌 스타치 선생님일 수도 있고, 어쩌면 스모크일 수도 있었다.

아니면 덩치 좋은 다른 사람이거나.

"숨을 못 쉬겠어." 마르타가 가련하게 말했다.

"쉴 수 있어."

"손전등을 켜, 닉. 아니면 소리 지를 거야."

"너 설마 폐소공포증은 아니겠지."

"아주 심해."

"거 참 잘됐구나." 닉 역시 밀폐된 장소는 공포의 대상이었다. 손전등 불빛은 닉이 배터리를 흔들어 대고 나서야 들어왔다.

"좀 낫니?" 닉은 물었다.

마르타는 밀랍처럼 새하얗고 땀에 흠뻑 젖어 있었다. 몹시 괴로운 듯했다.

트렁크는 두 사람이 겨우 쑤시고 들어가 쪼그리면 서로 무릎에 턱이 맞닿을 정도의 크기였다. 닉에게는 갑갑한 자세가 무기력하고도 고통스러웠다. 붕대로 매어 둔 팔은 불편한 각도로 어깨뼈에 맞닿아 있었다. 날개 부러진 매가 된 기분이었다.

그래도 닉은 마르타 걱정이 더 컸다. "다 내 잘못이야. 정말 미안해." 닉은 속삭였다.

마르타는 눈을 감고 애써서 심호흡을 했다. "내가 온 천지에 토하게 되면 넌 진짜 후회할 거야."

집에 들어온 사람은 캐비닛과 찬장을 열어 보며 돌아다니고 있었다. 점차 발자국 소리가 다가왔고, 트렁크 밑에서 나무 바닥이 진동했다.

닉은 마르타가 붕대를 풀라고 했을 때 말을 들었어야 한다고 후회했다. 필요한 상황이 온다면 양팔이 멀쩡해야 도움이 될 터였다. 스타치 선생님의 집에 들어온다는 어리석은 모험을 감행한 자기 자신에게 화가 치밀었다. 가뜩이나 힘든 어머니가 경찰이나, 더 나쁜 경우 병원에서 전화를 받게 될 거라니. 게다가 이 나쁜 소식을 어떻게 아버지에게 전할 것인가?

발자국 소리가 육중해지자 마르타는 눈을 번쩍 떴다. "이 안에서 나는 불빛도 보일까?"

"아닐 거야." 닉은 말했다. 오래된 상자의 모서리는 틈 없이 단단히 맞물려 있는 것 같았다.

"끄는 게 낫겠어, 혹시 모르니까."

"너 발작하지 않겠니?"

"안 그래."

닉은 손전등을 껐다. 곁에서 마르타가 떨고 있는 게 느껴졌다. 숨 막힐 듯한 어둠 속에서 닉은 손을 뻗어 마르타의 한쪽 손을 찾았다. 마르타가 손을 꼭 쥐었다. 이제는 트렁크 밖에 있는 사람의 규칙적인 숨소리마저 들렸다. 남자인지 여자인지 모를 그 사람은 이제 고작 몇 미터 가까이에서 있었다.

시간은 완전히 멎은 듯했다. 닉은 어찌할 바를 모르고 공황 상태에 빠지기 일보 직전인 채 자기 살가죽 속에 갇혀 있는 기분이었다. 마르타를 보호해야 한다는 생각만이 닉을 침착하게 붙들어 주었다. 마르타는 닉보다 더 심한 상태였으니 말이다.

닉이 짠 탈출 계획은 단순했지만 선택의 여지가 거의 없었다. 트렁크 안에 있는 게 발각되면, 닉은 벌떡 일어나 미친 깜짝 상자 인형처럼 소리를 질러 댈 계획이었다. 방 안에 있는 사람이 오줌을 찔끔 쌀 정도로 놀라게 하려는 게 목적이었다. 잘 되면 그는(혹은 그녀는) 도망가거나 심장 발작이 일어나거나 둘 중 하나일 거고, 그러면 닉과 마르타는 뒷문으로 안전하게 도망칠 수 있을 터였다.

닉은 스타치 선생님에게 충격 전술이 먹힐 확률은 반반이라고 추정했다. 한밤의 침입자가 있으리라고는 예상치 못할 테니 말이다. 스모크라면 어떨지 몰랐다. 경찰 특수 기동대라면 모를까, 그 애가 뭘 무서워한다는 건 상상하기도 힘들었다.

마르타의 손이 끈끈하고 흐느적거렸다. 손을 살짝 꼬집었지만, 반응이 없었다. 트렁크 안의 칠흑 같은 어둠 속에서 닉은 마르타가 숨을 쉬고 있는 건지 확인하기 위해 미친 듯이 얼굴을 더듬었다.

"조심해!" 마르타가 소리쳤다. "네 멍청한 엄지손가락이 내 코에 들어갔단 말이야."

"그렇게 큰 소리 내지 마."

하지만 이미 늦었다. 육중한 쿵 소리와 함께 트렁크가 움직였다.

"당장 거기서 나와!" 남자 목소리가 명령했다.

닉과 마르타는 너무나 무서워서 대답할 수도 없었다. 다시 한 번 세찬 흔들림이 왔다. 남자가 나무 상자의 옆을 걷어차고 있었다.

놀라게 하는 작전은 이제 끝장이군, 닉은 생각했다. 마르타는 닉을 세차게 찔렀는데, '뭐라도 좀 해 봐!'라는 것 같았다.

닉은 발뒤꿈치에 몸무게를 실은 채 묵직한 뚜껑을 열어젖히고 벌떡 일어날 준비를 했다. 그 순간, 트렁크가 뒤로 넘어가고 뚜껑이 열리는 바람에 닉과 마르타는 겁에 질린 채 뒤엉켜서 한 덩이로 나자빠졌다.

상자를 엎은 남자가 둘을 굽어보며 서 있었다.

"일어나." 남자가 딱딱거렸다.

닉은 먼저 일어나 마르타를 일으켜 주었다. 정신을 차리고 보니 둘은 멸종 위기에 처한 숲따오기황새 위에 넘어졌고, 그 바람에 황새는 길고 가느다란 다리가 꺾여 오리만 한 키가 되어 있었다.

낯선 남자는 자기 손전등을 갖고 있다가 둘의 눈에 인정사정 없이 들이댔다. "도둑질은 처음인 모양이군. 솜씨가 형편없는 걸 보니."

"우린 뭘 훔치러 온 게 아니에요. 정말이에요." 닉이 말했다.

손전등 불빛 뒤로 얼굴은 보이지 않았지만, 목소리로 보아 하니 드웨인 스크로드 주니어는 아니었다.

"차를 타러 가자고." 남자가 말했다.

"안 돼요, 잠깐만요!" 마르타가 외쳤다. "우린 선생님을 찾으러 온 거예요. 그게 다예요."

"움직여."

낯선 남자가 뒤에서 재촉해 대는 가운데 둘은 뒷문으로 빠져나왔다. 밖으로 나오니 별빛이 밝아 남자가 지저분한 바지에 진흙투성이 하이킹 부츠를 신고, 웃통을 벗고 있다는 사실을 알 수 있었다. 까만 스키 모자는 머리와 이마와 귀를 가리고 있었다. 키는 스모크와 비슷했지만, 더 날씬하고 근육질인 체구였다.

닉은 달아날 생각조차 하지 않았는데, 마르타가 여전히 비틀거려서 낯선 사람보다 더 빨리 뛸 수 없을 것 같았기 때문이다.

집 옆에 스타치 선생님의 푸른 프리우스가 서 있었다.

"뒷자리에 타라." 남자가 시켰다.

마르타는 그대로 얼어붙었다. "안 돼요."

"그냥 보내 주세요." 닉은 애원했다. "경찰한테 말 안 할게요."

남자는 메마르게 웃었다. "경찰을 부를 사람은 바로 나다. 자, 차에 타든지, 아니면 차에 던져지든지, 너희들이 선택해라."

닉과 마르타는 마지못해 차에 탔다. 남자는 반대편으로 휙 돌아가 차를 운전해 독수리 대로로 나갔다. 헤드라이트조차 켜지 않았다.

"스타치 선생님을 어떻게 하셨어요?" 닉의 귀에 자기 목소리가 들렸다.

남자는 백미러로 닉을 쳐다보았다. "내가 '너희를' 어떻게 할 건지가 궁금한 거겠지?"

마르타는 팔을 뻗어 닉의 다리를 퍽 때렸다.

"내 이름은 트월리다." 남자는 말했는데, 이는 둘을 살해하고 시체를 하수 처리장에 던져 버릴 거라는 확실한—어쨌든 마르타는 그렇게 믿었다—징조였다. 그렇지 않고서야 왜 태연히 정체를 밝혀 경찰에 알려질 위험을 무릅쓰겠는가?

"저는 닉 워터스예요. 제 친구는 마르타고요."

"팔은 어떻게 된 거냐, 꼬마?"

닉은 사실을—왼손잡이가 되려고 연습중이라는 얘기—말해도 트월리라는 남자가 믿지 않을 게 확실하다고 생각했고. 어쩌됐든 아버지가 전쟁 중 부상을 입었다는 얘기를 길게 늘어놓고 싶지 않았다.

"라크로스요. 라크로스를 하다가 삐었어요."

"음."

마르타가 끼어들었다. "진짜예요. 저도 그 자리에 있었어요."

"그렇다고 치자."

"우릴 어디로 데려가는 거예요?" 닉이 물었다.

"봐서."

"우리 엄마가 쇼핑몰에서 우릴 기다리기로 했어요. 우리가 그 자리에 없으면 엄만 미칠걸요. 하느님께 맹세하는데, 우리 엄만 백악관에 전화를 걸 거라고요!"

트윌리라는 사내는 말했다. "나도 그런 엄마가 있었으면 좋겠구나."

닉은 이 무시무시한 소동에 얽힌 게 자기 때문이므로 해결하는 것도 자기 책임이라고 결심했다. 힘으로 남자를 이기고 차를 빼앗을 수는 없었으므로, 그다음으로 해 볼 만한 일은 대화를 통해 남자를 설득하는 거였다.

"아저씨, 유괴범으로 감옥 가고 싶진 않으시죠."

"싫다. 그럴 생각도 없고." 남자는 침착하게 말했다.

"진짜로요, 우릴 그냥 보내 주시면 경찰에 찌르지 않을……"

"그러니까, 스타치 선생님이 너희 선생님이란 말이냐?"

마르타가 말했다. "우린 그 선생님 생물 수업을 들어요."

"그리고 너희는 선생님을 너무 사모한 나머지 잘 있는지 보려고 집에 몰래 쳐들어왔단 건가? 너희 얘기가 그거냐?" 트윌리라는 남자는 핸들을 쥔 채 웃고 있었다.

"정확히 말하면 아니에요." 닉이 말했다. "쳐들어간 건 아니에요. 포치에 열쇠가 있었거든요."

"아하."

"아저씬 거기서 뭘 하고 계셨어요?" 닉은 물었지만, 솔직한 대답을 들으리라고 기대하지는 않았다.

"코코아 가루를 조금 찾으러 왔지." 남자는 헤드라이트를 켜며 대답했다. "책 한 권도. 에드워드 애비라는 작가를 들어 본 적 있나?"

닉과 마르타는 들어 본 적 없다고 솔직히 말했다.

"놀랄 일도 아니군. 너희가 다니는 그 고지식한 사립학교에서는 그 사람 작품을 안 가르칠 게 분명하니까. 에드는 뭐랄까, 폭탄 발사기 같은 사람이지. 그 폭탄이란 게 이상理想과 원칙을 말하는 거지만 말이다. 그는 인간보다 지구를 더 좋아했지."

한나 몬타나(미국 디즈니 채널에서 인기리에 방영된 뮤지컬·시트콤—옮긴이) 벨소리가 울렸고, 마르타는 얌전히 휴대폰 소리를 죽였다. "우리 엄마일 거예요. 영화관 앞으로 우리를 데리러 오기로 했거든요."

"받거라." 남자가 말했다. "시간에 딱 맞춰 가겠다고 해. 한마디라도 다른 소리를 지껄이면, 난 차를 돌릴 거고 우린 마이애미로 가게 될 게다."

마르타는 시키는 대로 했다.

전화를 끊고 마르타는 말했다. "정각 10시 반이에요. 우리가 그 자리에 없으면 엄만 무척 흥분할 거예요."

"알았다."

차가 쇼핑몰 쪽을 향하고 있어서 닉은 마음을 놓았다. 정말로 유괴되는 게 아니라는 반가운 가능성이 커져 갔던 것이다.

"스타치 선생님하고 무슨 사이세요?" 닉은 물었다.

"네가 상관할 일이 아니란다, 닉 워터스." 남자는 스키 모자를 더 꾹 눌러썼다.

"우린 선생님을 걱정했어요, 그게 다예요. 음, 한 일주일 전부터, 아무도 선생님을 못 봤거든요." 마르타가 말했다.

"그래? 그럼 공주님, 그 귀엽고 작은 핑크색 전화기를 들고 이 번호로 걸어 보거라. 555-2346."

마르타는 닉도 들을 수 있도록 스피커 버튼을 눌렀다.

안녕하세요. 집안에 급한 일이 생겨서 언제까지가 될지 모르지만 학교를 떠나 있을 겁니다. 삐 소리가 나면 메시지를 남겨 주세요. 하지만 한참 뒤에나 연락 드릴 수 있을 것 같네요. 죄송하게 생각합니다. 자, 이제 삐 소리가 울립니다!

"선생님이야." 닉이 말했다.

"확실해." 마르타도 동의했다.

"너희들에게는 그게 죽은 사람 소리로 들리냐? 심하게 아프거나 치명적인 부상을 당한 것 같아?" 트윌리라는 남자가 물었다.

"그렇진 않네요."

"그럼 걱정은 그만둬. 그리고 상관없는 장소를 들쑤시고 다니지 말고."

남자는 쇼핑몰에서 한 블록 떨어진 곳, 누추한 전당포 앞에 차를 댔다. 그는 프리우스에서 나와 닉과 마르타에게도 나오라고 했다. 화려한 네온 사인 불빛으로 보니 남자는 삼십 대 후반 정도에 운동선수 같은 체격이었는데, 닉은 자기 아버지 생각이 났다.

남자는 말했다. "너희 둘 다 다시는 내 눈에 띄지 않는 게 좋을 거다."

"아, 걱정 마세요." 마르타가 약속했다.

닉은 트윌리의 벨트를 쳐다보고 있었다. 무두질한 소가죽 소재에, 총알을 넣어 두는 자그마한 주머니가 한 줄로 붙어 있는 벨트였다. 닉이 검은 덩굴 늪지로 견학을 가서 찍어 왔던 비디오에 나온 수수께끼의 인물이 찼던 벨트와 무척 비슷했다.

남자는 손목시계를 톡톡 쳤다. "엄마가 오시기까지 6분 하고도 30초 남았다. 어서 가거라."

"고맙습니다." 마르타가 감사에 찬 한숨을 내쉬며 말했다. "고맙습니다, 고맙습니다."

"뭐가 말이냐?"

"우릴 죽이고 시체를 도랑에 내버리지 않아 주셔서 말이에요."

"천만에. 버니 이모님한테 너희가 찾더라고 전해 주마."

닉은 깜짝 놀라 뒤돌아섰다. "스타치 선생님이 아저씨 이모예요?"

남자는 엄지손가락으로 탄약용 벨트에서 번쩍이는 총알 두 개를 꺼냈다. 그러고는 젤리빈처럼 한 손에서 다른 손으로 던지고 받기를 시작했다. "난 두 번 말하는 걸 싫어한다."

닉과 마르타는 뛰기 시작했다. 둘은 쇼핑몰에 도착할 때까지 멈추지 않았다.

제12장

드레이크 맥브라이드는 여러 다른 직업에서 실패를 맛보고 여러 회사를 망하게 한 이후에 우연히 석유 사업에 뛰어들었다. 그는 돈을 벌기 위해 일하는 것보다 돈을 쓰는 편을 훨씬 더 좋아했는데, 이것이 바로 그가 실패만 거듭하는 비결이었다. 게으르고, 귀가 얇고, 계산에 서투른 것도 한몫 했다.

드레이크 맥브라이드가 곤경에 빠질 때마다 부유한 부친은 손쉽게 새 회사를 하나 사서 갖고 놀게 던져 주었다. 그러나 몇 년을 헛되이 보내고 몇 백만 달러를 낭비하고 난 지금, 마침내 드레이크 맥브라이드의 아버지도 어쩌다 자기 막내아들로 태어나 돈을 물 쓰듯 하는 멍청이에게 완전히 정이 떨어지고 말았다. 레드 다이아몬드 에너지 회사는 드레이크의 마지막 기회였다.

“이번 회사도 말아먹으면,” 아버지는 경고한 바 있었다. “다시는 나한테 한 푼도 못 받을 각오하거라.”

“가솔린 가격 보셨어요, 아버지?” 드레이크 맥브라이드는 자신감에 차 웃어 젖혔다. “석유 사업에서 돈을 잃는 건 멍청이뿐이라고요.”

“넌 부동사 장사할 때도 똑같은 소릴 지껄였었지. 아니, 장사를 ‘하려고 노력했을’ 때라고 말하는 게 맞겠군.” 아버지는 차디찬 소리로 일깨워 주었다.

“부동산 시장이 얼어붙은 게 제 잘못은……”

“정신 좀 차려라, 애야. 에스키모한테 이글루를 팔 순 없는 법이다.” 아버지는 충고했었다. “레드 다이아몬드는 내가 마지막으로 해 주는 자선 사업이다. 이번에도 찔찔 짜면서 말도 안 되는 신세 한탄이나 늘어놓으며 기어들어 온다면, 넌 이름을 ‘얼간이 드레이크’로 바꾸고 바텐더 학원에나 등록하는 게 좋을 게다. 너랑은 끝장이니까. 그럼 어서 가서 석유나 찾아라. 당장!”

텍사스 주는 경쟁이 치열했기 때문에 드레이크 맥브라이드는 새로운 레드 다이아몬드 에너지 회사의 본부를 플로리다로 정했다(게다가 탬파 만에 바닷가 콘도를 하나 갖고 있기 때문이기도 했다). 처음으로 한 일은 엑손모빌 사에서 막 퇴직한 지미 리 베일리스를 고용해 석유 탐사에 대해 가르치고 회사의 일상 업무를 맡긴 것이었다. 자신이 수상 스키와 낚시에만 집중할 수 있도록 말이다.

플로리다 주에서 가장 석유가 많이 매장된 곳은 바다로 몇 킬로미터 들어간 지점이며, 몇 년 동안 채굴 허가를 받으려고 싸워 온 대기업들의 통제를 받는다고 일러 준 것은 지미 리 베일리스였다. 대부분의 플로리다 주민들은 채굴에 반대였다. 유출 사고라도 난다면 해안이 시커먼 타르로 뒤덮일 위험이 있기 때문이었다.

"아, 바다 밑은 잊어버리게." 드레이크 맥브라이드는 이렇게 말하며 지미 리 베일리스에세 신문 기사 하나를 내밀었다. "빠르게 돈 버는 법은 여기 있다네, 형씨."

지미 리 베일리스는 헤드라인을 보고 찌푸렸다. "에버글레이즈 습지요?"

"계속 읽게, 형씨."

기사는 미국 정부가 사라져 가는 습지를 더 이상의 피해로부터 보호하기 위해 광활한 빅 사이프러스 숲 보호구역에 묻힌 석유와 천연 가스 채굴권을 사들이려는 계획을 발표했다는 내용이었다.

"우린 석유만 찾으면 돼, 찾기만 하면 된다고." 드레이크 맥브라이드가 잔뜩 흥분해서 말했다. "그런데 정부는 그걸 파내지 '말라고' 큰돈을 주겠다는 거야. 이렇게 터무니없는 소리 들어본 적 있나?"

"그렇군요." 지미 리 베일리스는 즉각 그 계획이 미심쩍음을 느꼈다.

"정말 대단한 나라 아닌가!" 드레이크 맥브라이드가 외쳤다.

"하지만 우린 에버글레이즈에 채굴용 땅이 없잖습니까."

"그러니까 자네가 구해 와야지." 드레이크 맥브라이드는 지미 리 베일리스의 가슴팍을 찔렀다. "그리고 돈을 따내야 될 게 아닌가."

힘겹고 복잡한 일이었다. 채굴 가능 지역은 거의 몽땅 큰 회사나 부유한 노인네들 차지였고, 그들은 지미 리 베일리스의 제안을 글자 그대로 비웃어 댔다. 결국 빈센트 트랩윅 주니어라는 인물로부터 640에이커 넓이의 땅덩이 하나를 간신히 얻어낼 수 있었는데, 그는 곤경에 처한 인물로 횡령죄로 재판을 앞두고 있어 변호사 비용을 대기 위해 가진 것을 닥

치는 대로 팔아치우고 있었다.

21구역이라 알려진 트랩윅 토지가 위치한 곳은 네이플스 동쪽으로, 검은 덩굴 늪지 근처, 석유가 나올 가능성이 높은 자리였다. 그러나 몇 달 동안 지상 테스트를 거쳐 대여섯 개의 시추공을 뚫어 본 결과, 지미 리 베일리스는 21구역에 묻힌 석유가 고작 금붕어 어항이나 채울 만큼이라는 우울한 결론에 도달했다.

이 소식에 분통이 터진 드레이크 맥브라이드는 책상을 어찌나 세게 걷어찼는지 카우보이 부츠 한 짝의 뱀피가 찢어지고 말았다.

"22구역이 우리 것이 아니라 유감입니다." 지미 리 베일리스가 말했다.

"뭐라고?" 드레이크 맥브라이드는 귀를 쫑긋 세웠다. "22구역에는 석유가 많은가?"

"지리학자들 말로는 그렇다더군요. 하지만 어쩔 수 없습니다. 그 땅은 국가의 소유거든요. 그리고 안 팔 겁니다. 자연보호 구역 일부라서요."

"하지만 석유가 있다고 하지 않았나. 깊이는 얼마나 되지?"

"3.5킬로미터에서 3.6킬로미터 정도라고 하더군요. 하지만 말씀드린 바대로 그 땅은 국가 소유이기 때문에……."

드레이크 맥브라이드는 매니큐어 칠한 손가락을 딱 퉁겼다. "좋은 수가 있네. 22구역에 몰래 유정油井을 파는 걸세, 아무도 모르게. 그리고 지하에 파이프를 놓아서 21구역에 있는 우리 장치랑 연결하는 거지."

지미 리 베일리스는 속이 거북해졌다. "사장님, 그런 위험을 무릅쓸 만한 일은 아닙니다. 지리학자들 말로는 하루 900배럴밖에 안 된다더군요. 게다가 품질도 엉망입니다. 끈적끈적하고 유황투성이라서……."

"어떻게 생겨 먹었든, 무슨 고약한 냄새가 나든 내 알 바 아니네. 석유

이기만 하면 돼. 내가 필요한 건—아니, '우리가 필요한 건'이라고 해야겠군—진짜 플로리다산 원유이기만 하면 된다고. 그걸 내무부의 어느 꼴통 책상에 떨궈 주면 우리 채굴권의 대가로 엄청난 돈다발을 건네줄 거고 그럼 우리 집 노인네조차 감동할 거란 말이야. 하라는 대로 하겠나?"

"안 한다고 해도 되는 겁니까?"

"회사에 붙어 있기 싫으면 맘대로 하게."

이렇게 해서 22구역 사기극이 탄생했다.

지미 리 베일리스는 열린 해치를 통해 헬리콥터에서 아래를 내려다보며, 22구역에서 21구역으로 불법 파이프를 설치할 자리를 따라 늘어선 작은 분홍색 깃발들을 눈으로 좇았다. 자그마한 굴착 장치는 키 큰 낙엽송 숲에 가려 공중에서 보더라도 거의 눈에 안 띌 것이 분명했다. 22구역은 너무나 외떨어지고 숲이 무성했기 때문에, 드레이크 맥브라이드는 플로리다 주 소유의 석유를 가로챘다고 체포당할 걱정은 하지 않았다. 그러나 지미 리 베일리스는 몹시 염려스러웠다. 하이킹 여행자 하나가 괜히 변덕을 부려 검은 덩굴 늪지에서 길을 잘못 들기라도 하면, 레드 다이아몬드 사의 불법 채굴 계획은 들통날 게 뻔했다. 그러면 지미 리 베일리스는 드레이크 맥브라이드와 나란히 1제곱미터짜리 감방에 처박혀 인생을 종치게 되는 셈이었다. 이런 생각으로 지미 리 베일리스는 속이 뒤틀렸으며, 극단적인 수를 쓰기에 이르렀다.

그는 본래부터 사기꾼은 아니었지만, 석유를 캐내지 '않는' 대가로 몇백만 달러를 벌 수 있다는 달콤한 유혹은 뿌리치기 힘들었다. 그러나 드레이크 맥브라이드의 더러운 계획에 손을 대겠다고 약속한 이후 그는 단 하룻밤도 편히 자 본 적이 없었다. 멜턴이 당한 괴상한 사건 때문에 그는 더욱 안절부절못하게 되었다. 사람을 발가벗겨 나무에 풀로 붙여 놓는 짓은 아무리 봐도 그냥 도둑의 짓이 아니었다.

그래서 지미 리 베일리스는 헬리콥터를 타고 매일 습지를 순찰하며 침입자의 흔적은 없는지 살펴보기로 결심했다. 아직까지는 아무것도 나온 게 없었다.

"돌아가실 겁니까?" 조종사가 물었다.

"그럼. 트럭 있는 데 내려 주게." 지미 리 베일리스는 답했다.

헬리콥터가 흙길에 가볍게 내려앉은 순간, 지미 리 베일리스는 자기 트럭 옆에 체리빛 SUV 한 대가 서 있는 것을 보고 놀랐다. SUV의 운전대에는 여러 개의 비상등이 붙어 있었고, 차체에는 'CCFD'라는 이니셜이 써 있었다.

한참 후에야 지미 리 베일리스는 그것이 '콜리어 군 소방부서Collier County Fire Department'의 약자임을 알았다. 그는 텀스 네 알을 더 씹어 삼키고서야 헬리콥터에서 나왔다.

화재 조사관의 이름은 토켈슨이었다. 숱이 줄어드는 금발의 남자로, 악수하는 손 힘이 호두도 깨부술 정도로 강했다. 그는 22구역에서 일어난 화재에 대해 묻고 싶다고 말했다.

"우리는 21구역에서 일하는데요." 지미 리 베일리스는 재빨리 말했다.

"예, 압니다. 혹시 선생님이나 직원이 그날 21구역에서 수상한 것을 목격하지는 않았는지 궁금해서 그럽니다."

"예를 들어 어떤 것 말입니까?"

"그 자리에 있어서는 안 될 사람이라도 보았나, 그런 거죠." 토켈슨은 부드럽고 공무원다운 말투로 이야기했는데, 지미 리 베일리스는 그 말투가

거북했다.

"산불이 났을 때 우리 직원들은 다른 현장에 있었습니다. 저도 거기 같이 있었고요."

"그건 단순한 산불이 아니었습니다, 베일리스 씨. 방화였어요."

"뭐라고요?" 지미 리 베일리스는 자기가 지금 오줌을 찔끔 쌀 정도로 충격을 받았다는 점을 감추기 위해 애썼다. "방화라고요? 미친 짓이군요!" 그는 애써 웃으며 말했다. "대체 뭐 하러 늪지에 불을 지른단 말입니까?"

토켈슨은 어깨를 으쓱했다. "사람들이란 이따금 미친 짓을 저지르기 마련 아닙니까. 이거 알아보시겠습니까?"

그는 레드 다이아몬드 에너지의 로고가 박힌 플라스틱 볼펜을 보여 주었다. 한순간 지미 리 베일리스는 화재 조사관의 신발에 아침에 먹은 머핀을 온통 토해 버릴지도 모른다고 생각했다.

"예, 제 것이군요." 그는 쉰 소리로 말했다. "헬리콥터에서 사진을 찍을 때 주머니에서 떨어졌던 모양입니다."

물론 거짓말이었다. 토켈슨은 그 말을 믿는 듯했다.

"별것은 아닙니다. 저희는 다만 모든 단서를 샅샅이 추적해 보려는 것뿐입니다. 이 펜은 불이 일어난 곳에서 130미터나 떨어진 곳에서 발견했거든요."

"뭐, 가져가십시오. 그런 볼펜은 상자째로 갖고 있으니까요." 지미 리 베일리스는 애써 태연하고 걱정 없는 말투를 지어냈다.

토켈슨은 레드 다이아몬드 펜을 커다란 서류 봉투에 집어넣고 작은 사진 하나를 꺼냈다. "이 사진도 한번 봐 주시겠습니까?"

그것은 경찰에서 찍은 여드름투성이 십 대 소년의 상반신 사진으로,

지미 리 베일리스가 모르는 얼굴이었다. 사진에 나온 아이는 퉁명스럽고 비협조적인 표정이었는데, 지미 리 베일리스에게는 그 나이였을 때의 자기 아들을 연상시켰다.

"불을 지른 녀석입니까?" 그는 물었다.

"관심을 두고 있는 인물이죠."

"그 말씀은 용의자라고 해석해도 되는 건가요?"

"우리끼리 말하자면, 용의자입니다. 이름은 드웨인 스크로드 주니어이고, 불장난을 좋아하는 이 동네 조무래기죠. 전에도 체포된 적이 있습니다. 보안관 사무소에서는 녀석이 방화가 일어나기 전날 이 지역에 있었을 가능성이 있다고 귀띔해 주더군요."

지미 리 베일리스는 이미 침착성을 되찾았다. 드웨인 스크로드 주니어의 사진을 들여다보고 있는 동안 그의 마음속에는 계획 하나가 떠올랐다.

"선생님이랑 말다툼을 했답니다. 다음날 학교에서는 늪지로 견학을 갔는데, 우리의 드웨인만 참석하지 않았죠. 우리는 녀석이 몰래 이곳으로 숨어 들어와 불을 지른 게 아닌지 밝혀내려 합니다."

"앙갚음이다, 이 말씀이죠."

"그렇게 보고 있습니다. 딱 보기에도 귀찮게 엮이기 싫은 녀석이잖습니까."

지미 리 베일리스는 천국에서 내려온 선물이라도 되는 양 사진을 바라보았다. 진짜 방화범이야말로 지금 그에게 필요한 존재였으니까.

그는 검은 덩굴 늪지의 화재가 의도적으로 일으킨 것이었다는 점을 누군가 알아차리리라고는 꿈에도 상상치 못했다. 저절로 일어난 산불처럼 보이게 하려고 갖은 애를 썼기 때문이다.

목적은 견학 온 아이들에게 겁을 줘 쫓아내는 것이었다. 아이들 누군가가 22구역에 들어가 레드 다이아몬드 사에서 판 진흙구덩이와 석유 채굴 장비를 발견하기 전에 말이다. 지미 리 베일리스가 보기에 학생들이 심각한 위험에 처할 가능성은 전혀 없었다. 흙이 드러난 맨땅과 축축한 진흙길이 학생들과 불길 사이에서 방벽 역할을 하도록 치밀하게 계획해 두었기 때문이다.

연기가 한두 차례 일자 성공이었다. 교사들은 학생들을 줄 세워 10분도 안 되어 늪지에서 떠나 버렸다. 지미 리 베일리스는 붉은색 반다나로 입과 코를 막은 채 쌍안경으로 그 광경을 지켜보았던 것이다.

그는 이후에도 불이 저절로 꺼질 때까지 머물러 있다가, 화재 현장에서 모든 증거를 없앴다(적어도 본인은 없앴다고 생각했다). 불을 지르는 동안 그 멍청한 볼펜을 떨어뜨렸다니, 그는 스스로에게 화가 났다. 어떻게 그렇게 부주의할 수 있었단 말인가? 드레이크 맥브라이드가 알면 벼락처럼 화를 낼 게 분명했다.

"방화라는 게 확실합니까?" 지미 리 베일리스는 토켈슨에게 물었다.

"덤불숲에서 불길이 지나간 수상쩍은 흔적을 발견했습니다."

지미 리 베일리스는 그날 밤 집에 가는 길에 부탄 토치를 일부러 29번 도로가에 있는 운하까지 가져가서 버렸던 게 다행이라고 생각했다. 덕분에 그가 방화에 관련이 있다는 유일한 직접 증거는 지금쯤 악어가 들끓는 진흙투성이 물 깊숙한 곳에서 녹슬어 가고 있으니 말이었다.

그러나 제일 좋은 뉴스는 소방국에서 자신이 아닌 다른 용의자에게 초점을 맞추고 있다는 사실이었다. 스크로드라는 녀석은 확실히 망나니가 분명했다. 어쩌면 불쌍한 멜턴을 공격한 놈이었을지도 모르겠군, 지미 리 베일리스는 생각했다. 그런 불량배 녀석을 거리에서 제거해 버린다면 사회에 이바지하는 셈이 된다.

"그래, 어떻습니까?" 토켈슨은 지미 리 베일리스가 손에 쥐고 있는 사진을 향해 고개를 까딱해 보였다. 이제 그의 손은 더 이상 떨리지 않았다. "이 학생이 근처에 어정거리는 걸 본 적이 있습니까?"

"그런 것 같습니다." 지미 리 베일리스는 집중하는 척 눈썹을 찡그리며 말했다. "솔직히 말하면, 분명 본 적 있습니다."

제13장

교사 수업 준비의 날에 닉은 왼팔을 단련하고, 어머니의 차를 세차하고, 어머니를 도와 오븐을 박박 닦으며 거의 종일을 보냈다. 다행히 어머니는 보지도 않은 영화에 대해 질문을 하지는 않았다. 나중에 닉은 자전거를 타고 공공 도서관에 가서, 스타치 선생님 집에서 자기와 마르타를 붙잡았던 낯선 남자가 입에 올렸던 작가인 에드워드 애비의 책을 빌려왔다.

오후는 햇빛이 쨍쨍했지만 시원해서, 닉은 해가 질 때까지 네트를 상대로 왼손 투구를 연습했다. 잠자리에 들 무렵에는 왼팔이 시멘트로 굳어 버린 느낌이었다. 너무나 지친 나머지 닉은 책을 겨우 몇 페이지 읽다 말고 잠에 빠졌다. 제목은 『멍키 렌치 갱』이었다.

다음날 아침 닉은 일찍 일어나 워싱턴 군사 병원에 전화를 걸었다. 아버지의 부상한 어깨에 생긴 감염 증세가 나아졌는지 알고 싶어 견딜 수가 없었다. 병실에서 전화를 받은 간호사는 그레고리 워터스 대위가 병실을 나갔다고 했지만, 더 이상은 알려 줄 수 없다고 말했다.

닉은 즉시 직장에 있는 어머니에게 연락해 보려 했지만 헛수고였다. 너무나 걱정이 된 그는 스쿨버스에서 마르타와 다른 친구들에게 안녕이라는 말만 겨우 중얼거리고 학교까지 혼자 앉아서 갔다.

닉은 아침 내내 딴 생각에 빠져 있어 수업에 집중할 수가 없었다. '단속 평형斷續平衡'이라는 주제도 마찬가지였다. 이는 생물책 329쪽에 나오는 주요 용어였으며, 목요일이면 웬델 왁스모 박사는 항상 329쪽을, 오직 329쪽만 가르쳤다.

단속평형설이란 동물 종이 세월의 흐름에 따라 어떻게 진화해 가는가와 관련이 있었지만, 리비 마셜조차 제대로 설명하지 못했다. 웬델 왁스모는 새로운 목표를 찾아 교실을 둘러보다가 닉의 이름을 한 번도 아닌 세 번이나 불렀는데, 닉은 혼미한 상태에 빠져 있었다.

"좋아, 워터스 군, 일어서게." 마침내 웬델 왁스모가 고함쳤다. "그리고 나와 함께 노래를 부르는 거야."

닉은 놀라서 정식이 바싹 들었지만 너무 당황해서 움직이지 못했다.

"한쪽 팔을 등 뒤로 묶고 있긴 하지만, 자네가 훌륭하게 노래할 수 있을 거라 믿네." 웬델 왁스모가 말했다.

"아니에요, 못합니다. 정말로요."

"〈험한 세상에 다리가 되어〉 어때?"

"전 그 노래 가사를 잘 몰라요. 죄송해요." 교과서에 고개를 박고 있는 스모크만 빼고는 반 전체가 닉을 쳐다보고 있었다.

"〈화이트 크리스마스〉는 어떤가? 빼지 말게, 세 살 넘은 인간이라면 누구나 〈화이트 크리스마스〉를 알고 있잖은가."

"저한테 노래시키지 말아 주세요. 오늘은 안 돼요."

닉은 이 괴로운 순간이 시시각각 더해 갈 때마다 몸이 조금씩 줄어들어 그 자리에서 그대로 쭈그러드는 듯한 괴상한 기분이었다. '안 보이게 사라질 수만 있다면……' 닉은 생각했다.

"그래?"

"정말로 못하겠어요."

"왜 못하겠다는 건가, 워터스 군?"

"왜냐하면…… 제가…… 저는……."

"대체 뭐 때문이란 말인가?"

"그럴 기분이 아니기 때문이에요!" 발딱 일어난 마르타의 목소리였다. 다른 학생들은 아연실색하여 입을 딱 벌렸다.

웬델 왁스모조차 잠시 어리둥절했다. 그는 나비넥타이를 만지작거리더니—오늘 선택한 색은 라임그린이었다—제정신을 차리고 마르타에게 화살을 돌렸다.

"곤잘레스 양, 자네가 마침내 학급 토론에 참여하게 되어 기쁘군. 워터스 군이 노래 부를 기분이 아니라는 걸 어떻게 알았는지 말해 줄 수 있겠나?"

마르타는 곁눈질로 닉을 바라보았고, 닉은 고갯짓으로 그냥 앉으라고 했다. 마르타가 애써 해 주려는 일—곤란하기 짝이 없는 상황에서 구해 주려는 것—은 고마웠지만, 괜히 말썽에 휘말리게 하고 싶지는 않았다.

"기다리고 있네, 곤잘레스 양." 웬델 왁스모는 누덕누덕한 턱시도의 옷깃을 문질렀다. "자네 친구가 어째서 노래 부를 기분이 아닌지 친절히 알려 줬으면 좋겠군."

"얘네 아버지가 이라크에서 폭탄 공격을 받았기 때문이에요." 마르타는 나직하게 말했다. "거의 돌아가실 뻔했다고요. 그러니까 닉을 가만 놔두세요. 그냥 가만 내버려 두시라고요."

웬델 왁스모는 발등 위에 볼링공이라도 떨어진 표정이었다. 입은 O자 모양으로 얼어붙었고, 거기서는 펑크 난 타이어가 내는 듯한 길고 희미한 바람 빠지는 소리가 났다.

닉은 어찌해야 좋을지 몰랐다. 대부분의 아이들이 동정과 안타까움이 담긴 표정으로 닉을 바라보고 있었다. 스모크조차 책을 덮고 교실 저쪽에서 닉을 처다보고 있었다.

마르타는 눈물이 글썽이는 눈으로 자리에 앉았고, 쪽지를 휘갈겨 쓰더니 닉 쪽으로 밀었다.

스타치 선생님이 다시 왔으면 좋겠어!

웬델 왁스모는 차차 얼굴에 혈색이 돌아왔고 지나치게 크고 걸쭉하게 헛기침을 했다. 그는 다시 한 번 수업의 중심 인물이 되었지만, 재치 있는 응수를 할 만한 상황은 아니었다.

"워터스 군, 자네의 아버지와 가족을 위해 진심 어린 기도를 올리는 바이네. 전쟁이란 비극적인 사건이지. 하지만 삶은 지속된다네. 그러니 여러분, 다시 329쪽과 단속평형에 주의를 집중하자고."

닉은 왼손을 들었다.

"그래, 워터스 군?"

"저희 아버진 괜찮아지실 거예요." 닉은 강인한 목소리로 잘라 말했다. "의사들이 나으실 거라고 했어요."

웬델 왁스모는 닉의 씩씩한 태도가 반 전체에 생기를 불어넣어 주기를 바랐다. "정말 좋은 소식이군! 힘찬 박수로 기뻐해야겠어!"

학생들은 그를 마치 바지가 흘러내리기라도 한 듯 쳐다보았다. 웬델 왁스모는 벽에 걸린 시계를 보았다. 종이 칠 때까지 9분이라는 긴 시간이 남아 있었다.

"못 다한 일 하나를 마무리해야겠군." 그는 활발하게 말하고는 낡아 빠진 서류 가방에서 드웨인 스크로드 주니어가 쓴 에세이를 꺼냈는데, 에세이에는 D+라는 잔인한 성적이 눈에 확 띄는 붉은색 마커로 휘갈겨 쓰여 있었다. 그 점수는 반의 모든 아이들 눈에 뼈저릴 정도로 생생하게 보였다. 뒷줄에 앉은 아이들에게도 보일 정도였다.

웬델 왁스모는 스모크의 얼굴에 대고 보고서를 흔들었다. "그래, 여드름이란 말이지, 스크로드 군." 새빨간 색의 빗금이며 동그라미, 수정 사항이 에세이를 뒤덮고 있었다.

"제 생각이 아니었어요. 스타치 선생님이 저보고 쓰라고 하셨다고요." 스모크가 말했다.

"글쎄, 선생님은 여기 안 계시잖은가, 안 그래?"

"하지만 어떤 부분이 그렇게 엉망진창이라는 거죠?"

"한마디로, 학식의 문제지. 학식이 결여되어 있다는 게 문제라고 하는 게 낫겠군. 난 이 끔찍한 보고서를 스타치 선생님이 직접 보시도록 선생님 책상 위에 올려 둘 걸세." 웬델 왁스모는 교실 앞으로 돌아가 여드름 보고서를 스타치 선생님의 맨 윗 서랍에 넣었다.

다른 학생들은 침묵을 지켰지만, 확연히 적대적인 분위기였다. 닉이 보니 마르타는 또 다른 쪽지를 적고 있었는데 화가 나서 목덜미의 핏줄이 팔딱거렸다. 결국 마르타는 쪽지를 구겨 버리더니 적으려던 말을 입 밖으로 내뱉었다. '난 저 사람을 증오해!'

닉 역시 D+라는 성적으로 완전히 짓밟힌 스모크가 안쓰러워 기분이 상했다. 미친 왁스모 박사는 남들이 다 보는 앞에서 스모크에게 면박을 줄 게 아니라 종이 칠 때까지 기다렸다가 숙제를 돌려주었어야 했다.

스모크가 손을 들었다.

웬델 왁스모는 그레이엄을 불렀는데, 그 아이는 전혀 예상치 못하고 있었다. "카슨 군, 단속평형이 종의 분화分化라는 개념과 어떤 연관이 있는지 말해 보게."

그레이엄은 일어서더니 평소처럼 자신만만하게 완전히 틀린 답을 내놓았다.

스모크는 손을 더 높이 쳐들었다. 웬델 왁스모는 다른 쪽을 보고는 미키 매리스를 불렀다.

닉은 참을 수가 없었다. 그는 헛기침을 하고 소리 높여 말했다. "왁스모 박사님, 드웨인이 질문이 있대요."

"뭐?" 임시 교사는 빙글 돌아 닉을 노려보았다. "지금 내 말에 끼어드는 건가, 워터스 군?"

닉은 손짓으로 스모크 쪽을 가리켰다. "드웨인이 손을 들었잖아요."

"난 장님이 아닐세, 내가 장님으로 보이나?"

"아닙니다."

"드웨인이 물어보고 싶은 게 뭐가 됐든, 기다려도 되는 일이라고 난 확신하네."

"그건 공정하지 못해요."

"그래요, 드웨인의 질문에 답해 주세요." 마르타가 말했다.

웬델 왁스모의 귀는 분홍색으로 변했고, 벗겨진 머리는 욱신대며 턱시도 셔츠는 따끔거리기 시작했다. 이놈의 애들한테 대체 뭐가 씌인 거지? 믿을 수가 없군!

그는 통통한 주먹으로 책상을 내리치고는 말했다. "입 다물어, 이 조그만 흰개미 자식들."

순간 문을 세게 두드리는 소리가 나더니 드레슬러 교장이 교실로 들어왔다. 그는 닉을 가리키고는 말했다. "워터스 군, 잠깐 교장실에서 보지. 지금 곧 오게나."

트윌리 스프리는 레드 다이아몬드 에너지 사가 빅 사이프러스 숲 근처로 석유를 캐러 오기 34년 전 키웨스트에서 태어났다. 아버지는 열성적인 부동산 판매인이었고, 어머니는 분재를 기르며 형편없는 로맨스 소설을 써서 '로잘리 뒤퐁'이라는 가명으로 출판했다.

트윌리가 18세 때, 할아버지는 그에게 5백만 달러라는 상당한 유산을 남기고 갑작스레 돌아가셨다. 트윌리는 현명한 투자를 했고, 지금은 마음만 먹으면 개인용 비행기도 살 수 있을 만한 부자가 되었다.

그러나 그는 그러지 않았다. 트윌리가 플로리다 주를 떠나는 일은 거의 없었다. 플로리다 주는 그가 사랑하는 장소이자 한편으로는 그의 마음을 아프게 하는 장소였는데, 그곳은 그의 눈앞에서 서서히 파괴되어 가고 있었기 때문이다.

트윌리 스프리는 착한 사람이었지만 불같은 성격 때문에 말썽을 자초하는 경우가 종종 있었다. 그는 고층 빌딩과 고속도로, 그리고 있지도 않은 수달이나 독수리 이름을 따서 명명된 눈꼴사나운 주택 단지가 마음에 들지 않았다. 콘크리트와 아스팔트도 마음에 들지 않았다. 그리고 특히 자연을 콘크리트와 아스팔트로 파묻어 버리는 인간들은 질색이었다.

자연보호 단체에 몇 천 달러씩을 지원해 주고 있었음에도, 트윌리 스프리는 이따금 자기가 믿는 대의를 위해 개인적으로 뛰어들기도 했다. 좀 지나치게 개인적인 방식으로 말이다. 한번은 어느 운전사가 햄버거 포장지를 차창 밖으로 내버리는 것을 보고, 유료 고속도로를 따라 166킬로미터를 달려 포트 로더데일까지 집요하게 뒤쫓아 갔다. 그날 밤, 쓰레기를 버렸던 인간은 자기의 빨간색 BMW 컨버터블 꼭대기에 4톤이나 되는 쓰레기가 뒤덮인 것을 보고 기절할 듯이 놀랐다. 소나무 꼭대기에서 그 꼴을 지켜보던 트윌리는 자기 자신이 수치스럽다고 생각하지 않았다.

최고급 호텔에서 최상층의 스위트룸을 빌려 살 수 있었는데도, 트윌리는 소형 텐트를 치고 별이 빛나는 하늘 아래서 자는 편을 더 좋아했다. 한 달 정도 전부터 그는 네이플스 서쪽, 검은 덩굴 늪지라고 알려진 근사한 사이프러스 숲에서 야영을 하고 있었다.

화재가 발생한 날, 트윌리는 수목 한계선 안쪽 깊은 곳에서 학생들 한 무리가 자연 속에서 견학하는 모습을 관찰하고 있었다. 사건이 예측하지 못한 방향으로 흘러가는 바람에 그 당시에는 방화범을 잡지 못했지만, 그에게는 결국 범인을 잡고 말 거라는 확신이 있었다.

헬리콥터가 늪지 위를 선회하고 있었지만 트윌리는 걱정하지 않았다.

그가 야영하는 곳은 아주 감쪽같이 숨겨져 있어 하늘에서는 보일 리가 없기 때문이었다. 그는 헬리콥터가 레드 다이아몬드 에너지 회사에서 임대한 것이며, 레드 다이아몬드 사가 습지에서 석유를 파낼 준비를 하고 있다는 사실을 알고 있었다. 트윌리는 이를 허락할 수 없었다.

첫 번째 경고로 그는 레드 다이아몬드 사의 직원 하나를 잡아 옷을 벗기고 나무둥치에 풀로 붙여 놓았다. 직원을 다치게 하지는 않았지만, 녀석을 불청객으로 여기고 있다는 경고만은 확실히 머릿속에 심어 주었던 것이다. 직원이 트럭에서 내리고 있던 강철 파이프는 이미 화물선에 실려 아이티로 가고 있었다. 거기서 파이프는 가난한 농부들의 채소밭에 꼭 필요한 물을 실어 나르는 역할을 하게 될 것이었다. 트윌리에게는 이런 기적을 이룰 수 있는 자금과 연줄이 있었다.

트윌리는 풀 사건과 파이프의 증발 이후 레드 다이아몬드 사에서 경비를 강화할 거라 예측했었다. 따라서 헬리콥터가 돌아다니는 것도 놀랄 일이 아니었다. 헬리콥터가 가 버리자마자 트윌리는 나무 틈에서 나와 초원을 거쳐서 휴대용 GPS가 가리키는 정확한 경도와 위도의 지점으로 갔다. 거기서 책상다리를 하고 앉아 한 줄로 늘어선 불독개미가 죽은 귀뚜라미를 옮겨 가는 모습을 흥미 있게 보며 즐겼다.

몇 분 안 되어 남쪽에서 또 다른 헬리콥터 한 대가 날아와 멈춰서더니 트윌리의 바로 위에서 맴돌았는데, 회전 날개에서 나오는 소용돌이에 개미들의 행진은 멈추고 부드러운 풀이 춤추며 미친 듯이 나부꼈다.

바로 트윌리 자신이 임대한 헬리콥터였다. 그가 조종사를 향해 손짓하자, 조종사는 문을 열고 짐 꾸러미 하나를 떨어뜨렸고, 짐은 트윌리가 기다리는 곳에서 10미터 떨어진 장소에 철퍽 하고 떨어졌다.

트윌리는 주머니칼로 두꺼운 겉포장 줄을 끊고 꾸러미의 소중한 내용물이 손상되지 않도록 넣어둔 판자 뚜껑을 열었다. 안에는 작은 플라스틱 병 두 다스가 있었는데, 모두 흰색이 도는 액체가 담겨 있었다. 병은 차가운 상태를 유지하도록 드라이아이스에 싸여 있었다.

트윌리 스프리는 미소를 짓고는 생각했다. 희망이란 영원히 샘솟는 법이지.

그는 조종사에게 오케이 사인을 보냈고 헬리콥터는 시끄러운 소리를 내며 날아갔다. 비스듬히 비쳐드는 아침 햇살 속에서 초원은 고요함을 되찾았다.

닉은 완전히 남인 드레슬러 교장에게서 아버지에 대한 나쁜 소식을 듣고 싶지는 않았다. 그렇지만 그 일이 아니고서야 왜 교장 선생님이 수업 중에 그를 불러냈겠는가?

행정 본부 건물까지 걸어가는 동안 드레슬러 교장은 한마디도 하지 않았다. 닉은 돌아서서 할 수 있는 한 힘껏 뛰어 달아나고 싶은 기분이었다. 만일 지금이 자신의 전 인생이 산산조각 나 버리려는 순간이라면, 닉은 집에서 그 일을 마주하고 싶었다. 어머니도 벌써 소식을 들었는지 궁금했다. 그렇다면 어머니는 어디 있을까? 그리고 누가 곁에서 어머니를 위로해 줄까?

"앉게." 교장실에 들어서자 교장이 말했다.

확실히 닉은 앉을 필요가 있었다. 방이 빙글빙글 도는 듯했고, 드레슬러 교장의 목소리는 양동이에 대고 말하는 듯 웅웅 울렸다.

"어머니께 전화해도 될까요?" 닉은 물었다.

“왜?”

“아, 그러면 어머니도 벌써 알고 계시는군요.”

드레슬러 교장은 뭐가 뭔지 모르겠다는 표정이었다. “뭘 아신단 말인가?”

닉은 한 번도 기절한 적이 없었지만, 자신이 당장이라도 졸도해 버릴 것 같다고 생각했다. 그는 똑바른 자세를 유지하기 위해 왼손으로 의자 팔걸이를 붙들었다. 방이 제발 그만 좀 돌았으면 좋겠다고 생각하며 눈을 꼭 감았다.

우리 아빠가 죽었나요? 라는 질문을 차마 할 수가 없었다. 너무나 무서웠다.

“괜찮은가?” 교장이 물었다.

“아니요, 선생님. 사실 괜찮진 않아요.”

“팔 때문에 불편한가?”

닉은 말했다. “제 팔은 멀쩡합니다. 왼손잡이가 되려고 연습 중이기 때문에 이렇게 묶어 둔 거예요.”

“흥미로운 프로젝트로구나.” 드레슬러 교장은 격려하는 어조를 띠려고 애썼지만, 닉의 기분은 조금도 나아지지 않았다.

“그래도 얼굴이 창백한데. 보건 선생님을 부르는 게…….”

“그러지 마세요. 괜찮아질 거예요.” 눈을 떴을 때 닉은 드레슬러 교장이 봉투 하나를 들고 있는 것을 보았다.

“이 편지가 학교로 왔다네, 닉, 자네 앞으로 말이야.”

“누가 보냈는데요?”

“자세히 읽어 보게. 그러고 나서 물어볼 게 몇 가지 있네.”

편지를 받아든 닉은 누군가가 이미 봉투를 뜯어보았다는 점을 알아차렸다. 뭐 이런 법이 다 있어, 닉은 화가 났다. 편지가 개인적인 내용이면 어쩌려고?

닉이 발끈했다는 점을 눈치 챈 교장이 말했다. "그냥 조심하자는 차원에서 그랬네. 바람직하지 못한 인물이 우리 학생들에게 접촉하려는 건 아닌지 확인해야 하거든."

"그래서 제 편질 읽으셨다고요?"

"그냥 신중을 가하려는 것뿐이네, 닉. 자네도 알겠지만 회신 주소가 없지 않은가."

그 점 역시 닉은 첫눈에 눈치 챘었는데, 덕분에 마음이 푹 놓였다. 주방 위군에서 아무 표시도 없는, 그것도 라벤더 색깔 봉투에 사망 통지서를 넣어 보낼 리야 없으니 말이다. 닉은 편지를 펼쳤다.

워터스 군에게

학생과 곤잘레스 양이 나의 건강과 안녕에 지대한 관심을 갖고 있다는 사실을 알게 되었어요. 나는 아주 잘 있으며, 가능한 한 빨리 트루먼 학교로 돌아가 수업을 계속할 작정이니 마음 푹 놓길 바라요.

나에 대해 조금이라도 걱정을 한 학생은 워터스 군과 곤잘레스 양 뿐이고, 그 점에 대해서는 아주 고맙게 생각합니다. 하지만 내 개인적인 문제를 파고들거나, 정식으로 초대받지 않고 내 집에 오는 일은 더 이상 삼가해 주기를 강력히 당부하는 바예요.

그 대신 두 학생 다 학업에만 집중하기를 바랍니다(내 기억으로는 학생들 성적은 좀 더 나아질 필요가 있을 것 같군요).

스타치 선생님이

편지는 스타치 선생님의 이름이 새겨진 편지지에 인쇄되어 있었다. 만일 위조된 편지라면, 사기꾼은 스타치 선생님의 딱 부러지는 말투를 아주 그럴싸하게 흉내 낸 셈이라고 닉은 생각했다. 어쨌거나 편지가 아버지의 건강 상태와는 아무 상관이 없음을 알게 되어 닉은 뛸 듯이 기뻤다.

교장은 곧바로 질문에 들어갔다. "자네와 마르타는 정말로 스타치 선생님 댁에 갔었나?"

닉은 고개를 끄덕였다. "견학 날 이후 아무도 선생님을 본 사람이 없잖아요. 그 점이 이상하게 여겨졌습니다."

"선생님은 집에 급한 일이 생겼네. 그리고 학교 측에 잠시 쉬겠다고 통지했지. 전혀 이상한 일이 아닐세."

닉이 듣기에는 드레슬러 교장이 그리 확신에 찬 것 같지 않았다. 사실을 말하자면 교장 자신도 스타치 선생님의 갑작스런 실종이 정상적인 일이라고 스스로를 설득하려 애쓰는 것 같았다.

"마르타와 자네는 대체 어떻게 선생님 댁까지 간 건가? 쇼핑몰에서도 한참 먼 곳인데." 교장은 물었다.

"극장에서부터 걸어갔어요."

"그 집에 갔더니 뭐가 있던가?"

닉은 조심해서 할 말을 골랐다. 자신의 이름이 트윌리이며 스타치 선생님이 자기 이모라고 했던 남자에 대해서는 누구에게도 말하지 않기로 마르타와 둘이서 약속했었다.

"음, 집에 안 계시던데요. 집에 안 들어가신 지 한참 된 것 같았어요."

드레슬러 교장은 기계적으로 손을 깍지 꼈다. 닉이 보기에는 애써 평정을 가장하는 것 같았다.

"뭐 이상한 건 보지 못했나?" 교장이 물었다.

스타치 선생님 집에서 보았던 소름끼치는 박제 동물 진열장이 즉시 머릿속에 떠올랐다. "너무 어두워서요." 닉은 굳이 거짓말을 하지 않고 대답을 얼버무렸다.

"하지만 스타치 선생님은 자네와 마르타가 왔었다는 사실을 알고 계셨던 게 분명하네. 그렇지 않고서야 편지를 쓰실 리가 없지 않은가."

두 아이를 만난 이야기를 스타치 선생님에게 전한 건 트윌리가 분명했다. 그러나 닉은 드레슬러 교장에게 자신과 마르타가 스키 모자를 쓰고 진짜 총알이 가득한 탄창 벨트를 찬 괴상한 남자에게 붙잡혔었다고 알려 줄 이유는 전혀 없다고 생각했다.

"위층 창문으로 몰래 내다보다가 우릴 발견하셨을 수도 있죠. 문을 두드려도 나와 보지 않는다고 해서 꼭 집에 안 계셨다고 할 수는 없잖아요."

"그래, 그건 사실일세."

"스타치 선생님이 사라지신 이후 선생님과 얘기해 보셨나요?"

책상을 사이에 두고 앉은 드레슬러 교장의 몸이 굳어졌다. "아까도 말했지만, 선생님은 학교에 연락을 주고 계시다네."

"그렇지만 실제로 얘기를 나눠 보셨어요? 누구 그런 사람 있나요?"

"난 선생님이 곧 전화를 주실 거라고 믿네." 드레슬러 교장이 무뚝뚝하게 말했다. "집안 일이 마무리되기만 하면 말일세."

전화벨이 울렸고, 교장은 수화기를 집어 들었다. 잠시 귀를 기울이더니 교장은 사무실 밖으로 나갔다. 몇 분이 흘렀고 닉은 좀이 쑤셨다.

닉은 드레슬러 교장의 책상 귀퉁이에 'B. 스타치'라고 표시된 두꺼운 파일이 얹혀 있는 것을 보았다. 그는 파일을 열어 잽싸게 페이지를 넘겨보았다. 원래 꼬치꼬치 캐고 다니는 성격은 아니었지만, 교장이 허락도 받지 않고 자기 편지를 뜯어본 일 때문에 아직도 무척 언짢았던 것이다. 닉은 드레슬러 교장이 자기한테 빚진 게 있는 셈이라고 생각했다.

특별한 정보를 찾고 있었지만, 스타치 선생님의 파일에 있는 서류는 대부분 지루하고 흔해 빠진 것뿐이었다. 찾고 있던 서류를 찾은 순간, 문 밖에서 누군가에게 말하는 교장의 목소리가 희미하게 들렸다. 닉은 드레슬러 교장이 들어오기 직전 아슬아슬하게 파일을 덮었다.

"닉, 딱 한 가지 더 물어볼 게 있네."

"네."

"자네와 마르타가 스타치 선생님이 바라시는 대로 따라 줄 거라 약속해 주겠나? 지금 선생님이 원하시는 대로 사생활을 존중해 드리게. 그게 올바른 행동이라네."

"저희는 선생님이 걱정되었던 것뿐입니다. 소란을 일으킬 생각은 전혀 없었어요."

드레슬러 교장은 버니 스타치의 학생들 중 선생님에 대해 그렇게나 신경을 쓰는 사람이 있다는 사실 자체가 믿기 어렵다는 표정이었다.

"저, 스타치 선생님이 트루먼에서 제일 인기 있는 교사가 아니라는 것은 알아요. 솔직히 그 정반대죠. 하지만 견학 날 그런 일이 있고 보니……"

교장은 끄덕였다. "그래, 불길이 타오르는데 리비의 약을 가지러 돌아가다니 매우 용감한 행동이었지. 그리고 걱정 말게나, 닉, 학교에서는 선생님이 돌아오시면 그에 걸맞게 치하할 테니 말일세."

드레슬러 교장은 닉을 문 밖까지 바래다 주었는데, 닉이 앞으로는 스타치 선생님의 행방에 대해 더 이상 신경 쓰지 않겠다는 약속을 한 거라 믿는 게 분명했다. 사실 닉은 그런 약속은 하지 않았는데 말이다.

"선생님 가족과 얘기 나눠 보셨나요?" 닉은 교장에게 물었다.

"아니, 안 해봤네."

"조카가 있다고 들었는데요." 닉은 순진한 목소리로 말했다.

"내가 아는 한은 없네." 드레슬러 교장이 말했다. 교장의 의아하다는 표정은 닉이 스타치 선생님의 채용 서류에서 본 사실을 뒷받침해 주었다. 선생님은 형제도 자매도 없었으니, 생물학적으로는 트윌리라는 이름의 조카가 있기란 불가능했던 것이다. 이름이 조가 됐든, 프레드가 됐든, 잉글버트가 됐든 말이다.

사실 스타치 선생님의 파일에는 살아 있는 친인척이라고는 아무도 기입되어 있지 않았다. 따라서 '갑작스런 집안 문제'라는 사유는 몹시 미심쩍었다.

닉은 스타치 선생님의 편지를 마르타에게 보여 주고 싶어 안달이 났지만, 생물 수업으로 돌아가지 못했다. 행정 본부 건물에서 서둘러 나오는데 차의 경적 소리가 울리더니 누군가가 닉의 이름을 소리쳐 불렀던 것이다.

닉을 부른 사람은 닉의 어머니로, 주차장에서 손을 흔들고 있었다. 어머니가 울고 있는지 아닌지 닉에게는 보이지 않았다. 닉은 침을 세게 꿀꺽 삼키고는 어머니를 향해 뛰어갔다.

제14장

아버지가 중동으로 떠나게 되었다는 사실을 닉이 알게 된 것은 에버글레이즈 습지 깊숙한 곳의 어느 개울가에서였다. 닉의 가족은 연어와 농어를 찾아 주는 안내인이 삿대로 저어 나가는 자그마하고 바닥이 납작한 보트를 타고 있었다. 낚시 여행은 어머니가 남편과 아들에게 주는 때 이른 크리스마스 선물이었다.

닉은 보트 중간의 아이스박스 위에 앉아 보는 이를 홀릴 듯한 매끄럽고 완벽한 동작으로 낚싯대를 던지는 아버지를 지켜보고 있었다. 15미터 길이의 낚싯줄은 아버지의 뒤편에서 확 젖혀져 공중에 떠올랐다가, 팽팽한 곡선을 그리며 앞으로 쏘아져 나가, 미끼를 눈송이처럼 사뿐하게 떨궜다. 바라보고만 있어도 놀라운 광경이었다.

"우리 부대가 소집되었단다." 닉의 아버지는 눈길을 물 위에 두고 말했다.

"싸우러 간다는 말씀이에요?"

"가 봐야 알게 될 것 같구나."

"얼마나 오래 걸리는데요?" 닉은 목소리에 감정을 드러내지 않으려고 노력했다.

"1년이라고 들었지만, 그렇게 오래는 아니기를 바라고 있단다."

바로 다음번에 던진 낚싯줄로 닉의 아버지는 근사한 농어 한 마리를 낚아 올렸는데, 농어는 두 번 뛰어오르더니 목줄을 끊고 맹그로브 나무들(홍수림紅樹林이라고도 한다. 열대와 아열대 지방의, 바닷물에 잠기는 물가에서 자라는 나무들을 이른다—옮긴이) 사이로 번개처럼 재빨리 사라져 버렸다. 안내인은 큰 소리로 욕설을 퍼부었지만 닉의 아버지는 고기를 잡기라도 한 듯 즐거워 보였다.

"네 차례다, 니키." 아버지는 낚싯줄을 감으며 말했다.

"됐어요, 아빠. 아빠가 계속 던지세요."

"해 보렴. 나는 해 봤잖니."

"다음번 고기는 꼭 잡으세요."

사실, 닉은 낚시할 기분이 아니었다. 뒷전에 앉아 아버지가 플라이 낚싯대를 다루며 하늘에 리본 같은 흔적을 내는 장면을 보는 것만으로 족했다. 닉은 생생하게 남을 추억을, 그레고리 워터스 대위가 전투에 임하느라 멀리 있을 때도 간직할 수 있는 추억을 원했다.

"엄마한테 얘기 하셨어요?" 닉은 물었다.

"어젯밤에."

"엄만 괜찮으세요?"

"네 엄마는 그럴 때가 됐다는 걸 알고 있었다. 뉴스를 지켜보고 있으니까."

"무섭지 않으세요?"

"조금은. 그렇지만 너의 축구 시즌을 놓치게 되어 실망이라는 기분이 더 크단다. 어쩌면 라크로스도 못 볼지 모르겠구나. 하지만 거기서도 이 메일은 보낼 수 있으니까."

"잘 됐다. 스코어를 알려 드릴게요."

"니키, 너한테 거창한 연설을 할 필요는 없다고 생각한다."

"엄마를 돌봐 드리라고요?"

"그래."

"걱정 마세요."

"걱정 안 한다."

닉의 아버지는 다시 한 번 멀리 낚싯줄을 던졌다. 수면에 금세 반짝임이 일더니 줄이 팽팽해졌다. 5분 뒤 안내인은 늪지의 물 때문에 거무스레한 구릿빛을 띤 튼실한 농어 한 마리를 그물로 건져냈다. 닉의 아버지는 윤기 흐르는 물고기의 아래턱을 붙잡고 들어 올렸으며 닉은 사진을 찍었다.

아버지의 얼굴은 환했다. "얼마나 나갈 것 같냐, 4.5킬로그램?"

"더 나가요. 적어도 5.5킬로그램은 나갈걸요."

그날 밤, 부모님이 잠자리에 든 후, 닉은 인터넷에 접속해 전쟁이 왜 일어났는지 알아보려고 '이라크'라는 단어를 검색했다. 일곱 달이 지났지만 닉은 여전히 그 이유를 확실히 알 수 없었다.

이라크 정부가 감추고 있다고 믿었던 무서운 무기는 누구도 찾아내지 못했고, 미국 군대를 공격하던 테러리스트의 다수는 이라크의 민간인으로 밝혀졌다. 닉은 왜 자기 아버지처럼 선량한 군인들이, 자기들이 도와주려는 사람들에 의해 폭탄 공격을 받아야 하는지 도저히 이해할 수가 없었다.

닉은 온화하고 분별 있는 성격이라 화내는 적이 거의 없었지만, 최근 들어 세상에서 일어나는 일 때문에 미칠 듯이 화가 나는 경우가 잦았다. 학교 주차장에 있는 어머니에게로 달려가며 최악의 소식에 대한 두려움에 떠는 동안, 닉의 분노는 다시 끓어올랐다. 이기적인 생각인지도 모르지만, 아무도 설명할 수 없는 전쟁 때문에 아버지를 잃고 싶지는 않았다.

닉은 어머니 곁으로 달려가 어머니를 끌어당겼다. 뜨거운 눈물을 감추려고 눈을 깜빡였는데, 말을 하려고 하자 목멘 소리가 났다.

"괜찮아, 니키." 어머니의 목소리는 놀랄 만큼 강인하고 침착했다.

"병원에 전화했는데 아빠가 없다고 했어요."

"그래, 알아."

"나아지고 계신 거라 생각했는데! 무슨 일이 일어난 거죠?"

"직접 여쭤보렴."

어머니는 닉을 빙글 돌려 차 쪽을 바라보게 했다. 조수석에 그레고리 워터스 대위가 앉아, 씩 웃으며 왼손 엄지손가락을 치켜세우고 있었다.

매일 저녁 웬델 왁스모 박사는 길고양이들을 위해 열 그릇 남짓한 먹이를 내놓았다. 이는 이웃 주민들의 짜증을 돋우는 행동이었지만, 야생 너구리, 다람쥐, 주머니쥐들은 몹시 기뻐하며 숲 속에서 어슬렁어슬렁 기어나와 약간 쉰 '미야우 믹스(고양이 사료의 일종—옮긴이)'를 포식했다.

웬델 왁스모는 네이플스 해변에서 다섯 블록 떨어진 작은 아파트에 살았다. 네이플스는 아름다운 곳이었지만, 바닷가에 가면 부비동염이 도지고 자외선에 엄청나게 민감한 피부를 타고난 그는 한 번도 그곳에 가본 적이 없었다. 웬델 왁스모는 철저하게 집 안에만 틀어박혀 있는 사람이었다. 그러나 교사이면서도(임시 교사이긴 하지만) 책을 읽거나 과학, 수학, 영문학 실력을 갈고닦는 데에는 거의 시간을 투자하지 않았다.

그 대신 웬델 왁스모는 별 볼일 없는 텔레비전 방송, 특히 홈쇼핑과 상업 광고로 뇌를 흠뻑 적시기를 좋아했다. 그는 케이블 TV에서 광고하는 온갖 어리석고 쓸데없는 신상품을 몽땅 사들였다. 치즈 돌돌 마는 기구, 마요네즈 거품기, 이름 새긴 오븐용 장갑, 귓털 정리기, 전기 양말 냄새 제거기, 재사용 가능한 치실, 심지어 밤낮 켜 놓아도 3년간 끄떡없는 손전등까지 말이다.

신기한 새 아이템을 찾느라 채널 돌리기에 너무나 열중한 나머지, 자신의 기묘한 작은 세상에서 나는 다른 소리는 웬델 왁스모의 귀에 전혀 들리지 않았다. 휴대폰에서 울리는 튜바 음의 벨소리도, 아파트 뒤에서 굶주린 너구리들에게 공격당하는 고양이들의 애처로운 울음소리도 그에게는 들리지 않았다.

마침 또 다시 전화기에 찰싹 달라붙어 49달러 92센트짜리(배송료 제외, 매월 4달러 16센트의 12개월 할부로) 태양열 건포도 껍질 벗기개를 신나게 주문하던 중, 문득 고개를 든 웬델 왁스모는 거실에 낯선 사람이 서 있는 것을 보았다.

"턱시도 한번 멋지군." 남자가 말했다.

웬델 왁스모는 침입자가 마치 전화기를 낚아채서 제 앞으로 건포도 껍질 벗기개를 주문해 버리기라도 할 것처럼 전화기를 단단히 움켜쥐고는 더듬거렸다. "자-자-잠깐 있다가 얘-얘-얘기합시다."

남자는 앉아서 기다렸다. 웬델 왁스모는 정신을 차려 주문을 마치고는 전화기를 내려놓았다. 낯선 남자는 전기톱 살인마 같아 보이지는 않았다.

"어떻게 내 아파트에 들어왔소?" 그는 물었다.

"문이 안 잠겨 있더군. 좀 더 조심해야지."

남자는 검은색 스키 모자에 카키색 옷을 입고, 웨스턴 스타일의 탄약 벨트처럼 보이는 허리띠를 차고 있었다.

"강도짓을 할 작정이라면, 뭐든 가져가시오." 웬델 왁스모는 한 팔을 휘둘러 보이며 말했다. "날 해치지만 마시오."

침입자는 선반과 탁자와 바닥 가득히 널린 온갖 종류의 쓸모없는 잡동사니들을 둘러보면서 빈정대는 미소를 지었다.

"내가 3단 음속 아티초크 녹즙기를 갖고 싶다면 또 몰라도, 그런 짓은 안 하겠네."

"그럼 여기서 뭘 하는 거요?"

"미국의 젊은이들을 위해 작은 부탁 하나를 하려고."

웬델 왁스모는 초조하게 나비넥타이를 풀었다. "무슨 소리요?"

"당신이 교사 일에서 물러나게 된다는 거지."

"뭐라고?"

"더 이상 트루먼 학교에서 일할 필요 없네. 오늘이 마지막 날이야."

웬델 왁스모는 돼지 같은 눈을 가늘게 찌푸렸다. "하여간 당신은 누구요?"

낯선 남자는 말했다. "버니 스타치는 자신의 의무를 아주 진지하게 여기는데, 자기를 대신하는 임시 교사도 그와 똑같은 자세를 갖기를 바라지. 그런데 요즘 자신이 맡았던 학급에서 아주 불만스런 보고를 받고 있다네, 웬델."

"무슨 말을 하는지 전혀 모르겠소."

"매주 같은 요일마다 똑같은 쪽을 계속 되풀이해 가르치고, 별 이유도 없이 학생들을 일으켜 세워서 노래를 시키는 짓 말일세." 남자는 어깨를 으쓱하더니 일어섰다. "그건 그렇고, 어떻게 생겨 먹은 멍청이가 국기에 대한 맹세를 노래로 부르나?"

"그 얘기였소?" 웬델 왁스모는 분개하여 되물었다. 어리석게도 그는 자신의 교육 방식을 옹호하고 나서야겠다고 생각했다.

"난 성과를 낸다고!"

"천만에, 비웃음거리가 될 뿐이지." 낯선 남자는 말했다. "어떤 애가 머리를 쥐어짜서 오백 단어 에세이를 썼어. 그때까지 한 번도 그런 글을 써 본 적 없던 애가 말이야. 그런데 당신은 반 아이들이 다 보는 앞에서 그 애에게 망신을 줬어. 좋은 일이 아냐."

"여드름 에세이 말하는 거요?"

"또 다른 애도 있지. 아버지가 이라크에서 부상을 입었는데 당신은 그 애한테 〈화이트 크리스마스〉를 부르라고 시켜?" 침입자는 넌더리가 난다는 듯 고개를 흔들었다. "미친놈보다 더 나쁜 게 뭐냐 하면 말이야, 웬델, 그건 우둔한 미친놈이야. 내 충고하는데 다른 종류의 직업을 찾아봐."

웬델 왁스모는 발끈했다. "내가 듣기로는 스타치 선생님도 학생들에게 아주 무섭게 군다고 하던데."

"아, 그거야 그렇지." 남자는 문 쪽으로 가면서 말했다. "하지만 적어도 학생들은 교과서를 제대로 배우잖아."

"당신이 날 해고할 순 없어! 그럴 권한은 교장에게만 있다고."

남자는 멈춰 서더니 웬델 왁스모 쪽으로 걸어와, 그의 어깨를 움켜쥐어

의자 위로 들어 올리고는, 얼굴에 바싹 대고 말했다. "나는 너보다 훨씬, 훨씬 더 맛이 간 놈이야. 내가 이 집에 다시 올 일이 없도록 하는 게 좋을 거야."

결국 웬델 왁스모는 겁에 질렸는데, 그럴 만한 정상적인 반응이었다. 침입자의 팔은 돌덩이처럼 단단했으며 눈은 차갑고도 침울했다. 그는 두려움도 의심도 전혀 없는 사람처럼 행동했다.

"내일 아파서 결근한다고 전화할게요." 웬델 왁스모는 가냘프게 말했다.

"영구 결근이라고 해."

"그럴게요. 뭔가 끔찍하고 전염성 있는 병명을 생각해 볼게요."

"잘 생각했군." 스키 모자를 쓴 남자는 웬델 왁스모를 앉은 자세 그대로 내려놓았다.

"제 노랫소릴 들어볼 생각은 없으시겠죠. 그러면 마음이 바뀌실지도 모르는데."

"전혀 없네."

"그럼 이것만 말해 주세요. 당신은 버니 스타치가 보낸 스파이인가요?"

"잘 자게, 웬델." 침입자는 뒷문으로 나가 계단을 내려가더니, 울어 대는 길고양이 떼를 헤치고 사라졌다.

드웨인 스크로드 주니어가 학교를 마치고 집에 오자, 아버지가 우유, 시리얼, 해바라기 씨 2.2킬로그램 등이 적힌 짧은 식료품 목록을 전해 주었다. 오토바이로 싣고 오기에는 너무 많은 양이었으므로, 드웨인 주니어는 픽업트럭 한 대를 타고 바퀴로 자갈을 팅겨대며 가게로 향했다.

길 아래편에서 기다리고 있던 지미 리 베일리스는 화재 조사관 토켈슨이 보여 준 사진에 나와 있던 소년을 알아보았다. 트럭이 보이지 않게 되자, 지미 리 베일리스는 집으로 다가가 '스미더스 시보레를 불매한다!!!!!'는 분노에 찬 낙서가 휘갈겨진 타호 곁에 차를 댔다.

아이러니하게도 지미 리 베일리스가 몰고 온 차는 문 네 개가 달린 세단형 시보레였는데, 회사 차를 타고 있는 게 눈에 뜨이고 싶지 않아 렌트해 온 것이었다. 이 일에 있어서는 지미 리 베일리스와 레드 다이아몬드 에너지 사와의 관계가 비밀로 남아야 했다. 그는 핑계를 꾸며내 스크로드 가에 들어가 몰래 뭔가—아무 것이든—소년의 소지품을 훔쳐올 계획이었다.

창문은 어두웠지만 활짝 열려 있었다. 교향곡이 크게 울려 퍼지고 있었는데, 지미 리 베일리스는 이상하다고 여겼다. 거칠고 허름한 집 외관으로 보아, 블루스 아니면 그가 제일 좋아하는 컨트리 음악 소리가 들릴 거라고 예상했었던 것이다.

문을 두드리자 드웨인 스크로드 주니어의 아버지임이 분명한 남자가 나왔다. 맨발에 사흘은 면도를 안 한 모습이었다. 얼룩투성이 독서용 안경에, 더러운 빨간 모자, 국방색 셔츠, 그리고 바지는 없이 표범 무늬 사각 팬티만 걸친 차림새였다.

"세금 때문에 나오셨소?" 남자가 물었다.

이 질문은 지미 리 베일리스에게 정화조 검침원인 척 하려던 원래의 아이디어보다 훨씬 그럴싸한 핑계거리로 들렸다.

"그렇습니다. 세금 징수관 사무소에서 나왔습니다."

"음, 올 줄 알고 있었지." 스크로드 씨는 이렇게 말하더니, 녹슬고 뾰족한 펜치를 휙 꺼내 독사처럼 잽싸게, 깜짝 놀란 방문객의 입술을 비틀었다.

지미 리 베일리스는 입을 열 수만 있다면 평생 가장 큰 소리로 목청껏 고함을 질렀을 것이다. 그러나 조금이라도 움직이면 꽉 쥔 펜치가 주는 고통이 더 심해졌기 때문에 신음 소리를 내며 가만히 있는 것이 고작이었다.

"자, 나딘?" 스크로드 씨가 불렀다.

퍼덕거리는 굉장한 소음이 들리더니, 커다랗고 화려한 색의 새가 날아와 깍깍대며 스크로드 씨의 어깨에 앉았다. 지미 리 베일리스는 입술이 너무나 아파 눈물을 줄줄 흘리며 불안하게 새를 쳐다보았다.

"안녕하세요." 새가 인사했다. "봉주르! 할로!"

"흐으으으웅." 지미 리 베일리스가 대답했다.

스크로드 씨는 펜치로 포로를 질질 끌며 거실로 들어가 스테레오를 껐다. "사람의 집은 그의 성이다." 그는 투덜거렸다. "그렇게 나와 있단 말이야, 바로 성경 말씀에 말이지."

지미 리 베일리스는 토를 달 입장이 아니었다. 그는 벗어날 방법을 생각하려 미친 듯이 애썼다.

"내가 당신 입술을 확 뜯어내 나딘한테 먹이면 어떻겠소? 그러면 남의 사생활을 침해하는 게 어떤 짓인지 다시 한 번 생각하게 될까?" 스크로드 씨가 물었다.

"아아앙돼애애요!" 지미 리 베일리스는 애원했다.

"나딘은 청금강마코앵무새지. 3개 국어를 한다고. 한번은 오죽 배가 고팠던지 맥주캔을 먹어 버렸더군." 스크로드 씨는 자랑스럽게 말했다. "최고 품질의 알루미늄을 말이야. 그걸 오트밀 쿠키처럼 꿀꺽 삼켜 버렸다고.”

지미 리 베일리스는 드웨인 스크로드 씨의 아들이 어쩌다 불량 청소년이 되었는지 알 것 같았다. 그는 고통스러울 정도의 동정심을 느꼈다. 자신이 방화죄를 덮어씌우려 하고 있는 그 소년에게.

“나딘 아가야, 네 생각은 어떠냐? 간식 먹을래?” 스크로드 씨는 마코앵무새에게 장난을 걸었고, 새는 몹시 흥미를 보이며 포로를 뚫어지게 쳐다보았다. 지미 리 베일리스는 조심스레 주머니를 뒤적여 작은 지폐 다발을 꺼내 자신을 붙잡은 남자에게 건네주었다.

스크로드 씨는 돈을 세더니 말했다. “90달러라? 더러운 돈 90달러로 자유를 살 수 있다고 생각하쇼?”

그는 달러 지폐를 한 장씩 한 장씩 새에게 먹이기 시작했다. “내 당신들한테 수천 번은 말했지만, 내 타호에 새 변속기를 달아 주기만 하면 기꺼이 다시 세금을 낼 거요.”

“에에에이잇.” 당할 만큼 당한 지미 리 베일리스가 내뱉었다. 그는 맨다리로 드러난 스크로드 씨의 무릎뼈를 세게 걷어차 제대로 명중시켰다. 스크로드 씨는 고함을 지르며 펜치를 놓았고, 펜치는 잠깐 지미 리 베일리스의 얼굴에 걸려 있다가 바닥에 떨어졌다.

스크로드 씨가 욕설을 퍼붓고 멍든 무릎을 감싸 쥔 채 펄쩍펄쩍 뛰어다니자, 마코앵무새는 화난 듯이 깍깍대며 날아올랐다. 지미 리 베일리스는 덧문을 향해 뛰었지만 너무 느렸다. 새가 뒤편에서 그를 따라잡아 뾰족한 부리를 머리 가죽에 박더니 코코넛 껍질처럼 가죽을 벗겨 버리려 들었다.

지미 리 베일리스는 무릎을 꿇고 넘어져 그 사악한 악마의 새를 떨쳐 버리려고 몸부림쳤지만, 새는 놓아줄 기색이 없었다. 곰팡이 핀 북슬북슬한 카펫 위를 기어가던 그의 손이 어깨끈이 달린 묵직한 나일론 책가방에 닿았다. 그는 가방을 집어 들어 자기 머리를 때려대기 시작했다. 고통스럽지만 효과적인 전략이었다. 몇 방이 나딘에게 맞아 푸른색과 금색 깃털이 흩날렸다. 새는 독일어로 욕을 하더니 지미 리 베일리스를 놓아주고 스크로드 씨에게 날아갔는데, 이제 그는 미친 듯이 펜치를 찾고 있었다.

지미 리 베일리스는 자기 머리를 때려댄 탓에 어지럼증을 느끼며 비틀비틀 현관 계단을 내려가 차에 뛰어들었다. 고속도로까지 반쯤을 왔을 때에야 그는 사람 잡는 마코앵무새와 싸울 때 썼던 무거운 책가방을 여전히 갖고 있다는 사실을 깨달았다. 가방은 바로 옆 좌석에 놓여 있었다. 전투복 무늬 책가방이었다.

학생용 책가방.

이렇게 운이 좋다니, 이건 꿈일 거야. 지미 리 베일리스는 생각했다.

닉의 어머니는 주차장에서 드레슬러 교장에게 전화를 걸어 닉의 조퇴 허가를 받아냈다. 집으로 오는 길에 닉은 아버지에게 질문을 퍼부어, 결국 어머니가 그만 하고 숨 좀 돌리라고 했을 정도였다.

"그러니까 감염증은 다 나은 거 맞죠?" 닉은 물었다.

"나아지고 있다." 그레그 워터스 대위가 말했다. "포트 마이어스에 재향군인 외래 병원이 있으니 거기서 검진을 받으면 돼."

닉이 보니 아버지의 얼굴에 생겼던 상처와 화상 자국은 아물어가고, 머리카락도 서서히 다시 돋아나고 있었다.

"재활 훈련은 어때요?"

"잘 되어 간단다, 니키. 우리가 동지가 될 거란 얘기 들었다." 아버지는 닉의 동여맨 오른팔을 가리켰다. "다른 쪽 팔로 어떤 연습을 하고 있니?"

"글씨 쓰고 수학 문제 푸는 게 거의 전부예요. 생각했던 것보다 힘들어요."

어머니가 끼어들었다. "재가 컴퓨터 쓰는 걸 자기가 한 번 봐야 돼, 그레그. 한쪽 손만으로도 거의 양손 다 쓸 때처럼 빠르게 치더라고. 어젯밤에는 야구공 던지는 연습을 하더라니까!"

아버지의 얼굴이 환해졌다. "왼손 투구? 환상적인걸."

닉은 조금 당황해서 말했다. "던질 때 좀 망가진 폼이 나와요."

"망가져 보이지 않아." 어머니가 힘주어 말했다. "멋지게 잘하고 있어."

"빨리 보고 싶구나."

"안 돼요, 아빠, 아직 준비가 안 됐어요."

"빼지 말고, 나도 너 하는 걸 보고 따라할 수 있을 거 아니냐."

"나중에요."

집에 도착하자, 닉과 어머니는 그레그 워터스를 부축하여 침실로 데려 갔고, 그는 눕자마자 잠에 빠져들었다. 아버지는 오후 내내 잔 다음 배가 고파 깨어났다.

아내가 말리는데도 불구하고 그는 저녁 식사 때 왼손으로 빨리 먹기 대회를 열겠다고 선언하고는 승자에게 5달러를 걸었다. 아버지와 닉은 샐 러드를 난도질하고 라비올리와 깍지콩을 포크로 찔러 대며 온통 난장판 을 만들었다. 식사가 끝나갈 무렵에는 너무 웃느라 음식을 삼킬 수가 없 을 정도였다. 어머니는 대회가 무승부임을 선언하고, 닉과 아버지가 둘 다 팔을 쉴 수 있도록 디저트로는 초콜릿 밀크셰이크를 내왔다.

식사 후 둘은 뒷마당으로 갔다. 아버지는 접이식 의자에 앉더니 말했다. "얼마나 잘하나 좀 보자."

닉은 공을 주워들고 집에서 만든 투수용 마운드로 걸어갔다. 네트는 12미터 떨어진 곳에 있었고, 닉은 그것을 걱정스레 바라보았다. 닉은 세 살 때부터 아버지와 함께 캐치볼을 했었지만, 한 번도 긴장했던 적이 없었다. 지금까지는.

지금은 야구가 아니라, 희망의 문제였다. 닉은 아버지에게 한쪽 팔만 갖고서도 두 팔로 할 수 있는 일은 거의 무엇이든 할 수 있다는 점을 보여주고 싶었다.

"긴장 풀고, 편하게 해라." 아버지가 충고했다.

"망치더라도 웃지 마세요."

"더블에이 리그(미국 프로야구에서 마이너 리그의 등급을 가리키는 말. 트리플에이보다 낮고 싱글에이보다 높다—옮긴이)에서 양손잡이 선수와 함께 경기했던 적이 있었지. 그 녀석은 어느 쪽 팔로 던져도 주자를 아웃시킬 수 있었단다. 우익수일 때는 왼손으로 던지고 좌익수일 때는 오른손으로 던졌지."

"정말이에요?"

"타고난 운동선수였지. 불행하게도 아무리 애를 써도 커브볼을 못 쳤단다. 지금은 펜사콜라에서 세탁기를 팔고 있지."

닉은 왼손에서 야구공을 굴리면서 검지와 중지가 실밥에 나란히 놓이도록 잡았다. 다른 쪽 팔이 등에 묶여 있었기 때문에 자세의 균형이 빗나간 듯한, 거의 넘어질 것 같은 기분이 들었다.

"편하고 여유 있게." 아버지가 말했다.

닉은 몸을 뻗어 공을 있는 힘껏 던졌다. 공은 네트 앞 2미터 지점에서 튕기더니 그물 안으로 굴러 들어갔다.

얼굴이 새빨개진 닉은 바닥을 걷어찼다. "세상에, 꼭 계집애같이 던졌잖아!"

아버지가 웃었다. "엄마 듣는 데선 그런 소리 하지 마라. 네 엄마는 대학 소프트볼팀에서 삼진 제조기였거든. 다시 한 번 해 보렴, 이번에는 좀 더 천천히."

닉은 공을 주워서 더 편한 리듬으로 던져 보았다. 이번에는 공이 네트 아래쪽에 맞았다.

"더 낫구나. 목표를 향해 발을 더 멀리 디뎌 보렴." 아버지가 조언했다.

열 번쯤 던지자 닉은 계속해서 스트라이크 존을 맞추게 되었다. 투구가 아주 빠르지는 않았지만, 적어도 똑바로 나아가긴 했다.

아버지가 말했다. "니키, 정말 굉장하구나. 진심으로 하는 소리다."

"고마워요, 아빠."

"내가 한번 해 봐도 될까?"

"그럼요."

그러나 그레그 워터스는 일어서자마자 휘청거렸다. 닉은 달려가 아버지를 붙잡았다.

"내일까지 기다려요, 아빠. 오늘 힘든 하루였잖아요."

"괜찮다. 공 다오."

"꼭 하셔야겠어요?" 집 쪽을 돌아보았더니 어머니가 부엌 창문으로 걱정스레 내다보고 있었다.

"공 이리 줘." 그레그 워터스가 왼손을 내밀었다.

닉은 아버지에게 공을 건넸고, 아버지는 마운드로 향했다. 불안한 발걸음과 붕대를 칭칭 감은 어깨 때문에 곰처럼 뒤뚱대 보였다.

"기억하세요, 편하고 여유 있게 하시는 거예요." 닉이 소리쳤다.

"물론이지."

아버지는 상상 속의 타자를 쳐다보고, 상상 속의 포수를 향해 끄덕여 보이고, 체중을 뒤쪽 발에 실었다가 평소 때의 와인드업 동작보다 서툴고 갑작스럽게 공을 던졌다. 공은 네트를 멀찍이 넘어서 산울타리를 지나 담장 너머로 날아갔다. 멀리서 야구공이 이웃집 바비큐 그릴에 튕겨 지잉 하고 울리는 소리가 났다.

"이런, 젠장." 그레그 워터스가 투덜거렸다.

닉은 아버지의 기가 꺾이지 않기를 바랐다. "아빠 아직 열이 높아요."

"공 좀 가져다줄래? 한번 더 해 보고 싶구나."

"오늘은 안 돼요. 쉬셔야 해요."

"니키, 가서 공 가져와라." 아버지가 날카롭게 말했다.

공은 이웃집 수영장에 떠 있었다. 닉은 서둘러 공을 건져 담장을 기어 올라 돌아왔다. 다행히도 어머니가 나와 있었다. 닉은 어머니가 아버지를 설득해 쉬게 했으면 하고 바랐다.

"앞문에 누가 널 만나러 와 있어." 어머니가 닉에게 말했다.

"누군데요?"

그레그 워터스는 공을 잡으려고 손을 뻗었지만, 닉의 어머니가 먼저 공을 가로챘다. "덩치 큰 친구, 오늘 밤은 벤치 신세야."

"누가 왔는데요, 엄마?" 닉은 재차 물었다.

"오토바이 타고 온 어떤 남자애야. 너랑 같은 생물 수업을 듣는대." 어머니가 말했다.

제15장

드웨인 스크로드 주니어는 집 쪽으로 등을 돌린 채 꼼짝 않고 진입로
에 서 있었다. 해가 지는 광경을 보고 있는 것 같았다.

"안녕, 스모크. 무슨 일이니?" 닉이 말했다.

돌아섰을 때 보니 스모크는 아직도 교복 재킷을 입고 넥타이를 맨 채
였다.

"안녕, 워터스." 스모크는 그 자리가 불편한 모양이었다. 쑥스러워 보이
기까지 했다. "야, 있잖아, 네 생물책 좀 빌려 주라. 내일 돌려줄게."

"그러지 뭐. 나 오늘 수업 마지막 부분은 못 들었는데. 왁스모 그 진상
이 숙제 내 줬니?"

"그 자식 걱정은 하지 마. 이제 신경 쓸 거 없어."

"무슨 소리야?"

"그 자식은 이제 가 버렸다고, 친구." 스모크는 손으로 목을 획 긋는 시늉을 했다. "퇴장, 끝장, 안녕이라고."

그리 좋은 소리로 들리지 않았다. 한순간 닉은 공포에 휩싸였다. "무슨 일인데? 죽기라도 한 거야?"

스모크가 킬킬거렸다. "걱정 마, 친구. 왁스모는 안 죽었어. 아무도 그치한테 손끝 하나 안 댔다고. 하지만 그 자식이 너한테 오늘 그런 짓을 했는데, 네가 왜 신경 쓰냐?"

미치광이 임시 교사가 크리스마스 노래를 부르게 시켰고 마르타가 그를 보호해 주려고 목소리를 높였던, 수업 때의 일이 스모크의 입에서 나오자 닉은 조금 당황했다. 여자애의 도움이나 받는다고 스모크가 놀리지 않을까 하는 생각마저 들었다.

"별일 아니었어. 난 그 선생한테 나쁜 일이 일어나지 않았으면 좋겠어."

"참 마음씨도 곱구나. 이제 책 좀 갖다줄래? 나, 약속에 좀 늦었거든."

"그래." 닉은 대답하고 집으로 들어갔다.

방에 가기 전에 어머니가 그를 붙잡았다. "저 애는 누구니? 왜 들어오라고 하지 않니?"

"드웨인 스크로드 주니어예요."

"연필 먹은 그 애? 그렇지만 아주 깔끔하고 정상으로 보이는데."

"깔끔하기야 하겠죠. 확실히 정상은 아니에요." 닉이 말했다.

생물책은 어질러진 책가방 맨 밑에 있었다. 닉은 서둘러 밖으로 나가, 오토바이에 앉아 기다리는 스모크에게 책을 건넸다. 스모크는 가죽 오토바이 장갑에 검은색 플라스틱 얼굴 보호대가 달린 헬멧을 쓰고 있었다. 닉에게는 더 이상 그의 표정이 보이지 않았다.

"드웨인, 뭐 좀 물어볼게. 왜 책을 빌리러 온 거야?"

"책가방을 잃어버렸거든." 스모크가 말했다.

"내 말은, 숙제도 없는데 책은 가져다 뭐 하려고?"

스모크의 대답은 즉각 나오지 않았다. 그는 책을 한쪽 팔 밑에 끼우고 발로 밟아 오토바이 시동을 걸었다. "공부 좀 하려고."

닉에게는 잘 들리지 않았다. "뭐라고?"

"시험 때문에 복습하려고!" 스모크가 외치는 소리가 마스크 밖으로 들렸다.

무슨 시험? 닉은 의아해져서 스모크에게 기다리라는 몸짓을 했다. 검은 덩굴 늪지에서 일어난 화재에 대해 물어보고 싶었고, 마르타가 스타치 선생님의 푸른색 프리우스 조수석에서 봤다는 사람이 스모크가 맞는지 확인하고 싶었고, 스타치 선생님의 조카임을 자청하는 트월리라는 남자와 아는 사이인지도 궁금했고…….

그러나 무엇보다도 닉은 드웨인 스크로드 주니어가 스타치 선생님의 행방을 아는지 밝혀내고 싶었다.

"오토바이 좀 잠깐 끄면 안 돼?" 닉은 소리쳤다.

스모크는 엔진을 더 시끄럽게 켰다.

"부탁이야, 중요한 일이란 말야!"

"너네 아버진 어떠셔?" 스모크가 외쳐 묻는 바람에 닉은 허를 찔렸다.

"좋아지고 계셔. 오늘 집에 오셨거든." 닉도 큰 소리로 대답했다. "야, 나 진짜 너랑 할 얘기가 있는데."

스모크는 손을 슬쩍 흔들더니 굉음을 내며 사라져 버렸다.

닉의 어머니가 문을 열었다. "무엇 때문에 왔다니?"

"책을 빌리려고요. 그런데 쟤가 왜 하필 저한테 부탁하러 왔는지 모르겠어요."

"아마 다른 친구가 하나도 없나 보지."

"하지만 저랑은 초등학교 이후 다섯 마디도 안 나눴단 말이에요. 정확히 말하면 친구에 해당하지도 않아요."

"글쎄, 걘 네가 친구라고 생각하는 모양이지 뭐." 어머니가 말했다. "이제 가서 아버지 좀 도와드려라. 기어코 샤워를 할 작정이라는데, 넘어져서 엉덩이나 어디 다른 데가 깨지는 걸 보고 싶진 않으니까."

"제가 학교에 가고 엄마가 직장에 있을 땐 누가 아빨 돌봐 드리죠?"

"아빤 자기 몸은 스스로 돌볼 수 있다고 그랬어, 니키."

"하지만 재활 훈련은 어떡해요?"

"아버지가 나한테 뭘 사다달라고 했는지 맞춰보렴."

"야구공?" 닉은 물었다.

"정답." 어머니는 공 던지는 동작을 했다. "야구공 네 꾸러미를 사다달래. 하루 종일 그놈의 네트에 대고 공을 던질 것 같구나. 믿어지니? 병원에서 방금 나왔는데 말이야!"

"전 믿어져요." 닉은 말했다. 어머니의 말이 그렇게 기쁠 수가 없었다.

다음날 아침 일찍 트루먼 학교에 출근했을 때, 드레슬러 교장은 교장실 문에서 가능한 한 빨리 웬델 왁스모에게 전화해달라는 쪽지를 발견했다.

드레슬러 교장은 아침 댓바람부터 웬델 왁스모와 이야기하고 싶은 마음은 전혀 없었다. 사실은 웬델 왁스모와 아예 이야기를 안 하고 싶었다.

그는 완전한 괴짜에 교실의 골칫거리였으니까.

드레슬러 교장은 하루도 안 빠지고 성난 학부모들로부터 웬델 왁스모의 정신 나간 짓거리에 대한 항의나 그를 해고하거나 정신병원에 처넣을 것을 요구하는 전화를 받았다. 교장은 매번, 즉시 그 문제를 조사하고 신속한 대책을 세우겠다고 확언했다.

물론 그저 얼버무리는 것뿐이었다. 교장은 매일같이 벌어지는 카오스에 대한 소문이 버니 스타치의 귀에 들어가서, 그녀가 세계 최악의 임시 교사의 손아귀에서 학생들을 구출해 내기 위해 달려오기만을 바랐다.

그러나 웬델 왁스모의 첫 일주일이 끝나 가는 지금까지도 스타치 선생님은 소식도 없고 보이지도 않았다. 드레슬러 교장은 화난 학부모들이 학교 위원회에 불만사항을 올릴 때까지 얼마나 더 버틸 수 있을지 몰랐다. 스타치 선생님의 자동응답기에 전화해 웬델 왁스모의 못된 행동에 대해 불평을 늘어놓고 언제 돌아올 거냐고 재촉하는(부드럽지만 절박한 목소리로) 척하는 메시지를 남기기까지 해 보았다.

그러나 이번에도 응답은 없었다.

그런데 이제는 웬델 왁스모 본인까지 전화해 드레슬러 교장과 이야기를 나누고 싶다고 청한 것이었다. 달갑지 않은 마음으로 웬델 왁스모의 전화번호를 누르면서, 교장은 뭐가 되었든 터무니없는 이야기, 예를 들어 자기의 교육 방침 같은 헛소리에 휘말릴 거라고 예상했다.

따라서 웬델 왁스모가 거두절미하고 다음과 같이 선언했을 때 교장은 깜짝 놀랐다. "전 트루먼으로 돌아가지 않을 겁니다. 죄송하지만 다른 교사를 구해서 스타치 선생님 수업을 맡기셔야 할 것 같군요."

"제게 여유도 안 주고 말씀하시는군요. 한 시간만 있으면 첫 수업종이 울리는데."

"그래도 어쩔 수 없습니다, 교장 선생님. 죄송하지만 제가 몹시 아프거든요."

"거 참 유감이군요. 심합니까?"

"매우 심합니다. 버마의 열대성 피부병입니다."

"뭐라고요?"

"버마 열대성 피부병이라고요! 분명 이 병에 대해 들어보셨겠지요."

"물론이죠." 교장은 거짓말을 했다. 그건 중요한 일이 아니었지만, 웬델 왁스모의 목소리는 전혀 아픈 사람 같지 않았다.

"끔찍한 상태입니다, 교장 선생님. 피부가 초록색으로 변해서 떨어져나가거든요."

"정말입니까?"

"그리고 의사들 말로는 그 학교에서 걸렸다고 하더군요! 카페테리아의 비위생적인 환경 때문에 말입니다!"

드레슬러 교장은 이 말을 전혀 믿을 수 없었다. 그는 데스크탑 컴퓨터에서 야후를 띄워 '열대성 피부병'을 검색해 보았다.

웬델 왁스모는 말했다. "난 아주 끔찍한 상태입니다. 끔찍한 상태라고요."

"하지만 그건 발에 곰팡이가 생기는 병이잖소." 설명을 읽어 본 교장은 대꾸했다. "국소 항생제를 사용하면 치료할 수 있어요. 내가 보고 있는 의료 웹사이트에는 그렇게 나와 있단 말이오."

"아니, 아니, 아닙니다. 그건 '그냥' 열대성 피부병이고요. 버마 열대성 피부병은 그보다 백 배나 심한 병입니다. 알려진 치료법이 없다고요!"

"흐음. 도대체 어떻게 우리 학교 카페테리아에서 그런 병에 걸릴 수가 있소?"

"샐러드 바 때문이겠죠, 틀림없어요."

"발을 샐러드 바에 담그기라도 했소, 웬델?"

"중요한 점은, 내가 심각한 병에 걸려 있다는 겁니다."

그러시겠지, 드레슬러 교장은 생각했다. 머리가 심각한 상태잖아.

"슬프지만, 전 트루먼에 수업을 하러 나가지 않을 겁니다. 영원히요." 웬델 왁스모는 말을 이었다. "연락 가능한 임시 교사 명단에서 제 이름을 빼 주시면 감사하겠습니다."

별 아쉬울 일도 아니군, 드레슬러 교장은 생각에 잠겼다. 그런데 이제 무슨 수를 써서 버니 스타치를 학교로 꾀어 온다?

"전 길고도 고통스러운 투병 생활을 앞두고 있단 말입니다." 웬델 왁스모는 극적으로 말했다.

"우리 모두 당신의 열대성 피부병이 완치되기를 기도하겠소."

"감사합니다, 드레슬러 교장 선생님."

"하지만 우리를 고소할 생각일랑 하지도 마시오."

"세상에, 그럴 리가 있습니까!"

"흉한 꼴을 볼까 봐 하는 소리요, 웬델. 기분 나쁘게 듣지는 마시오, 당신은 여기 트루먼에서 당신 편을 별로 만들지 못했잖소."

"글쎄, 전 저만의 튜바 음색에 맞춰 전진하는 사람이니까요." 웬델 왁스모가 말했다.

"뭐, 그렇게 말할 수도 있겠지." 교장은 웬델 왁스모가 그만두는 진짜 이유를 몰랐고, 그걸 알아내느라 시간을 낭비할 생각도 없었다. 그 인간의 말이나 행동 중 논리적인 것은 하나도 없었다.

"아, 잊어버릴 뻔했군요. 제 후임에게 학생들이 263쪽을 배울 차례라고 전해 주십시오."

"어떤 반이 말이오?" 교장이 물었다.

"모든 반에서요." 웬델 왁스모는 당연하다는 듯 말했다. "오늘은 금요일이고, 금요일이면 우리는 항상 263쪽을 나갑니다. 예외 없이 말이죠."

교장은 눈을 굴렸지만 전화기에 대고 뭔가 심한 말을 퍼부어 주고 싶은 충동을 간신히 억눌렀다. "매주 금요일마다 같은 쪽을 말이오?"

"물론이죠. 반복, 반복, 반복입니다!"

"안녕히 계시오, 웬델. 어서 나으시오."

"감사합니다, 교장 선생님."

지미 리 베일리스는 방화 수사에 대해 사장에게 한 마디도 하지 않았지만, 드레이크 맥브라이드는 어떻게든 알아채고 말았다. 헬리콥터 조종사가 입을 나불댄 게 틀림없었다.

"언제쯤 말할 생각이었나, 아니, 말할 생각은 있었나?" 드레이크 맥브라이드가 신랄하게 물었다.

"중요한 일이라고는 생각하지 않았습니다, 사장님. 다 잘 처리했거든요."

두 사람은 탬파 만의 아름다운 정경이 내다보이는 드레이크 맥브라이드의 사무실에 있었다. 먼 곳에서는 요트들이 지그재그로 흔들리며 물살이 거친 바다를 가르고 나아갔다.

"하지만 자네는 화재 현장을 싹 치웠다고 하지 않았나. 우리가 그랬다고는 절대 모를 거라고 했잖은가."

"걱정할 일은 아무것도 없습니다. 정말입니다."

"걱정 말라고?" 드레이크 맥브라이드는 양 손바닥을 하늘로 쳐들었다. "형씨, 방화는 중죄라네. 감방까지 들어가는 범죄라고!"

지미 리 베일리스는 말했다. "화재 조사관과 친해졌는데, 아무 문제 없었습니다. 그들은 동네 꼬마 하나를 쫓고 있는데, 소문이 자자한 방화광이라더군요."

드레이크 맥브라이드는 책상에서 일어나 블랙커피 한 잔을 따랐다. 지미 리 베일리스에게는 조금도 권하지 않았지만, 그는 뱃속이 뒤틀리고 드웨인 스크로드 씨와의 만남 때문에 다친 입술이 아직도 쓰라려서 아무래도 상관없었다.

"난 뭐가 그리 난리인지 모르겠네." 드레이크 맥브라이드가 화를 냈다. "고아원에 불이 난 것도 아니잖은가. 그냥 쓸모없는 망할 놈의 늪지일 뿐이라고. 내년 이맘때면 그슬린 흔적도 안 남을 텐데."

"그런 숲에는 늘 벼락도 떨어지죠." 지미 리 베일리스가 대꾸했다.

"에그작타멘테(스페인어로 '바로 그거야!'라는 뜻—옮긴이)! 그런데 방화 조사관 녀석들이 몰려와서 산불 한 건마다 전부 조사한다고? 말도 안 돼. 이건 뭐 갑자기 CSI 에버글레이즈 편을 찍는 꼴이군. 피 같은 세금을 이렇게 낭비하다니!"

지미 리 베일리스는 당국에서 검은 덩굴 늪지의 화재에 관심을 기울이는 정확한 이유를 알고 있었다. "거기에 애들이 있었기 때문에 그러는 겁니다."

"그래, 뭐, 그 조무래기 중에 다친 녀석이 있는 것도 아니잖나, 안 그래?

아무도 눈썹 하나 그슬리지 않았다고." 드레이크 맥브라이드는 전망창 앞에 서서 만灣을 유심히 바라보았다. "결과적으로, 우린 놈들이 22구역에 못 들어가게 하기 위해 뭔가 손을 써야 했고, 그게 제대로 먹혔다, 아닌가?"

"그렇습니다, 사장님. 아무런 해도 없었습니다."

"그건 그렇고, 무슨 놈의 견학을 그런 데로 간다지? 그런 멀고 외딴 데로? 내 수업이었으면, 애들을 전부 씨월드로 데리고 가서 범고래가 발레리나 댄스를 하는 거나, 뭐 그런 걸 보여줄 텐데."

지미 리 베일리스는 말했다. "아니면 위키 와치(인어 쇼로 유명한 플로리다의 '위키 와치 스프링스' 테마 파크를 말한다—옮긴이)도 괜찮죠. 거기 가면 여자애들이 인어 옷차림을 하고 수상 스키를 탄다던데요."

"그거라니까!" 드레이크 맥브라이드는 마침내 미소를 지었지만, 책상 앞으로 돌아오자 다시 심각해졌다. "지미 리, 제발 그치들이 레드 다이아몬드 사가 방화와 관련이 있다는 증거를 하나도 못 잡았다고 말해 주게. 제발, 변호사와 보석금 내줄 사람을 찾을 일은 없다고 말해 달란 말일세."

"증거라고는 요만큼도 없습니다, 사장님." 지미 리 베일리스는 범죄 현장에 회사 볼펜을 떨어뜨렸다는 말은 차마 하지 못했다.

드레이크 맥브라이드는 몸을 앞으로 내밀고 그를 이상하다는 듯 쳐다보았다. "얼굴이 대체 어떻게 된 건가? 누구한테 얻어맞기라도 했나?"

지미 리 베일리스는 미쳐 날뛰는 앵무새를 거느린 정신병자가 펜치로 자신의 입술을 뜯어 버리려 한 사실은 털어놓지 않는 편이 낫다고 생각했다.

"면도하다 베었습니다."

"뭘로 면도를 했길래 그러나, 잡초 뽑는 기계라도 썼나?"

"별거 아닙니다." 지미 리 베일리스는 입을 가리며 중얼거렸다.

드레이크 맥브라이드는 종종 거울을 보며 연습했던 엄격한 표정으로 그를 뚫어져라 바라보았다. "이봐, 형씨. 자네가 다 잘 처리했다고 했지. 그럼 내가 오늘 오후에 킹 선더볼트를 타러 나가도 되는 건가?"

"물론이죠."

텍사스 사람처럼 보이려는 열망에서 드레이크 맥브라이드는 덤플링이라는 이름의 말을 사서 킹 선더볼트라는 새 이름을 지어 주었고, 지금은 승마 레슨을 받고 있었다. 지미 리 베일리스는 만약 선더볼트가 주인이 얼마나 사기꾼 같은 놈인지를 알아내면 드레이크 맥브라이드를 안장에서 내팽개치고 짓밟아 댈 거라 믿어 의심치 않았다.

"소방 부서에서 나온 전담 방화 조사관은 썩 괜찮은 사람이었습니다. 분위기 좋게 대화를 했죠." 지미 리 베일리스는 사장이 마음을 놓도록 말했다.

드레이크 맥브라이드는 의자에 기대고는 번쩍거리는 뱀피 부츠를 책상 위에 턱 올려놓았다. "자네가 말했던 그 꼬마 말인데, 그 녀석이 유력한 용의자 같군."

"아주 확실한 상습범이죠."

"당국에서는 그 녀석을 아주 샅샅이 살펴봐야 하는데 말야."

"아, 그러고 있습니다."

"레드 다이아몬드 사에서 도와줄 일이라도 있으면……."

"저희는 전적으로 협조했습니다."

드레이크 맥브라이드는 윙크를 했다. "그쪽에서 필요한 게 있으면 뭐든 안겨 주게, 알겠나?"

"전력을 다하고 있습니다."

"한 가지만 더, 형씨."

"그러시죠." 지미 리 베일리스는 드레이크 맥브라이드가 자기를 "형씨"라고 부르는 게 질색이었다. 케이블 TV에서 옛날 서부영화를 너무 많이 본 탓이었다.

"뭐 또 나쁜 일이 생기면, 난 그 말을 헬리콥터 조종사에게 전해 듣고 싶진 않네. 알겠나? 난 자네 입에서 듣고 싶단 말이야."

"알겠습니다, 사장님. 헬리콥터라니 말인데, 채굴 현장까지 좀 타고 가야 합니다."

"물론이지. 일단 나 먼저…… 그 뭐냐. 말 있는 데를 뭐라고 하나?"

"마구간 말씀이시군요."

"맞아." 드레이크 맥브라이드는 기울여 쓴 카우보이모자를 매만졌다. "마구간에 내려 주게."

제16장

학교로 가는 버스에서 닉은 마르타에게 스모크의 깜짝 방문 이야기를 했다.

"그 무서운 애가 너네 집을 안다는 소리니? 그거 별로 반갑지 않다."

"그냥 내 생물책을 빌리러 온 것 뿐이야."

"픽도 그렇겠다."

"걔 말로는 시험공부를 하기 위해서래."

"무슨 시험? 시험 같은 거 없잖아…… 있니?"

"내가 아는 한은 없어. 이상하더라." 닉이 말했다. "그러더니 스타치 선생님에 대해 물어보기 전에 가 버렸어."

마르타가 인상을 썼다. "그러지 마, 닉. 그냥 내버려 둬."

트윌리라는 남자와 만난 이후, 마르타는 스타치 선생님의 실종에 얽힌 미스터리를 풀겠다는 열정이 조금 사그라졌다.

닉은 말했다. "나 트윌리가 말했던 에드워드 애비라는 작가가 쓴 책 빌렸어. 제목은 『멍키 렌치 갱』이고, 헤이듀크라는 화끈한 남자가 주인공인데, 댐을 폭파시켜 버리려고 해."

"왜?" 마르타가 물었다.

"왜냐하면 그 댐이 커다란 강을 꽉 막고 있거든. 그래서 주인공이랑 다른 사람들이, 뭐랄까, 비밀리에 전쟁을 선포하는 거지."

"다 남자란 말이야?"

"아냐, 여자도 갱단에 한 명 있어."

"닉, 만화책이나 읽어라."

"난 진담이야. 괜찮은 이야기인걸. 그리고 재미있어."

"하지만 그게 스타치 선생님이랑 무슨 상관이니?"

닉은 고개를 저었다. "누가 알겠니. 아무 상관없을지도 모르지."

"있잖아, 난 선생님이 어디 있는지, 아님 뭘 하고 있는지는 정말 신경 안 써. 난 그냥 선생님이 트루먼에 돌아와서 우리가 왁스모를 더 이상 안 봤으면 하는 바람뿐이야. 제대로 가르칠 줄 아는 마녀가 화성에서 온 정신병자보다 낫다고."

"스모크가 그러는데 왁스모 박사는 사라졌대."

"그럴 리가!" 마르타는 환희에 차서 외쳤다.

"무슨 일이 있었든 간에, 스모크는 자기가 뭔가 관련이 있는 것처럼 행동했어. 좀 무섭더라."

마르타가 손뼉을 쳤다. "진상 왁스모가 진짜 없어졌다니 믿을 수가 없어. 꿈이 분명해."

“곧 알게 되겠지.”

정말이었다. 마르타와 닉이 3교시 생물 시간에 교실로 들어가자 스타치 선생님의 책상에는 다른 임시 교사가 앉아 있었다. 둘은 눈짓을 나누고는 자리에 앉았다. 그레이엄은 벌써 선생님을 향해 손을 흔들어 대고 있었다. 로버트슨 선생님이었다. 트루먼에서 대리 수업을 자주 하는 분이었기 때문에 대부분의 아이들이 그녀를 알고 있었다.

“왁스모 박사님은 편찮으셔서 결근이랍니다. 드레슬러 교장 선생님 말씀에 따르면 무슨 끔찍한 독감의 일종이라더군요. 그러니 스타치 선생님이 돌아오실 때까지 제가 이 수업을 맡아야 할 것 같네요.”

학생들이 안도의 박수를 치자, 로버트슨 선생님은 미소를 감추려 애썼다. 웬델 왁스모의 괴상한 성격은 다른 임시교사들 사이에서도 전설적이었다.

환영의 인사가 끝나자 선생님은 말했다. “좋아요, 수업 들어가죠. 그레이엄, 질문 있어요?”

그레이엄은 손을 내리고 말했다. “전 263쪽을 예습해 왔어요.”

“응?”

“왁스모 박사님이 시켰던 대로 전부 외워 왔어요. 생식체와 염색체에 대해서요!”

“잘했어요.” 로버트슨 선생님은 참을성 있게 대꾸했다. “하지만 내 수업 방식은 왁스모 박사님과는 달라요. 난 아무 쪽이나 골라 공부하는 것보다 한 단원씩 차례로 나아가는 게 더 도움이 된다고 생각해요.”

로버트슨 선생님이 학생들에게 교과서 10단원을 펴라고 시키자 그레이엄은 풀이 죽은 표정이었다. 닉이 스모크가 자리에 없다는 사실을 알아

챈 것은 바로 그때였다. 그러니 닉의 생물책도 없는 게 당연했다. 닉은 누구 다른 사람과 책을 같이 봐야 했다.

마르타가 닉에게 쪽지를 적어 보냈다.

네 새 친구 어디 갔니?

닉은 어깨를 으쓱했다. 새롭고 나아진 드웨인 스크로드 주니어는 아마 옛날 모습대로 돌아갔는지도 모른다.

토켈슨은 SUV를 흙길에 세우고 지미 리 베일리스가 기다리는 헬리콥터로 걸어갔다.

"타시죠." 그가 조사관에게 말했다.

토켈슨은 뒷좌석에 앉아 안전벨트를 맸다. "언제 이걸 찾으셨습니까?"

"한 시간쯤 전에요. 바로 연락드렸죠." 지미 리 베일리스가 말했다.

헬리콥터를 타고 난 시간은 고작 3분 정도였다. 토켈슨이 창밖을 내다보는 동안 지미 리 베일리스는 텀스를 한 움큼 씹어 삼키고는 조사관이 입술에 난 펜치 자국에 대해 묻지 말아 주기를 바랐다. 헬리콥터는 메마른 공터에 내려앉았고 두 사람은 지미 리 베일리스가 앞장선 가운데 밖으로 나왔다.

"방울뱀 조심하십시오." 그는 경고했다.

"두말하면 잔소리죠."

두 사람은 캐비지 야자나무 숲으로 향했다. 전투복 무늬 책가방은 메마른 양치류 잎사귀에 반쯤 가려진 채 바닥에 놓여 있었다. 지미 리 베일리스는 자신이 증거를 아주 그럴싸하게 심어 놓았다고 생각했다.

토켈슨은 가방을 집어 들고 조사했다.

"비행하던 중에 멧돼지 몇 마리가 여기 나무에 달려드는 걸 봤습니다. 그래서 조종사더러 헬리콥터를 착륙시키라고 하고 소총을 꺼냈죠. 그 망할 놈의 돼지들은 놓쳤습니다만, 이 물건이 눈에 들어 오길래 당신이 관심을 보일 거라 생각했죠."

화재 조사관은 책가방 주머니의 지퍼를 열고 내용물을 조심스레 분류했다.

"대체 뭐가 들었습니까?" 지미 리 베일리스는 모르는 척 물었다. 그는 주의를 기울여 방화 사건 이후의 날짜가 적힌 과제물을 전부 없애 버렸었다. 그렇지 않으면 책가방이 범죄 현장에 남겨진 채 그대로 있었던 게 아니라는 점을 토켈슨이 알아차릴지도 모르니 말이었다.

"교과서, 연필, 계산기, 그리고 이건……."

주머니 하나에서 그는 작은 부탄 토치 하나를 꺼냈다.

지미 리 베일리스는 휘파람을 불었다. "그거 대박인데요!"

토켈슨은 책가방과 토치를 두껍게 깔린 양치류 잎사귀 위에 놓고 디지털 카메라로 사진을 찍었다.

"여긴 불이 붙은 장소에서 그리 멀지 않은 데죠, 그렇잖습니까?" 지미 리 베일리스는 이번에도 시치미를 떼고 물었다. "그 녀석이 일을 저지르기 전에 제 물건들을 여기 숨겨 두었던 게 분명합니다."

"확실히 그런 것 같군요."

토켈슨은 부탄 토치의 상표와 모델 넘버를 적었다. 토치는 지미 리 베일리스가 스크로드 가에서 집으로 돌아가던 길에 단골 철물점에서 산 것이었다. 그는 자기가 샀다는 사실이 절대 추적당하지 않도록 토치를 사자마자 시험도 할 겸 제일 먼저 판매 영수증부터 태워 버렸다.

화재 조사관은 책가방을 다시 싸서 한쪽 어깨에 둘러매고는 지미 리 베일리스를 따라 헬리콥터로 돌아갔다. 조종사는 이륙하더니 레드 다이아몬드 에너지 사가 불법으로 석유를 채굴하고 있는 22구역을 피해가기 위해 크게 한 바퀴 돌아 방향을 바꿨다. 현장이 숲 속에 잘 숨겨져 있기는 하지만, 지미 리 베일리스는 조금이라도 위험을 감수하고 싶지는 않았다. 특히 토켈슨처럼 예리한 손님을 태우고 있을 때는.

헬리콥터가 흙길에 내려앉자, 지미 리 베일리스는 내려서 화재 조사관을 SUV까지 바래다 주었다.

"책가방에 이름표가 달려 있나요?" 지미 리 베일리스는 순진한 척 물었다.

"예. 전에 말씀드렸던 바로 그 애 이름입니다. 드웨인 스크로드 주니어."

"그럼 방화범은 다 잡은 거군요!"

토켈슨은 유죄의 증거인 가방을 SUV 뒷좌석에 놓았다. "큰 도움이 되었습니다, 베일리스 씨. 정말 감사합니다."

"언제라도 말씀만 하십시오." 헬리콥터로 돌아가면서 지미 리 베일리스는 남몰래 스스로에게 축배를 들었다. 물론, 그 순간 자신을 지켜보는 눈이 있다는 사실을 알았더라면 그렇게 명랑하게 폴짝폴짝 뛰어대지는 않았을 테지만.

사이프러스 한 그루의 중간쯤에서 나뭇가지에 가려진 채, 트윌리 스프리는 가게에서 산 그레이프프루트 한 조각을 빨아먹으며 레드 다이아몬드 헬리콥터가 떠나가기를 기다렸다. 그리고는 나무에서 내려와 천천히 늪에서 빠져나왔다.

거미와 모기는 그에게 전혀 걱정거리가 아니었다. 독사와 무는 거북도 마찬가지였다. 트윌리에게 검은 덩굴 늪지는 제집처럼 편했고, 다른 어떤 야생 환경에 있어도 그건 마찬가지였다. 그는 러시아워에 75번 고속도로를 운전하는 편보다 몇 백 마리의 악어와 곰에 둘러싸여 하이킹할 때 훨씬 더 안전하다는 기분이 들었다.

석유 회사 직원들이 오기 전 매일 아침 그랬던 것처럼, 트윌리는 어떤 특정한 퓨마의 흔적을 찾으러 갔다. 아주 사소한 발자국 하나라도 발견한다면 크게 기운이 날 텐데, 아무 것도 찾을 수가 없었다. 그 지역에서 두 차례의 소총 소리를 들은 뒤로 그 동물은 트윌리의 눈에 띄지 않았다. 시체나 핏자국이라고는 마주친 적이 없으니, 무사히 달아난 거라고 트윌리는 결론을 내렸다.

불이 나던 날, 트윌리는 퓨마 울음소리를 들었고—머리카락을 쭈뼛 서게 하는 그 울음소리는 절대 잘못 들을 수가 없다—자신이 찾던 퓨마가 바로 그것이라고 믿게 되었다. 퓨마는 하루속히 자기의 영역으로 돌아가야 했다. 트윌리 자신의 문제는 아니지만, 그야말로 사느냐 죽느냐의 문제였던 것이다.

야영지로 돌아가는 길에 트윌리는 그 아이를 만났다.

"넌 지금 학교에 가 있어야 할 텐데." 트윌리가 말했다.

"꿈에서 그 퓨마를 봤어요."

"어디서?"

"판잣길에서요." 드웨인 스크로드 주니어는 말했다. "확인 안 해 볼 수가 없었어요. 어쩌면 그 꿈이, 음, 인디언 꿈이었을 수도 있잖아요. 그런데 그건 아니더라고요.”

“안타깝구나.” 트윌리 자신은 꿈을 꾸는 일이 거의 없었지만, 그가 아는 세미놀 족과 미코수키 족 몇 사람은 꿈이 이따금 실제로 일어난 적이 있었다.

드웨인 스크로드 주니어는 태양 쪽을 보고 서서 눈을 찡그리고 늪지를 멀리 바라보았다. “아무것도 못 찾았어요? 아무 흔적 없던가요?”

트윌리는 고개를 저었다. “살쾡이 하나하고 사슴 몇 마리밖에 없더군. 너, 그 헬리콥터 봤지?”

“걱정 마세요. 그쪽에선 날 못 봤어요. 오토바이도 아주 감쪽같이 숨겨뒀어요.”

“얼른 학교로 가는 게 좋을 게다. 안 그러면 귀찮을걸.”

“예, 저도 알아요.”

“책은 찾았냐?”

“아뇨. 분명 집에 가져갔는데. 아무리 찾아도 없어요. 이상해요.”

“네 아버지한테 물어 봤냐?”

드웨인 스크로드 주니어는 코웃음을 쳤다. “아버진 그 미친 새랑 같이 음악실에 문 잠그고 틀어박혀 있어요. 정부에서 세금 걷으러 온 사람 하날 쫓아 보냈는데, 다음번엔 FBI가 찾아올 거라나요. 아버지가 이렇게 나올 땐 말 걸어 봐야 소용없어요.”

아이의 집에는 문제가 많은 게 분명했다. 어머니는 유럽으로 도망쳤고 아버지는 정신이 나가 있을 때가 많았다. 트윌리 스프리는 아이가 안됐다고 여겼지만, 그렇다고 해서 임무에 실패할 위험을 무릅쓸 정도는 아니었다.

"아, 병이 운반된 거 봤어요." 드웨인이 말했다.

"그래. 지금 상태로는 다들 멀쩡하다."

"아저씨는 참 멋진 일을 했어요."

"학교에 가거라. 내가 두 번 말하게 하지 말고."

"알았어요. 나중에 봐요."

멀어져 가는 드웨인을 보며, 트윌리는 자신이 충고와 지혜로운 조언을 해 주기에 적합한 사람이 아닌 것이 아쉽다고 여겼다. 평생 동안 두뇌 대신 충동적인 본능에 따라 살아온 그를 현명한 어른의 적당한 본보기라 하기는 어려웠다.

그는 다시 야영지로 향하여, 늪과 초원과 드문드문 난 나무숲을 습관적인 조용한 동작으로 헤치고 나갔다. 축축한 길에서 그는 길 한가운데에 놓인 뭔가 거무스름한 것, 그날 아침에는 보지 못했던 것과 마주쳤다.

트윌리는 바닥에 납작 엎드려 확실히 알아보기 위해 얼굴을 가까이 가져다 댔다. 새로이 발견한 이 흔적을 그는 열정적으로 조사했다. 막대기로 찔러 보았다. 나뭇잎으로 뒤집어 보았다. 냄새까지 맡아보았다.

의심할 여지는 없었다. 퓨마 똥이었다!

조지와 길다 카슨 부부가 들이닥쳐 점심식사를 방해하는 바람에 드레슬러 교장의 하루는 꼬이고 말았다. 부부는 매주 그렇듯 '수재'인 아들 그레이엄을 한 학년이나 두 학년 월반시켜 달라는 부탁을 하러 온 것이었다.

드레슬러 교장이 들고 있는 그레이엄의 최근 성적표로 보아, 그레이엄은 정확히 자기가 있어야 할 학년에 있었다.

"학생은 평균 C+ 성적입니다." 드레슬러 교장은 카슨 부부에게 일깨워 주었다. "그게 뭐 나쁘다는 건 아니지만, 제가 보기엔 지금도 아드님은 본인 수준에서 도전할 만한 과제가 충분한 것 같군요."

"그게 무슨 말씀이시죠?" 길다 카슨이 화를 냈다.

"맞아요, 대체 무슨 얘길 할 작정이십니까?" 조지 카슨도 거들었다.

학부모들의 말도 안 되는 요구를 견뎌내야 하는 것은 드레슬러 교장의 임무 중 하나였지만, 이따금 정중하게 굴기 힘든 때가 있었다.

"전부 A를 받지 않는 한, 보통 저희는 학생을 월반시키지 않습니다." 그는 설명했다. "그것도 같은 나이의 다른 학생들을 뛰어넘을 준비가 되어 있는지를 보기 위해 여러 차례 시험을 거쳐야 하죠."

길다 카슨이 말했다. "그레이엄이 그 시험을 치게 해 달라고 말씀드렸잖아요."

"그렇게 했습니다." 드레슬러 교장은 그리 훌륭하지 않은 성적이 나온 시험지 사본 한 장을 건넸고, 카슨 부인은 시험지를 남편에게 보여주었다.

"그날 컨디션이 나빴던 거죠. 그게 뭐 대수라고." 조지 카슨은 말했다. "다시 한 번 시험을 치르게 해 주시오."

드레슬러 교장은 지친 눈으로 책상 위의 황동 시계를 힐끗 보았다. "그레이엄은 좋은 학생입니다. 수업에도 잘 집중하고요. 질문도 '정말' 많이 합니다. 노력도 열심히 하죠. 하지만⋯⋯."

"하지만 뭐죠?" 그레이엄의 어머니가 비꼬듯 물었다.

"하지만 C+ 학생이라는 말입니다."

"그건 교사들 잘못입니다, 교장 선생님. 그레이엄은 확실히 제 실력을 다 발휘하지 못하고 있어요." 조지 카슨이 시험지를 흔들어 대며 말했다.

"트루먼 같은 학교에서 이건 있어서는 안 될 일입니다. 수업료는 등골을 빼먹을 정도로……"

드레슬러 교장은 '등골 빼먹는 수업료' 얘기를 한 귀로 흘려 버렸다. 자녀가 기대에 못 미친다고 해서 학교 탓을 하는 학부모들로부터 수십 번은 들었던 얘기였다. 대부분의 경우, 학생들은 약간의 보충을 받으면 성적이 올라갔고 잘 해 나가다가 괜찮은 성적으로 졸업하게 되었다.

그러나 카슨 부부는 노력하라는 소리를 들을 기분이 아니었고, 드레슬러 교장은 카슨 부부를 상대할 기분이 아니었다. 뭔가 아주 입바른 소리가 목구멍까지 치밀어 오른 순간, 교장의 비서가 문을 빠끔히 열었다.

"방해해서 죄송합니다, 교장 선생님, 그런데 마셜 형사님이 만나 뵈러 오셨어요."

"물론이죠. 바로 들어오게 하시오." 교장은 카슨 부부를 떨쳐 버리게 된 것은 안심이었지만(부부는 불평을 늘어놓으며 떠나갔다), 보안관 사무소 형사가 이번에는 무슨 일로 또 왔을까 걱정이었다. 그냥 수다나 떨러 찾아왔을 리는 없으니까.

제이슨 마셜은 교장실에 들어서자마자 요점으로 들어갔다. "드웨인 스크로드 주니어를 체포하러 왔습니다."

"늪지에 불을 지른 것 때문입니까?"

형사는 냉정하게 고개를 끄덕였다.

'트루먼 학생, 방화로 체포되다'라는 끔찍한 헤드라인을 머릿속에 그려 본 순간 드레슬러 교장은 기운이 쑥 빠졌다.

아직 미성년자였으니 드웨인 스크로드 주니어의 이름이 공공연히 오르내릴 일은 없겠지만, 그건 전혀 문제가 아니었다. 누가 됐든 트루먼에

재학 중인 학생이 그런 중죄를 저질렀다는 뉴스는 학교의 평판을 땅에 떨어뜨릴 것이었다. 드레슬러 교장은 학교 위원회에서 거센 비난이 있을 거라 예상했다. 부유한 기부자들은 말할 것도 없었다.

"소방부에서 한 시간 전에 전화가 왔습니다. 필요한 증거를 다 갖춘 것 같습니다."

드레슬러 교장은 굳이 자세히 물어보지 않았다. 여러 차례 불을 질렀던 전적을 생각해 볼 때, 교장은 드웨인 스크로드 주니어가 유죄임이 틀림없다고 믿었다. 다른 아이들이 그를 '스모크'라고 부르는 데에는 그럴 만한 이유가 있었던 것이다.

"수업이 끝날 때까지 20분밖에 안 남았습니다. 기다리면 안 될까요?" 드레슬러 교장이 물었다.

"안 됩니다. 지금 해치우죠."

시간표를 확인해 보니 드웨인 스크로드 주니어는 리치오 선생님의 영문학 세미나 수업을 듣고 있었다.

"형사님은 여기 남아 계시는 게 나을 것 같군요." 교장은 말했고, 제이슨 마설도 동의했다.

수업이 있는 교실은 학교 부지 반대편에 있었고, 드레슬러 교장은 발걸음을 서둘렀다. 교장이 문을 두드리고 밖으로 불러냈을 때 드웨인 스크로드 주니어는 별 반응을 보이지 않았다.

행정 본부 건물로 반쯤 접어들었을 무렵 드웨인은 마침내 왜 자기를 불러냈느냐고 물었다.

"문제가 생겼네, 드웨인." 드레슬러 교장이 말했다.

"무슨 말씀이세요?"

"보안관 사무소에서 나온 사람이 자네와 이야기를 하고 싶다고 하네."

"또요? 대체 왜요?"

"아버지 집에 계신가? 나중에 아버지께 전화할 일이 생길지도 모르니 말일세."

"지옥이 얼어붙을 때나 그렇게 하라죠."

트루먼 학교는 욕설을 아주 엄하게 처벌했지만, 드레슬러 교장은 그냥 넘겨 버렸다. 드웨인 스크로드 주니어는 덩치가 좋은 아이인데다, 교장은 그의 화를 돋우고 싶지 않았다. 그는 이런 상황을 다루는 데에는 형사가 훨씬 더 경험이 많다는 것을 알고 있었다.

제이슨 마셜은 수갑을 든 채 기다리고 있었다.

"안 돼." 일이 어떻게 돌아가는지 깨달은 드웨인 스크로드 주니어가 중얼거렸다.

"미안하게 됐다, 얘야." 형사가 말했다. "뒤돌아 서거라."

드웨인은 움직이지 않았다. 그는 무거운 한숨을 내쉬고는 눈을 굴려 천장을 바라보았다. "이건 완전히 잘못된 일이에요."

드레슬러 교장은 극도로 불안한 상태였다. 지금까지 그의 사무실에서 누군가가 체포되었던 적은 없었다. "드웨인, 마셜 형사님이 말씀하시는 대로 하게나."

천천히, 아주 천천히, 드웨인은 돌아섰다.

천만다행이로군, 교장은 생각했다.

그때, 제이슨 마셜이 수갑을 채우려고 한 걸음 다가선 바로 그 순간, 드웨인 스크로드 주니어는 문밖으로 총알같이 뛰쳐나갔다.

"야!" 형사가 뒤쫓으며 소리쳤다. "거기 서!"

당황하고 어안이 벙벙한 드레슬러 교장만이 홀로 남았다. '캅스Cops(경찰의 취재 현장을 보여주는 미국의 TV시리즈—옮긴이)'의 에피소드 속에 들어와 있는 느낌이었다.

교장이 창밖을 내다보자 드웨인 스크로드 주니어는 운동장 쪽으로 전력 질주하고 있었다. 통통한 몸집치고는 발이 제법 빨랐고, 뒤쫓아 오는 형사와의 거리는 점점 멀어지고 있었다. 드레슬러 교장은 왜 아무도 드웨인 스크로드 주니어에게 트루먼 미식축구 팀에 들어오라고 권유하지 않았을까 의아했다. 미식축구 팀은 풀백이 절실히 필요한 상태였다.

운동장 서쪽 끝에서는 라크로스 팀이 연습 중이었는데, 드웨인 스크로드 주니어는 그중 한 선수를 향해 똑바로 달려갔다. 멀리서지만, 괴상하게 불룩 튀어나온 오른쪽 어깨 덕분에 드레슬러 교장은 그 학생이 닉 워터스라는 것을 한눈에 알아보았다.

드웨인 스크로드 주니어가 닉을 한쪽으로 데려가서 뭐라고 짤막하게 속삭이는 모습을, 교장은 당혹스럽게 지켜보았다. 그러더니 드웨인은 다시 질주해, 그물망 모양 철제 울타리를 뛰어넘더니 우거진 소나무 틈새로 사라졌다. 제이슨 마셜 형사는 고함을 지르고 손을 흔들며 한참 뒤에서 뛰어가고 있었다.

드레슬러 교장은 드웨인 스크로드 주니어가 트루먼 학교에 한 명이라도 친구가 있다고는 생각지 않았기 때문에, 왜 그가 하필이면 닉 워터스를 골라 말을 했을까 궁금했다. 그리고 도망치다 말고 전해야 할 만큼 중요한 이야기가 대체 무슨 내용이었을까도 궁금했다.

만일 드레슬러 교장이 드웨인 스크로드 주니어가 운동장에서 한 말을 빠짐없이 들었다면, 검은 덩굴 늪지의 방화 사건에 대한 자신의 의견을

접었을지도 모른다.

스모크라는 별명의 소년이 닉 워터스에게 전한 첫 마디는 이거였다. "네 생물책은 내 사물함에 있어. 비밀번호는 5-3-5야."

그리고 두 번째는 다음과 같았다. "난 거기 불 지르지 않았어, 친구. 난 결백하다고."

제17장

학교에서 집에 돌아온 닉은 아버지가 뒷마당에서 투구 네트에 왼손으로 야구공을 던지고 있는 것을 보았다. 닉은 재킷을 의자에 벗어던지고, 넥타이를 풀어 헤치고는 밖으로 달려 나갔다.

"거긴 좀 어떠세요…… 어……." 닉은 붕대를 두른 아버지의 어깨를 가리켰다.

"팔 잘린 데 말이구나." 아버지는 슬픈 듯한 미소를 지었다. "정확히 말하면 잘려나가고 남은 뿌리에 가깝지."

적어도 유머 감각은 잃지 않으셨군, 닉은 생각했다.

아버지는 말했다. "감염 증상은 거의 다 사라졌지만, 아주 완벽한 컨디션이라고 하면 거짓말이겠지."

"그럼 훈련은 좀 더 살살 하셔야 해요."

"됐네요, 선생님." 그레고리 워터스 대위는 발치에 놓인 양동이에서 새 공을 집어들었다. "팔 풀어라, 니키. 캐치볼이나 좀 하자."

닉은 말려 봤자 헛수고임을 잘 알았다. "이쪽으로 던지세요."

"오른팔 풀고 글러브 가져오너라."

"됐어요, 아빠, 그냥 던지세요."

"네 편한 대로 하렴." 아버지는 와인드업 자세를 취하더니 던졌다. 공은 닉의 맨손에 철썩 하고 감겨들었다. 꽤 아팠다.

"우와!" 닉은 휘파람을 불고는 손을 털었다. "굉장한데요."

"나아지고 있지." 아버지가 말했다.

닉은 공을 도로 던졌다. 아주 강속구는 아니었지만 공은 똑바로 나아갔다. 안 쓰던 팔로 던진다는 게 닉에게는 아직도 어색했다.

"아빠, 얼마나 오랫동안 여기 나와서 연습하고 계셨어요?"

"네 시간 좀 넘게."

"세상에, 안 피곤하세요?"

그레그 워터스는 웃었다. "농담하냐? 완전히 지쳤단다. 하지만 체력을 기르고 근육이 동작에 익숙해지게 하려면 제일 좋은 방법이니까."

아버지가 다음 번 던진 공은 낮은데다가 빗나갔다. 닉은 풀 위에서 공을 재빨리 들어올려, 크게 한 걸음 내딛고는 다시 던졌다. 아버지의 머리보다 1.5미터나 높이.

그레그 워터스는 싱글싱글 웃더니 말했다. "양팔이 다 있을 때도 난 그렇게 높이는 못 뛰었단다."

닉은 제라늄 꽃밭에서 공을 주워들고는 마당 한끝으로 뛰어갔다.

"아빠가 제일 좋아하는 왼손잡이 선수는 누구예요?" 다음번 공을 던지며 닉은 물었다.

"필리스 팀의 스티브 칼튼. 한참 전 사람이라 넌 잘 모르겠지만, 그가 던지는 강속구는 봤을 거다."

"요한 산타나보다 더 빨라요?"

"요한이 명예의 전당에 올라가면 그때나 물어봐라." 아버지는 또 한 번 공을 던졌고, 닉은 손이 쓰라린 것도 아랑곳하지 않았다. 한때는 약점이었던 왼팔로 아버지가 그렇게 강하고 정확하게 공을 던지는 걸 보니 신이 났다.

"그런데 니키, 트루먼에서는 요즘 뭐가 뉴스거리냐?"

닉은 스모크 이야기를 저녁식사 때 부모님께 할 계획이었다. 결국은 어떻게든 듣게 될 것이 뻔했으니까.

"리비의 아빠가 어떤 애를 체포하려고 학교에 왔는데, 그 애가 숲 속으로 달아나 사라졌어요."

그레그 워터스는 공을 던지려다 말고 멈췄다. 그는 팔을 내려놓았지만 공은 그대로 잡고 있었다.

"무슨 일 때문에 체포당하는 건데?"

"저번에 말씀드렸던, 우리가 견학 간 날 늪지에 불이 났던 일 때문이에요. 하지만 제 얘기 들어보세요, 아빠. 난 그 애가 했다고 생각하지 않아요."

"어떻게 알지?"

뒷문이 열리더니 닉의 어머니가 햄 덩어리만큼 커다란 1루수용 장갑을 끼고 나왔다. 어머니는 주먹으로 장갑 손바닥을 치며 닉의 아버지를 불렀다. "덤벼요, 군인 아저씨, 얼마나 잘하는가 봅시다!"

그레그 워터스는 씩 웃더니 공을 던졌고, 어머니는 손쉽게 공을 잡아 언더핸드로—하지만 상당히 세게—닉에게 던졌다. 대학 때 이후 어머니는 소프트볼을 하지 않았지만, 여전히 팔 힘이 대단했다.

"언제 집에 오셨어요?" 닉은 물었다.

"30초쯤 전에. 두 풋내기가 여기 마당에 나와 있는 게 보이기에, 도와줄 사람이 없으면 스토터 아주머니 댁 창문을 깨고 말 거라 생각했지."

"난 아냐!" 아버지가 괜히 모욕 받은 척 말했다. "거칠게 던지는 건 니키라고."

30분 정도 그들은 산들바람이 불어오는 기분 좋은 고요함 속에서 셋이 번갈아 가며 캐치볼을 했다. 그레그 워터스가 이라크로 파병되기 전과 똑같이 말이다. 아버지가 심각한 부상을 입은 뒤로 2주일도 채 지나지 않았다는 것이 닉에게는 거짓말 같았다. 그런데도 벌써 집에 돌아와, 야구공을 던지고 계시다니! 닉은 기적 같다고 생각했다.

역시, 아버지는 평범한 환자가 아니었다.

그레그 워터스가 말했다. "닉, 엄마한테 오늘 학교에서 있었던 얘기해 드려라."

"아, 벌써 알아. 길다 카슨이 휴대폰에 저장된 학부모 모두에게 문자를 보냈거든." 닉의 어머니가 말했다. "경찰을 피해 달아난 애는 바로 어젯밤에 우리 집에 와서 닉의 생물책을 빌려갔던 그 애야."

"정말? 니키는 그런 말 안 하던데." 그레그 워터스는 걱정스런 기색이었지만 공 던지기를 계속했다.

"그 애 이름은 드웨인 스크로드 주니어야. 그 애 아빠도 방화죄로 감옥에 좀 있었지. 그러니 나무에서 떨어진 사과는 멀리 가지 않는다는 말이

딱……."

"엄마, 걔가 그러지 않았어요." 닉은 단호하게 끼어들었다.

"어떻게 그렇게 확신하니?"

"걔가 나한테 그랬거든요. 마셜 형사를 피해 달아나다가, 라크로스 연습 중이던 나를 불러 세우고는 자기는 결백하댔어요. 거짓말이라면 뭐 하러 그랬겠어요?"

어머니는 닉에게 야구공을 던졌다. "사람들은 거짓말도 한단다, 니키, 특히 곤란한 상황일 때는 더 그렇지."

"하지만 나는 그 애를 믿어요! 엄마 아빠는 걔의 눈빛을 못 봤지만, 난 봤단 말이에요." 닉은 공을 아버지에게 던졌고, 아버지는 공을 놓치더니 바닥에 떨어뜨렸다. 지금 이루어지는 대화에 정신이 뺏긴 게 분명했다.

"다른 애들이 드웨인 주니어를 뭐라고 부르는지 아빠한테 말씀드려라."

"아이 참, 그건 그냥 별명이잖아요." 닉이 항의했다.

"듣고 싶구나." 아버지가 말했다.

"스모크요." 닉은 그 얘기를 하면 부모님이 드웨인 스크로드 주니어가 무죄라는 걸 더 믿기 어려워할 거라는 걸 알면서도 조용히 말했다.

"스모크?" 그레그 워터스는 야구공을 주워들어 손으로 굴리고 또 굴렸다. "왜 그렇게 부르는지 궁금한걸."

"걔가 그렇게 불리길 좋아하기 때문이에요. 아무도 이유는 몰라요." 그렇게 말한 뒤 닉은 덧붙였다. "알겠어요, 경찰 말로는 옛날에 두 번 불을 지른 적이 있대요. 하지만 그렇다고 해서 이번에도 걔가 범인이라는 법은 없잖아요."

닉은 어머니가 카슨 부인으로부터 이미 스모크의 과거 방화 사건에 대해 들었으리라 추측했다. 카슨 부인은 그레이엄에게 들었을 테니.

"니키, 그거 좋은 얘기 같진 않구나." 아버지가 말했다.

"하지만 과거에 일어난 일 가지고 그래서는 안 되잖아요. 걔가 '이번에' 불을 지르지 않았다면, 그 때문에 체포되어서는 안 돼요. 그건 옳지 않아요, 아빠."

닉의 어머니는 다가와서 닉에게 팔을 둘렀다. 소프트볼 글러브가 동여맨 오른팔 때문에 튀어나온 등 뒤의 혹에 닿았다. "카슨 부인 말로는, 경찰에서 드웨인 주니어가 범인이라는 아주 강력한 증거를 갖고 있대."

"어떤 증거요?"

"문자로는 말하지 않았어. 하지만 믿을 만한 것 같더구나."

닉은 어머니의 품에서 빠져나와 접이식 의자에 앉았다. "글쎄, 난 그 말 안 믿어요. 어쨌거나 유죄가 증명되기 전까지는 결백한 사람으로 치는 거 잖아요, 안 그래요?"

'스모크가 라크로스 경기장에서 나한테 거짓말한 거라면, 걔는 세계 최고의 연기파 배우다.' 닉은 생각했다.

"경찰이 잡았대요?" 닉은 물었다.

"아직 아니야. 난 저녁 준비를 해야겠구나. 이 얘기는 나중에 해도 되니까."

그레고리 워터스 대위는 앉아서 왼손 손가락을 굽혔다 폈다 했다. 속상하고 지친 표정이었다. "내일은 플라이 낚시를 시도해 봐야겠다."

닉의 눈길은 자꾸만 아버지 셔츠의 텅 빈 오른쪽 소매로 향했다. 한쪽 팔이 없는 아버지의 모습에 익숙해질 때까지는 시간이 걸릴 터였다. 아버지는 심지어 거울에 비친 자기 모습이 '삐딱하게' 기울어 보인다는 농담까지 했었다.

"전쟁에 대해서 뭐 좀 물어봐도 돼요?" 닉이 말했다.

"그럼."

"로켓포가 험비에 맞았을 때 죽었다는 사람 있잖아요, 아빠 그 사람이 형제나 다름없었다고 하셨죠."

"정말이다. 그랬어."

"얼마나 오래 알던 사이였어요?"

그레그 워터스는 잠시 생각했다. "2주. 어쩌면 3주."

"별로 오래는 아니네요."

"글쎄, 순식간에 친한 사이가 되는 경우도 있지."

"그건 뭐랄까, 음, 같이 전쟁터에 있었기 때문만은 아니죠?"

"아니다. 내가 마이너 리그에서 야구를 했을 때도 같은 일이 있었단다." 아버지는 말했다. "봄 훈련 첫날 새 선수와 이야기를 나누고, 그 자리에서 그가 괜찮은 녀석임을 알게 되지. 그런데 어떤 다른 선수가 걸어오면, 그는 완전히 바보 같은 녀석이란 걸 2초 만에 알게 되고 말이다."

"무슨 말씀이신지 알아요. 어떤 신기한 레이더 같은 거예요."

"그래, 그런 거다."

닉은 일어섰다. "저녁 먹기 전에 전화 한 통 걸어야겠어요."

아버지가 물었다. "경찰이 쫓고 있다는 애 말이다, 그 애는 네 친구냐?"

"잘 물어보셨어요." 닉은 말했다. "친구인 것 같아요."

어머니를 도와 테이블을 차린 후, 닉은 침실로 올라가 문을 닫고 리비의 휴대폰으로 전화를 걸었다. 리비는 샘이라는 강아지를 산책시키고 있었다.

"아니, 아직 못 잡았어." 닉의 질문을 예상하고 리비는 말했다. "하지만 잡을 거야. 게다가 우리 아빠 기분이 '아주' 상하셨어. 걔를 뒤쫓다가 무릎 인대가 늘어났거든!"

리비에게는 말을 조심해야 했다. 아버지에게 분명 그렇게 들었을 테니, 리비로서는 스모크가 유죄라고 믿는 게 당연했다.

리비가 말했다. "걔는 고속도로 광고판에 불 지른 일 때문에 아직 집행 유예 기간이거든, 그래서 다음번 재판까지 가둬 둘 수 있다고 우리 아빠가 그랬어. 육 개월이나, 어쩌면 더 될지도 몰라."

그러니 도망간 게 당연하군, 닉은 생각했다. "아직도 걔를 찾아다니고 있대?"

"아니. 걔가 뭐, 연쇄 살인범이나 그런 건 아니잖니. 집에 돌아가는 즉시 잡을 거래. 아빠가 그러는데 도망간 청소년 범죄자는 보통 집에 가면 찾을 수 있대."

"하지만 안 나타나면 어떡해?"

"바로 그거야, 닉. 집 말고 걔가 어딜 갈까?"

나도 알았으면 좋겠다, 닉은 생각했다.

"경찰은 왜 걔가 그랬다고 그렇게 확신한대?" 닉은 리비의 아버지가 그 수수께끼의 새로운 증거에 대해 뭔가 말한 바가 있기를 바랐다.

다행히, 말한 게 있었다.

"누가 불이 나기 시작한 장소 가까이에서 스모크의 책가방을 찾았대. 그 안에 뭐가 있었는지 아니? 휴대용 토치, 방화범들이 쓰는 딱 그거야! 걘 끝장이야, 닉. 사건 종료라고."

"학교 책가방? 전투복 무늬 그거?"

"잠깐만." 리비가 말했다. "샘, 안 돼! 이 똥강아지! 똥강아지 같으니!!!"

리비가 개에게 소리를 질러대는 동안 닉은 전화기를 귀에서 멀리 떼고 있었다. 스모크의 책가방이 갑자기 검은 덩굴 늪지에 나타났다는 건 말이 안 됐다.

다시 전화에 대고 말하는 리비의 목소리는 숨찬 소리였다. "미안해, 닉, 끊어야겠어. 샘이 엄청나게 큰 수고양이를 구석으로 몰아붙였는데 고양이가 샘 코를 할퀴기 직전이야……. 안 돼! 이 못된 것! 안 된다고 했지!"

닉은 전화를 끊고 바로 마르타에게 걸었다.

"내일 아침 일찍 뭐 할 거니?"

"자야지." 마르타가 대답했다. "토요일이잖아, 알지?"

"우린 자전거를 타고 어디 멀리 갈 거야."

"난 그렇게 생각 안 해, 닉."

"8시야. 준비해."

"정신 좀 차려. 아침 8시에 난 북극곰처럼 코를 골 계획이야."

"아냐, 이건 중요한 일이야. 만나서 모두 설명해 줄게."

"또 스타치 선생님네 집으로 데려갈 생각은 하지도 마! 난 거기 있는 죽은 동물들처럼 유리 눈알을 달고 목에 이름표를 건 채 끝장나고 싶진 않단 말이야."

닉은 말했다. "걱정 마. 거기 가는 거 아니니까."

다음날 아침, 나딘에게 줄 해바라기 씨를 가지러 부엌에 기어 들어온 드웨인 스크로드 씨는 현관을 두드리는 소리를 들었다. "드웨인? 너 집에 있니?"

FBI 요원치고는 너무 앳된 목소리였지만, 드웨인 스크로드 씨는 위험을 감수할 생각이라고는 없었다. 그는 음악실로 급히 돌아와 안에서 단단히 바리케이드를 쳤다. 굶주린 마코앵무새가 심술 맞게 귓불 한 짝을 쥐어뜯었지만, 스크로드 씨는 이를 갈며 조용히 아픔을 참았다.

감옥에 다시 가고 싶지는 않았지만, 자기에게 불리한 일이 많다는 점은 깨닫고 있었다. 세금 걷으러 온 사람을 공격한 건 썩 잘한 일은 아니었고, 그는 미국 정부에서 나온 중무장한 요원들이 자기 집을 둘러싸는 건 이제 시간문제라고 여겼다.

그날 일찌감치, 드웨인 스크로드 씨는 또 다른 낯선 사람을 피해 숨어 있었다. 계속해서 문을 두드리며 자신이 보안관 대리인데 주니어를 찾으러 왔다는 남자였다. 스크로드 씨는 새장에 있던 나딘을 낚아채 음악실로 달려가 누비이불 밑에 숨어 있었다.

"드웨인, 문 열어! 나야, 닉 워터스야." 새로 온 방문자가 소리쳤다.

그러더니 여자아이의 목소리가 들렸다. "내가 뭐랬니. 여긴 있지도 않아."

현관의 사람들이 아들을 찾는 것일 수 있다는 생각이 스크로드 씨에게 잠시 떠올랐지만, 얼른 그런 생각을 떨쳐 버렸다. 미코수키 인디언 한두 명을 제외하면 주니어에게 제 나이 또래의 친구라고는 한 명도 없었다.

아냐, 이건 함정이 분명해. 스크로드 씨는 생각했다. FBI는 치사한 수를 쓰고도 충분히 남으니까.

바깥에서 들리던 목소리가 멈추자마자 나딘은 스크로드 씨의 귀를 놓았다. 몇 분 후 그는 음악실 문을 막고 있는 작은 업라이트 피아노로 조심스레 다가가 피아노를 치울 태세를 했다.

"이히 하베 훙거(독일어로 '배가 고파요'의 의미―옮긴이)!" 나딘이 투덜거렸다. "제 펭(프랑스어로 '배가 고파요'의 의미―옮긴이)!"

"입 다물어, 새야." 스크로드 씨는 속삭였다. "안 그러면 샌더스 대령(켄터키 프라이드 치킨KFC 회사의 설립자―옮긴이)에게 팔아 버릴 테다."

뒤쪽에서 여자아이의 새된 소리가 들렸다. "그러지 마세요."

스크로드 씨는 빙글 돌아 피아노 옆에 웅크렸다. 열린 창문에 두 개의 얼굴이 보였다. 여자아이 하나와 남자아이 하나로, 그를 쳐다보고 있었다.

"원하는 게 뭐냐? 너희도 정부가 보내서 온 거냐?"

남자아이가 말했다. "우린 드웨인과 같은 학교에 다녀요. 그 애를 찾아야 해요."

"그러냐, 그럼, 줄 서서 기다려야 할 게다."

"걘 우리랑 같은 생물 수업을 들어요." 여자아이가 덧붙였다.

나딘이 쇳소리를 지르고는 푸드득거리며 방을 두세 바퀴 돌더니 먼지투성이 샹들리에에 내려앉았다.

"가 버려!" 스크로드 씨는 아이들에게 버럭 소리 질렀다. 그는 아직도 아이들이 변장한 FBI 요원이라는 의심을 떨칠 수 없었다.

남자아이가 말했다. "드웨인은 경찰을 피해 도망치고 있어요. 경찰은 방화죄로 그 애를 체포하려고 하지만, 우린 그 애가 그랬다고 생각하지 않아요."

"틀려, 닉." 여자아이가 말참견했다. "너만 그렇게 생각하는 거지."

"어쨌거나요. 우린 개랑 얘기를 해야 돼요."

스크로드 씨는 말했다. "비록 개가 어디 있는지 내가 안다고 해도―알지도 못한다만―너희에겐 말 안 할 테다. 그러니 가던 길 가거라. 지금 당장 말이야."

그러나 두 아이는 움직이지 않았다.

세상이 도대체 어떻게 되먹은 거야? 스크로드 씨는 생각했다. 대체 언제부터 어른의 권위가 땅에 떨어졌지?

"피아노 좋네요." 여자아이가 말했다. "전 네 살 때부터 레슨을 받았어요."

"참 대단하기도 하지." 스크로드 씨는 투덜거렸다. "그럼 이제 꺼져라."

놀랍게도 두 아이는 아랑곳하지 않고 창문으로 기어 올라와 방에 들어왔다. 여자아이는 말했다. "가을 연주회 때 제가 뭘 쳤는지 아세요? 라흐마니노프 전주곡 4번 D장조예요."

"농담이겠지." 라흐마니노프는 스크로드 씨가 옛날부터 제일 좋아하는 음악가 중 하나였다. 그는 피아노를 문 앞에서 치웠고 여자아이는 피아노 의자에 앉아 악보도 없이 외워서 전곡을 쳤다.

"거 진짜 아름답구나." 스크로드 씨는 솔직히 말했다.

"제 이름은 마르타예요, 얘는 닉이고요."

"난 드웨인의 아빠다. 하지만 걔가 어디 있는지는 여전히 말할 수가 없구나. 짐작도 안 가거든. 게다가 너희들이 FBI 비밀 요원일지도 모르니까."

"그런 말도 안 되는 소린 난생 첨 듣네요. 전 학교 준대표 치어리더 팀에도 안 들어 있다고요."

스크로드 씨의 얼굴이 빨개졌다.

닉이라는 소년이 말했다. "어제 학교에서 무슨 일이 있었는지 못 들으셨어요?"

"못 들었다. 주니어가 집에 안 들어왔다는 것밖에 모르겠는데."

"그건 걔가 법망을 피해 달아나는 도망자이기 때문이에요." 마르타라는 소녀가 극적인 어조로 말했다.

"하, 거 참 굉장하구만." 스크로드 씨는 궁시렁거렸다.

보안관 사무소의 형사가 트루먼 학교에 와서 검은 덩굴 늪지 방화의 범인으로 드웨인 스크로드 주니어를 체포하려 했을 때의 일을, 소년이 설명해 주었다.

"하지만 DJ가 경찰에겐 아무 증거도 없다고 했는데! 나한테 약속했단 말이다!"

"어제까진 아무것도 없었죠." 닉이라는 소년이 말했다. "그런데 화재 현장에서 드웨인의 책가방을 찾았어요."

이 말에 스크로드 씨는 정말로 어안이 벙벙해졌다. "DJ가 책가방이 있냐?"

여자아이가 못 참겠다는 듯 한숨을 쉬었다. "학교 가방 말이에요, 스크로드 아저씨."

"전투복 무늬 가방요, 사냥 가방같이 생긴 거요." 닉이라는 소년이 말을 이었다.

"아, 그래." 이제야 스크로드 씨는 가방이 기억났다.

"가방을 마지막으로 보신 게 언제예요?"

"그저께."

두 아이는 서로 귓속말을 주고받았다. 그러더니 여자아이가 스크로드 씨를 보며 물었다. "백 퍼센트 확신하세요?"

"정말이고말고. 정부에서 세금 징수원이 나와 내 사생활을 침범했던 그때였지. 그놈이 바닥에 있던 주니어의 가방을 들어 내 사랑스런 예쁜이 나딘을 죽이려고 했었다고. 안 그러냐, 아가?"

"위Oui." 마코앵무새가 샹들리에를 흔들며 대답했다.

"그럼 그 가방 지금은 어디 있어요?" 여자아이가 물었다.

"전혀 모르겠다. 어쩌면 그 세금 징수원 녀석이 갖고 튀었을 수도 있고." 스크로드 씨는 밀리센트 윈십에게 전화를 걸어 손자가 또 법적인 말썽을 일으켰다는 사실을 전하는 일을 얼마나 미룰 수 있을까 생각했다.

닉이라는 소년이 말했다. "전 드웨인이 유죄라고 생각하지 않아요."

스크로드 씨는 기침을 했다. "나도 진심으로 그렇게 믿고 싶다만, DJ는 불 쪽에 소위 말하는 '전적'이 있어서 말이다."

"글쎄요, 이번에는 안 그랬어요." 소년이 딱 잘라 말했다. "그 애가 저한테 그렇게 말했거든요. 그리고 전 걔를 믿어요."

"그럼 내가 어찌하길 바라는 거냐? 법원에 가서 시위라도 벌일까?" 스크로드 씨는 어깨를 으쓱했다. "주니어는 안전해질 때까지 숲에서 안 나올 거고, 경찰은 거기서 절대 걔를 못 찾을 거다. 몇 백만 년이 지나도 말이다."

"드웨인한테 연락이 오면……."

"연락이 올 거라고 누가 그러냐?"

"만약에 오면 말이에요." 마르타라는 소녀가 말했다. "그만 도망다니고 자수하라고 전해 주세요. 오명을 떨치려면 그 방법밖에 없어요."

스크로드 씨는 씁쓸하게 코웃음쳤다. "이봐, 이건 영화가 아니란다. 인생은 그렇게 간단하게 풀리는 게 아냐."

남자아이가 창문을 통해 먼저 나갔다. 여자아이가 뒤따르더니, 창턱에서 잠깐 멈췄다. "피아노 참 좋네요. 치시나요?"

드웨인의 아버지는 고개를 저었다. "안 친 지 몇 년 됐다."

"음, 다시 치셔야 돼요."

"그래? 뭐 하러?"

"그럼 기분이 좋아질 테니까요." 이렇게 말하더니, 여자아이는 사라졌다.

집으로 오는 길에 닉은 어찌나 흥분했는지 자전거를 제대로 몰지 못할 정도였다.

"모르겠니? 완전 뒤집어씌운 거라고!" 그는 마르타에게 소리쳤다. "스모크는 불 난 날 늦에 책가방을 놔뒀을 수가 없어. 개네 아버지가 그 가방을 이틀 전에 집에서 봤으니 말이야. 이거 알아? 난 왁스모가 온 첫날 생물 수업 때 스모크 책상 밑에서 그 가방을 본 기억이 난다고!"

마르타가 말했다. "진정해, 친구. 그러다 과호흡 걸리겠다."

"난 진지하게 말하는 거야. 누가 개 책가방을 훔쳐서, 안에 토치를 슬며시 집어넣고, 방화 현장에 갖다 둔 거라고. 스모크는 억울한 누명을 쓴 거야!"

"하지만 왜? 미친 짓이야."

닉도 동의할 수밖에 없었다. 퍼즐의 가장 중요한 몇 조각이 빠져 있었다. 드웨인 스크로드 주니어가 트루먼에서 혼자 다니긴 해도, 원수를 만들었을 것 같지는 않았다. 그 아이에게 거짓 누명을 씌워 감옥에 보내고 싶어 하는 이가 누구일지 닉은 단 한 명도 떠오르지 않았다.

"잊지 마." 마르타가 말했다. "개네 아빠도 정말 별난 사람이었어. 내 말은, 야, 생각해 봐. 세금 징수원이 왜 학생 책가방을 훔쳐가겠니?"

"만약에 그 사람이 진짜 세금 징수원이 아니었다면? 만약에 그 사람이 그냥 검은 덩굴 늪지에 갖다 둘 뭔가를, 유죄가 될 만한 증거를 가지러 스모크네 집에 간 거라면?"

마르타가 회의적인 어조로 투덜거렸다. "제발, 이상한 생각은 그만둬. 그런데 나도 그 '만약에' 가설이 하나 생각났어."

"좋아."

"만약에 스모크가 책가방이 두 개라면 어때, 닉? 하나는 학교용이고 하나는 방화 장비용으로."

닉은 마르타에게 정나미가 떨어졌다. 왜 지금 벌어지고 있는 일을 똑바로 보지 못하는 걸까? "하지만 개는 목요일 밤에 내 생물책을 빌리러 왔었잖아, 기억나? 책가방을 잃어버렸다고 그랬어. 내가 그다음 날 너한테 말했잖아."

"그리고 있지도 않은 시험공부를 한다는 말도 했지." 마르타가 지적했다. "그 얘기 전부가 무척 수상했어. 네가 네 입으로 그랬잖아."

닉은 나무 그늘 아래 자전거를 세우고 생각을 정리해 보려고 했다. 스타치 선생님이 사라진 일부터 드웨인 스크로드 주니어의 가방이 나타난 일까지, 검은 덩굴 늪지의 화재와 관련된 일 중에는 조리에 맞는 게 없었다.

마르타가 닉의 옆에 자기 자전거를 세웠다. "만약에 스모크가 불 난 장소에서 자기 책가방이 발견되었다는 소리를 들었다면, 그래서 알리바이를 만들려고 너희 집에 가서, 가방을 개 말마따나 '잃어 버렸다'고 한 거라면 어때. 그리고 자기 아버지에게 가방이 이틀 전까지는 집에 있었지만 어떤 낯선 사람이 편리하게도 그걸 훔쳐갔다고 하라며 거짓말을 시킨 거야."

닉은 말했다. "난 내 가설이 더 맘에 들어."

"만일 유죄가 아니라면, 왜 리비의 아빠를 피해 달아났겠니?"

"체포될까 봐 두려웠기 때문이지. 너무 무서워서 정신이 나간 거야. 그뿐이라고."

마르타가 말했다. "다들 자기는 결백하다고 하지, 무슨 일이 됐건 말이야. 넌 법정 TV(법정 재판을 생중계하는 케이블 TV 채널—옮긴이)도 안 보니?"

속으로는 닉도 마르타의 말이 맞을 수도 있으며, 스모크가 자신을 어리숙하게 보고 이용했을 수 있다는 점을 인정했다. 그러나 닉의 아버지는 언제나 직관을 따라 행동하라고 말했고, 닉의 직관은 스모크가 진실을 말했다고 속삭였다.

"마르타, 난 아직도 개가 안 그랬다고 생각해."

"좋아. 그럼 이 동네에서 누가 그에게 누명을 씌우려고 하는지 그럴 듯한 이유 하나만 대 봐. 한 명만 이름을 대 보라고, 알겠니? …… 닉?"

닉은 듣고 있지 않았다. 그는 자전거에서 내리더니 길 건너편으로 달려가기 시작했다. "빨리 와." 닉은 마르타를 불렀다.

"너 갑자기 정신이 나간 거니, 뭐니?" 마르타가 소리쳤다.

"빨리!" 닉은 흥분해서 한 줄로 늘어선 상점가를 가리켰다. 마르타는 서둘러 두 대의 자전거를 나무에 묶어 잠그고는 닉을 따라 뛰었다.

리틀 나폴리라는 이름의 싸구려 피자가게 앞에 '매너티를 살립시다' 번호판이 붙은 스타치 선생님의 프리우스가 서 있었다. 차 안에는 아무도 없고 문은 잠겨 있지 않았다.

닉은 주변을 둘러보며 보는 이가 아무도 없는지 확인했다. 그러더니 뒷좌석으로 뛰어들고는, 마르타도 타도록 문을 열어 두었다.

“대체 뭘 하는 거야?” 마르타는 걱정스레 어깨 너머로 뒤를 돌아보며 물었다.

“그 트윌리 씨인지, 누가 됐든 이 차를 모는 사람을 기다리는 거야. 타.”

“그렇지만 그 사람이 다시는 자기 눈앞에 나타나지 말라고 했잖아! 설마 잊었니?”

닉은 잊지 않았다. “해답을 얻으려면 이 방법밖에 없어. 넌 어떤지 모르겠지만, 난 뭐가 뭔지 모르는 상태에는 싫증이 났어.”

마르타는 울상을 지으며 머리를 감쌌다. “너 아주, 완전히, 가망 없이 돌았구나? 난 있지, 죽는 것보다는, 차라리 뭐가 뭔지 모르는 게 나아. 그 사람은 벨트에 총알을 갖고 있었다고, 닉. 진짜 실제 총알 말이야. 그러니까 그 사람, 진짜 총을 우리한테 들이댈지도 모른단 말이야.”

“난 안 움직여.” 닉이 딱 잘라 말했다. “집에 가거나 나랑 같이 차에 타거나 둘 중 하날 택해. 하지만 빨리 정하는 게 좋을 거야. 저기 그 사람이 오거든.”

마르타는 차에 탔다.

제18장

트윌리라는 남자는 닉과 마르타가 프리우스의 뒷좌석에 탄 것을 보고
도 아무 반응을 보이지 않았다. 그는 운전석에 앉아 피자 두 상자를 옆
좌석에 놓고 차를 출발시켰다.

"스타치 선생님이 계신 곳으로 데려다 주실래요?" 닉이 말했다.

트윌리는 대답하지 않았다. 백미러를 통해 둘은 그가 혼자 숫자를 세
고 있음을 알 수 있었다.

"뭐 하시는 거예요?" 마르타가 물었다.

"이십까지 셀 테니까 그때까지 이 차에서 나가거라."

닉이 말했다. "몇 가지 대답을 얻기 전까지 우린 꼼짝도 안 할 거예요."

"그리고 만약에 아저씨가 우릴 강제로 밀어낸다면," 마르타도 덧붙였다.
"전 누가 경찰을 부를 때까지 고함을 지를 거예요."

트윌리는 한숨을 쉬었다. "그런 난리가." 그는 뒤를 돌아보며 프리우스를 주차 공간에서 후진시켰다.

마르타가 트윌리를 가리키며 물었다. "그거 뭐예요?"

"독수리 부리. 한 친구가 줬지. 행운의 부적 삼으라고."

햇빛에 바래고 딱딱한 두 개의 부리는 닳아빠진 가죽줄에 묶여 트윌리의 맨가슴에 매달려 있었다. 마르타는 닉을 보고 얼굴을 찌푸리더니 입모양으로 "우웩"이라고 말했다.

트윌리는 차들의 물결 속으로 끼어들었다. 대화를 통해 불안한 마음을 감추려고 닉은 말했다. "에드워드 애비가 쓴 책 중 하나를 읽고 있어요. 진짜 소름 돋아요."

백미러를 통해 트윌리는 닉을 쳐다보았다. "마음에 든다는 뜻으로 하는 소리 같다만."

"네, 재미있어요. 멍키 렌치 갱이란 거 진짜 있었나요?"

"세상에, 있었으면 좋겠구나." 트윌리는 혼자 웃더니 스키 모자를 눈썹까지 눌러 썼다. "넌 어떠냐?" 그는 마르타에게 물었다. "무슨 책을 읽냐?"

"해리 포터 시리즈 전부요. 세 번이나 읽었어요. 저, 그 소름끼치는 물건 진짜 독수리한테 달려 있던 거예요?"

"그래."

"그럼 아저씨 친구가……."

"아니, 그 친구가 쏴 잡은 게 아니야. 차에 치여 죽었다."

마르타는 매혹된 듯 고개를 끄덕였다. "그 부리, 무슨 마술 같은 힘이 있어요?"

"그건 나도 모르겠다."

경사로를 통해 다른 주로 이어지는 고속도로로 접어들어, 동네에서 점점 더 멀어지자, 닉은 자기가 큰 실수를 한 건 아닌가 하는 생각이 들었다. 둘은 이 사람에 대해 실제로 아는 바가 하나도 없었다. 오키초비 호수에 둘을 처넣어 버리려고 벨 글레이드(플로리다 남부의 도시로, 사탕수수와 옥수수밭이 넓게 펼쳐진 인적 드문 곳. 폭력 범죄율이 높기로 유명하다—옮긴이)로 가는 중인지도 몰랐다.

닉이 물었다. "스타치 선생님이 아저씨네 진짜 이모는 아니죠, 그렇죠?"

"당연히 아니지." 트월리가 대답했다.

"그럼 선생님은, 음, 아저씨의 포로 같은 건가요?" 마르타가 대놓고 물었다. "우린 아저씨가 견학날 늪지에 있었다는 걸 알아요. 닉이 찍은 비디오에 아저씨가 나왔거든요. 지금 찬 탄약 벨트랑 똑같은 걸 차고요. 아저씨가 불을 지른 사람인가요?"

닉은 좌석에 털썩 기대앉았다. 편한 기분이기만 하면 마르타는 못 하는 소리가 없었다. 닉이 보기에, 트월리를 납치범에 방화범으로 몰기에는 타이밍이 나쁜 것 같았다.

그러나 그는 화내지 않았다. "성가신 질문이 많기도 하구나." 조금 재미있다는 목소리였다. "첫째, 난 친애하는 버니 이모님을 포로로 가둬 두고 있는 게 아니다. 그런 무모한 짓을 하려는 놈은 평생 후회하게 될 게 분명하지. 그리고 네 말이 맞다. 난 그날 검은 덩굴 늪지에 있었어. 하지만 내가 불을 지른 건 아니다. 다른 사람이 그랬어."

"스모크도 아니었어요, 그렇죠?" 닉은 이렇게 묻는 자기 목소리를 들었다.

"스모크?"

"진짜 이름은 드웨인 스크로드 주니어예요. 요전에 그 애가 이 차를 타고 가는 걸 마르타가 봤대요. 아저씨랑 같이 말이에요."

트윌리는 말했다. "난 원래 히치하이커를 잘 태워 주거든."

닉은 말을 이었다. "드웨인은 우리랑 같이 스타치 선생님 생물 수업을 들어요. 어제 형사가 와서 걔를 방화범으로 체포하려고 했는데, 걘 도망 갔어요."

마르타가 성급하게 끼어들었다. "그 애는 닉한테 자기는 결백하다고 했지만, 소방 부서가 화재 현장에서 그 애의 책가방을 찾았어요."

백미러에 비친 트윌리의 표정이 심각해졌다. "소방 부서에서 찾은 게 아니야. 어떤 민간인이 가방을 찾아서 방화 조사반을 부른 거야."

"그게 뭐가 달라요?" 마르타가 물었다.

"달라도 크게 다르지요, 공주님."

"어떻게 그걸 다 아세요?" 닉은 들떠서 물었다. "스모크를 보셨어요?"

"이제 잡담은 충분하다." 트윌리는 피자 상자 하나를 마르타에게 내밀 었다.

"질문 딱 하나만 더요, 부탁이에요." 닉이 애원했다. "그러고 나면 입 다 물고 있을게요. 그럴 거지, 마르타?"

마르타는 닉을 보고 빈정거림이 섞인 예의바른 미소를 짓더니 피자를 공격하기 시작했다. 트윌리는 손으로 운전대를 타닥타닥 쳤다.

"진짜 불을 지른 사람은 누구예요?" 닉이 물었다.

"그걸 알면, 내가……."

"아저씨가 어쩌겠다고요?"

"아무것도 아니다." 그러더니 트윌리는 라디오를 아주 크게 틀었다.

지미 리 베일리스가 응급실에 도착했을 무렵, 드레이크 맥브라이드는 이제 간호사들에게 소리를 질러 대지는 않고 있었다. 병원에서 그가 진정하고 정상적인 행동을 하도록 특별한 약물을 주사했기 때문이었다. 간호사들은 지미 리 베일리스에게 드레이크 맥브라이드가 떨어지면서 머리를 부딪힌 탓에 뇌진탕이 왔을 수 있으며, 갈비뼈도 몇 대 부러진 것 같다고 전했다.

"킹 선더볼트가 날 내팽개쳤어." 드레이크 맥브라이드가 어지럽고 기운 빠진 어조로 불평했다. "그러더니 내 가슴 위에서 망할 놈의 탭 댄스를 췄다고!"

지미 리 베일리스는 앉았다. "괜찮아지실 겁니다."

"의사의 진찰을 받게 해 주지도 않아!"

"기다리셔야죠, 다른 사람들처럼 말입니다."

"왜 그래야 하나? 난 다른 사람들하고는 다른데 말일세." 드레이크 맥브라이드는 끙끙거렸다. "현찰을 좀 집어 주면서 먼저 진찰받게 해 달라고 했는데, 갑자기 무례하게 버럭버럭 화를 내는 게 아니겠나……."

지미 리 베일리스는 그 자리에 없었던 게 다행이라고 생각했다. "간호사를 뇌물로 매수할 수는 없습니다. 병원은 그런 식으로 돌아가지 않거든요."

"뇌물이 아니었어. 팁이었다네." 드레이크 맥브라이드는 플라스틱 요강에 토하느라 잠시 말을 멈췄다. "부탁 하나 들어 주게, 형씨. 마구간에 가서 그 아무 짝에도 쓸모없는 말을 쏴 죽이게, 그래 주겠지? 그놈이 누군가를, 그러니까 이 몸을 병신으로 만들어 버리기 전에 말일세."

"그러죠, 사장님." 지미 리 베일리스는 드레이크 맥브라이드의 말을 다치게 할 생각이라고는 하나도 없으면서 대답했다.

토요일이면 으레 그렇듯, 병원 응급실은 북적거렸다. 드레이크 맥브라이드와 함께 대기실에 있는 이들은 모터 자전거를 타고 우편함을 들이받아 짓뭉개 버린 중년의 여인, 복식 테니스를 치다가 파트너의 공에 머리를 맞은 노신사, 그리고 경찰견에게 몸의 아주 은밀한 부분을 물려서 온 부루퉁한 표정의 젊은 도둑(의자에 수갑으로 묶여 있었다) 등이었다.

"주사 때문에 어지러워. 그리고 아직도 머리가 아파서 죽을 것 같네." 드레이크 맥브라이드가 말했다.

사장이 비실거리고 고통에 시달리는 상태였음에도, 지미 리 베일리스는 지금 밀고 나가 털어놓기로 작정했다. "사장님, 좋은 소식과 나쁜 소식이 있습니다."

드레이크 맥브라이드가 끙끙거렸다. "이 말만 해 두지. 나쁜 소식이 있다면 좋은 소식 따위가 있을 수는 없네. 나쁜 소식이 좋은 소식을 묻어 버리니까."

지미 리 베일리스는 목소리를 낮췄다. "경찰에서 22구역에 일어난 화재를 그 방화범 꼬마 짓으로 보고 있습니다. 우린 혐의가 풀렸다는 거죠."

"좋아, 또 뭔가? 난 지금 갈비뼈 아홉 군데가 골절되고 심각한 뇌손상을 입은 채 이러고 있으니 부디 어물거리지 말게."

지미 리 베일리스는 먼저 멜턴 애기부터 꺼냈다. "그 녀석이 또 기습 공격을 당했습니다. 이번에는 머리부터 발끝까지 불꽃같은 오렌지색 페인트를 칠해 놓고, 자기 트럭 보닛에 묶어 놨더군요."

"전처럼 홀딱 벗겨 놓고 말인가?" 드레이크 맥브라이드가 가냘픈 소리로 물었다.

“예, 사장님.”

“그 트럭은 레드 다이아몬드 회사 차량이었나?”

“다행히 외부인이 아닌 제가 발견했습니다. 안 그랬으면 신문에 실리고 어쩌면 폭스 TV에까지 났겠죠. 늪지 한가운데에 벌거벗은 오렌지 사나이가 있다고 말입니다.”

드레이크 맥브라이드는 침울하게 고개를 끄덕였다. “그래, 거 참 대단하군. 내 하루를 망쳐 줘서 고맙네. 가뜩이나 그 멍청한 말 때문에 지독하게 글러 버린 하루였는데 말일세.”

지미 리 베일리스의 말은 끝난 게 아니었다. “누가 그랬든, 그놈들은 트럭의 앞바퀴 차축을 빼 가 버렸습니다.”

“회사 트럭 말이지.”

“예, 사장님.”

“난 좀 누워야겠네.” 드레이크 맥브라이드는 의자에서 미끄러져 내려와 바닥에 대자로 드러누웠다. 보호자와 함께 앉아 있는 다른 환자들은 그를 무시했다.

“더 있습니다.” 지미 리 베일리스가 말했다. “오늘 아침 세차장에 있는데 수렵 관리인이 전화를 했습니다. 멜턴의 페인트를 벗기려고 세차장에 데려갔었거든요.”

드레이크 맥브라이드는 신음했다. “주 소속인가, 아니면 연방 소속 수렵 관리인인가?”

“연방 소속입니다. 자기 말로는 산불 관리 요원이라고 하더군요.”

“아, 설마 그 얘긴 아니겠지.”

“맞습니다. 우리 채굴지 가까이에 야생 퓨마가 있다는 보고를 받았다더군요. 가능한 한 빨리 와서 확인해 보고 싶답니다."

드레이크 맥브라이드는 일어났다. "그래서 뭐가 문제인가? 퓨마는 가 버렸다고 자네가 말했잖은가. 총 소리에 놀라 달아나 버렸다고."

사장이 그리 머리가 잘 돌지 않는다는 건 지미 리 베일리스도 진작 알 았지만, 머리부터 떨어진 탓인지 오늘따라 둔한 정도가 유별났다.

산불 관리 요원이 꼭 살아 있는 퓨마를 찾아야만 레드 다이아몬드 에 너지 사에 중대한 문제가 생기는 건 아니었다. 그가 만일 반쯤 남은 발자 국이나 작디작은, 오래 묵은 똥 조각이라도 본다면, 정부가 개입하여 석 유 채굴 작업을 감독할 거고, 어쩌면 아예 중지시킬지도 모르는 일이었다.

"멸종 위기종 보호법은 까다로운 놈입니다." 지미 리 베일리스는 드레이 크 맥브라이드에게 일깨워 주었고, 그는 욕설을 내뱉으며 다시 때 묻은 바닥 위에 뻗어 버렸다.

"수렵 관리인 나리가 돌아다니다 22구역까지 와서, 우리가 벌이는 조 그만 비밀 프로젝트를 발견해 내면 어떡할 건가? 그 땅은 위대한 플로리 다 주 소유지 우리 것이 아니니 뭐라 변명을 늘어놓아야 하지 않겠나."

"뭔가 생각해 보죠. 적어도 열흘만 있으면 전송 파이프를 묻을 수 있 을 겁니다. 그러니 관리인이 21구역만 집중해서 보게 하면 우린 안전할 겁니다."

"그리고 그 동안 그 망할 놈의 퓨마가 싸 놓고 간 오래된 똥 덩어리를 싹 치워 버릴 자네의 비결이 뭔지 좀 듣고 싶군."

지미 리 베일리스는 퓨마 똥을 찾아서 없애 버릴 전략이라고는 짜놓지 않았다. "640에이커 넓이입니다. 우리가 할 수 있는 건 한바탕 큰 비가 쏟 아지길 바라는 것뿐입니다."

"이런 건조기에 말인가? 거 참 재미있군." 드레이크 맥브라이드는 손으로 얼굴을 가리고 바닥에 누운 채 몸을 양옆으로 흔들었다. "난 여기서 죽는 게 낫겠네." 그는 비참하게 말했다.

지미 리 베일리스도 딱히 행복하거나 태평스런 기분은 아니었다. 2주 전만 해도 그는 코스타리카의 부동산 책자를 보면서 레드 다이아몬드 사의 석유 사기극으로 벌게 될 수백만 달러를 어떻게 쓸지 몽상에 잠겨 있었다. 그런데 이제는 어떡하면 감옥행을 피할까 걱정하고 있으니.

"멜턴의 봉급을 크게 올려주어야 합니다. 이번 일로 무척 골이 났고, 그 녀석이 온 동네에 떠벌리고 다녀서는 안 되지 않습니까."

"오렌지색 페인트는 벗겨졌나?" 드레이크 맥브라이드가 물었다.

"대부분은요. 어떤 부위는 지우기가 힘들더군요."

"누가 계속 그런 짓을 하는지 알아보고 그만두게 하게. 무슨 수를 써서라도."

"그럴 계획입니다. 걱정 마십시오."

엄격한 얼굴에 어깨가 떡 벌어진 간호사가 다가와서 지미 리 베일리스에게 사장을 의자에 도로 앉히라고 지시했다. "다음 차례예요. 말벌에 쏘인 여자 분하고 바비큐 굽다 덴 남자 분 다음이요."

"하느님 아버지께 영광 있으라." 드레이크 맥브라이드는 중얼거리고, 일어서려고 애를 썼다.

트윌리 스프리는 외향적인 성격이 아니었고, 일반적으로 인간보다 동물을 친구로 두는 편을 좋아했지만 모든 관계에 있어 신중하려고 노력했다.

한 번은 좀 명한 개 한 마리와 지나치게 정이 든 적이 있었다. 한 번 따끔한 맛을 봐야 할 멍청한 주인의 손아귀에서 납치해 온 개였는데—사실은 한 번이 아니라 여러 번 따끔한 맛을 보여 주었다—개와 헤어질 때가 되자 트윌리는 너무나 슬프고 공허한 기분이 들어, 정드는 것이 위험하다고 느꼈다. 그런 감상적인 기분은, 그가 생각하기에, 임무에 방해가 될 뿐이었다.

차 뒷자리에 있는 두 아이는 그리 밉지 않았고 분명 착한 의도인 것 같았으나, 트윌리는 검은 덩굴 늪지까지 가는 내내 방어적인 자세로 입을 다물고 있었다. 그는 스스로를 '스모크'라고 하는 소년, 이제는 도망자가 되어 도움이 필요한 소년을 생각하고 있었다.

트윌리는 드웨인 스크로드 주니어가 누명을 썼다는 사실 때문에 마음이 편치 않았고, 그 음모 뒤에 레드 다이아몬드 에너지 사가 도사리고 있다고 의심했다. 회사의 채굴 현장에서 일하는 누군가가 방화 조사관을 불렀었다. 전날 트윌리는 한참 떨어진 사이프러스 나무에 올라가 그 짧은 만남을 지켜보았었다. 그때는 도난당한 책가방에 대해 몰랐지만, 도망 중인 드웨인과 얘기를 나눠 보고, 후에 보안관 사무소의 수다스러운 비서와 대화를 나눈 뒤 이야기 전체를 짜맞출 수 있었다.

트윌리는 레드 다이아몬드 사에서 죄 없는 아이에게 중죄 혐의를 뒤집어씌우려고 하는 유일한 동기는 회사가 방화와 관련이 있음을 감추기 위해서라고 추리했다. 레드 다이아몬드가 왜 견학 온 아이들을 쫓아내려고 불을 질렀는지 그는 몰랐지만, 여러 가지 가설을 세우고 있었다.

레드 다이아몬드 사는 신설 회사였으므로 인터넷에서 알아볼 수 있는 정보는 거의 없었다. 그러나 트윌리가 고용한 사립 탐정들이 회장이자

CEO인 인물의 이름이 드레이크 W. 맥브라이드라는 걸 알아냈으니, 이제 시작이었다.

그 동안 트윌리는 21구역 급습을 계속했는데, 똑같은 머저리가 불쌍하게도 두 번이나 그의 손에 걸려, 두 번 다 꽤 호되게 당했다.

트윌리는 누군가 어깨를 두드리는 것을 느꼈다. 뒷좌석에서 닉 워터스라는 소년이 물었다. "라디오 좀 꺼 주시면 안 돼요?"

"안 돼."

"그럼 적어도 다른 데 틀어 주세요." 마르타라는 소녀가 말했다.

"싫은데." 트윌리는 운전할 때 클래식 록만 들었다. 예외는 없었다.

닉이 머뭇거리다가 물었다. "스타치 선생님 밑에서 일하세요?"

"아까 말했다. 질문은 그만 하라고. 피자나 먹어라."

마르타가 말했다. "얘는 버섯이나 올리브는 싫어해요."

"안됐구나." 트윌리는 폴폴 풍기는 치즈 냄새를 날려 보내기 위해 창문을 열었다. "알고 싶다면 말하겠는데, 난 누구 밑에서도 일하지 않는다. 난 소위 말하는 '고용할 수 없는' 사람이거든."

"아저씨는 무슨, 홈리스 같은 건가요?" 마르타가 물었다.

"정반대야. 난 어디서든 살 수 있거든." 트윌리는 한적한 길에 차를 세우고 두 아이를 내버려 두고 싶은 충동에 사로잡혔지만, 나중에 두 아이가 도움이 될지 모른다고 생각했다. 다른 것은 다 접어두더라도, 누군가 자신에게 신경 써 준다는 사실은 드웨인 주니어에게 도움이 될 테니까.

트윌리는 29번 도로에서 꺾어 먼지투성이 농장길로 접어들었다. 몇 분 지나자 프리우스는 한때 벌목 작업을 위한 철도 지선이었던 울퉁불퉁하고 풀이 무성한 길 위에서 위아래로 몹시 흔들렸다. 길은 '무단 진입 금지'

라고 쓰인 녹슨 팻말이 붙은 망가진 대문이 있는 데서 끝났다. 트윌리는 거대한 기생 무화과나무 아래 차를 대고, 라디오를 끄고, 승객들에게 얌전히 있으라고 일렀다. 석유 회사의 헬리콥터가 내는 높은 소음이 들리지 않나 귀를 기울였지만, 하늘을 고요했다.

그는 잽싸게 차 밖으로 나와 그럴 목적으로 쌓아 둔 나뭇가지와 양치류 잎새로 차를 감췄다. 외팔이 닉 워터스는 열심히 도왔지만, 마르타라는 여자아이는 걱정스러운 듯 멀찍이 떨어져 서서는 트윌리에게 보란 듯이 휴대폰을 내밀어 보였다.

"리비 마셜이 내 단축번호 2번이고 걔네 아빠는 보안관 사무소 형사예요. 그러니까 이상한 생각 같은 건 하지도 말아요." 마르타는 경고했다.

트윌리는 미소를 지었다. "성질 죽이려고 노력해 보마. 너희들, 걸을 준비는 됐냐?"

"물론이죠." 닉이 말했다.

"얼마나 먼데요?" 마르타가 물었다.

20분 동안 무릎까지 차는 늪 속을 걸어가고 나자, 마르타는 아까보다 더 큰 소리로 다시 한 번 물었다.

트윌리는 손가락 하나를 입술에 대 보이고는 계속 나아갔다. 그는 앞장서서 나무도 없는 늪지 사이로 난 수렁 투성이 길을 지나가 소나무가 서 있는 단단한 평지에 이르렀다. 거기서 그는 최근에 난 흰꼬리사슴, 살쾡이, 너구리의 흔적을 보았지만, 일일이 멈춰 서서 그 흔적과 똥을 가리켜 보인 것은 아니었다. 자연 가이드 노릇을 할 시간은 트윌리에게 없었다. 그는 서두르고 있었다.

닉이라는 소년은 왼손으로 피자 상자를 든 채 트윌리의 옆에 따라붙었다. 그는 숨죽인 소리로 물었다. "여기 퓨마가 있나요?"

"견학 갔던 날 울음소리 못 들었냐?"

"아니에요, 그건 아저씨였잖아요. 아닌가요?"

트윌리는 윙크를 하고는 고개를 저었다.

"그럴 리가!" 닉은 짜릿한 스릴을 느낀 것 같았다.

마르타라는 소녀는 몇 걸음 뒤쳐져서 잔소리를 늘어놓고 있었다. "왜 보통 사람들처럼 판잣길로 가면 안 되는 거예요? 새로 산 컨버스가 완전히 쓰레기가 됐단 말이에요!"

붉은어깨매 한 마리가 발톱으로 생쥐를 움켜쥐고 머리 위로 날아갔다. 다시 한 번 트윌리는 귀를 기울였다. 위에서 들리는 소리라고는 딱따구리가 죽은 나무에 구멍을 뚫는 소리뿐이었다.

마르타는 두 사람을 따라잡자 말했다. "이건 정말 어이가 없어요. 스타치 선생님은 어디 계세요?"

트윌리는 두 손가락을 입에 넣고 휘파람을 불었다. 아무 대답도 없었는데, 그건 미리 약속해 둔, 계속 들어와도 좋다는 신호였다.

갑자기 마르타가 내뱉었다. "닉, 이 사람이 정말로 우릴 스타치 선생님한테 데려가는 게 아니면 어떡하지? 우릴 토막 내서 악어 밥으로 주면 어떡해?"

"인간 살은 질기단다. 악어는 물고기를 더 좋아해." 트윌리는 대꾸하고 계속 걸었다.

닉은 계속 그의 곁에 붙어 있었다. "그냥 겁먹어서 저러는 거예요." 그는 속삭였다.

트윌리도 이해했다. 자기가 별로 믿을 만하게 생기지 않았다는 건 본인이 제일 먼저 알았으니까.

"곧 모든 일이 명확해질 거다. 어느 정도는 말이다."

"전 아저씰 믿어요."

"글쎄다, 닉 워터스, 나라면 그렇게까지는 안 하겠다."

"우리 아버지는 늘 제 직관을 믿으라고 하셨어요."

"너희 아버진 이라크에서 아주 심하게 다쳤지, 안 그러냐?"

닉은 몹시 당황한 듯했다. "어떻게 아셨어요?"

"드웨인이 그 얘길 하더라. 넌 전에 말했던 것처럼 라크로스를 하다 팔을 다친 게 아니지, 안 그러냐?"

"그래요. 거짓말이었어요."

"그럴 줄 알았지. 이렇게 뒤로 붙잡아맨 팔은 본 적이 없으니까." 트윌리는 닉의 오른쪽 어깨 뒤로 셔츠 밑에서 튀어나온 괴상한 혹을 툭 쳤다.

"제 팔은 아무렇지도 않아요. 전 왼손잡이가 되는 법을 익히고 있는 거예요."

"너희 아버지가 그래야 하는 것처럼 말이지."

닉은 끄덕이고는 입을 다물었다.

"장하구나." 트윌리가 말했다.

그는 닉 워터스가 자기 아버지에 대해 마음을 쓰는 것처럼 자기가 자기 아버지에게 마음을 썼던 적이 한 번이라도 있는지 기억을 되짚어 보았다. 어릴 적 기억들이 그렇듯, 아버지에 대한 감정은 아주 복잡했다.

두 사람의 뒤에서 마르타가 소리쳤다. "둘 다 행복하길 바라요. 난 물집 위에 물집이 난 지경이라고요!"

이제 그들은 트윌리가 어젯밤에 피웠던 모닥불의 나무 냄새 나는 연기를 맡을 수 있을 정도로 가까이 와 있었다.

"마지막으로 야생 퓨마를 본 게 언제였냐?" 그는 닉에게 물었다.

"한 번도 본 적 없어요."

"그럼 너 오늘 재수 좋은 날이구나."

제19장

비밀 캠프는 얽히고설킨 나뭇가지가 천막처럼 드리운 아래, 그늘 속에 있었다. 그곳에는 두 개의 소형 텐트와 모닥불 구덩이가 있었다. 바닥에 고정된 빛바랜 초록색 방수천은 가슴 높이까지 쌓인 물품들을 덮어 주었다.

텐트 하나의 문이 열리더니 후리후리한 모습 하나가 기어 나왔다. 스타치 선생님이었다. 선생님은 천천히 일어나서 몸을 툭툭 털었는데, 닉과 마르타를 보자 눈이 번쩍 타올랐다.

"이게 대체 무슨 일이지?" 선생님은 물었다.

"애들이 날 차째로 납치했어요. 뭐, 그런 거죠."

스타치 선생님이 얼굴을 찌푸렸다. "아, 제발."

냉담한 응대에도 불구하고, 닉은 생물 선생님이 다친 데 없으며 까칠한 성미도 여전히 그대로임을 보자 마음이 놓였다. 밀짚모자만 빼면 선생님은 견학 날 입었던 옷을 그대로 입고 있었다. 헐렁한 긴소매 셔츠, 캔버스 바지, 진창용 장화. 그럼에도 불구하고 스타치 선생님은 달라 보였다. 더 나이 들고, 더 피로한 모습이었다. 짙은 화장은 간 데 없고, 포니테일로 대충 묶은 염색한 금발 뿌리께에서는 커피색 머리가 보였다. 거대한 잠자리 선글라스는 보이지 않았다.

"이제 선생님이 얘들하고 놀아줄 차례예요. 난 똥 순찰 돌러 갑니다." 트윌리는 이렇게 말하고 숲 속으로 어슬렁어슬렁 들어갔다. 닉은 그가 볼일을 보러 가는 거라고 생각했다.

스타치 선생님은 교실에서 그러는 것처럼 왔다갔다 걸어 다니기 시작했다. 그 동작에 마르타는 언제나처럼 잔뜩 긴장해서, 얼굴은 녹색이 되고 토할 것 같은 표정이었다. 닉은 피자 상자를 나무 그루터기에 올려놓았다.

"어디 너희들이 뭐라고 하는지 한 번 들어볼까?" 스타치 선생님이 말했다.

마르타는 말할 상태가 아니었고, 닉은 아직 그럴싸한 변명을 지어내지 못했다. 생각해 낼 수 있는 제일 좋은 대답은 하나밖에 없었다. "걱정되어서요."

"걱정된 거니, 아니면 그냥 들쑤시고 싶었던 거니?" 스타치 선생님이 쏘아붙였다. "우리 집에 몰래 들어온 것도 충분히 무례했는데, 이젠 여기까지?"

닉은 뭔가에 감싸인 듯한 희미한 울음소리를 들은 것 같았지만, 어디서 나는 소리인지 알 수 없었다. 마르타는 아직도 휴대폰을 움켜쥔 채 모닥불 구덩이 근처에 있는 통나무에 앉아 구역질을 떨쳐 버리려고 심호흡을 하고 있었다.

북쪽에서 바람이 일어 공기에 짜릿한 서늘함을 불어넣었다. 스타치 선생님이 두 사람 앞에서 앞뒤로 걸어 다닐 때마다 마른 잔가지와 잎사귀가 바스락바스락 밟혔다. 지금 보니 선생님은 닉이 기억하는 만큼 키가 크지 않은 것 같았다.

"너희는 여기 올 권리가 없어. 전혀 없다고." 선생님이 말했다.

마르타가 힘없이 손을 들었다. "전부 닉의 생각이었어요."

"분명 그랬겠지."

"저희는 그냥 무슨 일이 벌어지는지 알고 싶었을 뿐이에요." 닉은 말했다.

"더 자세히 말해 봐라."

"좋아요. 그 화재요. 화재 얘기를 해 주세요."

"아."

"그리고 스모크도요…… 그러니까 드웨인 주니어요."

스타치 선생님은 걸음을 멈추고 주먹 쥔 손을 허리에 갖다 댔다. "또 있니?"

"네." 닉은 말했다. 물어볼 게 너무 많았다.

마르타가 기죽은 소리로 말했다. "선생님 집 말예요, 그 박제된 동물들은……."

스타치 선생님은 항의한다는 뜻으로 깡마른 집게손가락을 흔들었다. "자, 그건 개인적인 일이다. 지나치게 개인적인 질문이야."

다시 한 번 닉은 이상한 울음소리를 들었다. 베갯잇 속에 갇힌 새 같은 소리였다. "저건 뭐죠?" 닉은 스타치 선생님에게 물었다.

선생님은 걱정스레 뒤를 돌아보았다. 얼룩진 그늘 안에 있으니 턱에 난 모루 모양 상처는 너무 짙어서 거의 보라색으로 보였다.

"난 아무 소리도 안 들렸는데." 마르타가 말했다.

스타치 선생님은 닉과 코가 맞닿을 정도로 허리를 숙였는데, 바로 밑에서 올려다보니 선생님의 코는 그리 매력적이지 않았다. 진흙이 묻고 벌레 물린 작은 상처인 듯한 흔적이 가득했던 것이다.

"너희들에게 아주 대단한 걸 보여 주마. 하지만 둘 중 하나라도 누구한테 발설하는 날엔, 너희들이 이 일에 대해 한 마디라도 지껄이는 날엔, 맹세코 내가…… 내가……."

"저희를 낙제시킬 건가요?" 닉이 말했다.

"저희를 죽일 건가요?" 마르타가 물었다.

"더 심해!" 스타치 선생님이 외쳤다. "너희들을 존중하는 마음을 전부 버릴 거다. 전부 말이야."

닉은 눈을 깜빡였다. 스타치 선생님이 자신들을 존중하긴 했었다는 사실 자체가 그에겐 전혀 뜻밖이었다. 마르타의 당황한 반응으로 보아 마르타 생각도 마찬가지인 모양이었다.

"너희 둘 말고는 아무도 알아선 안 돼." 선생님은 강압적으로 말했다. "너희 엄마나 아빠든, 페이스북에서 만나는 수다스러운 조무래기 친구든, 멀리 아칸소 주 구즈 폴스에 사는 팔촌이 됐든, 아무도 말이야. 명확히 알아듣겠니?"

"종소리처럼 명확하게요." 닉이 중얼거렸다.

스타치 선생님은 닉의 왼쪽 어깨를 붙잡았다. "이건 사느냐 죽느냐의 문제야." 선생님은 속삭였다. "이해할 수 있겠니?"

"아무에게도 말하지 않을게요." 닉이 대답했다.

"사느냐 죽느냐라고 했다." 스타치 선생님은 다시 한 번 말하고는 네 발로 기어서 텐트 안으로 서둘러 들어갔다.

예상했던 대로 지역 신문과 TV 방송국에서는 드웨인 스크로드 주니어를 방화로 체포된 전적이 있는 '무명의 청소년'이라 언급했다. 그러나 당국에서 드웨인의 이름을 다 밝혔더라도, 드레슬러 교장의 안정적이고도 꼼꼼히 계획된 삶이 더 산산조각 날 수는 없었을 것이다.

트루먼 재학생, 방화로 수배 중, 경찰을 피해 달아나다

이는 학교 위원회로 하여금 일요일에 긴급회의를 열게 한 불쾌한 헤드라인 중 딱 한 가지에 지나지 않았다. 위원들은 커다란 고민에 빠져 드레슬러 교장에게 가차 없는 질문을 퍼부었고, 교장은 할 수 있는 한 대답했다.

몇 가지 비판은 교장이 듣기에 상당히 불공평한 것이었지만, 그는 굳이 에너지를 낭비해 가며 스스로를 변호하지 않았다. 방 안의 분위기는 너무도 절박했는데, 이해할 만한 것이었다. 트루먼 학생이 중범죄 혐의를 썼다는 것만 해도 충분히 불명예스럽건만, 미디어에서는 드웨인 스크로드 주니어가 탈출해 미친 듯이 교내를 질주한 사건을—보안관 대리가 숨이 차서 포기할 정도로—선정적으로 보도하여 위원들의 열을 더 올렸다.

정확히 말하면 방화범을 체포해 수갑 채우는 일은 그의 임무가 아니었

지만, 드레슬러 교장은 수업 중일 때 형사와 아이를 만나게 한 죄로 자신이 처벌을 받거나, 어쩌면 해고되리라는 예상까지도 하고 있었다.

결국 위원회는 투표를 통해 교장에게 징계 처분을 내리기로 결정하고 그에게 드웨인 스크로드 주니어를 즉시 퇴학시키라고 명했다. 드레슬러 교장이 드웨인 주니어의 할머니가 매년 트루먼에 막대한 금액을 기부한다는 점을 지적하자, 위원들은 재빨리 다시 한 번 투표를 시작했다. 이번에는 사건이 법정으로 가서 트루먼 학교에서의 드웨인의 지위를 재고해 볼 수 있을 때까지 그를 '일시 정학' 시키자는 결정이 나왔다.

드레슬러 교장에게는 두 가지 달갑지 않은 일거리가 떨어졌다. 하나는 드웨인 주니어의 부유한 할머니 밀리센트 윈십에게 이 일을 알리는 것이고, 다른 하나는 괴상한 아버지 드웨인 스크로드 씨에게 알리는 것이었다. 교장은 동전 던지기로 어느 것을 먼저 할지 정했고, 이제 스크로드 가로 운전해 가고 있었다.

도로를 따라 내려가면서 그는 보안관 대리 한 명이 한쪽 길모퉁이에 순찰차를 탄 채로 있다는 것을 눈치 챘다. 다른 쪽에는 어둡게 칠한 창문이 달린 검은 세단 한 대가 있었다. 위장 경찰차를 탄 다른 경찰관임이 분명했다. 그들은 드웨인 스크로드 주니어가 집에 몰래 들어가려고 하면 붙잡으려고 기다리고 있었는데, 드레슬러 교장이 보기에는 그렇게 눈에 띄어서야 잘 될 성 싶지 않았다.

교장은 드웨인 아버지의 낙서투성이 타호 옆에 차를 댔다. 창문에서는 전과 같이 교향곡이 흘러나왔다. 이번에는 바흐가 아니라 베토벤이었다. 드레슬러 교장은 머뭇머뭇 차에서 나와 계단을 터벅터벅 올라가 덧문을 두드렸다.

스테레오가 멈추고 귀에 거슬리는 목소리가 소리쳤다. "들어오시오! 빨리!"

"스크로드 씨?"

교장은 조심스레 안으로 발을 들이밀었다. 드웨인 스크로드 씨는 인조 가죽 안락의자에 파묻혀 TV 앞에 앉아 있었다. 화면은 나오지만, 소리는 줄여둔 채였다. 스크로드 씨의 모자는 머리에 비뚜름하게 얹혀 있고, 빛 바랜 셔츠는 허리까지 단추가 풀려 있었다. 올이 드러날 정도로 닳아빠진 의자 팔걸이에는 그 거대한 청금강마코앵무새가 앉아 있었다.

"당신 기억나오." 스크로드 씨는 드레슬러 교장에게 멍하게 말했다. "나 딘도 기억하지."

"앉아도 됩니까?"

"안 되오. 할 말 얼른 하고 가던 길 가시오. 오늘만 해도 벌써 너무 많은 손님을 받았으니까." 스크로드 씨는 TV 화면에서 눈을 떼지 않았다. 새 역시 TV에 홀린 것 같았다.

"뭘 보고 계십니까?" 드레슬러 교장이 물었다.

"요리 쇼. 프랑스 방송이지."

교장이 퍼뜩 떠올렸던 것과는 거리가 멀었다. 스크로드 씨의 거친 외모로 보아, 교장은 그가 토요일 아침이면 프로레슬링이나 자동차 파괴 경기를 볼 거라고 예상했던 것이다. 그러나 표지로 책을 판단할 수는 없는 거니까, 라고 드레슬러 교장은 스스로에게 일깨웠다. 어쨌거나 클래식 음악을 좋아하는 남자 아닌가.

스크로드 씨는 마운틴 듀를 한 모금 들이키고는 말했다. "주니어의 엄마는 파리에 살지. 우린 애 엄마가 이 TV쇼에 나올지도 모른다고 생각했소. 특히 치즈가 들어가는 요리를 할 때면 말이오. 애 엄마는 가게를 하나 하는데, 거기선 그것만 파오. 비싼 치즈 말이오! 상상이 가쇼?"

드레슬러 교장은 뭐라고 해야 할지 몰랐다. 그는 코트 주머니에 손을 뻗어 학교 카페테리아에서 사 온 양파 크래커 두 갑을 꺼냈다. "나딘에게 주려고 사 왔습니다."

새는 번개처럼 날아와 교장의 손에서 선물을 낚아채고는 의자로 도로 날아가 앉았다.

스크로드 씨는 버릇이 없다며 마코앵무새를 꾸짖었다. "이분에게 뭐라고 해야 하지, 나딘?"

"정말 고맙습니다!" 새가 깩깩거렸다. "당케 쉰! 메르시 보쿠!"

드레슬러 교장은 그대로 밀고 나갔다. "드웨인 주니어에 대해 말씀 나누려고 왔습니다. 지금까지 일어난 일을 고려해 볼 때, 죄송하지만 아드님을 정학시켜야 할 것 같습니다."

스크로드 씨는 마침내 고개를 돌려 교장을 똑바로 쳐다보았다. "그 애기를 개 할머니한테 전해 줄 사람이 나는 아니었으면 좋겠군."

"아닙니다, 선생님. 그건 제 소관입니다. 뉴스 보셨습니까?"

"봤소. 적어도 이름은 안 밝혔더군."

"상황은 매우 심각합니다."

스크로드 씨도 동의했다. "정말 유감스런 일이기도 하오. 지난 두 주 동안 DJ는 꽤 오래 책에 파고들고 있었거든. 그러다가 이 말도 안 되는 일이 갑자기 터진 거요." 그는 소맷부리에서 크래커 한 조각을 털어내더니 말했다. "나딘, 돼지처럼 지저분하게도 먹는구나."

주인과 새는 다시 프랑스 요리 쇼로 관심을 돌렸다. 드레슬러 교장은 엉뚱한 자리에 있는 듯한 기분에 다음에는 뭘 해야 할지 모르는 상태로 서 있었다. 트루먼 학교의 교장으로서, 이런 힘겨운 순간에는 학부모에게 뭔가 현명하고 도움이 될 만한 이야기를 해 줘야 할 의무가 있었지만, 드웨인 스크로드 씨 같은 인물은 한 번도 다뤄본 적이 없었다.

"한 가지만 더 말씀드려도 될까요?" 드레슬러 교장이 물었다.

"좋소, 하지만 당신이 크래커를 가져왔기 때문에 들어주는 거요."

"아드님이 할 수 있는 최상의 행동은 경찰에 자수하는 겁니다. 최대한 빨리 말입니다."

스크로드 씨는 모자를 긁적였다. "당신 말이 맞을지도 모르지만, 아니면 어떡하오? 그러면 주니어는 어떻게 되는 거요?"

"스크로드 씨, 경찰은 결국 드웨인을 잡고 말 겁니다. 그리고 경찰 손에 잡히면 두 배나 심하게 괴롭힐 겁니다. 드웨인을 보시면 꼭 좀 그렇게 전해 주십시오."

"젠장, 직접 말하쇼. 야, 주니어?" 스크로드 씨는 몸을 똑바로 당겨 앉더니 목소리를 높였다. "DJ 이리 나오너라!"

드레슬러 교장의 귀에 삐걱대는 문소리가 들리더니, 뒤이어 복도를 걷는 발소리가 울렸다. 드웨인 스크로드 주니어가 나타났는데, 차분하지만 심각한 표정이었다. 전투복 무늬의 사냥꾼 스타일 옷을 입고 한쪽 옆구리에 오토바이 헬멧을 끼고 있었다.

도망중인 범인을 눈앞에서 본 적이라고는 한 번도 없던 교장은 드웨인 주니어보다 더 안절부절못하는 기분이었다. "여기서 뭘 하고 있나?" 그는 물었다.

"빨래요." 드웨인 주니어는 당연하다는 듯 대답했다.

"하지만 길 양쪽 끝에 경찰이 진을 치고 있던데?"

"전 뒤쪽으로 들어왔거든요." 드웨인이 설명했다. "옆집 마당으로요. 그 사람들은 졸포 스프링스에서 열리는 로데오를 보러 갔어요."

스크로드 씨가 말을 꺼냈다. "주니어, 이분 말이 네가 학교에서 정학당했다고 하는구나."

"헉."

"그리고 네가 네 발로 경찰에 가야 한다고도 하시는데."

"예, 그렇겠죠." 드웨인 주니어가 말했다.

나딘이 새된 비명을 지르고는, 의자에서 날아올라 크래커가 더 없나 찾으려고 드레슬러 교장 주변에서 파드득거렸다. 교장은 머리를 푹 숙였으나 헛수고였다. 마코앵무새는 교장의 목덜미 한복판에 내려앉더니 굵은 부리로 그의 머리카락 사이를 헤집어 댔다.

"나딘!" 스크로드 씨가 야단쳤다.

"살려주십시오." 드레슬러 교장이 가련하게 애원했다.

드웨인 주니어는 새를 붙잡아 현관문 밖에 놓아 버렸다. 그의 아버지는 한숨을 쉬더니 의자에 등을 기대고 요리 쇼에 눈을 돌렸다. 드레슬러 교장은 나딘이 혹시 구역질나는 작은 선물을 남겨두지는 않았나 싶어 셔츠 목깃을 조심스레 살펴보았다.

"저 새는 정말 골칫덩이예요." 드웨인 주니어가 바지에 손을 문질러 닦으며 투덜거렸다.

"나 피 나니?" 드레슬러 교장이 물었다.

"그냥 긁힌 정도예요. 집에 가서 깨끗하게 씻어내세요."

교장은 신중하게 힘을 주어 다음 말을 했다. "드웨인, 영원히 도망치고만 있을 수는 없네."

"그럴 생각은 아니에요."

"자네에게 변호사가 있다면, 변호사도 즉시 경찰에게 자수하라고 충고할걸세."

"그리고 전 변호사에게도 지금과 똑같은 대답을 할 거예요. 감옥에 갇혀서는 내가 결백하다는 걸 증명할 수 없다고요."

"드웨인, 들어보게나."

"아뇨, 선생님이 들으세요. 전 불을 지르지 않았어요. 그리고 전 앉아서 억울하게 당하고 있지는 않을 거예요."

드웨인 주니어는 화난 표정이었는데, 연기하는 것 같아 보이지는 않았다. 교장은 말썽을 일으킨 학생들이 늘어놓는 서투른 거짓말과 꾸며낸 이야기를 몇 년에 걸쳐 수없이 들어 왔고, 스스로가 잘 속아 넘어가지 않는 사람이라 생각했다. 드웨인 주니어의 눈빛을 보며, 드레슬러 교장은 소년의 말이 진실일지도 모른다고 생각했다.

"만일 자네가 방화범이 아니라면, 누구란 말인가?"

"저야 모르죠."

"자네 책가방이 늪지에서 발견된 일은 어떻게 된 건가?"

드웨인 주니어는 어깨 너머로 아버지 쪽을 힐끗 보더니 목소리를 낮췄다. "아버지는 세금 징수원이 우리 집에 와서 가방을 훔쳐갔다고 하지만, 누가 알겠어요. 아버진 정신이 엉뚱한 데 팔려 있을 때가 가끔 있거든요."

커다란 철썩 소리가 들려 바라보니 나딘이 거대한 나방처럼 덧문에 매달려 있었다. 스크로드 씨가 TV에서 눈을 떼고는 주먹을 흔들었다. "죄송하다고 사과할 때까지 들여보내 줄 생각도 하지 마라! 3개 국어로 다 말이야!"

드웨인 주니어는 아랑곳하지 않았다. 그는 드레슬러 교장에게 말했다. "이번엔 제가 질문이 있어요."

"해 보게." 교장은 기꺼이 뭔가 상식적인 도움말을 해 줄 작정이었지만, 드웨인이 원하는 바는 그런 게 아니었다.

"툭 터놓고 말해 주세요. 이 집에서 나가신 다음에, 경찰에 가서 제가 여기 있다고 알리실 건가요?"

드레슬러 교장은 망설였지만, 아주 잠시였을 뿐이었다. 스스로가 내놓은 대답에 그는 자신도 놀라고 말했다. "아닐세, 드웨인. 한마디도 안 하겠네. 약속하지."

"고마워요, 쌤." '스모크'라는 별병의 소년은 그렇게 말하고는 복도 저편으로 사라졌다.

스타치 선생님은 밀짚모자를 꼭대기가 아래로 가게 하여 뭔가를 안아들고 텐트에서 나왔다. 모자가 울음소리를 내는 것 같았다.

"이제 조용히 해라." 스타치 선생님이 말했다. 그리고는 아주 나직하게 마르타에게 속삭였다. "천막 아래에 우유병이 가득 담긴 아이스박스가 있단다. 한 병만 가져다 줄래?"

스타치 선생님은 모자를 무릎에 얹은 채 사이프러스 나무 발치에 책상다리로 앉았다. 선생님은 우유병을 손으로 덥히고, 뚜껑을 열더니, 고무젖꼭지를 달았다. 닉과 마르타는 선생님 앞에 무릎을 꿇고 앉았다. 모자 안을 들여다보니 꿀빛 털이 난 동그란 것이 꼼지락거리고 있었다.

그때까지 보았던 어떤 아기 동물과도 닮지 않은 모습이었다.

"졸졸이라는 이름을 붙였단다. 하루 종일 오줌을 싸거든."

자그마한 짐승은 우유병에 달려들더니 시끄럽게 빨아 대기 시작했다. 마르타가 쓰다듬으려고 손을 내밀자 스타치 선생님이 그 손을 막았다. "첫 번째 규칙, 귀여워해 주지 말 것."

"정말 굉장해요." 마르타가 스타치 선생님이 야단치지 않을 정도로 조금씩 다가붙으며 속삭였다. "이게 뭐예요?"

"닉은 분명 알 게다."

닉이 말했다. "아기 퓨마군요."

스타치 선생님 집에서 보았던 박제 동물의 살아 숨쉬는, 조그마한 버전이었다.

선생님이 미소를 지었다. "정확해. 플로리다 퓨마란다. 학명은?"

"퓨마 콘콜로르 코르이."

"이번에도 정확히 맞췄다. 수업 계획서를 읽는 사람이 있긴 있었구나! '펠리스 콘콜로르 코르이'라고 해도 맞지만, '퓨마'가 좀 더 시적이지. 남아메리카 일부 지역에서 퓨마라는 단어는 '힘 센 마법의 동물'을 의미한단다."

닉의 눈에 아기 퓨마는 이국적이면서도 섬세한, 비현실적인 아름다움을 지닌 존재로 비쳤다. 털가죽에는 나이가 들면 흐릿해져 사라질 점박이 무늬가 있고, 황갈색의 긴 꼬리는 끄트머리가 위쪽으로 굽어 있었으나, 표범 꼬리처럼 고리 무늬가 있었다. 터무니없이 커다랗고 뾰족한 두 귀는 양털처럼 복슬복슬하고 귀 안쪽은 솜처럼 새하얬다.

퓨마의 주둥이에는 새카만 털이 빙 둘러 나 있는데, 지금은 우유 방울이 흘러 무법자 스타일 턱수염이 난 것 같았다. 이제 갓 떠진 눈은 크림색이 도는 파란색이었다. 곧 갈색으로 변하고 결국 희미한 금빛을 띠게 될 거라고, 닉은 책에서 읽었던 내용을 기억해 냈다. 벌써 수고양이 발만큼이나 큼지막한 앞발은 우유병 둘레를 단단히 움켜쥐고 있었다.

그리고 그 맥주잔만 한 조그만 몸뚱이에서 어찌나 힘찬 소리를 내는지, 가르랑댄다기보다 으르렁댄다는 표현이 어울릴 정도였다.

"얘 엄마는 어디 있어요?" 마르타가 궁금해 했다.

"목소리 좀 낮춰라, 애야."

"엄마 퓨마는 죽었나요?" 닉은 최악의 대답을 두려워하며 물었다. 야생에 남은 퓨마의 수는 너무도 적어서, 한 마리라도 본 사람은 극히 드물었다.

"아니, 살아 있어. 적어도 스프리 씨는 그렇게 믿고 있단다. 그 사람은 자칭 전문가니까."

아기 퓨마는 불쑥 젖꼭지를 내뱉고 사자나 낼 법한 요란한 소리로 트림을 했다. 스타치 선생님은 웃었다. 좀처럼 보기 힘든 광경이었다.

선생님은 닉과 마르타에게 말했다. "너희 둘은 질문이 많겠지, 때가 되면 내가 다 대답해 주마. 하지만 지금은 꼬마 졸졸이가 점심을 마저 먹어야 한단다. 그렇지, 아가?"

퓨마는 이 말이 대답이라도 하듯 이유식을 더 달라고 야옹 소리를 냈다.

스타치 선생님은 병을 살며시 집어 아기 퓨마의 입에 물리고는 자장가를 흥얼대기 시작했다. 놀랄 만큼 포근하고 아름다운 가락이었다. 마르타와 닉은 어리벙벙했다. 선생님의 이런 모습은 한 번도 본 적이 없을 뿐더러, 그 톱날 같은 성격에 이런 모습이 숨겨져 있으리라고는 상상조차 하지 못했던 것이다.

그래서 잠시 동안 둘은 늪지에 평화로이 앉아 스타치 선생님의 흥얼거리는 노랫소리를 듣고 있었다. 아기 퓨마는 만족스레 우유를 꼴깍대고, 머리 위로 드리운 에메랄드빛 잎사귀는 햇빛을 받아 반짝이며 흔들렸다.

서늘한 바람이 기분 좋았다. 닉은 마르타의 손을 잡았다.

제20장

사라진 퓨마를 찾느라 트윌리 스프리는 검은 덩굴 늪지에서 수천 에이 커를 돌아다녔다. 그의 여정은 느리고 때로는 지겹기까지 했는데, 오늘 그는 아직 탐험해 보지 않았던 웅장한 사이프러스 숲에 이르렀다.

목을 수그리고 눈은 바닥에 못박은 채 그는 신중하게 계산된 발걸음으로 찬찬히 나아갔다. 퓨마 똥은 두텁게 덮여 있어 쉽게 눈에 들어오지 않았다.

분홍색으로 빛나는 것이 그의 눈길을 사로잡았는데, 처음에는 나팔꽃 꽃잎처럼 보였다. 그러나 주워 들어 보니 철사 줄기에 달린 작은 깃발이었다. 그러고 나니 또 다른 깃발이 눈에 들어왔고, 또 하나가 보였다. 더 많은 깃발이 똑바른 직선을 그리며 바닥에 꽂혀 있었다.

트윌리의 걸음이 빨라졌다. 그는 깃발을 따라 사이프러스 숲 언저리까지 나아갔고, 그곳에서 ATV(산악용 사륜 바이크—옮긴이)가 돌고, 후진하고, 브레이크를 밟고, 폭이 널찍한 바퀴를 돌리며 남긴 자국으로 판판하게 다져진 더러운 땅과 마주쳤다.

그는 보이는 깃발마다 뽑아내며 계속 전진했다. 깃발을 따라가자 무성하게 드리운 나무 그늘 아래, 햇빛과 비가 거의 들이치지 않을 정도로 나무에 잘 가려진 널찍한 빈터가 나왔다.

한가운데에는 사람이 판 것이 분명한 직사각형 구덩이가 있었다. 근처에는 길이가 트윌리 키의 두 배 정도 되는 검은 쇠파이프가 쌓여 있었는데, 그가 레드 다이아몬드 회사에서 빼앗아 아이티에 기부한 것과 똑같이 지름이 8인치였다. 뿐만 아니라 4개의 비좁은 침상, 원형 물탱크(비어 있었다), 연료 탱크(가득 차 있었다)도 있었다. 빈터의 맞은편에는 텍사스와 오클라호마 주의 운송 회사 라벨이 붙은 몇 개의 나무 상자가 있었다. 주소는 모두 '레드 다이아몬드 사의 J. L. 베일리스' 앞으로 되어 있었다. 커다란 상자 하나의 뚜껑을 열어 보니 신형 디젤 엔진이 나왔는데, 트윌리는 그것이 착암기에 쓰일 물건이라고 추측했다.

그는 진흙 구덩이의 가장자리로 다가갔다. 구덩이에는 지하수가 고여 있었다. 비밀리에 이만한 장소를 빈터로 만들고 땅을 파내려면 분명히 소수의 인원으로 타이밍을 신중하게 맞춰 일했을 것이다. 야심차고, 많은 돈이 들고, 무척 불법적인 프로젝트였다. 사립 탐정을 고용해 얻은 정보를 통해, 트윌리는 레드 다이아몬드 사가 그 지역을 소유한 것도 아니고 채굴 허가를 얻은 것도 아니라는 사실을 알고 있었다. 그 지역은 플로리다 주 소유의 자연보호 구역이었던 것이다.

서늘한 나무 그늘에서, 트윌리 스프리는 상자 위에 앉아 다음에는 무슨 일을 할지 곰곰이 생각했다. 혹시 원주민 마법이라도 깃들어 있을까 싶어, 트윌리는 목에 건 부서질 듯이 낡은 독수리 부리를 쓰다듬었다.

그 어떤 마법이라도 상관없었다.

스타치 선생님은 모자 속에 담긴 퓨마가 잠들자마자 텐트 안으로 데려다 놓았다. 텐트 안에서 다시 나온 선생님은 물었다. "자, 그 맛있는 식어빠진 피자 어디 있니?"

닉은 상자를 가져왔다. 스타치 선생님은 쉬지도 않고 네 조각을 덥석덥석 먹어 치웠다.

"그 퓨마, 몇 살이에요?" 마르타가 물었다.

"몇 주밖에 안 됐어, 스프리 씨가 그러더라. 좀 지저분해도 용서하렴. 여긴 냅킨이 없어서 말이다." 선생님은 소맷부리로 입술을 닦았다. "졸졸이는 엄마 젖이 필요하단다. 지금은 메트로 동물원에서 일하는 스프리 씨 친구가 만들어 준 특별 이유식을 먹이고 있지. 우유병은 화요일과 금요일마다 개인용 헬리콥터로 배달된단다. 스프리 씨의 재력이 어느 정돈지 알겠지."

"그럼 그분이, 음, 부자라는 말씀이세요? 절대 그렇게는 안 보이는데." 마르타가 말했다.

"너무 어린 새끼란다. 엄마가 없이는 살아남지 못할 거야. 내가 내년까지 이 오지에 살면서 보살펴 준대도, 난 사냥하는 법을 가르쳐 줄 수 없잖니."

"동물원에 보내면 어때요?" 마르타가 물었다.

"스프리 씨가 그건 안 된대. 그 소리는 꺼내지도 말라고 했어."

닉이 먼저 질문을 시작했다. "견학 날 말이에요, 불이 났을 때요."

"그래."

"그때 선생님이 리비의 약을 가지러 숲으로 돌아가셨잖아요."

마르타가 끼어들었다. "네, 그건 참…… 어……."

스타치 선생님이 한쪽 눈썹을 치켜 올렸다. "참 뭐?"

"용감하셨다고요." 마르타는 양심이 찔리는 바람에 움츠러들었다.

닉은 마르타가 스타치 선생님에 대해 지껄였던 나쁜 소리들 때문에 미안해하고 있음을 알았다.

"너희들을 실망시켜서 미안하다만, 난 마녀가 아니란다."

마르타의 얼굴이 빨개졌다. "제가 선생님을 마녀라고 했다는 걸 어떻게 아셨어요?"

"난 교실에서 보청기를 끼고 있거든. 귀가 나쁜 건 아니지만, 너희 학생들이 속닥거리기 시작하면 엿듣는 게 재미있어서 말이다." 스타치 선생님은 장난스러운 미소를 지었다. "기껏해야 단추만 한 크기라서, 너희들은 절대 몰랐을걸."

마르타는 어쩔 줄을 몰랐다.

"아, 날 마녀라고 부른 건 네가 처음은 아니란다. 내 이름과 발음이 비슷한 말로 더 듣기 싫은 별명을 짓는 애들도 있었지."

마르타는 이 말밖에 할 수가 없었다. "진심은 아니었어요."

"천만에, 진심이었을걸. 하지만 괜찮다." 화가 나거나 원망을 품은 목소리는 아니었다. "들어보렴, 내 임무는 젊은이들의 마음에 지식을 불어넣는 것이고, 개중에는 이따금 지루한 분야의 지식도 있단다. 정말로 지루한 것 말이야. 그래서 나는 학생들이 집중하도록 독하게 굴어야만 하는 거지. 내가 무슨 인기 대회에서 1위를 할 거란 생각은 안 하지만, 적어도 내 수업을 듣고 나면 너희들은 캘빈 회로에 대해 오백 단어로 된 훌륭한 글을 쓸 수 있게 될 거다."

선생님은 다른 아이스박스를 열어 차가운 물 세 병을 꺼내 한 병은 자기가 갖고 나머지를 닉과 마르타에게 건넸다.

"불 얘기로 돌아가자. 리비가 천식 흡입약을 떨어뜨린 데가 어디인지 찾기까지는 꽤 시간이 걸렸단다. 연기가 자욱했고 기침이 나기 시작했지. 폐는 타는 것같이 아프고, 눈은 쓰라리고, 금세 판잣길로 나가는 길을 잃어버리고 말았단다. 찾을 수가 없었던 거지. 사실은 내 코끝도 안 보일 지경이었으니 말이다. 너희들도 분명 눈치 챘겠지만, 내 코가 그리 눈에 안 띄게 생긴 것도 아닌데 말이야."

"그래서 어떻게 하셨어요?" 닉이 물었다.

"무서워서 넋이 나갔지, 당연히."

마르타가 숨죽여 키득거렸다.

"주절거리고, 엉엉 울고, 살려 달라고 소리 질렀지. 솔직히 말해 난 이 늪지 한가운데에서 그대로 불에 타 죽는구나 하고 생각했단다. 그런데 난데없이 뒤에서 누군가가 달려오지 뭐냐."

"트윌리?" 마르타가 맞춰 보았다.

"맞았어. 내 손을 움켜쥐더니 나를 질질 끌다시피 해서 캠프까지 간 거야. 내가 누군지 묻지도 않고, 다치지 않았냐는 말도 없이 말이다. '당신의 도움이 필요해요'라는 말만 하더구나."

닉은 그 장면을 그려 보려고 애썼다. 트윌리의 첫인상은 매우 강했을 것이다. "그 사람이 무섭지 않으셨어요?"

"불이 더 무서웠거든. 스프리 씨는 증류수로 내 눈을 씻어 주고 미지근한 맥주를 마시라고 줬는데, 난 거절했단다. 그러고 나서 나에게 저 보물 단지 같은 소중한 귀염둥이를 보여 주지 뭐냐……."

선생님은 슬픈 듯 텐트 쪽을 바라보면서 뒷말을 길게 끌었다.

"뭔지 알아보셨어요?" 마르타가 물었다.

"물론이지. 난 플로리다 주의 멸종 위기 종은 전부 다 안단다. 너희들도 알아 둬야 해."

"맞아요. 전 지금 공부하고 있어요."

"스프리 씨가 그러는데 엄마 퓨마는 어떤 자식이 총소리로 겁을 주는 바람에 도망갔다고 하더라. 새끼가 숲 속에서 울고 있는 걸 그가 찾아냈지. 너무너무 작고, 눈은 뜨지도 못한 상태였단다. 정신을 차려 보니 트윌리가 새끼 퓨마를 나한테 안기고 아기 우유병을 주면서 이러는 거야. '당신이 애에게 우유를 먹여 주지 않으면, 애는 죽고 말 겁니다. 그리고 애네 엄마를 빨리 찾아내지 못한다면, 역시나 애는 죽고 말겠죠.' 그래서 내가 이러고 있는 기린다."

"임시 엄마네요." 닉이 말했다. 스타치 선생님이 학교에 못 온 이유인 '갑작스런 집안일'은 바로 이거였던 것이다.

"유모. 대리모. 퓨마 보모. 난 그렇게 하는 수밖에 도리가 없었어. 스프리 씨는 하루 종일 엄마 퓨마의 흔적을 추적해야 하기 때문에 졸졸이를 돌봐줄 수가 없었거든. 그래서 난 18년 만에 처음이자 마지막으로 트루먼에 휴가를 냈단다. 유일하게 후회하는 건 너희 학생들이 왁스모 박사 손에 걸렸다는 점이지. 솔직히 그 사람은 어디 다른 직업에 더 어울려. 서커스라든지, 뭐 그런 거."

마르타가 신음 소리를 토했다. "그 사람은 정말 악몽 같아요."

"아, 나도 안단다." 스타치 선생님이 후회 어린 어조로 말했다. "드웨인이 웬델에 대해 전부 다 말해 줬거든. 난 스프리 씨를 보내 얘기 좀 하고 오게 했고, 웬델은 곧장 병에 걸렸지. 무슨 희귀하고 구역질나는 곰팡이라던가. 어쨌거나 새로 오신 임시 교사 로버트슨 선생님은 아주 유능한 분이니……."

"잠깐만요. 드웨인은 이 일에 어떤 관계가 있는 거예요?"

"곧 그 대목으로 들어간단다. 진득하니 들으렴."

"경찰이 그 애를 쫓고 있어요! 경찰은 그 애가 학교에서 있었던 일 때문에 선생님에게 복수하려고 불을 질렀다고 본다고요. 그렇지만 그 애는 나한테 자기가 안 그랬다고 했어요. 누가 걔를 함정에 빠트리려고 책가방을 훔쳐다가 여기 갖다 둔 거예요."

스타치 선생님은 물병을 들고 한참 동안 느긋하게 마셨다. "신문을 보니 가방에서 부탄 토치도 나왔다더구나. 그건 굉장히 의심스럽지."

닉은 저도 모르게 목소리를 높였다. "하지만 전 책가방을 도둑맞았다는 드웨인의 말이 진실이란 걸 알아요. 걔는 제 생물책을 빌리러 우리 집에……."

"그래, 있지도 않은 시험 때문에 공부한다고 말이야." 마르타가 못 믿겠다는 듯 끼어들었다.

스타치 선생님이 한 손을 들었다. "있지도 않은 시험이 아니란다. 내가 드웨인을 위해 특별히 시험지를 준비했거든. 난 그 애에게 몇 과목을 개인적으로 가르쳐 왔단다. 학과뿐만 아니라 다른 것도 말이야. 그 애가 확 달라져서 시간도 잘 지키고 깔끔해진 걸 학교에서 봤을 거다. 심지어 여드름조차 나왔지. 비누와 물로 씻는다는 현명한 옛날 방식을 써서 말이다."

스모크의 미스터리한 변신의 이유가 바로 이거였군, 닉은 생각했다. 새로운 드웨인 스크로드 주니어를 탄생시킨 건 바로 스타치 선생님이었던 것이다.

"그건 그렇고, 네 말이 맞아. 드웨인은 방화에 대해서 완전히 결백해. 이제 부디 내 말을 끊지 말아 줬으면 좋겠구나."

닉과 마르타가 수업 시간에 들어 지나치게 잘 아는 어조였다. 둘은 조용히 귀를 기울였다.

"드웨인과 내가 일종의 같은 '팀'이라고 하면, 이상하게 들릴지 모르겠구나. 하지만 우리에겐 너희가 생각하는 것보다 더 많은 공통점이 있단다."

그 공통점이 무엇일지 닉은 상상조차 할 수 없었다.

"한 가지는 우리가 둘 다 야생의 자연을 사랑한다는 거지. 드웨인은 야외에서 낚시나 캠핑을 하거나, 곰이나 사슴 흔적을 쫓을 때 가장 행복해한단다. 내 관심사는 위험에 처한 자연이지. 너희도 우리 집에 몰래 들어왔을 때 분명 알아차렸겠지만 말이다. 너희가 본 조류와 파충류와 포유류는 전부 고속도로에서 차에 치이거나, 총에 맞거나, 폭풍우에 휩쓸려 죽은 거란다."

"그 어린 퓨마도요?"

"슬프게도 그렇단다. 타미아미 트레일에서 차에 치였어. 나는 어느 날 오후 마이애미에서 집으로 향하던 길에 시체를 발견했고, 이 동네 사는 박제업자한테 가져갔지. 내 오랜 친구란다."

마르타가 그 특유의 솔직한 말투로 이야기했다. "박물관 빼고 그렇게 죽은 동물을 많이 본 건 선생님 집이 처음이에요."

스타치 선생님은 그런 동물들을 야생 상태로는 결코 볼 수 없으리라고 생각했기 때문에 그렇게 박제해 두었다고 설명했다. "비극이지만, 이젠 거의 몇 마리 남지 않았거든." 선생님은 아기 퓨마의 상태를 보러 가더니 트레일 믹스(주로 하이킹이나 운동할 때 에너지 보충용으로 먹는, 견과류, 말린 과일, 초콜릿 등이 든 스낵—옮긴이)가 든 주머니를 갖고 나왔다.

닉과 마르타는 배가 고프지 않았다. 이야기에 너무나 사로잡혀 있었던 것이다.

스타치 선생님은 트레일 믹스를 씹어 먹으며 말을 이었다. "드웨인과 나의 공통점은 또 있단다. 우리 둘 다 버림받는다는 게 어떤 기분인지 안다는 거야. 시쳇말로는 '차이는' 거라고 하지. 드웨인의 어머니는 어느 날 아들에게 말도 없이 프랑스로 가 버렸단다. 내 남편도 똑같은 짓을 했어. 파리가 아니라, 제 그릇에 맞게 텍사스 주 플레이노로 가 버렸지만 말이야. 왜 나를 버리고 갔는지는 모르지만, 상처를 받았지. 아직도 그렇단다."

마르타는 우물쭈물거렸는데, 뭔가 다른 질문이 생각났다는 증거였다. 닉은 마르타가 물어볼 말이 무엇인지 잘 알았다.

"선생님 남편이 뭔가 무서운 일을 당했다는 소문이 있던데요. 그분이, 뭐랄까, 죽어서 큰 사슴처럼 박제되어 있다고요."

"그보다 더한 일을 당해야 싸지." 스타치 선생님은 냉담하게 대꾸했다. "아니야. 스탠리 스타치는 팔팔하게 살아 있단다. 매년 4월이면 나한테 생일 카드를 보내는데 매번 새로 사귄 여자 친구 얘기를 늘어놓지. 내가 알아야 할 흉한 소문이 또 있니?"

“뱀 말이에요, 선생님이 지하실에 독사를 키운다고 하던데요. 방울뱀이
랑 모카신뱀이랑 코퍼헤드뱀을요.” 마르타는 물 만난 고기처럼 거침없이
말을 쏟아냈고, 닉은 어떻게 말려 볼 수도 없었다.

“그것도 거짓말이야. 운이 좋아서 인디고뱀 두 마리가 손에 들어온 적
은 있었지. 학생 하나가 건설 현장에서 구출해서 데려온 거였단다. 인디고
뱀은 정말 근사하고, 완전히 무해하고, 거의 멸종된 뱀이야. 그 녀석들은
파카하치로 데려가 풀어 주었단다. 거기서 짝꿍 뱀을 찾아 아기뱀을 잔
뜩 낳기를 바라며 말이지. 또 질문 있니?”

“아뇨.” 닉이 재빨리 말했다.

“있어요, 그거.” 마르타는 손가락으로 선생님의 턱을 건드렸다.

“아, 이 흉터.” 스타치 선생님은 언짢아하기는커녕 마르타의 대담함이 재
미있다는 기색이었다.

닉은 변명조로 말했다. “저희가 상관할 일이 아닌데 말이죠.”

“그건 그래. 하지만 어쨌거나 얘기해 주마. 내가 너희만 했을 때의 일이
었단다. 물수리 새끼 한 마리가 둥지에서 떨어졌는데, 어리고 겁도 없었던
나는 둥지까지 기어 올라가 그 꼬맹이를 형제자매 곁에 놓아 주어야겠다
고 마음먹었단다. 둥지는 높은 전신주 위에 있었고 바람이 세찼지만, 난
어찌어찌 꼭대기까지 올라갔지.”

“그래서 어떻게 되었어요, 새들이 선생님 얼굴을 물어뜯고 뭐 그랬나요?”

“천만에, 아니야! 새들은 잔뜩 겁먹어 얌전했어. 전신주를 반쯤 내려오
다가, 내 샌들 한 짝이 발판에서 미끄러지는 바람에 나는 6미터 아래로
떨어져서—전문용어로 ‘안면부터 낙하’라고 하는 것 같은데—어떤 자식
이 길가에 버리고 간 유리 음료수 병에 얼굴을 박았지.” 스타치 선생님은

상처를 톡톡 쳤다. "대장간 모루 모양이라고 하는 사람도 있고, 모래시계를 닮았다는 사람도 있다만. 아니야, 마르타, 악마의 흔적은 아니란다. 펩시콜라 사의 흔적이지."

"몇 바늘 꿰매셨어요?"

"어리석게도 병원에 안 간다고 고집을 부렸단다. 그래서 이렇게 보기 싫게 흉이 졌지." 스타치 선생님은 기지개를 켰다. 피곤해서 잠깐 눈을 붙여야겠다고 했다. "여기서 스프리 씨를 기다리거라. 너희를 데려다 줄 거야. 그리고 잊지 마라, 너희 둘 다 비밀을 지키기로 맹세했다는 걸."

"화재 이후로 집에 안 가셨어요?" 닉이 물었다.

"그래, 계속 여기만 있었지, 밤이고 낮이고. 스프리 씨가 친절하게도 내 심부름을 다 해 주셨단다. 리비의 천식약을 되돌려 준 것부터 해서 말이야. 심지어 내 차 타이어 위치를 교환해 주기까지 했지."

마르타가 등을 곧추세웠다. "저 소리 좀 들어보세요!"

멀리서 들리는 고음의 엔진 소음이었다.

스타치 선생님은 전혀 걱정스런 표정이 아니었다. "친구야. 우리 편 소리지."

"드웨인인가요?" 닉이 물었다.

"맞았어."

"이해가 안 가는 게 있어요. 어떻게 걜 설득해서 돕게 하셨어요? 그 날개가 선생님 연필을 물어뜯어 두 동강 냈잖아요. 그 여드름 보고서 때문에 정말 열 받아 있었다고요."

"아, 난 결코 드웨인에게 이 일에 끼어달라고 부탁하지 않았단다. 꿈에도 그런 생각은 안 했어! 내 말 믿으렴. 그 애는 내가 꼽은 말썽쟁이 명단의 '누메로 우노(스페인어로 '제1번'의 의미—옮긴이)'였단다. 그 애를 데려온 건 스프리 씨였어. 둘은 예전의 어떤 사건으로 서로 아는 사이였거든."

"그럴 줄 알았어요." 마르타가 말했다.

"그래, 세상 참 좁지. 어느 날 아침 드웨인이 어슬렁어슬렁 캠프에 들어 왔을 때 내가 얼마나 충격을 받았는지 상상해 보렴."

개는 충격이 오죽했겠어요, 닉은 생각했다.

아까보다 가까워져 더 큰 소음을 내던 오토바이가 갑자기 탁탁대는 소 리를 내며 멈췄다. "오토바이를 숲 속에 감추고 남쪽에서 걸어올 거야. 보 통 30분 정도 걸린단다." 스타치 선생님이 설명했다.

선생님이 말해 준 이야기를 모두 기억하려 애쓰느라 닉의 머리는 마구 울렸다. "하지만 트윌리는 어떻게 드웨인을 알게 됐어요? 어떤 사건을 말 씀하시는 거예요?"

"그건 내가 대답할 수 없구나. 스프리 씨에게 물어보렴." 스타치 선생 님은 하품을 했다. "마르타, 텐트 안에서 닉하고 단둘이 얘기 좀 나눠도 될까?"

마르타는 불안한 듯 주위를 둘러보았다. "저는 여기서 혼자 뭘 하면 좋죠?"

"새 소리를 들으렴."

닉은 허리를 숙이고 스타치 선생님을 따라 텐트로 들어갔다. 오른팔을 묶은 채로 기어들어 가려니 쉽지가 않아, 닉은 다리가 셋밖에 없는 개처 럼 뒤뚱거렸다. 간신히 선생님의 침낭 옆의 바닥에 책상다리로 앉는 데 성공했다. 네모난 마분지 위에 몇 가지 필수품이 가지런히 정리되어 있었 다. 손전등, 칫솔, 구강 청정제, 헤어브러시, 아스피린 한 병, 비누 하나, 그리고 노트 종이가 들어갈 크기의 라벤더색 편지봉투 몇 개였다. 자그마한 휴대용 타자기 하나도 있었다. 선생님의 사적인 공간에 있으니 마음이 편치 않았다.

"자." 선생님은 밀짚모자를 내밀었고, 닉은 왼팔을 구부려 모자를 안았다.

아기 퓨마는 복슬복슬하고 통통한 쉼표 모양으로 잠들어 있었다. 발바닥이 볼록 튀어나온 발이 얼굴을 덮고 있어 힘차게 코고는 소리가 가려져 작게 들렸다.

스타치 선생님은 목소리를 낮췄다. "닉, 너 이 일에 끼어들어, 네 친구 드웨인을 돕고 싶은 마음이 있니?"

닉은 퓨마에게서 눈을 뗄 수가 없었다. 지상에 남은 최후의 퓨마 중 한 마리를 안고 있다니 생각만 해도 근사했다.

"낄 거니, 말 거니?"

"낄래요."

"확실히 대답해야 한다."

"확실해요."

"좋아." 선생님은 퓨마가 담긴 모자를 받아 침낭의 보드라운 플란넬 덮개 위에 조심스레 올려놓았다. "닉, 너에게 부탁할 게 있다."

"말씀만 하세요."

"그 팔 풀렴."

예상치 못한 말에 닉은 깜짝 놀랐다. "어째서요?"

"네가 왜 그러고 있는지 알아. 드웨인이 네 아버지께 일어난 일에 대해 말해 주었고, 난 네 헌신적인 마음씨를 높이 산단다. 하지만 검은 덩굴 늪지의 현재 상황을 생각해 보렴. 앞으로 놓인 일들을 헤쳐 나가려면, 우리 모두는 강인한 마음과 건강한 두 팔이 있어야 한단다. 우리에겐 너의 백 퍼센트 전체가 필요해."

닉은 망설였다.

"아버지도 이해하실 거야."

닉은 셔츠를 벗었고 선생님은 닉의 어깨와 겨드랑이에서 붕대를 풀어 주었다. 오른팔이 풀리자, 닉은 피가 제대로 돌도록 팔꿈치를 굽히고 주먹 을 쥐었다.

"만일 트윌리가 엄마 퓨마를 못 찾으면 어쩌죠? 아니면 엄마 퓨마가 제 새끼를 데려가지 않으려고 들면 어떡해요?"

"희망은 영원히 솟아나는 거란다, 닉."

다시 한 번 먼 곳에서 엔진 소리가 들렸다. 스타치 선생님은 한쪽 귀를 소리 나는 쪽으로 돌린 채 얼굴을 찡그렸다.

"오토바이가 아니야. 헬리콥터야."

"친구인가요?"

"아닌 것 같구나."

제21장

지미 리 베일리스는 무릎에 총을 얹고 있었는데, 그 때문에 헬리콥터 조종사는 불안했다.

"긴장하지 말게. 제정신으로 하는 행동이니까." 지미 리 베일리스는 말했지만, 이 말이 완전한 진실이라고는 할 수 없었다.

그는 목표물을 제대로 맞혔던 적이 거의 없었다. 움직이는 목표든, 움직이지 않는 목표든, 항상 어려웠다. 텍사스에 살 때의 친구들이 그를 사냥 여행에 끼워 주었던 건 거의 동정심 때문이었다.

손에 쥐고 있는 사슴 잡는 소총으로는 사슴 한 마리 죽인 적 없고, 사슴 가까이나마 맞춘 적조차 없었지만, 겁을 주어 쫓아 보낸 적은 많았다. 멜턴을 못살게 굴고 레드 다이아몬드 사의 계획을 방해하는 침입자와 마주치면 지미 리 베일리스는 바로 그렇게 할 작정이었다. 살금살금 쏘다니는 그들의 머리 위로 몇 방을 쏘아 쫓아 버리는 것이 그의 계획이었다.

퓨마에게 했던 것과 마찬가지로 말이다.

"안전장치는 채운 거 맞죠?" 조종사가 물었다.

"잠깐만." 지미 리 베일리스는 방아쇠 위에 달린 안전장치 버튼을 들여다보았다. 제대로 채워져 있어 그는 마음을 놓았다.

"텀스 가진 거 있나?" 그는 조종사에게 물었다.

"아뇨, 없는데요."

"롤레이즈라도?"

"죄송합니다."

"말록스(텀스, 롤레이즈, 말록스 모두 속 쓰릴 때 복용하는 위장약—옮긴이)는?"

"헬리콥터 내릴 테니 잠깐 토하고 오실래요?"

"됐네."

지미 리 베일리스는 사장의 기분이 좀 나아졌을까 궁금했다. 그는 간호사들이 드레이크 맥브라이드의 갈비뼈에 붕대를 감는 동안 병원을 나섰는데, 사장은 욕지거리를 하고 비명을 지르며 꼴사납게 난리치고 있었다.

"얼마나 낮게 내려갈까요?" 조종사가 물었다.

"한 60미터 정도."

헬리콥터는 15분 동안 21구역 위를 맴돌았지만 땅 위에는 야생 수퇘지 몇 마리 말고는 아무것도 없었다. 지미 리 베일리스는 연습 삼아 돼지를 쏴 보려고 마음먹었다. 그러나 조종사가 헬리콥터를 공중 정지시키는 바람에 겨냥은 빗나갔고, 돼지들은 털끝 하나 다치지 않고 수풀 속으로 숨어 버렸다.

"거 참 잘했군." 지미 리 베일리스가 투덜거렸다.

“이제 어디로 갈까요?”

“평소처럼 하게.”

22구역 역시 고요했다. 지미 리 베일리스는 공중에서 봐도 레드 다이아몬드 사의 불법 구덩이가 눈에 안 띄는지 확인하기 위해 조종사에게 아주 느리게 날아가라고 시켰다. 자세히 보면 짐 내리는 장소에 ATV가 남긴 바퀴 자국이 보일 수 있겠지만, 분명 사슴 밀렵꾼이라 생각하지 석유 회사라고 의심하지는 못할 것이었다.

헬리콥터가 150미터 높이로 올라가 방향을 돌려 천천히 해안가로 돌아가던 중, 조종사가 창밖을 가리키며 외쳤다. “아, 저것 보세요!”

처음에는 조종사가 무슨 얘기를 하는지 알 수 없었다. 그러나 헬리콥터 앞머리가 기울어지자 그 광경이 눈에 완전히 들어왔다. 지미 리 베일리스는 입이 마르고 귓불이 확 달아올랐다.

“잠깐 멈추게! 당장!” 그는 조종사에게 고함을 질렀다.

“알겠습니다.”

“뭘 그리 웃나?”

“우습잖습니까.”

“나한테는 아닐세. 맥브라이드 씨에게도 마찬가지지. 자네 봉급을 주는 그분 말일세!”

“알겠습니다. 안 웃겠습니다.”

“젠장, 당연히 웃을 일이 아니지.” 지미 리 베일리스는 화가 머리끝까지 치솟았다.

22구역에서 21구역으로 불법 파이프를 놓을 자리를 표시하기 위해 측량 기사를 동원해 그렇게 질서정연하게 꽂아 두었던 분홍색 깃발들이, 누군지 모를 녀석에 의해 몽땅 뽑혀 있었다.

누군지 모를 범죄자 녀석의 짓이었다. 어떤 비뚤어진 무법자, 자기가 아주 웃긴다는 같잖은 생각을 품은 놈이 작은 분홍색 깃발들을 새로 꽂아놓아, 깃발들은 옥수수빵에 꽂힌 촛불처럼 메마른 초원에서 빛을 발했다.

깃발은 헬리콥터를 타고 낮게 날아가는 이라면 누구든 그냥 지나칠 수 없을, 두 가지 의미를 지닌 모욕적인 단어 모양을 하고 있었다.

"S-C-A-T." 깃발들은 대문자 모양으로 늘어서 펄럭거리며, 폭죽에서 터져 나와 흩날리는 색종이 조각처럼 보는 이를 명랑하게 비웃었다. SCAT.

"꺼지라고 하는 거 아니면," 조종사가 곰곰이 생각하다 말했다. "똥이라고 놀리는 거네요."

둘 다일 수도 있겠지, 지미 리 베일리스는 몹시 불쾌하게 생각했다.

조종사는 여전히 웃음기를 감추지 못하고 말했다. "내려갈 테니 둘러보시겠어요?"

"됐네." 지미 리 베일리스는 심각하게 말했다. "어디 블러드하운드 몇 마리 빌릴 데 없나 알아봐 주게."

스모크가 오토바이 시동을 걸고 속도를 높이는 소리가 들렸다.

"헬리콥터 때문에 겁먹었나 보다." 스타치 선생님이 말했다.

닉은 울창한 나뭇가지 틈새로 보이는 한 조각 푸른 하늘을 올려다보았다. "보안관이었을까요?"

"그건 아닌 것 같은데."

마르타는 맥 빠진다는 듯 물에 흠뻑 젖은 운동화를 살펴보고 있었다. "우린 가야 해요. 이제 안전한가요?"

"스프리 씨가 없으면 못 가잖니." 스타치 선생님이 두 번째 피자 상자를 열었다. "누구 한쪽 먹을 사람?"

"그래서, 결국 어떻게 할 계획이세요?" 닉이 물었다.

마르타가 닉의 오른쪽 소매를 잡아당겼다. "얼른 집에 들어가지 않으면 난, 한 백 년 정도, 외출 금지를 당할 거야. 어, 너 팔이 다시 돌아났구나!"

"선생님의 분부지." 스타치 선생님이 페퍼로니 피자 한쪽을 씹으며 말했다. "오늘이 토요일이니, 일요일이니? 여기 있으니 날이 어떻게 가는지 모르겠구나."

닉은 토요일이라고 알려 주었다. 선생님은 눈썹을 찡그렸지만, 입은 계속 우물거렸다. 마르타가 팔을 뻗어 바지에서 통통한 불개미 한 마리를 튕겨냈다.

"계획은 가능한 한 빨리 저 꼬맹이를 엄마 품에 돌려주는 거야. 오래 떨어져 있을수록 일은 더 어려워질 거다. 슬프게도 언젠가는 엄마 퓨마가 포기하고 가 버릴 날이 올 테니 말이야……."

"알겠어요. 우리가 뭘 하면 되죠?"

"첫 번째, 드웨인 곁에 붙어 있을 것. 그 애가 뭔가 이상한 짓을 벌이지 않게 하거라."

마르타가 눈을 굴렸다. "경찰을 피해 도망가는 그런 짓 말이에요? 이런, 그건 전혀 이상한 짓이 아니잖아요."

닉이 말했다. "스타치 선생님, 아무도 스모크 곁에 다가갈 수 없어요."

"그건 그렇고 그게 퓨마랑 무슨 상관이 있는 거예요?" 마르타가 물었다.

스타치 선생님은 인내심 있게 설명해 주었다. "너희들의 친구 드웨인에게는 이번 임무에 꼭 필요한 특별한 재능이 있어. 그 애가 없으면 절대 성공할 수 없단다."

닉은 호기심이 동했다. "어떤 재능요?"

마르타가 화를 냈다. "그 애는 도망 중이잖아요! 걜 도와주면 법을 어기는 거라고요."

하지만 결백하다는 것 또한 사실이지, 닉은 생각했다. 이것 역시 결정하기 힘든 문제였다.

"드웨인을 잘 지켜봐 주렴, 부탁이야. 너희들이 돕지 않으면 졸졸이는 바로 여기서 내 팔에 안겨 죽을지도 모른단다. 그러니 드웨인을 지켜보렴."

45미터쯤 떨어진 곳에서 귀에 익은, 날카로운 휘파람 소리가 들렸다. 스타치 선생님은 미소를 짓고 손목시계를 보았다.

트월리 스프리가 전력 질주하여 캠프로 들어왔다. 숨을 몹시 헐떡이고 땀에 젖어 있었다.

"가자!" 그는 마르타와 닉을 손짓해 불렀다.

"드디어 가는군." 마르타가 중얼거리며 벌떡 일어났다.

닉은 트월리에게 뭐가 잘못되었냐고 물었다.

"그냥 따라와라. 조용히 하고."

스타치 선생님이 일어섰다. "잠깐만. 무슨 일이죠?"

"나중에 말씀드리죠."

선생님은 말 안 듣는 학생을 대하는 것처럼 엄격한 태도로 팔짱을 꼈다. "방금 뭐 하고 왔어요, 스프리 씨?"

"그놈들에게 메시지를 남겼죠. 그래도 싸요."

"무슨 메시지요?"

"별로 안 점잖은 말."

"오 하느님, 굳이 얘기해 줄 것 없어요."

"충동을 억누를 수가 없었어요."

"이 학생들을 당장 동네로 데려다 줘요. 가는 길에 애들을 타락시킬 생각일랑 하지 말고요."

차까지 가는 길은 급하고 분위기가 무거웠다. 트윌리는 숲을 헤치고, 평지를 성큼성큼 걷고, 톱야자나무를 뛰어넘으며 닉과 마르타를 한참 떼어 놓고 앞서갔다. 닉은 두 팔이 다 자유로워져서 철썩철썩 후려치는 나뭇가지며 늘어진 덩굴, 그리고 끈끈한 거미줄로부터 얼굴을 보호할 수 있는 게 다행이라고 여겼다. 마르타는 가까이 따라붙으려고 열심히 걸었고, 트윌리가 시킨 대로 아무 말도 하지 않았다. 몇 분 이상 입을 다물고 있는 건 마르타에게 크나큰 시련이라는 걸 아는 닉은 마르타의 자제력이 대단하다고 생각했다.

프리우스가 울퉁불퉁한 농장길을 질주할 때—안전벨트를 맸는데도 닉과 마르타의 몸은 마구 튀어 올랐다—트윌리가 비로소 입을 열었다.

"버니 이모님이 너희들에게 어디까지 말했냐?"

"스모크가 어쩌다 이 일에 끼었는지만 빼고 전부요." 닉이 대답했다.

"알겠다."

"알면 좋을 텐데."

"누구한테 좋다는 말이냐?" 트윌리가 물었다. 그는 스키 모자를 쓰고 검은 선글라스를 꼈다.

마르타가 몸을 앞으로 내밀었다. "아저씬 우리를 믿잖아요. 안 그런 척

하지 말아요."

"하!"

그러나 몇 분이 지나자 트윌리는 마지못해 털어놓았다. "몇 년 전에 탈라하시에서 초콜로스키까지 논스톱으로 운전한 적이 있었지. 이유는 묻지 마라. 커피를 열일곱 잔이나 마신 끝에, 나는 고속도로에서 차를 멈추고 볼일을 보려고 내렸단다."

"어디서요?" 닉이 물었다.

"바로 여기 네이플스에서. 경치 좋은 101번 출구였다. 새벽 4시였고, 클램 차우더 수프보다 더 진하게 안개가 꼈는데, 무슨 광고판 아래 서서 잡초에 물을 주고 있자니 연기 냄새가 나더군. 네 친구 스모크가 아니라, 불에서 나는 진짜 연기 말이야. 안개 속을 올려다보니 불길이 보이더군. 광고판이 정말 타오르고 있던 거야."

"드웨인이 불을 지르고 있었죠, 그렇죠?" 마르타가 물었다.

"내가 한쪽에서 뛰어가고 그 애가 반대편에서 뛰어오는 바람에 우린 글자 그대로 정면충돌하고 말았지. 개 입에서 나온 첫마디는 이거였어. '내가 그랬어요!' 손에 가솔린 깡통하고 불 붙은 대걸레를 들고 있었으니 말 안 해도 뻔히 보이는데 말이다. 녀석에게 왜 그랬냐고 물으니 대답해 주더군. 이름을 물었더니 이름도 밝혔어. 그때 사이렌 소리가 들려서 난 잽싸게 자릴 떴지. 드웨인은 거기 남아서 순순히 자수하더군."

마르타는 스모크가 왜 달아날 기회가 있었는데 그러지 않았냐고 물었다.

트윌리도 몰랐다. "하지만 녀석이 불을 붙인 광고판이 무슨 내용이었는지 말해 주마. 거대한 아메리칸 항공 광고였다. 겨울 특별 항공편이 있었거든. 마이애미에서 파리까지 395달러짜리 항공편 말이다."

"파리라고요?" 닉은 이제야 알 것 같았다. "스타치 선생님이 드웨인의 엄마 얘길 해 주셨어요."

"그래. 힘겨운 일이지." 트윌리는 슬픈 듯 고개를 흔들었다.

"드웨인의 엄마가 타고 간 바로 그 항공편이었어요?" 마르타가 물었다.

"잘 있으라는 말조차 없이 말이지."

"너무 심해요." 닉이 말했다.

"심한 짓이지. 난 그 애가 안쓰러웠단다. 좋은 변호사를 구해 주겠다고 제안했는데, 그 애 할머니가 다 알아서 처리했지. 결국 광고판을 불태운 것 때문에 집행 유예를 선고받았어."

"그 이후에도 계속 연락하셨잖아요." 마르타가 말했다.

"때때로 같이 낚시를 가는 사이지."

닉은 더 이상 참지 못하고 질문했다. "아기 퓨마를 구하는 데 왜 스모크의 도움이 필요한 거죠? 스타치 선생님이 말하는 그 '특별한 재능'이란 게 뭐예요?"

"간단하다. 그 애는 타고난 추적꾼이거든. 엄마 퓨마를 찾을 수 있는 사람이 있다면, 바로 그 녀석일 거다."

트윌리는 하일랜즈 카운티로 캠프 여행을 갔던 얘기를 했다. 그때 드웨인 스크로드 주니어는 흑곰이 남긴 흔적을 쫓아 진흙투성이 냇물 두 개와 지방도로 세 개를 건너 퍼붓는 빗속에서 한밤중에 몇 킬로미터를 따라간 끝에, 곰이 사는 나무를 발견했다고 한다. 그리고 나무줄기에 자기 이니셜을 새기고, 크리스마스를 맞은 어린아이처럼 잔뜩 신이 나서 폭풍우를 뚫고 갔던 길을 다시 돌아왔던 것이다.

"그건 신이 준 재능이야. 늙은 세미놀 인디언들도 녀석이 어떻게 그럴 수 있는지 잘 모른단다. 그래서 내가 퓨마의 똥을 찾은 다음 드웨인이 그 흔적을 추적한다는 게 우리 계획이다. 어디 있는지 찾기만 하면 그 근처에 새끼를 데려다 놓아야지. 그다음에는 살쾡이나 코요테가 꼬마를 집어 삼키기 전에 둘이 무사히 만나기를 기도하는 수밖에 없다."

마르타는 그 생각에 몸서리를 쳤다. "지금까지 하나라도 찾으셨나요? 그……."

"퓨마 똥? 그럼요, 아가씨. 어제 재수가 아주 좋았지. 졸졸이의 엄마가 남긴 흔적인지 아닌지는 모르겠지만 말이다." 차가 길바닥의 움푹 팬 곳에 걸려 덜컹거렸고 트윌리가 툴툴거렸다.

"이 근처에서 뭔가 못된 일을 꾸미고 있는 석유회사가 있다. 녀석들은 누가 기웃거리는 걸 아주 질색하지. 특히 멸종 위기 동물을 찾는 수렵 관리인들을 말이다."

드디어 닉에게 이야기의 윤곽이 뚜렷해졌다. "검은 덩굴 늪지에 불을 지른 사람은 그 자들이로군요, 그렇죠? 석유 회사 사람들 말예요. 그리고 스모크에게 덮어씌웠고요."

"그래. 엄마 퓨마에게 겁을 줘서 쫓아버린 것도 놈들 짓이지." 트윌리는 덧붙였다. "총 소리로 말이다. 레드 다이아몬드 에너지 회사라고 한다."

마르타는 격분했다. "어떻게 그들을 막죠? 우리가 뭘 하면 되나요?"

"녀석들의 계획 진행에 몇 가지 차질이 생겼지. 앞으로는 더 생길 게다."

닉이 물었다. "아저씨는 멍키 렌치 갱이에요?"

트윌리는 백미러를 통해 의미심장한 미소를 보냈다.

"그런 건가요? 지금 읽는 책에 보니, 그 갱은 사막을 활보하고, 다리를 폭파하고, 불도저를 파괴하고……."

"광고판을 불태우지." 트윌리가 윙크를 하며 거들었다. "하나하나 전부 범죄 행위지. 하지만 그 사람들 편을 안 들어줄 수가 없다, 안 그러냐? 자신이 사랑하는 장소를 위해 투쟁하는 거니까."

마르타가 닉에게 속삭였다. "저 말이 네 질문에 답이 된다고 보는데."

"그 책에는 몇 군데 거친 말투도 나오지. 어쩌면 좀 더 큰 다음에 읽는 게 나을지도 모르겠다."

"진실을 말해 주세요. 아저씬 헤이듀크처럼 되려고 하는 건가요?" 책에 나오는 멍키 렌치 갱의 우두머리를 말하는 거였다.

다시 입을 연 트윌리는 피곤하고 조급한 목소리였다. "불이 난 날 들은 퓨마 울음소리를 기억하냐?"

"절대 잊지 못할 거예요." 닉이 말했다.

마르타가 몸서리쳤다. "저도요."

"내가 찾고 있던 퓨마였지. 너희 학교 버스가 서 있는 도로 가까이에 그 흔적이 있었기 때문에 난 녀석이 가까이에 숨어 어둠이 내리길 기다리고 있다는 걸 알았다. 아마 새끼를 찾으러 가려고 기다리던 중일 거야."

트윌리는 손가락으로 운전대를 두드렸다. "그때 화재가 났다. 아니, 방화라고 해야겠군."

"그래서 또 달아났나요?" 닉이 물었다.

트윌리가 험상궂은 표정으로 고개를 끄덕였다. "대부분의 야생 동물은 연기 냄새만 스쳐도 내빼거든. 하지만 돌아왔을 수도 있다. 어제 내가 찾은 똥은 갓 싼 거였거든."

차는 29번 도로의 교차점에 닿았고, 트윌리는 남쪽으로 방향을 틀어 한 줄로 늘어선 채소 트럭 뒤에 붙었다.

"퓨마가 제 새끼를 잊어 버리기까지 얼마나 걸릴까요?" 닉은 물었다.

"하루가 지날 때마다 잊어 버릴 가능성이 커지지."

맞은편에서 보안관 차량 한 대가 속도를 내며 지나쳤다. 닉이 보니 트윌리는 제한 속도보다 8킬로미터는 느리게 운전하고 있었고, 안전벨트도 착실히 매고 있었다.

"아기 퓨마를 찾았을 땐 그 늪지에서 대체 뭘 하고 계셨던 거예요?" 마르타가 물었다.

"내 개인적인 일이었다. 너도 제발 네 일에나 신경 쓰렴."

"스타치 선생님 말씀이 아저씬 부자라던데요."

"그냥 운 좋게 태어난 거지."

닉이 끼어들었다. "확실히 헤이듀크는 아니네요."

트윌리는 차를 보도 바깥쪽으로 몰아 한 줄로 늘어선 신문 진열대 곁에 세웠다. 그가 스키 모자를 확 벗고, 눈썹을 문지르더니 갑자기 계기판을 주먹으로 쾅 하고 내리치는 바람에, 닉과 마르타는 펄쩍 뛰어오를 정도로 놀랐다.

그는 좌석에 앉은 채 몸을 뒤로 돌려, 선글라스를 올리고는 고통스런 눈빛으로 아이들을 빤히 바라보았다.

"버니 이모님도 모르는 얘기를 해 주마. 듣고 나면 다시는 내가 누구라느니 아니라느니, 왜 나 같은 사람이 텐트에서 사냐느니 하는 질문은 하지 말거라. 난 이 땅과, 자연 속에서 살아가는 모든 것들이 지금 당하고 있는 일에 대해 화가 나서 폭발할 지경이다. 그것만 알아 둬라."

화가 났다기보다는 슬픈 목소리였다. "다른 날보다 더 심한 날이 있거든."

닉과 마르타는 어떤 반응을 보여야 좋을지 몰랐다.

트윌리가 손가락 두 개를 쳐들었다. "이렇게 있었다."

"뭐가 그렇게요?" 마르타가 영문을 모르겠다는 듯 물었다.

"퓨마 새끼. 내가 찾은 건 두 마리였어. 엄마 퓨마가 두 마리를 데리고 있었다고."

닉은 눈을 감았다.

"둘 중 하난 죽었다. 별 수를 다 써 봤지만, 작은 녀석은 첫날밤을 넘기지 못하고 죽었어. 버니나 드웨인에겐 말하지 않았다. 아무에게도 말한 적 없어."

마르타가 손으로 얼굴을 감쌌다.

트윌리는 선글라스를 다시 썼다. "더 질문 있냐?"

"아뇨." 닉은 조용히 말했다. "이제 없어요."

제22장

일요일 아침, 드웨인 스크로드 씨는 침대에서 억지로 몸을 일으키고는 비틀거리며 현관으로 나갔다.

"어떻게 이렇게 빨리 오셨어요?" 그는 밀리센트 윈십에게 물었다.

"제트기를 전세 냈지. 문이나 열게."

스크로드 씨는 마음에도 없는 반가운 척을 하며 장모를 집 안으로 맞이했다. 장모는 어찌나 쌩하니 지나쳤는지 하마터면 그를 넘어뜨릴 뻔했다. 우아한 회색 바지 정장에는 주름 하나 없고, 은빛 머리에도 흐트러진 머리칼 한 올 없었다.

"그 멍청한 모자를 쓴 채로 잤나?"

"그런 것 같네요." 스크로드 씨는 모자보다 장모가 '나스카' 로고가 찍힌 사각팬티를 보고 뭐라고 할지가 더 걱정이었다.

윈십 부인은 못마땅한 표정을 짓더니 둘러보았다. "세상에, 가서 제발 바지 좀 입고 오게. 그리고 그 끔찍한 앵무새를 치워 놓지 않으면 털을 몽땅 뽑아 버리겠네."

"밀리, 그냥 앵무새가 아니에요. 마코앵무새라고요."

"성가신 골칫덩이지. 어서 가게."

스크로드 씨는 청바지를 주워 입고 나딘을 억지로 새장 속에 넣었다. 거실로 돌아오자 윈십 부인은 팔짱을 끼고 기다리고 있었다.

"그래, 내 손자가 이제 도망자가 됐군. 교장한테 그 끔찍한 얘기 전부 들었네. DJ는 트루먼에서 정학당하기도 했지만, 그건 제일 사소한 문제에 불과한 것 같군."

"경찰이 큰 실수를 하고 있는 거예요."

"지금 그 애는 어디 있나?"

"솔직히 정말 몰라요. 무슨 유령처럼 살그머니 드나들거든요."

"전혀 연락할 방도가 없단 말인가? 내가 사 준 휴대폰은 어쩌고?"

"당최 받질 않아요, 밀리. 애 엄마한테 이 난리에 대해 얘기하셨나요?"

"당연하지. 바로 전화했네."

"온다고 하나요?"

"아닐세. 드웨인. 온들 무슨 소용이겠는가?" 윈십 부인은 의자에서 상한 과자 부스러기를 털어내고 앉았다. 딸은 아이에게 전화해 자수하라고 설득해 보겠다고 했지만, 집에 돌아와 만나 보겠다는 말은 하지 않았다.

스크로드 씨가 말했다. "프랑스에서 여기까지 날아오려면 돈이 꽤 드니까 그런 거겠죠."

"돈은 아무 상관없네. 내가 일등석 티켓을 끊어 줄 생각이었으니까."

"그럼 뭐죠?"

윈십 부인이 자신이 늙었다고 여기는 유일한 순간은 딸 이야기를 해야만 할 때였다. "휘트니 말로는 자긴 거기서 가게를 봐야 한다고 하더군. 지금이 바쁜 시기라나."

스크로드 씨는 음울하게 바닥을 내려다보았다. "다시 말해, 제 친자식보다 치즈가 더 중요하단 거군요."

"미안하네, 드웨인. 진심일세."

"주니어는 어떻게 될까요?"

"변호사에게 연락해 놓았네. 어디 숨어 있을 것 같은가?"

"저 외딴 숲 어딘가에요." 스크로드 씨는 기운 빠진 몸짓으로 가리켜 보였다.

"그거 참 큰 도움이 되는군. 찾아볼 범위가 고작 8천 제곱킬로미터로 좁혀졌으니 말일세."

윈십 부인은 일어서서 바지를 털고 핸드백을 어깨에 걸쳤다. "다음에 자네 아들을 보거든, 할머니가 최대한 빨리 경찰에 자수하라고 강력히 권했다는 말을 전해 주게. 그래야만 내가 녀석을 이 말썽에서 꺼내 줄 수 있다고 하게."

"그럴게요, 하지만 DJ는 휘트니가 장모님 말을 귀담아 듣는 만큼만 제 말에 신경쓰죠."

윈십 부인은 이 말대꾸를 그냥 내버려 두었다. 사위 드웨인은 그런 신랄한 말을 할 권리가 있었다. 그는 휘트니를 사랑했는데, 휘트니는 어쨌거나 그를 버렸으니 말이다.

"신문을 보아 하니 방화 현장에서 드웨인의 책가방이 발견되었다더군.

만일 그 애가 결백하다면 어떻게 그런 일이 있을 수가 있나?"스크로드 씨
는 정부에서 세금 걷으러 온 사람이 집에서 주니어의 가방을 훔쳐갔다는
그 뒤죽박죽인 이야기를 늘어놓았다. 윈십 부인은 못 믿겠다는 눈치였다.

"어쨌든 우린 갈 길이 머네." 그녀는 스크로드 씨를 어깨로 밀치고 문으
로 향하며 말했다.

"고맙습니다, 밀리." 스크로드 씨가 뒤통수에 대고 말했다.

윈십 부인은 계단에서 뒤돌아보았다. "뭐가 고맙단 말인가?"

"그 애한테 이렇게 신경 써 주셔서요."

"믿거나 말거나 자네 마음이지만, 난 자네와 그 애 둘 다를 신경 쓴다
네." 윈십 부인은 퉁명스레 말했다. "이제 가서 자네 앵무새랑 놀게나."

드레이크 맥브라이드는 고급스런 분위기에서 건강을 회복하기 위해 병
원에서 곧바로 리츠 칼튼 호텔의 호화로운 스위트룸으로 옮겼다. 지미 리
베일리스는 명령대로 블러드하운드를 가진 남자를 방으로 데려왔다.

개의 이름은 호레이스였다. 축 늘어진 커다란 귀에 축축한 턱살은 처져
있었고 코는 생강빵 덩어리를 닮은 개였다. 호레이스는 즉시 바닥에 드러
눕더니 침을 줄줄 흘리며 졸기 시작했다.

"호레이스가 피곤해서요." 조련사가 말했다.

"저것뿐이오? 한 마리로는 충분하지 않은데." 드레이크 맥브라이드가
불평했다.

"아뇨, 충분합니다."

"혼자 돌아다녀야 실력을 더 발휘합니다. 휴스턴의 친구들도 그렇게 말

해 주더군요." 지미 리 베일리스가 말했다.

드레이크 맥브라이드는 여전히 침대에 대자로 드러누운 채 개가 한 떼는 있어야 한다고 주장했다. "곰 잡을 때는 그렇게 하잖소, 안 그렇소?"

조련사가 말했다. "당신네들이 곰을 잡으려는 줄은 몰랐는데요. 사람을 찾는다고 들었습니다."

"맞습니다." 지미 리 베일리스가 말했다. 뱃속이 활활 타는 바비큐 구이 석탄 한 움큼을 집어삼킨 것처럼 쓰렸다. 그는 사장에게 호레이스가 세계 최고의 인간 사냥꾼이라고 설명했다. "실종자나 길 잃은 등산객, 도망친 죄수들을 찾는 데 쓰는 개입니다. '지명 수배자를 잡아라' 프로그램에 두 번이나 나왔죠."

"냄새만 있으면 문제없습니다." 조련사가 보장했다.

"우리 쪽에 냄새 날 만한 게 있나?" 드레이크 맥브라이드가 못마땅한 표정으로 물었다.

"있습니다." 지미 리 베일리스는 대답했다. 범인은 분홍색 깃발을 새로 꽂아 놓는 바람에 냄새를 남겼던 것이다.

드레이크 맥브라이드는 탁자에 놓인 물컵을 향해 손을 뻗으며 고통스런 신음을 내뱉었고, 그 소리에 호레이스는 물기 어린 갈색 눈을 잠시 뜨고 깜빡거렸다.

"맥브라이드 씨는 말에서 나동그라져 갈비뼈를 다치셨거든요." 지미 리 베일리스는 개 조련사에게 일러 주었다.

"뇌진탕도 생겼지." 드레이크 맥브라이드가 덧붙였다. "어이, 형씨, 아주 싼 값에 순수 혈통의 말을 살 만한 사람 누구 없나?"

조련사는 모른다고 대답했다.

"오늘부터 시작하실 수 있겠습니까?" 지미 리 베일리스가 물었다. "헬리콥터로 거기까지 태워다 드리죠."

"좋습니다."

"그 개가 열대성 늪지에서도 사람 냄새를 쫓아갈 수 있는 게 확실합니까?"

"식초 공장에서라도 냄새를 따라갈 수 있습니다." 조련사가 보증했다.

드레이크 맥브라이드는 눈을 도로 감아 버린 블러드하운드를 손가락질했다. "우리 호레이스는 언제쯤 낮잠에서 깨어나는 거요?"

"제가 말만 하면 깨어나죠."

"지금 당장 깨우는 게 어떻소? 난 베일리스 씨와 조용히 할 얘기가 있으니 말이오." 드레이크 맥브라이드는 손뼉을 요란하게 세 번 쳤다. "호레이스, 일어나! 호레이스!"

개는 까딱도 하지 않았고, 지미 리 베일리스는 몹시 당황했다.

드레이크 맥브라이드는 수염투성이 볼을 긁적였다. "흠, 실망이군. 다른 똥개를 찾아야겠네, 지미 리."

조련사가 가볍게 혀 차는 소리를 냈다. 호레이스는 감전되기라도 한 듯 바닥에서 벌떡 일어났다. 콧구멍은 하늘을 향하고, 꼬리는 바짝 서고, 번쩍 뜨인 눈은 빛나고 있었다.

"똥개라고 부르지 마십쇼." 조련사가 말했다.

드레이크 맥브라이드는 낄낄거렸다. "미안하다, 호레이스. 이제 자리 좀 피해 주시겠소?"

지미 리 베일리스는 블러드하운드와 조련사를 스위트룸 문 쪽으로 안내하고, 10분 후에 로비에서 만나자고 약속했다. 침실로 돌아갔더니 드레이크 맥브라이드는 똑바로 앉아 머리를 마사지하고 있었다. 파자마 웃옷 단추를 풀어 헤치고 있어 붕대를 잔뜩 감은 가슴이 드러나 보였다.

"어젯밤 우리 집 노인네가 전화했네. 난 모든 일이 비단결처럼 매끄럽게 흘러가고 있다고 거짓말을 했지." 드레이크 맥브라이드는 풀 죽은 목소리로 말했다.

"일단 문제만 처리하면 정말 그렇게 될 겁니다." 지미 리 베일리스는 드레이크 맥브라이드의 부유한 아버지가 아니었다면 레드 다이아몬드 에너지 회사는 존재하지도 않았을 거라는 사실을 잘 알고 있었다. 또한 드레이크 맥브라이드의 아버지가 아들에 대한 인내심을 점점 잃어 가고 있다는 것도 알았다.

"사장님, 그 블러드하운드가 우리 땅을 휘젓고 다니는 그놈을 잡은 다음에는……."

"놈들일 수도 있지. 누군지 몰라도 우리 일을 망치고 있는 놈들."

"옳습니다. 하지만 잡은 다음에는 어떻게 해야겠습니까? 그놈들이 벌써 불법 유정을 찾아냈으면 어쩌죠? 경찰을 부를 수는 없습니다. 놈들이 우리 일을 일러바칠 게 뻔하니까요. 그럼 감옥에 처박히는 건 사장님과 저란 말입니다."

"안 돼. 경찰을 부를 수야 없지. 절대 안 되네." 드레이크 맥브라이드도 동의했다.

"그럼 우린 그 무법자 녀석들을 어떻게 해야 한단 말입니까? 제 말은, 놈들이 벌써 22구역에 대해 알아 버렸다면 말입니다."

순간 이야기가 끊겼고, 한 순간 한 순간이 지나갈 때마다 침묵은 무거워졌다.

"자세한 데까지 전부 계획을 짜 놓은 건 아니지만, 어떤 대가를 치르더라도 이 프로젝트를 지켜야 하네. 이해하겠나, 형씨? 어떤 대가를 치르든 말일세."

지미 리 베일리스의 속쓰림을 덜어 줄 만한 대답은 아니었다.

닉의 침대 곁의 디지털시계가 9시 15분을 가리켰다. 이상한 일이었다. 일요일 아침이면 대개 어머니는 8시 정각에 닉을 깨워 함께 버터밀크 팬케이크와 베이컨을 요리하곤 했기 때문이다.

닉은 침대에서 빠져나와 가운을 걸쳤다. 아래층 홀에서 희미한 목소리가 들렸다. 한창 대화를 주고받는 중이었다. 창밖을 보니 진입로에 회색의 군부대 밴이 서 있었다.

닉이 거실로 뛰어가서 보니 아버지는 두 명의 젊은 군인의 부축을 받아 휠체어로 옮겨지고 있었다. 어머니는 한쪽 주먹으로 턱을 받치고 문가에 뻣뻣하게 서 있었다.

"무슨 일이에요?" 닉이 물었다.

"별거 아닌 후유증이다." 아버지가 쉰 목소리로 말했다. "월터 리드 병원에서 날 보고 싶어 하는 것 같구나." 아버지는 열이 있는 얼굴이었고 눈은 피로로 새빨갰다.

닉은 어머니를 돌아보았다. "감염이 또 생긴 거예요?"

"완전히 나은 게 아니었어."

군인 한 명이 휠체어를 밀고 나가 밴 쪽으로 향했고, 밴에 달린 경사로를 통해 휠체어를 밀어 올려 닉의 아버지를 차에 태웠다. 다른 군인은 어머니가 꾸려 둔 자그마한 나일론 수트케이스를 들고 나와 휠체어 옆에 실었다. 그레고리 워터스 대위는 몸에 덮인 모직 담요를 걷어차더니 말했다. "난 팔십 먹은 노인네가 아니라고!"

어머니는 아버지에게 작별의 입맞춤을 했다. "하루나 이틀 뒤에 내가 자기를 보러 갈게."

"저도요." 닉이 말했다.

"안 됩니다, 아드님. 아드님은 하루라도 학교를 빼먹으면 안 돼요." 아버지가 말했다.

"그렇지만 아빠……."

"됐다. 네가 모르는 새 집에 돌아와 있을 테니까."

아버지는 닉의 오른팔을 꽉 붙들었다. "이런, 붕대는 어디 갔냐? 설마 왼손잡이 인생을 그만둔 건 아니겠지."

"두고 보세요. 아빠가 돌아올 무렵에는 완전 골수 왼손잡이가 되어 있을 테니까요."

아버지는 억지로 미소를 지었지만, 닉은 그 표정 속에 숨은 고통을 알 수 있었다. "그래, 니키, 우리 둘이서만 저기 에버글레이즈 시티로 플라이 낚시를 하러 가는 거다."

밴이 진입로를 벗어나자 닉과 어머니는 손을 흔들었다. 그들은 그레고리 워터스 대위의 눈에 더 이상 그들이 보이지 않을 때까지도 한참을 계속했다. 닉은 정신이 멍했다. 이 모든 것이 끔찍한 악몽 같기만 했다. 전날 밤만 해도 아버지는 멀쩡해 보였는데.

"대체 무슨 일이에요, 엄마? 말해 줘요!"

"아침 먹고 나서." 어머니가 쌀쌀맞게 말했다.

“배 안 고파요.”

“난 고프단다.”

사실이었다. 어머니는 팬케이크 세 개, 베이컨 두 줄, 바나나 한 개, 블루베리 반 컵을 먹어 치우고 갓 짠 오렌지 주스를 큰 잔으로 마셨다.

닉은 퍽퍽한 그라놀라를 콕콕 찔러댔다. 그는 조바심을 내며 어머니가 식사를 마치기만을 기다렸다. 어머니를 닦달해 봐야 소용없으니까.

어머니는 커피 한잔을 따르더니 자리에 앉아 이야기를 시작했다. “네가 병원에 전화를 걸었는데 아빠가 안 계셨던 그때 기억나니?”

“당연하죠. 아빠가 집에 오신 날이었잖아요.”

“그래, 집에 오셨지. 의사들에게 아무 말도 없이 오신 거였어. 새벽 4시 반에 월터 리드 병원을 빠져나와 택시를 잡아타고 바로 공항으로 향하신 거야.”

“그럴 수가!”

“그래선 안 되는 거였어. 아빤 집에 올 만한 상태가 아니셨단다, 니키.”

“그럼 거짓말을 하셨던 거예요?”

“우릴 걱정시키고 싶지 않았던 거지.”

“머리가 이상해진 거 아니에요?” 닉은 화가 났다.

“네 아빤 다른 어느 곳보다 여기 있고 싶으셨던 거야. 너와 나와 함께 집에 있으면 훨씬 더 빨리 몸이 회복될 게 분명하다고 생각하셨던 거지.”

“하지만 회복된 게 아니잖아요.” 닉은 처량하게 말했다. “더 악화되었잖아요.”

어머니는 멍하니 숟가락을 거꾸로 잡고 커피를 천천히 휘저으며 커피 잔만 바라보고 있었다. “어젯밤 아빠는 오한이 들고 열이 40도나 되어서 깨셨어. 그래서 난 감염이 온전히 치료된 게 아니라는 걸 알았지. 아빠 너무 몸이 괴로운 나머지 결국 사실을 털어놓으셨어. 어깨에 로켓탄 파편이 아직도 박혀 있었던 거야. 수술을 더 받아야 해."

"아, 안 돼." 닉은 축 늘어졌다.

"아빠 강한 분이잖아. 괜찮으실 거야."

"그렇지만 엄마는 어때요?"

"나도 꽤 강한 편이지. 아직도 그걸 몰랐니? 자." 어머니는 자리에서 일어섰다. "난 이제 가야겠다. 내일 밤 휴가를 내어 네 아버질 보러 가려면 주말 근무를 두 번 뛰어야 한단다."

닉은 어머니를 꼭 붙들었다. "아빠가 병원에서 탈출했다니 믿을 수가 없어요. 만일 내가 그런 짓을 한다면 1년 동안 외출 금지를 당할 텐데."

"썩 잘한 짓은 아니었지." 어머니도 동의했다. "하지만 아빤 우리가 그리웠던 거란다, 니키, 그래서 그런 거야. 이젠 이라크에 안 계시다는 걸 감사하게 여기자꾸나. 워싱턴의 의사들이 치료만 끝내면, 아빤 집에 아주 오시는 거야."

어머니가 나간 뒤, 닉은 아버지 걱정을 잊기 위해 바쁘게 움직이려고 애썼다. 부엌 싱크대를 청소하고, 더러워진 빨랫감을 세탁기에 넣고, 대수 문제를 몇 개 풀고, 제출일이 2주나 남은 영문학 에세이의 개요를 고쳐 썼다.

마르타가 두 번 전화했지만, 닉은 받지 않았다. 친구들 중 누구와도 얘기할 기분이 아니었다. 점심으로는 땅콩버터 샌드위치를 만들었지만 겨우 세 입 먹었을 뿐이다. 식욕이 전혀 없는데다가 초조한 기분만 가득했다.

그래서 닉은 레드 삭스 야구 모자를 쓰고 뒷마당으로 나가 팔꿈치가 쑤셔 올 때까지 네트를 상대로 왼손 투구 연습을 했다. 아버지와 하고 싶은 이야기가 너무도 많았지만, 자기 생각만 할 때가 아니라는 걸 잘 알았다. 아버지에겐 병원으로 돌아가 필요한 수술을 받는 것이 무엇보다도 중요했다.

닉은 네트에서 공을 도로 가져온 다음 공이 든 양동이를 마운드로 끌고 가서, 팔꿈치가 몹시 쓰라리는데도 있는 힘껏 던지기를 계속했다.

와인드업 자세를 취하고 있는 와중에 뒤에서 누군가의 목소리가 들렸다. "야, 너 그러다 팔 망가진다."

획 뒤로 돌았더니 스모크가 집 모퉁이에서 오토바이를 끌며 걸어오고 있었다.

"너 여기서 뭘 하고 있니?" 닉이 물었다.

드웨인 스크로드 주니어는 오토바이를 벽에 기대 세웠다. "나 좀 도와줘야겠어. 그놈들이 캠프 근처에 사람 추적하는 개를 풀었어."

"누가?"

"석유 회사가."

"트윌리는 어디 갔어?"

"미친 듯이 동분서주하고 있지. 너한테 가 보라고 한 게 그 사람이야." 스모크는 불안하게 주위를 둘러보았다. "경찰들 때문에 우리 집에는 숨어 있을 수가 없어. 이젠 집 코앞에 순찰차를 대 놨단 말이야!"

"스타치 선생님하고 아기 퓨마는 어떻게 됐어?"

"지금까지는 무사해. 하지만 그 개는 끝내 준단 말이야. 진짜 프로라고."

"내가 뭘 도와주면 될까?" 닉은 무슨 대답이 나올지 알면서도 물었다.

"어디 숨을 데가 필요해. 얼마 동안만."

“좋아.”

닉은 야구공을 양동이에 떨어뜨렸다. 어머니에게 어떻게 말할지, 말을 하긴 해야 할지가 걱정이었다. 도망 중인 사람을 손님으로 맞는 일은 분명 어머니에겐 처음이리라.

제23장

　제이슨 마셜 형사는 보통 일요일에는 일하지 않았지만, 자취를 감춘 방화 용의자 드웨인 스크로드 주니어의 꼬리를 잡을 때까지 쉬지 않을 작정이었다. 그가 수갑을 채우기 직전 아이가 내뺀데다가 손쉽게 그를 따돌려 버리고 달아났다는 사실 때문에 다른 형사들은 계속해서 그를 들볶아 댔지만, 그래 봐야 소용없는 일이었다.

　매일 밤 제이슨 마셜은 아스피린 두 알을 먹고 무릎에 찜질팩을 댔으며, 드웨인 주니어가 어디 숨어 있을지 생각하며 선잠에 빠져들었다.

　그리고 매일 아침 제이슨 마셜은 그 녀석을 찾게 해 줄, 아니면 적어도 방화 사건을 종결짓게 해 줄 증거에 대해 생각하며 눈을 떴다. 오늘 그는 교회에 나가는 대신 인터넷으로 휴대용 부탄 토치에 대해 검색이나 해 봐야겠다고 마음먹었다.

드웨인 스크로드 주니어의 책가방에서 나온 토치는 '울트라 이그나이터'라는 상표였고, 회사 웹사이트에는 친절하게도 콜리어 내에서 자사 제품을 파는 소매점 목록이 올라와 있었다. 세 군데뿐이었고, 모두 철물점이었다.

한 가게는 폐업했고, 다른 두 군데는 일요일이니 문을 닫았을 거라고 생각했지만, 사실은 그렇지 않았다. 네이플스 동부에 있는 가게는 영업 중이었다.

형사는 광고판에 불을 질러 체포되었을 때 찍은 드웨인 스크로드 주니어의 사진을 한 장 들고 차를 몰아 가게로 갔다. 철물점 주인은 사진의 아이를 한 번도 본 적이 없다고 잘라 말했다.

"이 '이그나이터' 토치 많이 팔립니까?" 형사는 물었다.

"많이는 아닙니다. 컴퓨터로 찾아보고 정확히 몇 갠지 알려 드리죠."

가게에서 지난 30일 동안 판매한 울트라 이그나이터는 단 두 개였다. 제이슨 마셜은 판매 날짜를 적어 놓았다.

"사 간 손님 이름은 아마 모르시겠죠."

"모릅니다. 제가 말씀드릴 수 있는 건 두 개 다 신용카드로 계산되었다는 게 전부군요."

"확실합니까?"

"그럼요. 판매 관리 프로그램에 현금 구입인지 카드 구입인지 기록되어 있거든요." 가게 주인이 설명했다.

제이슨 마셜은 드웨인 스크로드 주니어가 분명 신용카드를 썼을 리는 없을 거라고 생각했다. 아버지 것이나 훔친 카드가 아니라면 말이다.

"감시 카메라를 설치하셨군요."

“요즘은 다들 달지 않습니까?”

“울트라 이그나이터를 팔았던 날의 테이프를 아직 보관하고 계십니까?”

“없을 것 같은데요.” 가게 주인은 거짓말로 대답했다. 사실은 좀도둑을 붙잡는 데 필요할 경우를 대비해 모든 테이프를 6개월 동안 보관해 두었다. 다만 몇 시간 동안 비디오를 조사하고 싶지 않았을 뿐이었다.

“한번 봅시다.” 제이슨 마셜이 말했다.

“사실은 지금 좀 바쁩니다. 다음에 다시 오시면 안 될까요.”

“저도 무척 바쁩니다. 그러니 테이프 좀 봅시다.”

테이프를 보는 건 그리 오래 걸리지 않았고, 형사는 자신이 찾던 판매 장면 두 건을 모두 찾았다. 그는 가게 주인에게 테이프를 증거물로 가져가겠다고 했다.

“대체 무슨 일입니까?” 가게 주인은 걱정스레 물었다. “제가 뭐 잘못이라도 저질렀습니까?”

“전혀 아닙니다.”

보안관 사무소로 돌아오는 길에 그는 소방부서의 방화 조사관 토켈슨에게 전화를 걸어, 드웨인 스크로드 주니어의 책가방에서 발견된 것과 똑같은 부탄 토치 두 개를 판 상점을 알아냈다고 전했다.

“하나는 늪지에서 불이 나기 전날 산 것이더군요.”

“대단한 발견이군요!”

“그런데 두 번째 토치를 산 건 겨우 사흘 전이었습니다.”

화재 조사관은 말했다. “그건 딱히 중요하지 않은 것 같은데요.”

“글쎄요, 중요하게 생각하셔야 할 겁니다. 두 개를 산 게 동일 인물이었거든요. 그리고 그 사람은 스크로드 꼬마가 아니었습니다.”

“어떻게 아시죠?”

“철물점에 감시 카메라가 있었거든요. 테이프를 봤죠.”

수화기 반대편에서 초조한 침묵이 흘렀다. 토켈슨이 이 정보가 대체 무슨 의미일지 머리를 굴리고 있는 것이었다.

“어쩌면 녀석에게 공범이 있는 거겠죠. 녀석들은 또 한 번 불을 지를 생각으로 두 번째 토치를 산 거고요.” 토켈슨이 마침내 입을 열었다. “비디오에 나온 손님은 나이가 어떻습니까?”

“한 쉰다섯에서 예순 사이로 보이던데요.”

“아, 그럼 그 애 아버지는 아니군요.”

“그렇습니다.”

“흠, 뭔가 복잡한 사정이 있는 게 분명하군요.”

“내가 설명할 수 있습니다.”

“어디 들어봅시다.”

“우리는 어쩌면 엉뚱한 사람을 뒤쫓는 건지도 모릅니다.”

또다시 불편한 침묵이 흘렀고, 토켈슨은 말했다. “그 테이프 좀 봅시다.”

“그러셔야겠습니다.” 제이슨 마셜도 동의했다.

여러 해 전 벼락을 맞아 완전히 죽어 버린, 12미터 높이의 떡갈나무 한 그루가 있었다. 줄기의 높직한 곳에는 구멍이 나 있었는데, 거기에는 암컷 너구리 한 마리가 세 마리의 새끼와 함께 살고 있었다.

어느 날 그곳에 커다란 굴착기 한 대가 와서 나무를 베어 쓰러뜨리기 시작했다. 몇 주 동안이나 몰래 너구리 가족을 지켜보고 있던 소년은 자전거에서 뛰어내려 굴착기 운전사에게 죽은 떡갈나무를 내버려 두라고 소리쳤다.

그러나 운전사는 소년의 말을 듣지 않았다. 그는 소년에게 저리 가라고 손짓한 뒤, 커다란 기계를 움직여 나무를 쓰러뜨렸고, 엄마 너구리를 포함해 너구리들은 모두 죽고 말았다. 소년은 멀리서 지켜보며 흐느끼는 수밖에 어쩔 도리가 없었다.

굴착기의 주인인 건설 회사는 야외용 가구를 보관할 창고를 짓기 위해 그 지역의 나무를 베고 있었던 것이다. 나무를 몽땅 베고 난 뒤 이틀 후, 회사는 번쩍이는 트레일러 두 대를 붙인 이동식 사무실을 설치하고 새로운 프로젝트를 광고하는 밝은색 현수막을 달았다. 그날 밤, 소년은 자전거를 타고 그곳을 찾아가 트레일러 사무실에 불을 질렀고, 트레일러는 불에 타 거대하고 뒤틀린 잿더미가 되었다. 안에는 아무도 없었다.

"사람이 없다는 걸 확인하고 그랬어." 스모크는 아무 말 없이 이야기를 들어 준 닉에게 맹세했다.

"이제 알겠지, 난 진짜 방화광은 아니야. 난 스릴을 맛보려고 그런 게 아니었어. 화가 났던 거야."

"하지만, 그래도 그런 짓은……."

"어리석은 짓이라는 말이 딱 맞지. 광고판을 태운 것도 마찬가지야. 우리 엄마가 그 직전에 파리로 날아가 버렸기 때문에 난 완전히 망가졌어. 그 항공 회사의 커다란 광고판을 봤을 때, 확 꼭지가 돌아 버렸지. 넌 이해 못 할 거야, 친구. 아무도 이해 못해."

닉은 한마디도 하지 않았다. 자기 어머니가 비행기를 타고 잘 있으리라는 말도 없이 영원히 떠나 버린다는 건 도저히 상상할 수조차 없었다. 그렇게 마음 아픈 일을 닉은 한 번도 겪어 본 적이 없었다.

스모크는 쓰디쓴 미소를 지었다. "어쨌든 그들은 그 멍청한 가구 창고를 세우고야 말았어. 마찬가지로 광고판도 새것이 들어섰고 말이야."

"그것 말고도 또 불을 지른 적 있니?"

"결코 없어."

"그럼 왜 '스모크'라고 불리는 걸 좋아하는 거니?"

"드웨인보다 훨씬 더 멋있게 들리잖아."

둘은 닉의 침실 바닥에 앉아 있었다. 블라인드를 내리고 방문은 잠가 둔 채였다.

"트윌리가 그러는데 넌 대단한 추적꾼이라며." 닉이 말했다.

"내가 잘하는 단 한 가지 일이지."

"엄마 퓨마를 찾아낼 사람이 있다면, 그건 바로 너라는 말도 했어."

"반드시 찾아낼 작정이야." 스모크는 결단 어린 어조로 말했다.

"스타치 선생님께서 시간이 별로 없다고 그러셨어."

"맞아. 게다가 그 블러드하운드 녀석이 온 늪지를 킁킁대며 돌아다니고 있으니 더 어려워졌지. 고양잇과의 야생 동물은 개가 보이면 미친 듯이 달아나거든."

닉은 묻지 않을 수 없었다. "너랑 선생님 사이에 대체 무슨 일이 있었던 거니?"

"스타치 선생님? 그렇게 나쁜 사람은 아냐."

"교실에서 그런 일이 있었던 뒤로, 다들 네가 선생님을 정말 미워한다고 생각했어."

스모크는 씩 웃었다. "그땐 정말 그랬지. 하지만 알고 보니 겉으로 행동하는 것만큼 못된 사람은 아니더라고. 야, 차 소리가 들리는데!"

얼마 후 현관문이 열리고 어머니가 닉의 이름을 불렀다. 스모크는 닉의 어깨를 움켜쥐었다. "나에 대해선 한마디도 하지 마!"

"하지만 거짓말할 수는 없잖아." 닉이 속삭였다.

"내 말 들어 봐. 내가 여기 숨어 있다는 걸 일단 알면, 네 어머니는 경찰에게 말할 수밖에 없어. 아니면 감옥에 가게 될 수도 있단 말이야."

"그게 무슨 소리야?"

"도망중인 사람을 은신시켜 주면 처벌받는다는 얘기야. 만일 네 엄마한테 내가 여기 있다는 말을 하면, 엄마를 이 복잡한 말썽 속에 끌고 들어오는 셈이 돼. 넌 그러고 싶니?"

아래층에서 부르는 소리가 들렸다. "니키? 어디에 있니?"

"지금 내려가요, 엄마!"

스모크는 슬그머니 움직여 닉의 옷장 속으로 들어갔다. "가! 아무 일도 없는 척해."

닉은 방 밖으로 빠져나와 문을 닫았다. 아래층 거실로 내려갔더니 놀랍게도 어머니는 혼자가 아니었다.

"니키, 페이튼 기억나지?"

"그럼요."

페이튼 린치는 고등학교 때 초등학생이던 닉을 돌봐주러 자주 오던 베이비시터 중 하나였다. 지금은 전문대학에 다니며 샌들 가게에서 아르바이트를 하고 있었다.

"안녕, 니키." 페이튼은 볼이 불룩하게 풍선껌을 불며 딱 소리를 냈다.

어머니는 자신이 아버지에게 가 있을 며칠 동안 페이튼이 집에 있어 줄 거라고 말했다. "오늘 오후 늦게 포트 마이어스에서 워싱턴까지 가는 비행기가 있거든."

"잘됐네요."

정말로 잘된 일이었다. 아버지에게는 물론, 닉에게도 말이었다. 페이튼 린치는 괜찮은 누나지만, 스타치 선생님 말버릇대로 '서랍에서 가장 날카로운 칼'이라 할 정도로 예리한 성격은 아니었다.

꼬마였을 때, 페이튼과 함께 있을 때면 닉은 마음 내키는 일은 뭐든지 다 해치우곤 했다. 페이튼은 보통 전화로 수다를 떨거나 발톱에 매니큐어를 칠하거나 MTV를 틀어 놓고 텔레비전 앞에 바싹 달라붙어 있었기 때문이다. 완벽하게 이상적인, 머리가 텅 빈 베이비시터였다.

아홉 살이었던 어느 날 닉은 실수로 자기 컴퓨터 모니터에 골프공을 날리고 말았다. 페이튼은 헤드폰으로 요란한 음악을 듣느라 진공관이 폭발하는 소리를 듣지 못했다. 닉이 깨진 유리로 가득한 상자를 들고 방에서 나왔을 때도 무슨 일인지 궁금하다는 기색조차 비추지 않았다.

어머니가 말했다. "편안하게 있어, 페이튼. 난 짐 꾸리러 갈게."

페이튼은 여행 가방을 러그 위에 떨어뜨리고 소파에 주저앉았다. "학교 생활은 어떠니, 니키?"

"괜찮아." 닉은 대답했다.

"얘, 너희 집에 다이어트 스내플 있니?"

"없을 것 같은데."

"녹차는?" 페이튼은 아이팟 이어폰을 귀에 찔러 넣었다. "두부 버거는? 스프링 롤은?"

"냉장고 뒤져 볼게." 닉은 속으로 웃으며 말했다.

부엌에 오토바이를 주차해 놓지 않는 한, 페이튼 린치는 드웨인 스크로드 주니어가 집에 있다는 사실을 절대로 알아차리지 못할 것이다.

드레이크 맥브라이드는 엄청나게 짜증이 치솟았다.

그는 신음을 내뱉으며 침대에서 간신히 일어나 지미 리 베일리스를 따라 절뚝절뚝 거실로 향했는데, 거실에서는 개 조련사가 침울하게 기다리고 있었다.

"무슨 일이오?" 드레이크 맥브라이드는 동정의 기미라고는 전혀 없이 물었다.

"당신네들은 내게 2천 달러를 내줘야 합니다."

"그 멍청한 개새끼가 길을 잃었다고 말이오? 정신 나갔소?"

"호레이스는 길을 잃은 게 아닙니다." 조련사는 단호하게 말했다. "돈 받기 전까지는 여길 뜨지 않을 테요."

지미 리 베일리스는 입술을 깨물었다. 그는 조련사에게 돈을 내주고 일을 마무리 짓자고 사장에게 강권했지만, 드레이크 맥브라이드는 '절대 안 되네, 형씨, 한 푼도 안 돼'라고 대답했을 뿐이었다.

"내 생각은 이렇소이다." 드레이크 맥브라이드는 자주색 파자마 웃옷 단추를 채우며 말했다. "당신은 신통찮은 개를 데려와 우릴 등쳐 먹으려 한 거요. 난 호레이스가 빵 상자 속에서 제 궁둥이가 어디 있는지도 못 찾을 녀석이라고 생각하오."

조련사는 드레이크 맥브라이드보다 키가 작지만, 억세고 강인한 사내였다. 지미 리 베일리스는 그런 타입을 잘 알았다.

“저, 무슨 일이 있었든, 저 사람 개가 없어진 거 아닙니까." 지미 리 베일리스는 사장을 달랬다. "그러니 우린 어떤 방식으로든 합의를 봐야 합니다."

"호레이스는 챔피언 추적견이었어요." 조련사의 말투에는 자부심이 어려 있었다. "호레이스는 최고였다고요."

"호레이스는 멍청한 똥개였소!" 드레이크 맥브라이드는 낄낄거렸다. "길을 잃는 챔피언 블러드하운드가 세상에 어디 있소!"

그 순간 지미 리 베일리스는 무슨 짓을 해도 그 입 싼 주둥이로부터 드레이크 맥브라이드를 구해 줄 수는 없음을 깨달았다. 레드 다이아몬드 에너지 회사 사장은 순식간에 멱살이 잡혀 호텔 방 벽에 매달렸고, 얼굴은 우스꽝스런 파자마와 똑같은 색으로 변했다.

"호레이스는 길을 잃어버린 게 아니오. 살해당했단 말이오!" 조련사는 손에 힘을 주었다. "그리고 잡아먹힌 거요!"

지미 리 베일리스는 드레이크 맥브라이드의 목에서 남자의 손을 떼어 내려고 했지만, 조련사는 몹시 힘이 세데다가 잔뜩 화가 나 있었다. 드레이크 맥브라이드는 눈알이 튀어나오고 팔이 축 늘어졌으며, 폐에서 쌕쌕대는 소리가 새어나왔다.

"놓아 주십시오, 부탁입니다!" 지미 리 베일리스가 애원했다. "사장님은 당신에게 2천 달러를 주실 겁니다."

"호레이스에 대해 했던 말도 사과할 거요?"

"원하신다면 신문에 사과문이라도 낼 겁니다."

조련사는 손을 놓았고, 드레이크 맥브라이드는 카펫 위에 무릎을 꿇고 축 늘어졌다. 5분 동안 요란하게 기침을 하고 숨을 헐떡거린 뒤에야 그는 고른 숨을 되찾고 미안하다고 사과했다.

"내 돈 주시오." 조련사가 말했다.

"당신 개가 잡아먹혔다고 그랬소?"

"분명하오."

"대체 무엇에 잡아먹혔다는 건지 물어봐도 되겠소?"

"모르는 척하긴." 남자는 차갑게 코웃음쳤다.

드레이크 맥브라이드는 당혹스럽게 지미 리 베일리스를 쳐다보았다. "이 사람 지금 무슨 소릴 하는 건가?"

난 완전한 저능아를 사장으로 모시고 있었군, 지미 리 베일리스는 생각했다.

"퓨마 얘기를 하는 겁니다, 사장님."

"하! 거기 퓨마 따위는 없소!" 드레이크 맥브라이드는 큰소리쳤지만, 전부 허풍이었다. 창백해진 그의 얼굴에는 불안이 서려 있었다.

조련사가 말했다. "내 눈으로 그 똥을 봤소이다."

"당신이 잘못 알았겠지, 친구. 분명 살쾡이 똥이었을 게요."

"그래요?" 남자는 드레이크 맥브라이드를 일으켜 세워 난폭하게 안락의자로 밀쳤다. "살쾡이 똥하고 퓨마 똥의 차이는 내가 잘 아오. 내가 본 건 시시한 살쾡이 따위가 남긴 게 아니었소."

또 한 번 목이 졸릴까 두려웠던 드레이크 맥브라이드는 말싸움을 포기했다. "당신 말이 맞겠지. 전문가니까."

"그렇소."

대화를 평화롭게 마무리하기 위해, 지미 리 베일리스는 검은 덩굴 늪지에 퓨마가 도사리고 있다는 사실을 알았다면 조련사가 절대 호레이스를 보내지 않았을 거라는 점을 드레이크 맥브라이드에게 설명했다.

"그 개는 순전히 사람 추적견이지, 퓨마 같은 동물을 쫓는 개가 아닙니다. 제 생각엔 우리가 이분의 손해에 대해 보상을 해 드려야 할 것 같습니다."

"알았네, 알았어." 드레이크 맥브라이드는 궁시렁거리며 수표책을 가지러 절룩절룩 침실로 갔다.

조련사가 말했다. "저기 서부에서는 쿠거를 사냥하느라 고양잇과 동물을 잡는 특수한 사냥개를 쓴다고 하더군. 하지만 호레이스는 그런 훈련을 받지 않았소. 분명 짖는 소리조차 내지 않고 그놈의 퓨마에게 달려들었다가 잡아먹혔을 거요. 문제는, 난 그 녀석을 정말 좋아했단 말이오."

"이런 일이 일어나 정말 죄송합니다. 진심으로 유감입니다." 지미 리 베일리스는 최대한 진실하게 들리는 목소리를 짜냈다.

"당연히 그래야지."

"맥브라이드 씨와 저는 우리 땅에 위험한 퓨마가 있을 거라곤 생각조차 하지 못했습니다."

"이거 아쇼? 난 당신네들 둘 다 구린내가 풍긴다고 생각하오."

그 점에 대해 지미 리 베일리스는 말싸움하지 않았다. 사장이 돌아오더니 안락의자에 주저앉아, 한 손에는 볼펜을 들고 무릎에 수표책을 펼쳤다.

그는 억지로 예의바른 척하며 물었다. "정확히 2천 달러, 됐소?"

조련사가 뭔가 골똘히 생각하며 가죽 같은 턱을 문지르는 바람에 지미 리 베일리스는 불안해져 텀스를 찾았다.

"사라지기 직전, 호레이스는 아주 화끈하게 남아 있는 흔적을 발견했소. 그 흔적을 따라 당신네 회사 땅을 벗어나 다음 구역까지 갔을 때, 내 눈에 뭐가 들어왔는지 당신네들은 믿을 수 없을 거요. 아니, 믿을 수 있으려나."

지미 리 베일리스는 신 침을 꿀꺽 삼켰다. 드레이크 맥브라이드의 어깨가 축 늘어졌다.

"파이프가 잔뜩 쌓여 있고 시추 장비가 몇 상자나 있더군." 조련사는 말을 이었다. "누군가가 플로리다 주 소유의 땅에 유정을 파려고 했던 거요! 그 상자들 이름표에 뭐라고 쓰여 있었는지 절대 모르겠지. 아니, 아시려나. 바로 '레드 다이아몬드 에너지'였소. 당신네들 회사랑 똑같이 말이오! 참 이상한 일 아니오?"

드레이크 맥브라이드는 고개를 들고 쉰 목소리로 물었다. "정확히 우리에게 원하는 게 뭐요, 선생?"

조련사는 마음에도 없는 한숨을 길게 내쉬었다. "호레이스가 정말 보고 싶을 거요."

지미 리 베일리스가 말했다. "본론만 말합시다. 5천 달러면 어떻습니까?"

"아주 좋소."

"하지만 누가 물어보기라도 하면, 당신은 22구역엔 한 발도 들이지 않았던 거요, 알겠소? 구덩이건 채굴 장비건 아무것도 못 본 거요."

"못 본 걸로 하겠습니다, 사장님. 사실을 아는 건 호레이스뿐이고, 녀석은 비밀을 흘리려야 흘릴 수 없으니 말이죠. 하느님이 녀석의 영혼을 돌봐 주시길."

드레이크 맥브라이드는 얼굴을 찌푸렸다. "그만 하시오. 너무 슬퍼서 눈물이 날 지경이군."

그는 수표에 5천 달러라고 휘갈겨 써서 조련사에게 내밀었다. "여기 있

소. 이걸로 똥개 한 마리 더 사시오." 그리고 그는 비틀거리며 침대로 돌아
갔다.

제24장

닉은 누군가 자신을 거칠게 흔드는 것을 느꼈다. 아직 일어나고 싶지 않았기 때문에, 그것이 꿈이기를 바랐다.

"일어나!" 숨죽인 목소리로 누군가 명령했다.

한쪽 눈을 뜨고 보니 드웨인 스크로드 주니어가 위장복 차림으로 옆에 서 있었다. "트윌리가 방금 전화했어." 드웨인은 휴대폰을 들고 말했다. "우린 가야 해."

"어딜?"

"거기."

"그렇지만 학교는 어쩌고?"

스모크는 닉의 발목을 잡고 이불 밖으로 잡아당겼다. "네 베이비시터에게 쪽지를 써 둬."

“베이비시터가 아니야!”

“어쨌거나. 부엌에 쪽지를 남겨 놔. 선배가 학교까지 태워다 준다고 해.”

“하지만 아직 밤중인걸.”

“아냐, 친구, 저건 안개야.”

닉은 페이튼 린치가 일어나 자신이 나가는 모습을 볼 경우를 대비해 학교 갈 때의 복장을 하고, 넥타이와 재킷까지 차려입었다. 물론 페이튼이 홍콩에 여행 간 친구들과 새벽 3시까지 문자 메시지를 주고받느라 지금은 세상모르고 깊이 잠들어 있다는 사실을 닉이 알 리가 없었다.

닉과 스모크는 현관문으로 조용히 빠져나갔다.

“오토바이 타고 갈 거니?” 닉은 오토바이를 타기엔 춥게 입은 게 아닐까 염려하며 물었다.

“트월리가 그러지 말래. 머플러가 너무 시끄럽다고. 오늘 우리는 조용히 해야 하거든.”

블록 끝에 푸른색 프리우스가 헤드라이트를 켜고 서 있었다. 앞 유리가 이슬로 뿌옇지만, 닉은 차 안에 똑바로 앉아 있는 두 개의 형체를 분간할 수 있었다. 트월리와 스타치 선생님일 거라고 생각했는데, 그 추측은 반만 맞았다.

트월리가 운전석 창문을 내리고 닉과 스모크에게 뒷좌석에 타라고 했다. 둘이 벨트를 채우자, 트월리가 네 발 달린 동승자를 가리켜 보였다.

“호레이스에게 인사해라.”

블러드하운드는 축 처진 눈으로 두 소년을 돌아보았다. 진주 같은 침방울이 아랫입술에서 흘러내렸다.

스모크는 기쁨의 환성을 내질렀다. “우릴 뒤쫓던 그 녀석이에요?”

"다 용서했지." 트윌리가 검은 선글라스 너머에서 말했다.

닉은 개의 비단결 같은 귀를 쓰다듬었다. "설마 햄버거 날고기로 유인하는 낡은 방법에 속아 넘어온 건 아니겠죠."

"아니. 스테이크 고기였는걸. 한 번 냄새를 맡자마자 호레이스는 날 새로이 제일 친한 친구로 삼아야겠다고 결심했지. 같이 다니기 꽤 좋은 녀석이더군. 귀찮은 질문을 해 대는 일이 없단 말이야."

"이름이 호레이스라는 걸 어떻게 알았어요?"

"녀석을 잃어버린 주인이 온 숲에 쩌렁쩌렁 울리도록 외쳐 대고 있던 이름이었기 때문이다. 그건 그렇고," 트윌리는 백미러로 닉을 쳐다보았다. "넌 왜 신랑 들러리처럼 쫙 빼입었냐? 혹시 늪지로 하이킹을 갈 때면 항상 그렇게 차려입는 건 아니겠지?"

"어, 아니에요. 학교 가는 척해야만 했거든요." 닉은 얼굴이 빨개졌다. 그는 트루먼 교복 재킷을 벗고 넥타이를 잡아 풀었다. "그러면 아저씨는 왜 선글라스를 쓰고 있는 거죠?" 닉은 날카롭게 물었다. "바깥은 완전히 어두운데."

"나한테는 그렇지 않아."

스모크가 물었다. "그거, 더 찾았어요?"

"그래."

"얼마나 된 거였어요?"

"두 시간 된 거. 최고지."

닉은 흥분해서 몸을 앞으로 내밀었다. "퓨마 똥이요?"

"맞다."

스모크는 차 창문 밖을 내다보며 중얼거렸다. "끝내 주는데."

닉은 스모크의 휴대폰을 빌려 마르타에게 전화했고, 마르타는 같이 가게 해 달라고 애원했다. 처음에는 트윌리가 반대했지만, 스모크가 나서서 눈과 귀 한 쌍씩이 더 있는 것도 추적에 그리 나쁘지 않을 거라고 설득했다. 닉은 마르타에게 버스 정류장 근처 우체통에서 만나자고 지시했고, 차를 세웠을 때 마르타는 청바지와 모자 달린 스웨트 셔츠를 입고 기다리고 있었다.

마르타는 어찌나 열정에 불타고 있었던지 뒷좌석으로 거의 뛰쳐 들어오다시피 했다. 몇 분이 지나서야 마르타는 앞좌석에서 침을 흘리고 있는 커다란 개를 눈치 챘다. "쟨 도대체 뭐니?"

"걘 그냥 호레이스야." 닉이 말했다.

"그 개는 블러드하운드야." 스모크가 덧붙였다. "좋은 녀석이야."

이 칭찬에 호레이스는 하품을 했다.

마르타가 말했다. "아, 알겠다. 엄마 퓨마를 뒤쫓는 걸 도와줄 거구나."

트윌리는 퀴즈쇼에 나오는 땡 소리를 냈다. "틀렸어. 호레이스는 곧 나무 밑에 묶여서 기차처럼 요란하게 코를 골게 될 게다. 녀석은 퓨마 전문이 아니거든."

"사람을 찾아내는 실력 있는 추적견이지." 스모크가 설명했다.

"어디서 왔니?"

"트윌리가 납치했어." 닉이 대답했다.

"사실이 아냐. 티본 스테이크로 뇌물을 좀 썼을 뿐이다." 트윌리가 말했다.

짙은 안개 때문에 평소 때보다 차를 천천히 몰았으므로, 검은 덩굴 늪지로 들어가는 흙길에 닿기까지는 시간이 좀 걸렸다. 가는 길에 트윌리는 잠시 차를 세우고 호레이스에게 안전벨트를 채워 주었는데, 닉은 좋은 생각이라고 여겼다. 울퉁불퉁한 길을 가다 보면 뱃속이 그득한 덩치 좋은 개가 탈이 날 수 있으며, 다른 승객들에게도 불쾌한 일이 될 게 뻔하기 때문이었다.

일행은 전처럼 기생 무화과나무 밑에 스타치 선생님의 차를 감추고 걷기 시작했다. 트윌리가 호레이스를 줄에 묶어 앞장섰고 스모크가 그 뒤를 따랐다. 닉과 마르타는 안개 속에서 길을 잃지 않으려고 바싹 따라붙었다. 안개는 축축한 모직 수의처럼 늪지와 숲을 온통 뒤덮고 있었던 것이다.

트윌리의 캠프에는 작은 모닥불이 타오르고 있었다. 마르타와 닉이 불가에 서 있으려니 스모크도 다가왔고, 셋은 따뜻하게 볼에 와닿는 온기를 느꼈다. 트윌리는 개를 기생 무화과나무에 묶고 물 한 사발을 가져다 주었다. 개는 꿀꺽꿀꺽 요란하게 물을 마셨다.

다음으로 트윌리가 커피 한 주전자를 끓이자 모두들 한 컵씩 마셨다. 트윌리는 빨리 마시라고 재촉했다. 닉은 커피를 처음 마시는 거였다. 맛은 별로였지만, 따뜻한 온기가 흘러들어오는 것은 고마웠다.

스타치 선생님이 밀짚모자를 들고 텐트에서 나왔다. 아기 퓨마가 머리를 내밀고 애처롭게 울었다.

"얌전히 있어야지, 우리 졸졸이." 스타치 선생님이 달랬다.

세 아이는 퓨마를 보려고 모여들었다. 사랑스럽기도 했지만, 잠시도 가만히 있지 않고 꼼지락거렸기 때문에 안아 주기가 그리 쉽지 않았다. 닉은 스타치 선생님의 팔에 길고 흉한 발톱 자국이 난 것을 보았다. 그러는 동안 블러드하운드 호레이스는 이미 무화과나무 아래에서 잠에 빠져 들었다.

트윌리는 불가에서 멀찍이 떨어진 곳에 서서 GPS 버튼을 누르고 있었다. "좋은 소식은, 놈들이 헬리콥터를 사용해서 우릴 뒤쫓지 못한다는 거다. 이런 날씨에는 절대 못 하지. 나쁜 소식은, 우리가 이 꼬마의 엄마를 찾아 주는 일이 두 배나 어려워진다는 거지."

스타치 선생님이 강철같이 단단한 눈빛으로 닉과 마르타를 보았다. "추적 중에는 침묵을 지키는 게 절대적으로 중요하단다. 인간의 재채기 같은 작은 소리에도 엄마 퓨마는 겁을 먹고 영원히 달아나 버릴 수 있거든. 그렇게 되면 졸졸이는 사형선고를 받는 거나 다름없단다, 이해하겠니? 언제까지나 동물원에서 제조한 우유만 먹고 살 수는 없으니 말이다."

마르타와 닉은 엄숙하게 고개를 끄덕였다. 둘 다, 죽어 버린 다른 한 마리의 새끼 퓨마를 생각하고 있었다.

"출발할 시간이에요." 스모크가 말했다.

트윌리가 텐트 안으로 들어가더니 소총을 들고 나왔다.

"그건 어디다 쓰려고요?" 마르타가 불안한 듯 물었다.

"마음의 평온을 위해서." 트윌리는 탄약 벨트에 총알이 가득 차 있는지 확인했다. "다들 준비됐나?"

밀짚모자 안에서 아기 퓨마가 못 참겠다는 듯이 아르릉거렸고, 트윌리마저 웃음을 터뜨렸다. 일행은 빈터를 벗어나 안개 낀 숲 속으로 들어섰다. 트윌리가 앞장을 서고, 드웨인 스크로드 주니어, 닉, 마르타, 마지막으로 배고픈 새끼의 입에 이유식 병을 물린 스타치 선생님의 순서였다.

거의 30분 동안 그들은 사이프러스 숲과 평지, 덤불을 지나고, 그러고 나서도 소나무 숲과 종려나무 덤불을 헤쳐 가며, 기운차게, 그러나 조용히 나아갔다. 안개는 더 짙고, 축축하고, 차가워지기만 했다.

트윌리는 GPS를 이용해 전에 갔던 길을 되짚고 있었다. 닉은 GPS가 없다면 결코 찾는 것을 발견하지 못하리라는 사실을 알고 있었다. 누구도 아무런 말을 하지 않았으며, 심지어 마르타는 진창에서 운동화 한 짝을 잠깐 잃어버렸을 때조차 입을 다물고 있었다. 마찬가지로 스타치 선생님은 우유가 다 떨어져 골이 난 아기 퓨마가 커다란 앞발로 코를 후려쳐 피가 나는데도 작은 비명조차 지르지 않았다.

마침내 트윌리가 수색팀에게 멈춰서 모여 보라고 손짓했다. 그가 허리를 구부리고 종려나무 잎사귀 하나를 조심스레 쳐들자, 어디서 나온 것인지 분명한, 녹색이 도는 커다란 검은 덩어리가 나왔다. 사슴 털 한 다발, 뼛조각 몇 개, 하얀 해오라기 깃털 몇 올이 섞여 있었다.

마르타는 냄새 나는 그 덩어리를 가리키며 조용히 입모양으로만 물었다. "퓨마 똥?"

트윌리가 엄지손가락을 치켜세웠다. 드웨인 스크로드 주니어는 한쪽 무릎을 꿇고 앉아 똥을 조사하기 시작했다. 늪지에서 나는 평소 때와 다른 소리라고는 스타치 선생님의 밀짚모자 안에서 아기 퓨마가 가르릉대는 소리뿐이었다. 닉은 마르타가 가만히 자기 셔츠 자락을 붙잡는 것을 느꼈다.

얼마 후, 스모크는 일어서서 발걸음을 좁고 가볍게 떼어 가며 그 혼자만이 알아낼 수 있는 복잡한 흔적을 따라 조용히 나아가기 시작했다.

다른 이들도 뒤를 따랐다. 기대로 부푼 심장을 두근거리며.

지미 리 베일리스는 자기 혼자 수렵 관리인을 만나 보는 게 최상일 거라고 생각했지만, 드레이크 맥브라이드는 자기도 가겠다고 고집을 피웠다. 멜턴과 다른 직원들에게는 월요일 아침 근무를 쉬라고 미리 말해둔 터였다. 연방에서 나온 수렵 관리인이 레드 다이아몬드 사가 22구역에서 일한다는 사실을 주워듣게 될 위험을 피하기 위해서였다.

들썩거리며 검은 덩굴 늪지로 가는 길은 갈비뼈를 골절당한 드레이크 맥브라이드에게 죽음이나 다름없었고, 그는 가는 내내 신음하며 욕설을 늘어놓았다. 지미 리 베일리스는 공공 판잣길로 들어서는 입구에 회사 트럭을 세웠다. 그렇게 짙게 낀 안개는 한 번도 본 적이 없었다. 마치 차갑게 달라붙는 연기 같았다.

드레이크 맥브라이드가 붕대로 감싼 몸통을 문지르며 내렸다. 사라진 블러드하운드의 임자에게 5천 달러를 준 일 때문에 아직도 화가 나 있었다.

"자네는 진짜로 퓨마가 그 개를 먹어치웠다고 생각하나? 그럴 리가 없다고, 형씨."

"그건 중요한 게 아닙니다. 돈을 쥐여 줘서 보낼 수밖에 도리가 없었잖습니까."

드레이크 맥브라이드는 경멸 어린 코웃음을 쳤다. "그놈은 사기꾼일 뿐이야."

"뭐가 됐든, 그가 22구역에서 유정을 찾아냈잖습니까." 지미 리 베일리스는 열 번째로 일깨워 주었다. "돈을 좀 쥐여 주지 않았더라면 우릴 일러바쳤을 겁니다."

"세상에, 난 사기꾼이 정말 싫다네."

지미 리 베일리스는 웃었다. 웃지 않고 배길 수가 없었다. 드레이크 맥

브라이드의 아버지가 왜 아들을 머저리라고 생각하는지 완전히 이해가
갔다.

녹색 픽업트럭이 안개 속에서 나와 멈춰 섰다. 트럭의 옆구리에는 미국
야생동물 보호청의 로고가 있었다.

드레이크 맥브라이드가 말했다. "이 풋내기는 내가 다루도록 해 주게,
지미 리."

'풋내기'는 드레이크 맥브라이드보다 상당히 나이가 더 든 사람이었는
데, 몸집은 훨씬 좋았다. 배지를 달고 허리춤에 총을 차고 있었으며, 자신
이 특수요원 콘웨이라고 말했다.

"특수요원이라고?" 드레이크 맥브라이드가 히죽거렸다. "그러니까 당신
이 무슨, 숲 속의 제임스 본드라도 되는 거요?"

"그렇게 말하는 당신은 누구시오?" 콘웨이가 물었다.

"드레이크 맥브라이드라고 하오. 레드 다이아몬드 에너지 사의 사장이
올시다."

"그렇군요." 콘웨이가 지미 리 베일리스를 바라보았다. "그럼 그쪽은?"

"내 프로젝트 매니저요. 베일리스 씨라고 하지. 소중한 시간을 1초라도
더 낭비하지 맙시다. 여기 퓨마 같은 건 없소, 알겠소? 전혀 없소. 누군가
큰 실수를 저지른 거요."

콘웨이는 예의바른 미소를 지었다. "어느 시민으로부터 이 지역에서 한
마리를 본 게 확실하다는 제보를 받았으니, 확인해 봐야만 합니다. 하지
만 오늘은 아닙니다, 여러분. 이렇게 짙은 안개가 긴 날은 못 하죠."

지미 리 베일리스는 남몰래 안도의 한숨을 쉬었다. 드레이크 맥브라이
드는 웃음을 터뜨리기 일보 직전이었다.

"당신네들이 채굴 허가를 받은 지역은 어디서부터죠?" 콘웨이가 물었다.

"저 도로에서 1.2킬로미터쯤 떨어진 지점입니다." 지미 리 베일리스가 손으로 가리켜 보였다. "표지판과 철문이 있죠."

"내일 아침까지 잠그지 말고 두십시오. 날씨가 괜찮으면 다른 요원 몇 명하고 추적견을 데리고 다시 올 테니까요." 야생동물 보호 관리원이 말했다.

"아, 신나는군." 드레이크 맥브라이드가 작게 중얼거렸다. "또 다른 똥개라니."

"뭐라고 하셨죠?"

"아무것도 아니올시다."

지미 리 베일리스가 잽싸게 끼어들었다. "전적으로 협조하겠습니다, 콘웨이 요원님. 뭐든 말씀만 하시면 들어 드리죠."

"좋습니다." 요원은 철테 안경을 벗고 렌즈에 서린 김을 닦아냈다. "지구 상에서 플로리다 퓨마보다 더 시급한 멸종 위기에 처해 있는 동물은 없습니다. 알고 계셨습니까? 어딘가에 육십 마리에서 백 마리 정도 남아 있는데, 그게 전부죠. 그리고 그것들이 멸종하지 않도록 보호하는 게 저희 임무입니다. 그래서 목격했다는 제보가 있으면 확인하고 있는 겁니다."

"하지만 아까도 말했듯이, 여기서 목격했을 리가 없소. 여긴 그 망할 놈의 퓨마 따위는 없기 때문이오!" 드레이크 맥브라이드가 고집을 피웠다.

요원이 말했다. "굉장히 아름다운 동물입니다. 사진을 보신 적 있나요?"

"없소. 하지만 서부에서 총으로 쏴 잡아 가죽을 벗겨 놓은 쿠거는 봤지. 거기선 그게 완전히 합법이거든. 다 똑같은 들짐승 아니오."

콘웨이는 안경을 쓰더니 레드 다이아몬드 에너지 회사의 사장으로부터 등을 돌렸다. "문 열어 두는 거 잊지 마십시오." 그는 지미 리 베일리스에게 말했다.

"알겠습니다. 이 근처에서 퓨마를 봤다고 전화로 제보한 분이 누구였는지 여쭤어 봐도 될까요?"

콘웨이는 트럭으로 걸어가며 클립보드를 들여다보았다. "헤이듀크라고 써 있군요. 조지 W. 헤이듀크."

지미 리 베일리스도, 대학 졸업 이후 단 한 권의 책도 끝까지 읽어 본 적 없는 드레이크 맥브라이드도, 그 이름은 들어본 적이 없었다.

"GPS로 정확한 지점까지 알려 줬습니다. 그러니 확실한 출발점을 잡은 셈이죠."

"정말입니까?" 지미 리 베일리스는 갑자기 속이 뒤틀렸다.

드레이크 맥브라이드는 골이 나서 말했다. "그럼 아무 미친놈이나 미국 정부에 전화를 걸어 퓨마인지 유니콘인지 UFO를 보았다고 말하면, 당신네들은 바로 다음날 바로 출동을 하신다는 거군. 이렇게 돌아가는 거 맞소?"

콘웨이 특수요원은 트럭에 올라타고 창문을 내렸다. "이런 안개는 조심하십시오." 그리고 그는 멀어져 갔다.

월요일 아침인 그날 제이슨 마셜 형사는 뜻밖의 전화 두 통을 받았다. 첫 번째로 걸려온 전화는 버너드 빈스툽 3세, 혹은 '버니 더 빈'이라는 별명으로 알려진 남자로부터였는데, 그는 다름 아닌 탬파에서 가장 유명하고 가장 몸값이 비싼 피고측 변호사였다.

버니 더 빈은 제이슨 마셜에게 자신이 드웨인 스크로드 주니어의 할머니의 의뢰를 받아 방화죄로 고발당한 소년의 대리인이 되었다고 알려 왔다. 그는 자신이 드웨인의 가족과 함께 아이를 찾으려 노력하고 있으며 자수하라고 설득할 계획이라고 했다. 또한 아이가 '천 퍼센트 결백'하며, 그에게 걸린 어떤 혐의에 대해서든 맞서 싸울 거라는 얘기도 했다.

"하지만 나한테서 달아났지 않습니까." 형사는 그 점을 지적했다. "그건 체포 불응입니다."

"그건 정상 참작의 여지가 있습니다." 버니 더 빈이 새된 소리로 지껄였다. "그 불쌍한 아이는 그저 무서워서 제정신이 아니었던 거요. 어쨌거나, 우리보다 먼저 드웨인을 찾게 되면, 할머니가 벌써 변호사를 구해 두었다고 알려 주시오. 그것도 그냥 아무 변호사가 아닌, 최고를 말이오!"

부탄 토치를 팔았던 철물점에 다녀온 이후 줄곧 검은 덩굴 늪지 사건에 대해 의혹을 키워 가던 제이슨 마셜에게, 이 대화는 그리 반갑지 않았다.

그날 걸려온 두 번째 전화 역시 골치 아프기는 마찬가지였다. 열정이 지나친 연방 검사에게 걸려온 전화로, 검사는 토치를 구입한 사람이 드웨인 스크로드 주니어가 아니라는 사실을 증명하는 비디오테이프 때문에 수선 피우지 말라고 전했다. 경찰로부터 도망친 그 소년이 유력한 용의자라는 사실에는 변함이 없다는 것이었다.

"그 테이프가 녀석이 불을 지르지 않았다는 증거가 되는 건 아닐세. 그저 녀석이 그 가게에서 물건을 산 게 아니라는 증거일 뿐이잖은가. 젠장, 그 자식이 인터넷으로 똑같은 상표의 토치를 샀을 수도 있지 않나!"

맞는 얘기일 수도 있다고 형사는 생각했다. 그러나 그는 여전히, 방화의 타이밍을 고려해 보면 수상쩍은 우연의 일치라고 여겼다.

"이 사건의 유일한 미스터리는," 검사는 말을 이었다. "스크로드 같은 암적인 존재가 어떻게 트루먼처럼 좋은 사립학교에 입학했느냐는 점이라네. 그러니까 내 말은, 제이슨, 자네 딸도 거기 다니지 않나?"

"그렇습니다." 형사는 딱딱하게 대답했다.

"흠, 내 자식이었다면 이번 일로 꽤나 겁을 먹었을 걸세. 스크로드처럼 전과가 있는 녀석이 같은 건물을 걸어 다닌다니 말일세."

"찾으면 즉각 알려 드리죠." 형사는 별 열의 없이 말했다.

10시 정각에 화재 조사관 토켈슨이 보안관 부서에 도착했다. 제이슨 마셜은 그를 자기 사무실로 데려가 사건에 대한 자신의 염려를 털어놓았다. 토켈슨은 귀 기울여 듣더니 말했다. "테이프 좀 봐도 되겠습니까?"

형사는 비디오를 틀고 토켈슨의 뒤에 앉았다. 토켈슨은 중간중간 테이프를 멈추고 울트라 이그나이터 부탄 토치의 가격을 지불하기 위해 계산대에서 기다리는 동안 제산제 알약을 집어삼키는 남자의 모습을 자세히 관찰해 가며 두 편의 비디오를 보았다.

"저건 스크로드 꼬마가 아닙니다." 제이슨 마셜이 말했다.

"틀림없군요." 화재 조사관은 주먹으로 턱을 받친 채 TV 화면 앞에 쭈그리고 앉아 있었다.

"음, 어떻게 생각하십니까?"

"우리 검사 친구가 무지막지하게 실망할 것 같군요." 토켈슨은 VCR의 정지 버튼을 누르고, 서류 가방을 연 다음, 투명한 비닐봉지를 꺼내 형사에게 보여 주었다.

비닐봉지 안에는 레드 다이아몬드 에너지라는 로고가 찍힌 싸구려 볼펜이 있었다.

제이슨 마셜이 말했다. "그 펜 기억납니다. 방화가 시작된 장소 근처에서 찾으셨죠."

"그렇습니다. 이걸 잃어버린 사람이 바로 나중에 현장에서 그 아이의 책가방을 찾았다고 전화를 한 동일 인물입니다."

형사는 넥타이를 잡아당겼다. 그는 이제 미소를 띠고 말했다. "이건 어떻습니까? 바로 그 가방 주머니에 부탄 토치가 숨겨져 있었다는 점 말입니다."

"그렇죠. 이건 어떻습니까?" 화재 조사관은 TV 화면에서 등을 돌렸다. 정지 상태의 화면에는 토치를 산 사람의 얼굴이 흑백으로 나와 있었다. 흐릿하지만, 쉽게 알아볼 수 있었다.

"저 사람 이름은 지미 리 베일리스입니다. 그 석유 회사, 레드 다이아몬드 사에서 일하죠."

제이슨 마셜은 몹시 흥분했지만 차분하고 프로다운 자세를 보이려고 애썼다. "그러니까 이렇게 되는군요. 베일리스가 그 철물점에 가서 첫 번째 토치를 사서 불을 질렀다."

토켈슨이 끄덕였다. "분명 그날 없애 버렸을 겁니다."

"그러나 나중에, 당신이 화재가 방화라는 점을 밝혀냈다는 사실을 알자, 걱정이 된 겁니다."

"완전히 패닉 상태가 되었다는 말이 더 어울리겠죠."

"그래서 같은 가게로 달려가 똑같은 토치를 하나 더 산 겁니다. 스크로드 소년에게 범죄를 덮어씌우려고요."

"아귀가 딱 맞아떨어지는군요, 그렇지 않습니까?" 화재 조사관은 범죄의 증거물인 볼펜을 서류 가방에 도로 넣었다.

제이슨 마셜은 일어서서 벨트 뒤쪽을 더듬어 케이스에 수갑이 들어 있는지 확인했다. "퍼즐의 커다란 조각이 아직도 빠져 있습니다. 베일리스는 애당초 왜 늪지에 불을 질렀는가?"

토켈슨이 VCR에서 비디오테이프를 꺼냈다. "직접 물어보러 갑시다."

제25장

구름 속을 까치발로 걸어가는 기분이었다.

닉의 셔츠는 안개에 젖어 가슴에 달라붙었다. 피부는 미끄덩거리고, 속눈썹에는 작은 이슬방울이 은빛 공처럼 맺혔다. 늪지는 창백한 잿빛 어스름에 잠겨 있었다. 지금이 아침이고, 저 높은 곳 어딘가에는 태양이 빛나고 있다는 사실을 닉은 도저히 믿기 어려웠다.

스모크는 엄마 퓨마의 자취를 쫓아 꾸준히 전진해 나가며, 때때로 멈춰 서서 부러진 잔가지, 납작하게 밟힌 풀, 부분적으로 남은 발자국 등을 가리켜 보였다. 한 걸음씩 내디딜 때마다 일행은 퓨마에게 가까워져 갔지만, 퓨마는 여전히 보이지 않는 유령이자 상상 속의 존재에 지나지 않았다.

달리고 있을까? 숨어서 기다리고 있을까? 떡갈나무 가지 위에서 지켜보고 있을까?

바싹 마른 독수리 부리가 서로 부딪치는 소리에 퓨마가 경계심을 품을지 몰라, 트월리 스프리는 행운의 목걸이를 벗었다. 그는 소총의 개머리판을 잡고 푸르스름한 총신이 하늘로 향하게 한 채 스모크의 뒤를 바짝 따라갔다. 마르타는 스타치 선생님과 나란히 걷기 위해, 그리고 잠든 새끼 퓨마 가까이 있기 위해 몇 걸음 뒤쳐져서 따라왔다.

5명의 일행이 바스락대는 덤불과 물이 흥건한 늪지를 그토록 조용히 지나갈 수 있다는 사실에 닉은 놀랐다. 그들은 마치 지네나 뱀 근육처럼, 물 흐르듯 자연스레 일치되어 있었다. 그러나 닉은 퓨마가 청력이 몹시 날카로워, 소리 죽인 기침 소리나 슬쩍 헛기침하는 소리만 들어도 겁을 먹고 도망쳐 몇 킬로미터를 달아난 후에야 진정하리라는 것 또한 알았다.

그처럼 조심성 많은 동물을 뒤쫓으려니 엄청난 주의와 집중이 필요해서 닉은 딴 생각에 빠져들 수가 없었는데, 잘 된 일이었다. 학교에 있었더라면 몇 시간이고 군사 병원 수술대에 누워 있는 아버지 걱정만 하느라 길고 불안한 하루를 보냈을 것이 뻔하기 때문이었다. 퓨마 사냥은 육체적으로나 정신적으로나 완전한 소일거리였다. 그토록 주의를 집중하고 몰두했던 적은 한 번도 없었다.

안개 속에서 판잣길이 나타나기 전까지, 닉은 자신들이 어디에 있는지는 물론, 어느 방향으로 향하고 있는지조차 전혀 몰랐다. 스모크가 갑자기 몸을 쭈그렸고, 다른 이들도 뒤따랐다. 트월리가 스타치 선생님을 향해 새끼를 맨 앞으로 데려오라고 급히 손짓했다.

마치 희귀하고 부서지기 쉬운 보물이 담긴 것처럼 양팔로 밀짚모자를 안아든 채, 선생님의 후리후리한 모습은 느릿느릿 흔들리는 발걸음으로 앞으로 나아갔다. 그 모습에 닉은 벌레에게 다가가는 황새가 떠올랐다. 닉은 뒤로 손을 뻗어 마르타의 손을 잡고, 마르타가 더 잘 볼 수 있도록 가까이 끌어당겼다.

스모크는 다시 일어서서 짙은 안개 속을 응시하고 있었다. 트월리가 스타치 선생님에게 뭔가 속삭였고, 선생님은 아기 퓨마를 모자에서 꺼냈다. 새끼는 땅딸막한 다리를 쭉 펴더니 힘차게 하품을 했다. 그러더니 꿈틀대고 몸부림을 치며, 커다란 발톱이 달린 통통한 앞발로 스타치 선생님의 손과 팔을 할퀴어 댔다. 선생님은 어떻게든 새끼를 붙잡고 있었지만, 그처럼 작고 귀여운 겉모습 속에 그렇게 강한 힘이 깃들어 있다는 사실에 닉과 마르타는 크게 놀랐다.

곧 아기 퓨마가 울기 시작하자, 스타치 선생님은 다정한 미소를 지었으며 트월리와 스모크는 잘 되었다는 듯 고개를 끄덕였다. 엄마 퓨마를 숲 속에서 이끌어 내고, 새끼에게로 오게 하기 위해 그들이 바라던 것이 바로 울음소리였던 것이다.

그러나 그것도 엄마 퓨마가 들었을 때나 가능한 일이었다.

스모크가 트월리에게 무슨 말인가를 하자, 트월리는 태두가 딱딱해져 소총을 준비 자세로 들었다. 닉의 목덜미에 마르타의 숨결이 와 닿았다.

"누구 다른 사람이 있어!"

"그럴 리가."

"들어 봐, 닉! 목소리가 들려."

스모크도 목소리를 들은 게 틀림없었지만, 닉은 듣지 못했다. 닉의 귀에 들리는 소리라고는 새끼 퓨마의 가냘픈 울음소리와 자기 심장이 쿵쿵대는 소리뿐이었다.

스타치 선생님이 새끼를 놓아 주자, 녀석은 몇 미터를 급히 뛰어 작은 빈터로 가더니, 눈을 크게 뜨고 어리둥절해서 갑자기 주저앉았다.

트윌리가 모두에게 뒤로 물러서라는 손짓을 했다. 그들은 줄지어 선 어린 소나무 뒤에 다시 모여 섰는데, 안개가 끼었음에도 아직 졸졸이가 보이는 자리였다. 마치 땅 위에 놓인 털투성이 점박이 분첩 같았다. 작은 퓨마는 울고 또 울었지만, 본능적으로 움직이지 말아야 함을 알았다. 조금만 움직여도 매의 눈에 띌 수 있기 때문이었다.

"빨리 와라, 엄마야." 스타치 선생님이 닉과 마르타에게는 낯설게 들리는 마음 아픈 소리로 중얼거렸다. 생물 시간에 아이들을 겁에 질리게 하던 그 선생님이 아니었다.

"퓨마를 실제로 본 거니?" 닉은 스모크에게 속삭였고, 스모크는 고개를 저었다.

"하지만 멀지 않은 곳에 있어."

"어떻게 알아?" 마르타가 물었다.

"부활미역고사리에 갓 싼 오줌이 있었거든."

"근사하다."

닉은 스모크에게 혹시 마르타처럼 사람 목소리를 들었느냐고 물었다.

"그래, 친구, 들었어." 스모크는 걱정스레 대답했다.

트윌리는 꼬마를 지켜보고 있지 않았다. 그는 총을 가슴에 단단히 당겨 쥔 채 숲과 덤불을 훑어보고 있었다. 광활한 늪지에서, 아기 퓨마의 울음소리는 봉제인형이 내는 뻑뻑 소리처럼 처량하고 작게 울려 퍼졌다.

"포기하지 마라, 꼬마야." 스타치 선생님이 말했다. 밀짚모자를 어찌나 세게 쥐고 있었던지 주먹 안에 쥔 모자가 구깃구깃했다.

마르타가 눈을 감았다. 닉은 아기 퓨마를 위해 기도하고 있는 거라고 생각했다. 마르타의 가족은 신앙심이 매우 깊었고, 마르타는 결코 일요일에 교회를 빠지는 법이 없었다. 기도해 봐서 나쁠 건 없겠지, 닉은 생각했다.

매 초가 괴롭도록 느리게 흘러갔고, 새끼 퓨마가 내던 소리는 작아졌다. 우는 것도 지친 것이다.

"곤란한데." 스모크가 말했다.

트윌리도 같은 생각이었다. "5분만 더 기회를 주자."

꼬마는 그들의 속삭임을 들은 것이 분명했다. 귀를 쫑긋 세우고 그들이 숨어 있는 소나무 숲 쪽으로 고개를 돌렸던 것이다.

스타치 선생님이 말했다. "가슴이 찢어지는구나."

안개 속 깊은 곳에서 날카롭고 야생적인, 슬래셔 무비에 나오는 듯한 고음의 비명소리가 들렸다. 트윌리는 얼어붙고, 스타치 선생님은 숨을 헐떡이고, 마르타는 손톱으로 닉의 어깨를 꽉 움켜쥐었다.

"퓨마다!" 스모크가 의기양양하게 말했다.

순간 총성이 울렸다.

콘웨이 특수요원이 안개 속으로 사라진 후 한참 뒤, 드레이크 맥브라이드와 지미 리 베일리스는 흙길을 서성이고 있었다. 둘은 22구역 사기극의 미래에 대해 불편한 대화를 나누는 중이었다.

"우린 끝장일세." 드레이크 맥브라이드가 씁쓸하게 말했다. "파멸한 거라고."

"아닐지도 모르죠. 잊지 마십시오, 상대는 정부입니다. 정부가 하는 일 중 반은 엉터리 아닙니까."

"그렇지 않아, 자네 그 사람 말 들었지. 감시원들이 이 늪지 구석구석을 들쑤시고 다닐 거라고. 게다가 개까지 데리고 말이야. 분명 제대로 된 개 겠지. 그들은 우리 채굴 현장을 찾아내고야 말 걸세, 지미 리. 그리고 그 날에는 우린 끝장이야!"

지미 리 베일리스는 이번만은 사장 말이 옳을 거라는 두려움에 사로잡 혔다. 퓨마를 찾으러 온 요원들은 분명 불법 유정을 먼저 찾아낼 터이고, 그러면 레드 다이아몬드 에너지는 플로리다의 선량한 시민들 소유인 석 유를 훔치려 든 죄로 심각한 어려움에 처하게 된다.

"자네는 뭐 할 말 없나? 그런 거야?" 드레이크 맥브라이드가 침을 튀겨 가며 흥분했다.

"좀 생각 중입니다."

"뭘 생각한다는 건가, 우리 중 누가 감방 침대 윗자리를 차지할 건지라 도 생각했나?"

사실 지미 리 베일리스는 멕시코 생각을 하고 있었다. TV에서 보니 그 곳은 따뜻하고 친근하여 살기 좋은, 아무도 지나친 질문을 퍼붓지 않는 장소 같았다. 탬파나 올랜도에서라면 분명 직행 항공편이 있을 것이다. 문 제는, 여권을 텍사스에 놓고 온 게 아닌가 하는 점이었다.

드레이크 맥브라이드는 쑤시는 갈비뼈를 문지르며 자신을 덮친 모든 재수 없는 일에 대해 불평을 늘어놓았다. "정부에 퓨마에 대해 고해 바친 놈이 누군지 알 수 있다면 뭐든 내놓겠네. 멜턴을 못살게 군 광대 녀석과 같은 놈이 틀림없어."

"분명합니다." 지미 리 베일리스는 원래 자리에서 뽑혀 레드 다이아몬드 사의 헬리콥터를 향해 심술궂게 S-C-A-T이라는 말을 전하던 분홍색 깃발들을 떠올렸다. 그 이야기는 사장에게 하지 않았는데, 지금도 말할 생각이 없었다.

"난 우리 노인네한테 뭐라고 해야 좋단 말인가?" 드레이크 맥브라이드가 한탄했다.

"변호사를 구해 달라고 하시지요."

"아, 그거 참 재미있군."

"농담하는 게 아닙니다."

드레이크 맥브라이드는 돌을 걷어찼다. "이럴 수는 없어."

"그러게, 몽땅 글러먹은 생각이라고 말씀드렸잖습니까. 경고를 했는데도 사장님은 들으려 하지 않으셨고요." 지미 리 베일리스가 불평했다.

"그렇단 말이지? 이봐, 형씨, 이번 일로 얼마나 많은 돈이 굴러들어올지 얘기하니 자네의 그 가느다란 눈이 독립기념일처럼 환하게 번쩍 뜨이는 걸 내 똑똑히 기억한다고."

지미 리 베일리스는 트럭의 축축한 범퍼에 기대어 이 상황에 대해 곰곰이 생각해 보았다. 레드 다이아몬드 사의 파이프와 22구역의 장비를 모두 철거하려면 며칠이 걸리고, 구덩이도 메워야 했다. 시간이 부족하다는 게 문제였다. 그는 바지 주머니에 손을 넣었지만, 텀스가 다 떨어졌다는 사실에 실망했다.

"이봐, 또 한 차례 불을 지르면 되지 않나." 드레이크 맥브라이드가 제안했다. "수렵 관리인들이 못 오게 말일세."

"진담이십니까?"

"이번에는 큰 불을 내자는 말일세. 진짜 큰 놈으로."

"안 됩니다."

"몇 주 동안이나 타오를 화재를 내는 걸세! 불길이 채굴 현장에서 몇 백 미터 떨어진 곳에서 바람을 타고 번져 나가게 하고, 멜턴과 직원들을 시켜서 우리 장비를 치우고 구덩이를 메우게 하는 거지. 그리고 우린 잽싸게 숲을 벗어나는 거야!" 드레이크 맥브라이드가 말을 멈췄다. "왜 그런 눈으로 나를 보나?"

"당신이 내가 지금까지 만난 최고의 얼간이일지도 모른다는 생각이 들어서."

"뭐라고!"

"내 말 들었잖소." 지미 리 베일리스는 이미 레드 다이아몬드 에너지 회사와 연을 끊기로 마음먹었고, 따라서 아무런 거리낌 없이 드레이크 맥브라이드를 모욕할 수 있었다. 다시는 이 돌대가리를 '사장님'이라 부르지 않으리라.

"또 불이 나길 바라면, 직접 지르라고." 그는 옛 사장에게 야유를 했다.

드레이크 맥브라이드는 토마토처럼 새빨개져서 주먹을 쥐고 다가왔다. 그러자 지미 리 베일리스는 일어서서 필요하다면 드레이크 맥브라이드의 갈비뼈를 다시 부러뜨려 줄 태세를 갖췄다.

두 사람이 얼굴을 맞대고 서로를 노려보고 있는데, 안개를 뚫고 피가 얼어붙을 듯한 울음소리가 들렸다. 거의 사람 소리 같았다. 펄펄 끓는 물에 빠진 사람이 낼 법한 비명 소리였다.

지미 리 베일리스는 목덜미의 털이 쭈뼛 선 것을 느꼈다. 드레이크 맥브라이드는 미친 듯이 픽업트럭 화물칸으로 달려가 소총을 거머쥐고 안개의 장막을 향해 무모하게 흔들어 댔다.

"내 총 주시오." 지미 리 베일리스가 말했다.

"물러서!" 드레이크 맥브라이드의 눈은 번들거렸다. "퓨마 소리였다고."
그는 쉰 소리로 속삭였다.

"여기서 나갑시다."

"싫네. 우리의 유일한 기회야."

"내 손으로 당신을 치게 하지 마시오."

"지금 당장 이 난리에서 벗어날 수 있단 말이야. 한 방만 쏘면!"

드레이크 맥브라이드는 소총을 앞으로 쑥 내밀고, 낮은 포복으로 살금살금 비명소리가 난 방향으로 나아갔다. 지미 리 베일리스는 그 뒤를 바싹 따라가며, 이 돌대가리 옛 사장을 힘으로 누르고 총을 빼앗아 검은 덩굴 늪지에서 영원히 달아나겠다는 계획을 세웠다. 경험 많은 석유 회사 직원이라면 멕시코에서 괜찮은 직업을 찾을 수 있을 게 분명했다.

"보이나?" 드레이크 맥브라이드가 딱딱하게 굳어져 발걸음을 늦추었다.

"뭐가 말이오?"

"뭔가가 우리 앞에서 움직였네, 맹세코."

"나는 아무것도 안 보이는데."

그러나 드레이크 맥브라이드가 없는 것을 상상했던 건 아니었다.

안개가 걷히고, 낮게 움츠린 늘씬한 황갈색 형체가 나타났다. 그것은 고작 10미터도 떨어지지 않은 곳에 근육질의 엉덩이를 땅에 대고 앉아 있었으며, 엷은 금빛 눈으로 깜짝 놀란 두 남자를 뚫어져라 바라보았다. 길고 구부러진 꼬리를 한 번 움찔했을 뿐, 미동도 하지 않았다.

지미 리 베일리스는 숨을 멈췄다. 이렇게 커다란 맹수를 가까이에서 본 적은 한 번도 없었으나, 두려움보다 놀라움이 앞섰다. 희귀한 퓨마의 등장으로 최면 상태에 빠져 버린 지미 리 베일리스는 드레이크 맥브라이드가 소총을 들어 올리는 모습을 그만 놓치고 말았다.

곧 퓨마 옆의 종려나무 하나가 산산조각 났고, 퓨마는 으르렁대더니 두 번 크게 뛰어올라 안개 속으로 사라졌다. 공포와 분노로 반쯤 돌아 버린 드레이크 맥브라이드는 두 차례나 더 쏘아 댔다.

지미 리 베일리스는 황급히 총을 향해 손을 뻗었지만, 드레이크 맥브라이드는 휙 피해 빽빽한 숲에 대고 맹목적으로 총알을 퍼부었다. 지미 리 베일리스가 간신히 붙잡았을 땐 드레이크 맥브라이드는 총알을 다 쏘아 버린 후였다. 무겁고 충격에 싸인 침묵이 늪지에 감돌았다.

지미 리 베일리스는 옛 사장의 손에서 소총을 빼앗았다. "당신은 여기서 썩어 버리게 내버려 둬야겠군."

"그 망할 것이 내 총에 맞았나?" 드레이크 맥브라이드가 물었다.

"안 맞길 바라는 편이 나을 거요."

"뭐라고, 날 경찰에 찌를 작정인가? 그러진 않을 테지." 드레이크 맥브라이드가 히죽거리며 말했다. "이제 그 멍청한 짓은 집어치우고 날 좀 일으켜 달라고, 형씨."

찰칵 하는 금속성 소리에 둘 다 소스라치게 놀랐고, 뒤이어 딱딱한 목소리가 들렸다. "무기를 버리고 손을 머리 위로 쳐들고 천천히 일어서시오. 두 번은 말하지 않겠소."

안개 속에서 두 남자가 걸어 나왔다. 한 명은 코트와 넥타이 차림으로, 리볼버의 공이치기를 젖혀 든 채 지미 리 베일리스를 겨누고 있었다. 다른 사람은 "콜리어 군 소방부서"라고 적힌 짙은 푸른색 점프수트를 입고 있었다. 지미 리 베일리스는 절망을 느끼며 두 번째 남자를 즉각 알아보았다. 방화 조사관 토켈슨이었다.

그는 말했다. "베일리스 씨, 마셜 형사가 말하는 대로 하실 것을 강력히 충고하는 바입니다."

지미 리 베일리스는 순순히 일어서, 마치 뜨거운 부지깽이나 되는 것처럼 소총을 떨어뜨렸다. 손을 들면서 그는 드레이크 맥브라이드의 엉덩이를 걷어차며 화를 냈다. "이제 행복하냐, 멍청아?"

드레이크 맥브라이드는 옆구리를 움켜쥐고 느릿느릿 일어섰다. 요원들의 동정심을 사려는 속셈이었지만, 실망스럽게도 먹히지 않았다.

"당신들 둘 다 체포합니다." 마셜 형사가 선언했다.

"잠깐만요." 지미 리 베일리스가 말했다. "거래를 하고 싶소."

드레이크 맥브라이드가 그를 노려보았다. "믿을 수가 없군. 전부 내 탓으로 돌릴 작정이야?"

"기꺼이 그러지."

"여러분, 부디." 토켈슨이 끼어들었다. "마셜 형사에게 전적으로 협조하시지요."

"안 돼! 안 돼!" 울부짖더니 드레이크 맥브라이드는 늪지 안으로 달려 들어가고 말았다.

방화 조사관과 형사는 서로 마주 보며 어깨를 으쓱했지만, 레드 다이아몬드 에너지 회사의 사장을 뒤쫓으려는 움직임은 보이지 않았다.

"저 사람, 그 정도로 멍청한가요?" 토켈슨이 물었다.

"그 열 배는 멍청하죠." 지미 리 베일리스는 대답하고, 제이슨 마셜에게 손목을 내밀어 수갑을 받았다.

제26장

첫 번째 총성이 울린 뒤, 그들은 바닥에 몸을 던지고 납작하게 엎드려 있었다. 이후 두 차례의 총소리가 더 났고, 잠시 뒤 계속해서 들려 왔다. 닉은 총알 하나가 근처의 나무를 핑 스치고 가는 소리를 분명히 들었다.

총소리가 멈추자, 트윌리가 자기 소총을 겨누며 일어섰다. 거친 숨결로 사람 발소리에 귀를 기울이고 있었다.

그다음으로 일어난 사람은 스모크였다. 그리고 닉과 마르타가 일어섰는데, 마르타는 몹시 떨고 있었다.

"다들 괜찮나?" 트윌리가 물었다.

아이들은 고개를 끄덕였다.

그러나 다들 괜찮은 게 아니었다. 스타치 선생님이 여전히 엎드려 있었다. 얼굴은 창백하고 눈은 흐리멍덩한데다가, 바지 한쪽에서는 새빨간 얼룩이 번져 나갔다.

"오, 안 돼." 트월리는 소총을 내려놓고 선생님 곁에 무릎을 꿇었다. 닉과 스모크는 트월리를 도와 선생님을 반듯이 뒤집었고, 마르타는 뒤에 서서 조용히 흐느껴 울었다.

트월리는 재빨리 피에 젖은 바짓단을 잘라내고 총에 맞은 상처를 진단했는데, 심각한 상처였다. 닉은 머리가 어질어질하고 속이 약간 메스꺼웠다. "의사에게 가야 해."

"선생님은 죽는 건가요?" 마르타가 울먹이며 물었다.

스타치 선생님이 고개를 들었다. "아니다, 얘야, 난 죽을 생각이 없단다." 약하지만 단호한 목소리였다.

"우리가 병원으로 옮겨 갈 겁니다." 트월리가 말했다.

반대도, 말싸움도 없었다. 스타치 선생님이 키가 큰 사람이었으므로, 일행 중 가장 힘이 센 트월리와 드웨인 스크로드 주니어가 선생님을 차까지 옮겨 가기로 했다. 늪과 덤불을 헤치고 데려가는 일은 길고 힘들 게 분명했다.

트월리는 묻지도 않고 스모크의 셔츠를 길게 잡아 찢어 압박 붕대로 삼았다. "시간이 별로 없어요. 피가 무섭게 많이 흐르고 있으니."

"그건 나도 알아요. 꼬마는 어디 있죠?" 스타치 선생님이 물었다.

바로 그 순간, 뭔가 재빠르고 묵직한 것이 가까운 덤불에 불쑥 모습을 나타냈다. 으르렁대는 황갈색 빛이 쓰러진 선생님과 도우려는 사람들로부터 한 팔도 안 되는 거리를 번개처럼 빨리 스쳐 울퉁불퉁한 죽은 소나무 꼭대기로 뛰어올라간 것이다.

"그 퓨마다." 스모크는 순수한 경외감이 담긴 눈빛으로 엄마 퓨마를 올려다보았다. 퓨마는 숨을 헐떡이는데다가 아직도 총격 때문에 겁을 먹고 있었다.

"꼬마는 어디 있지?" 스타치 선생님이 다시 한 번 속삭였다.

닉은 빈터를 둘러보고 솔잎 위에 움츠리고 있는 겁먹은 덩어리를 발견했다.

"녀석은 괜찮아요." 닉은 선생님을 안심시켰다.

"그 녀석을 돌봐 줄 수 있겠니? 이젠 모두가 너한테 달렸다. 너와 마르타에게 말이야."

"저희는 할 수 있어요."

트윌리는 굳세게 움직여 스타치 선생님의 다리를 지혈했다. 스모크의 눈은 나무 위의 퓨마에 못박혀 있었고, 닉과 마르타는 땅에 있는 새끼를 바라보았다. 엄마와 아기, 두 마리의 퓨마는 서로의 존재를 알지 못했다.

몇 분 후, 트윌리는 스타치 선생님의 몸을 들어 올리고 어떤 자세로 서야 할지 일러 주었다. 스모크가 반대편을 맡았고, 그와 트윌리는 둘이서 인간 버팀목 역할을 했다.

"누가 오는 소리가 들리거든," 트윌리는 닉과 마르타에게 말했다. "뛰어 달아나거라. 도망갈 수 없다면 이걸 써라." 그는 나무 둥치에 기대어 둔 자기 소총을 턱으로 가리켰다.

닉은 한 번도 진짜 총을 쏘아 본 적이 없었다. 닉의 아버지는 주방위군에서 뛰어난 사격 실력을 키웠음에도 총을 가지고 있지 않았다.

마르타가 말했다. "난 전에 22구경을 쏘아 본 적이 있어요. 마이애미에 사는 사촌이 사격장에 데리고 가 줬거든요."

"이건 달라." 스모크가 말했다. "완전히 다르다고."

트윌리는 자유로운 쪽 손으로 주머니에서 독수리 부리 목걸이를 꺼내 마르타에게 던졌다. "가질 수 있는 마법의 힘은 몽땅 다 필요할 테니까." 그는 굳은 얼굴로 미소 지었다.

스타치 선생님은 고통이 심한 게 분명했으며, 정신을 잃어 가고 있었다. "최선을 다하거라." 선생님은 닉과 마르타에게 말했고, 곧 눈꺼풀이 떨리기 시작했다.

트윌리는 닉을 한쪽으로 끌어당기고 말했다. "가능한 한 빨리 돌아오마. 길 잃지 말거라."

"이 자리에 있을게요."

그러고 나서 트윌리와 스모크는 아무 말도 없이 굳센 태도로 안개 긴 평지를 건너가기 시작했다. 스타치 선생님은 절룩거리며 두 사람에게 기대고 있었는데, 다리는 축 늘어지고, 팔은 각각 두 사람의 어깨에 두른 채였다. 스모크는 걱정스러운 표정으로 딱 한 번 뒤돌아보았다. 닉은 손을 흔들었다.

마르타가 트윌리의 이상한 목걸이를 걸더니 말했다. "준비 됐니?" 두려움이 말끔히 가신 목소리였다.

"하자." 닉이 말했다.

닉이 안아 들었을 때 새끼 퓨마는 총 소리로 겁을 먹어 여전히 떨고 있었다. 발톱을 세우지도, 물어뜯지도 않았다. 꼬마 졸졸이는 안기게 되어 마음이 놓인 것 같았다. 낯선 인간의 손일지라도 말이다.

둥글게 구부린 꼬마를 가슴에 안은 채, 닉은 키 큰, 죽은 소나무 밑에 서서 어떻게 올라갈지 가늠해 보았다. 새끼를 가능한 한 엄마 가까이 데려다 주고 싶었는데, 엄마 퓨마는 비틀린 나뭇가지 높은 곳에 있어 그림자만 드리울 뿐이었다.

"엉뚱한 퓨마면 어떡하지?" 마르타가 물었다.

"아냐, 스모크가 저거랬잖아."

"그렇지만 만약 걔가 실수한 거라면?"

"그럴 리 없어. 그러지도 않았고."

"정말 지독하게 오래된 나무다. 목 부러지지 않게 조심해."

"격려해 줘서 고맙구나."

닉은 천천히 올라가기 시작했다. 오른팔만으로 몸을 끌어올려 가며, 부서지기 쉬운 맨 나뭇가지 하나에서 다음 하나로 옮겨 갔다. 새끼 퓨마는 꼼지락대지도 않고 닉의 구부린 왼팔 안쪽에 코를 박고 있었다.

닉은 일부러 자신이 한 걸음씩 올라오는 것을 지켜보고 있는 힘센 퓨마 쪽을 올려다보지 않았지만, 가끔씩 나무 밑둥에서 보초를 서고 있는 마르타를 내려다보았다. 자신의 어린 친구가 트월리의 소총을 들고 있는 모습을 보려니 이상하긴 했지만, 닉은 까닭 모를 안전함을 느꼈다. 딱히 별 이유는 없지만 닉은 필요한 순간이 오면 마르타가 총을 제대로 다룰 줄 알 거라는 확신이 들었다.

그리고 마르타는 그렇게 했다.

죽은 소나무를 반쯤 올라가, 지상에서 적어도 9미터 높이에 도달했을 때, 닉은 마르타의 고함을 들었다. "거기 서, 안 그러면 쏜다! 그 자리에 서!"

깜짝 놀란 닉은 밑에서 무슨 일이 벌어지는지 보려고 목을 길게 뺐다. 체중을 옮김과 동시에 닉이 밟고 있던 가지가 툭 부러졌다. 그리고 곧장 추락하는 엘리베이터에 탄 것처럼 발부터 떨어졌다.

모든 일은 1초밖에 안 되는 어질어질한 순간에 일어났다. 닉의 오른쪽 소매는 뭔가에 걸려서—또 다른 부러진 나뭇가지였다—섬뜩한 우직 소리가 들렸다. 눈앞이 아찔할 정도의 고통이 손목에서 시작되어 뇌 한복판까지 느껴졌고, 얼어붙은 어둠이 닉을 덮쳤다.

닉은 서커스 곡예사처럼 공중에서 천천히 빙빙 도는 듯한 감각을 느꼈다. 눈을 뜬 그는 자신이 부러진 팔로 매달려 있으며, 그 순간 잠시 기절했었다는 것을 깨달았다. 가슴은 불에 달군 바늘로 찌르는 듯 쓰라렸다. 새끼 퓨마가 떨어지지 않으려고 악착같이 닉의 살갗에 발톱을 박고 있었던 것이다.

"그 사람은 도망갔어! 가 버렸어!" 나무 아래쪽에서 마르타가 의기양양하게 소리쳤다.

"누가?" 닉은 물었다.

"붕대를 칭칭 감은 어떤 남자. 내가 위협해서 쫓아 버렸어!"

그러다가 나무 위를 올려다본 마르타는 닉이 소맷자락으로 매달려 흔들거리는 꼴을 발견했다. "너 대체 뭘 하는 거니?"

"뭐 하는 것 같냐." 닉이 신음했다.

"그러다가 떨어져서 죽겠다!"

그 생각은 이미 닉에게도 스쳐 지나갔었다. 닉은 멀쩡한 쪽 팔을 뻗어—왼팔, 2주 동안 훈련하고 힘을 길러 왔던 바로 그 팔이었다—자신이 매달려 있던 가지를 움켜잡았다.

그리고 몸을 끌어올렸다.

온 힘을 다해 끌어올렸다.

지금껏 겪은 최악의 고통, 아니 상상조차 하지 못했던 아픔을 느끼면서도.

겁에 질린 야생 퓨마 새끼가 선인장처럼 맨살에 달라붙어, 구슬피 울며 얼굴에 침을 뱉어 대고 있는데도. 한 팔로 하는 턱걸이 훈련을 마칠 때까지, 올라가고 또 올라갔다. 문제없다고.

닉은 이 힘든 자세로 한참을 매달려, 이빨로 소맷자락을 찢어냈다. 다친 팔은 쓸모없이 옆구리에서 덜렁거렸다. 팔꿈치가 아주 이상한 각도로 꺾여 있었다.

잠시 후 기적적으로, 닉은 발 디딜 만한 구멍을 찾았다. 비바람에 시달린 나무 마디에 야구공만 한 크기로 뚫린 버려진 딱따구리 둥지였다. 마르타가 소리쳤다. "내가 올라갈게!"

"하지 마!" 닉은 말했다.

엄마 퓨마가 내려오고 있었기 때문이다.

안개를 배경으로 점점 다가오는 퓨마의 윤곽이 닉의 눈에 보였다. 퓨마는 50킬로그램은 족히 넘었지만, 참새처럼 사뿐하게 가지에서 가지로 건너뛰었다.

이제 닉이 할 수 있는 일이라고는 숨소리를 죽이고 엄마 퓨마가 새끼의 울음소리에 이끌려 가까이 오기를 기다리는 것뿐이었다. 무서울 거라고 생각했지만, 정작 그 순간이 오니 이상할 정도로 평온한 기분이었다.

퓨마는 우아하고 재빠르고 유령 같았는데, 홀릴 것 같은 자태였다. 책과 잡지에서 퓨마 사진을 많이 보았는데도 닉은 마치 꿈결처럼 놀라움에 사로잡혀 버렸다. 부러진 팔에서 느껴지던 불타는 통증이 싹 사라진 탓에 닉은 자신이 쇼크 상태로 빠져드는 것은 아닌가 걱정했다.

곧 엄마 퓨마는 고작 몇 미터 떨어진 곳까지 다가와, 닉의 머리 바로 위에 있는 굵직한 Y자형 가지 위에 도사리고 있었다. 귀는 납작하게 내려붙이고, 코는 떨렸으며, 빛나는 눈은 닉의 셔츠 앞가슴에 달라붙은 낑낑거리는 털뭉치를 엄청나게 집중해서 쏘아보고 있었다. 닉은 엄마 퓨마가 왜 새끼 한 마리만 울고 있는지, 다른 한 마리는 어떻게 되었는지 궁금하게 여기고 있음을 알았다.

꼬마가 낼 리 없는 굵은 으르릉 소리가 들려, 닉은 때가 왔음을 깨달았다.

양쪽 발을 딱따구리 구멍을 넣고 디디고 있었음에도, 겁먹은 새끼를 가슴에서 떼어내려고 애쓰느라 닉의 몸은 양옆으로 흔들렸다. 아기 퓨마는 이제 완전히 겁에 질려 큰 소리로 울부짖었다. 닉은 엄마 퓨마가 제 새끼를 지키려고 금방이라도 자신을 덮치지 않을까 걱정이었다.

트윌리의 소총으로 엄마 퓨마를 정확히 겨냥하고 나무에 기대선 것으로 보아, 마르타도 똑같은 걱정을 했던 게 분명했다.

닉은 눈을 들어 큰 퓨마를 바라보며 아주 상냥하게 말했다. "괜찮아. 네 꼬맹이를 다치게 하지 않을 거야."

퓨마는 눈을 깜빡이며 귀를 쫑긋 세웠다. 새끼가 마침내 닉의 셔츠에서 발을 뗐고, 닉은 녀석을 아주 조심스레 나무줄기 위에 올려놓았다. 구부러진 발톱이 바삭거리는 나무껍질에 박히자, 꼬마는 힘차게 울어 젖히고는 기어 올라가기 시작했다.

엄마 퓨마는 곧장 올라갔다. 목에서는 아까와는 확연히 다르게 부드러운 그르릉 소리가 났다.

닉은 이제 뭘 해야 할지 알았다. 그가 나무에 있는 한, 엄마 퓨마는 새끼와 거리를 둘 것이 분명했다. 경험 없는 새끼가 Y자 모양 가지까지 올라가기 전에 그만 가지를 놓쳐 떨어지는 상황은 쉽게 그려볼 수 있었다.

그래서 닉은 밑을 내려다보며 떨어질 만한 장소를 골랐다.

"그러지 마!" 마르타가 소리를 질렀다.

"멀찍이 비켜 서." 그리고 닉은 멀쩡한, 힘 센 왼팔로 반동을 주어 나무 줄기에서 몸을 멀리 떨어뜨렸다. 다행히도 이번에는 떨어지면서 아무 가지에도 걸리지 않았다.

닉은 솔잎 무더기 위에 등을 아래로 하고 착륙했다. 정신을 잃기 전에 마지막으로 본 것은 몸을 쭉 펴고 가볍게 도약해 다른 나무로 건너가는 퓨마의 모습이었다.

입으로는 새끼의 목덜미를 물고 있었다.

드레이크 맥브라이드는 호레이스에 대해 내뱉었던 모든 악담을 주워담으려고 애썼다.

"착한 개구나!" 그는 사이프러스 나무 위에서 아래쪽으로 외쳤다.

그러나 호레이스는 꿈쩍도 하지 않았다. 호레이스는 계속해서 짖고 또 울부짖어 댔다. 커다란 턱에서 거품 섞인 침이 흘렀다.

호레이스가 사납게 광분한 것이 분명했으므로 드레이크 맥브라이드는 무서워서 내려갈 수가 없었다. 개 조련사가 호텔 스위트룸으로 데려왔을 때 본 게으른 똥개의 모습은 온데간데없었다.

호레이스는 완전히 흥분해 있었다. 녀석은 레드 다이몬드 에너지 회사의 사장이 쫓겨 올라간 사이프러스 나무 아래에서 한 발짝도 움직이지 않았다.

이는 드레이크 맥브라이드의 도주를 방해한 두 번째 사건이었다. 첫 번째 사건이 일어난 것은 그가 어느 빈터에서 무시무시한 커다란 소총을 든 깡마른 쿠바 소녀와 마주쳤을 때였다. 소녀는 한 걸음이라도 더 다가오면 쏘겠다고 소리쳤고, 정말 쏠 생각인 것 같았다.

그래서 그는 돌아서서 줄행랑을 쳤다. 정신없이 달리는데 그의 냄새를 맡은 블러드하운드가 달려드는 바람에 멍청한 주머니쥐처럼 나무 위로 기어 올라갔다. "착하지!" 드레이크 맥브라이드는 열여덟 번째로 소리쳤다.

"아우우우우우!" 호레이스가 대답했다.

두 시간 동안 이런 일이 계속되던 중, 갑자기 호레이스는 빙글 돌더니 조용해져서 꼬리를 흔들기 시작했다. 곧 호레이스의 곁에 니트로 된 스키 모자와 선글라스를 쓰고, 탄약 벨트를 찬 웃통을 벗은 사나이가 나타났다.

드레이크 맥브라이드는 그가 밀렵꾼이라고 생각했지만, 그게 중요한 건 아니었다.

"도와주시오, 친구!" 그는 애원했다.

"거기서 내려오시오." 낯선 남자가 말했다.

"저 개는 어쩌고?"

"서두르쇼. 하루 종일 이러고 있을 수는 없으니까."

드레이크 맥브라이드는 주춤거리며 땅으로 내려갔다. 다행이 블러드하운드는 이제 햄버거 한 봉지에 정신이 팔려 있었다.

"저 못된 개 때문에 5천 달러나 냈다니 믿을 수가 없군. 저 녀석이 퓨마에게 잡아먹혔다고 해서 그랬단 말이오. 먹혀 버렸으면 좋았을 텐데."

"돌려받고 싶으쇼?"

"나를 나무 위로 쫓아 올린 녀석을 말이오? 필요 없소."

남자는 재미있다는 기색이었다. "호레이스가 진력이 나서 목줄이나 씹고 있을 거라 생각했는데."

드레이크 맥브라이드는 놀랐다. "어떻게 개 이름을 아는 거요?"

"호레이스랑 나는 꽤 된 사이지. 당신은 누구요?"

"난 드레이크 W. 맥브라이드요."

"흠, 이렇게 기막힌 우연이 있나."

드레이크 맥브라이드는 오른손을 내밀었다. 낯선 남자는 싱글싱글 웃고 있었지만, 악수에 응하지 않았다.

"내가 누군지 아시오?" 드레이크 맥브라이드는 깜짝 놀라고 등골이 오싹해져서 물었다.

"알지. 당신은 주 지정 자연 보호 구역에 불법 유정을 뚫고 있는 썩어 빠진 석유 회사 사장 아니오. 아니, '뚫고 있던'이라는 말이 옳겠군."

드레이크 맥브라이드는 풀이 죽어서 대체 하루가 얼마나 지독하게 꼬일 수 있는 건지 의아했다.

"그럼 당신은 누구시오?" 그는 공허한 소리로 물었다.

"바로 야생동물 보호 관리원에게 퓨마에 대해 전해 준 사람이자, 당신네 직원 멜턴을 나무에 풀로 붙이고, 그에게 오렌지색 페인트를 칠하고, 트럭을 파괴하고 파이프를 무더기로 빼앗아 간 사람이지. 당신을 완전히 파멸시킬 사람이오." 남자는 휴대폰을 꺼내 번호를 눌렀다.

"안개가 걷히고 있소. 헬리콥터를 띄워 지금 당장 이리로 오시오." 그는 수화기에 대고 명령했다.

드레이크 맥브라이드는 전력 질주해 달아날까 생각해 보았지만, 그래 봐야 길을 잃은 지금의 상황이 더 악화될 뿐이었다. 게다가 이 운동선수처럼 생긴 남자는 땅딸막한 몸매에 갈비뼈까지 부러진 자신을 쉽게 따라

잡을 게 뻔했다.

"이 모든 일에 대해 잊어 주고 날 보내 준다면 5천 달러 주겠소." 드레이크 맥브라이드가 제안했다.

낯선 남자가 어찌나 대차게 웃었는지 호레이스가 특대형 맥도날드 햄버거를 먹다 말고 쳐다보았을 정도였다.

"당신을 보니 우리 아버지가 생각나는군." 그가 드레이크 맥브라이드에게 말했다.

"좋은 소리처럼 들리진 않는데."

"잘 짚었소."

"그럼 1만 달러면 어떻소?"

남자는 심각한 얼굴이 되더니 목덜미에 붙은 파리를 찰싹 후려쳤다.

"맥브라이드 씨, 한 푼 없이도 난 당신을 보내 주겠소. 하지만 세상의 돈을 다 준대도 난 당신이 여기서 했던 짓을 잊지 않을 거요."

"당신네 헬리콥터에 태워 도시까지 데려다 주면 2만 달러 주겠소. 현금으로 2만 달러!"

"미안하오, 친구. 자리가 없어서."

"이봐, 기다려."

"가자, 호레이스" 남자는 검은 덩굴 늪지 안으로 급히 사라졌다. 블러드하운드가 껑충껑충 그를 뒤따라갔다.

"이봐, 어딜 가는 거요?" 드레이크 맥브라이드는 남자의 뒤통수에 대고 소리쳤다. "나는 어떡하라고? 여기서 어떻게 나가라는 거요?"

에필로그

스타치 선생님이 사라진 지 한 달도 넘은 어느 날, 3학년 생물 수업 학생들은 걱정스럽게 교실로 몰려들어 갔다. 표정에는 흥분과 불안함이 반씩 섞여 있었다. 트루먼 학교에서 가장 무섭고(그리고 확실히 가장 유명한) 선생님이 검은 덩굴 늪지에서의 화재 이후 처음으로 돌아온다는 소문이 돌았기 때문이었다.

이제는 모든 아이들이 그간의 일에 대해 알았다. 닉과 마르타가 퓨마 이야기를 한 백 번은 했던 것이다.

닉의 이야기는 커다란 퓨마에게 다가가기 위해 용감하게 나무를 타고 올라간 것으로 시작해, 나무에서 뛰어내려 기절했던 장면으로 끝났다. 헬리콥터에서 정신을 차려 보니, 신발에 침을 질질 흘리고 있던 사냥개가 무엇보다 먼저 눈에 들어왔던 기억도 어렴풋이 났다.

마르타의 독수리 부리 목걸이는 학교에서 엄청난 인기를 끌었다. 마르타의 이야기 속에서는 닉이 나무 높이 올라가 새끼와 어미를 상봉시켜 주는 동안 자신이 고성능 소총을 가지고 보초를 섰으며, 정신 나간 침입자를 쫓아 버렸다는 대목이 특히 강조되었다. 마르타는 또한 헬리콥터로 구출되었던 장면을 아주 생생하게 묘사했다. 병원 지붕에 아슬아슬하게 내려앉았던 순간도 물론 빼놓지 않았다.

누가 얘기를 하든, 흥미로운 이야기임은 변함없었다.

수업 종이 울리자, 드레슬러 교장이 교실로 들어왔다. 그는 보통 때에 비해 기운이 넘치고 침착해 보였는데, 그럴 만한 이유가 있었다. 학교 위원회에서 교장으로 남아 있어 달라며 5년 임기의 재계약을 맺었던 것이다. 최근 학교가 엄청난 유명세를 타게 되었다는 점을 고려하여, 위원회에서는 상당한 액수의 봉급 인상도 약속했다.

버니 스타치와 학생 세 명이 희귀종인 퓨마 새끼의 목숨을 구했으며, 덤으로 빅 사이프러스 자연보호 구역에서 이루어지던 불법 석유 채굴 음모까지 발각해 냈다. 이 사실은 플로리다 전역에서 큰 뉴스거리였고, CNN에서 앤더슨 쿠퍼 아나운서의 목소리로 방송을 타기까지 했다.

그 결과 트루먼 학교에는 입학 원서가 홍수처럼 밀려들었는데, 더 중요한 것은 기부금도 그만큼 쏟아졌다는 것이다. 드레슬러 교장은 스타치 선생님과 그 학생들의 영웅적인 행동에는 전혀 거든 것이 없었지만, 그래도 그들에게 쏟아지는 스포트라이트의 한 구석에서나마 덕을 보게 되었다는 점이 기뻤다.

"두 가지 간단한 안내 사항이 있습니다." 그는 생물 수업을 듣는 학생들에게 말했다. "첫 번째, 오늘 부로 드웨인 스크로드 주니어의 정학이 해제

되었습니다. 스크로드 군을 트루먼에 다시 맞이하게 되어 자랑스럽고도 기쁩니다."

교장은 열린 문 쪽으로 몸을 돌려 들어오라는 손짓을 했다. 스모크가 교실에 들어오자마자 모두가 박수를 치기 시작했다. 오른팔을 손끝부터 어깨까지 아직도 깁스로 감싸고 있는 닉만 빼고 말이다. 박수 치는 대신, 닉은 왼쪽 손바닥으로 책상을 두드려 댔다.

이런 열렬한 관심에 스모크는 몸이 굳어져 버렸고, 잽싸게 제자리로 가서 앉았다.

마르타가 닉에게 쪽지를 보냈다.

재 말랐다!

닉도 역시 눈치 채고 있었다. 지난 2주 동안 스모크는 군 소년원에 있었는데, 영양가 많고 정성 어린 식사가 나오는 곳은 아니었다.

반 친구들은 그렇게 좋은 일을 하고도 스모크가 소년원에 들어간다는 사실에 분개했었다. 스모크의 예리한 추적 기술이 없었다면, 사라진 엄마 퓨마를 찾지 못했을 것이다. 그리고 스모크의 힘센 근육이 없었다면 총을 맞은 스타치 선생님은 응급실까지 가기 전에 목숨을 잃어버렸을 게 분명했다.

스모크에게 씌워졌던 방화 혐의는 풀렸지만—지미 리 베일리스라는 이름의 텍사스 출신 석유회사 간부가 자신이 범인이라고 자백했다—연방 검사는 스모크가 경찰을 피해 도주한 죄에 대해서는 벌을 주어야 한다고 주장했다. 당시 스모크는 어렸을 때 저지른 두 건의 방화로 집행 유예 중이었기 때문이다.

제이슨 마셜조차 상황을 참작해 보면 2주나 가둔다는 것은 너무 심하다고 생각했다. 리비는 아버지를 설득해 드웨인 주니어를 변호해 달라고 했지만, 검사는 전혀 마음을 바꾸지 않았다.

그래서 스모크는 한마디 불평 없이, 모범적인 재소자로 2주를 살다 나왔다.

"두 번째로 전할 말은 학내에 돌던 또 다른 소문에 대한 것입니다." 드레슬러 교장이 말을 이었다. "이번 소문은 사실로 밝혀졌습니다. 오늘 생물 수업에는 임시 선생님이 안 오십니다. 스타치 선생님, 좀 부축해 드릴까요?"

복도에서 귀에 익은, 얼음장처럼 차가운 목소리가 대답했다. "전혀 그러실 필요 없습니다."

선생님은 쿵쿵 소리를 내며 씩씩하고 단호하게 교실로 들어왔다. 목발을 짚고 있었지만 전혀 연약하거나 불안정해 보이지 않았다. 사실은 전보다 훨씬 크고 위압적으로 보였던 것이다.

탈색한 머리는 유달리 높이 틀어 올려져 있었고, 눈꺼풀의 보랏빛 새도는 꼭 공장용 페인트 롤러로 칠한 것 같았다. 턱에 있는 모루 모양 흉터는 병원에 있느라 창백해진 피부 위에서 새로 생긴 멍자국처럼 도드라져 보였다.

그러나 학생들은 뜻밖에 진심 어린 방식으로 선생님의 귀환을 맞이했다. 다들 자리에서 일어나 환호성을 지르고 휘파람을 불고 박수를 쳤다. 드레슬러 교장 역시, 자기 자신에게 좀 놀라면서도, 이에 가세했다.

처음으로 스타치 선생님은 말문이 막히고 말았다.

선생님은 목발을 짚고 자기 책상으로 가서 교사용 자료를 맹렬하게 정리하기 시작했다. 그 모습이 닉에게는 눈물을 꾹 참고 있는 것처럼 보였다.

결국 학생들은 마음을 진정시켰고, 드레슬러 교장은 조용히 밖으로 나갔다. 어색한 침묵이 흐른 뒤, 스타치 선생님이 헛기침을 하고 말했다. "안녕하세요, 여러분. 책을 폅시다. 진도가 많이 늦었으니까요."

그레이엄 카슨의 손이 올라갔다. 늘 그랬듯 스타치 선생님은 그레이엄을 무시했다. 닉은 씩 웃으며 생각했다. '전혀 바뀌지 않는 일들도 있구나.'

"왓슨과 크릭의 DNA 구조 모형에 대해 말해 볼 사람?" 스타치 선생님이 물었다. 평소와 다름없는 갑갑한 침묵이 흘렀다. "아무도 11단원을 들춰 볼 생각도 안 했나요? 11단원이 어디 있는지 모른다면 10단원과 12단원 사이를 보면 될 텐데."

그레이엄만이 손을 흔들어 댔다. 스타치 선생님은 미키 매리스 쪽으로 빙글 돌았다. "음……?"

미키 매리스는 침을 삼키더니 정신없이 교과서를 뒤적였다. "왓슨의 클릭이요?"

"왓슨과 '크릭' 말이다." 스타치 선생님이 퉁명스레 말했다.

"저요." 교실 저쪽에서 그레이엄 카슨이 애원했다. "스타치 선생님, 저요."

선생님은 항복했다는 듯 한숨을 쉬었다. "좋아, 그레이엄. 어디 들어나 보자."

그레이엄은 벌떡 일어나 자세를 바로 했다. "왓슨과 크릭이라는 두 과학자는 이중 나선 구조라는 DNA 모델을 밝혀냈습니다. 이 모델에서는 두 줄의 뉴클레오티드가 나선형으로 꼬여 있습니다. 이 나선 구조의 외부는 당질 인산염으로 되어 있으며 내부는 질소 염기로 이루어져 있습니다."

다른 학생들은 너무나 놀라 입을 딱 벌리고 말았다. 스타치 선생님마저 목발을 짚은 채 약간 주춤했다.

"잘했다. 그레이엄." 선생님이 겨우 말문을 열었다. "오늘은 역사적인 날이군요."

닉은 슬그머니 마르타 쪽을 힐끗 보았는데, 스타치 선생님 수업 시간이면 늘 보였던 속이 울렁거리는 기색은 조금도 없었다. 마르타가 미소를 지으며 속삭였다. "나도 11단원을 다 외워 왔거든."

그레이엄의 정답이 가져온 충격에서 벗어나자 스타치 선생님은 앉아도 좋다고 말했다.

"하지만 저도 질문이 있어요. 아주 중요한 질문이에요." 그레이엄이 말했다.

"중요하지 않은 질문이기만 해 봐라."

"선생님은 괜찮으세요?"

"뭐라고?"

"제 말은, 몸이 다 나으실 수 있는 거냐고요. 다들 걱정했어요."

스타치 선생님은 당황해서 어찌할 바를 모르는 것 같았다. 선생님의 눈이 처음에는 닉과 마르타를 향해 깜빡이더니, 다음에는 드웨인 스크로드 주니어를 향했다.

잠시 동요한 순간이 지나가고, 선생님은 말했다. "걱정해 줘서 고맙다, 그레이엄. 난 곧 나을 거란다."

선생님은 책상 위의 컵에서 노란색 티콘데로가 HB 연필을 꺼내 지우개 쪽으로 왼쪽 엉덩이를 두드렸다.

"총알은 바로 여기, 관절 아래로 들어갔단다. 그리고 다리를 완전히 관통했지. 다행히 대퇴부 동맥을 빗나가긴 했는데, 아주 아슬아슬하게 빗나갔지."

선생님은 날카로운 눈으로 넋을 잃고 듣는 학생들의 얼굴을 훑어보았다. "리비 마셜만 빼고 인간의 순환계에서 대퇴부 동맥이 어떤 역할을 담당하고 있는지 설명할 수 있는 사람은 없겠지."

리비의 뺨이 빨개졌다. 선생님은 말했다. "긴장할 것 없다, 아가씨. 똑똑한 건 부끄러운 게 아니니까."

부상 때문에 스타치 선생님은 전처럼 교실 전체를 걸어 다닐 수는 없었다. 하지만 늘 그랬듯 한자리에 가만히 있지 않았다.

"이중 나선 구조의 특징을 토론하기 전에," 선생님은 중앙 통로로 들어서며 말했다. "못 마친 일 하나를 마무리해야겠군요."

선생님은 스모크의 책상 곁에 멈춰 그에게 종이 다발을 내밀었다. 스모크는 눈썹을 찡그리고 종이를 자세히 들여다보았다.

"네 여드름 보고서다." 선생님이 말했다.

"그러네요." 스모크는 이마에 흘러내린 검은 머리 한 움큼을 쓸어올렸다.

"제목을 아주 잘 지었구나. 〈여드름의 악착같은 저주〉, 첫 소리가 이응으로 반복되는 게 근사한걸."

"고맙습니다." 스모크가 조심스레 중얼거렸다.

"너한테 유머 감각이 있다는 건 알고 있었단다, 드웨인. 내가 반 친구들 전체에게 그러지 않았니? 아주 짓궂은 유머 감각 말이야."

스모크는 선생님을 올려다보았다. "그런데 여기 제 점수가 A-라고 쓰여 있는데요."

스타치 선생님이 고개를 끄덕였다. "맞아. '내분비선'이라는 낱말을 잘못 쓰지 않았다면 A를 줬을 텐데 말이다."

마르타가 나직하게 휘익 소리를 냈다. 스타치 선생님은 A를 좀처럼 안 주기로 유명했다.

"그렇지만 왁스모 박사님은 저한테 D+를 줬는데요."

"그건 왁스모 박사가 가망 없는 인간이기 때문이야. 솔직하게 말하자면 그 사람은 완전 얼간이지."

웬델 왁스모가 갈겨썼던 잔인한 빨간 빗금들은 스모크의 보고서에 케첩 얼룩처럼 뚜렷하게 온통 남아 있었다. 하지만 스타치 선생님이 맨 앞 페이지에 임시 교사가 매겼던 점수를 완전히 뭉개 버리고 큼지막하게 쓴 A-라는 성적도 그 못지않게 뚜렷했다.

"전 한 번도 A를 받아 본 적이 없어요. 이거 무슨 농담 같은 거 아니죠?" 스모크가 물었다.

닉은 그렇지 않기를 바랐다. 스타치 선생님이 스모크에게, 트윌리를 도와 선생님을 숲에서 부축해 나와서는 과다 출혈로 생명이 위험하기 전에 병원으로 급히 달려간 그 아이에게 시비를 거는 게 아니길 빌었다.

스타치 선생님은 목발에 몸을 지탱하고 말했다. "드웨인, 난 학문적인 일을 갖고 농담하지 않는다. 한 번도 그랬던 적이 없어."

"알겠어요."

"넌 조사를 잘해서 성실하게 보고서를 썼더구나. 내게도, 여드름에 대해 전에는 몰랐던 몇 가지 지식을 얻는 기회가 되었단다." 선생님은 손을 뻗어 노란색 연필 끝을 에세이에 쓴 A- 점수에 대고 흔들었다. "그래서 이 점수를 얻은 거지."

"그런 것 같네요." 스모크는 말했다. 그러더니 태연하게 연필을 물어뜯어 두 동강을 내고, 나무 조각과 흑연을 전부 우물우물 씹더니, 요란한 꿀꺽 소리를 내며 입에 든 것을 전부 삼켜 버리고 말았다.

교실은 무덤처럼 조용해졌다. 그 누구도 방금 본 광경을 믿을 수가 없었다. 자기도 모르는 새 닉의 입은 딱 벌어졌다. 마르타가 절망하여 머리를 쥐어 싸고 있는 게 곁눈으로 보였다.

스타치 선생님은 눈을 가늘게 뜨고 손에 남은 축축한 나무 동강을 험악하게 바라보았다. 그러더니, 천천히, 좀처럼 보기 힘든 큰 웃음을 지었다.

"네가 이겼구나, 드웨인."

"완전하게요." 드웨인이 미소로 대답하며 말했다.

같은 날 아침, 지미 리 베일리스는 콜리어 군 교도소에서 보석금을 냈다. 감방에서 나와 접수처에서 소지품을 챙기는 동안 워터스라는 이름의 여성 교도관이 그와 동행했다.

"그 사람 찾았습니까?" 지미 리 베일리스는 물었다.

안개 속으로 뛰어 들어간 이후 빅 사이프러스에서 실종되었던 옛 사장 드레이크 맥브라이드에 대해 묻는 것이었다. 그 동안, 지미 리 베일리스는 긴 감옥살이를 피해 가기 위해 검은 덩굴 늪지에 방화를 한 죄를 인정했다. 또한 드레이크 맥브라이드에 대해 반대 증언을 하겠다고도 약속했는데, 그에게는 멸종 위기에 처한 플로리다 퓨마 살해 미수죄를 비롯해 여러 가지 중죄 혐의가 있었다.

"당신이 그런 걸 묻다니 재미있네요." 워터스 교도관이 말했다. "맥브라이드 씨는 어제 마이애미 비치의 호화판 호텔에서 발견되었어요. 염소수염을 기르고 머리를 밀고 가명을 쓰고 있더군요."

지미 리 베일리스는 생존 기술도 모르고 방향 감각도 아둔한 그 바보가 숲 속에서 빠져나오기는 했다는 사실이 놀라웠다. 교도관은 드레이크 맥브라이드가 검은 덩굴 늪지를 계속 빙글빙글 헤매느라 몸무게가 10킬로그램이나 줄었다고 전해 주었다. 결국 어쩌다 29번 도로로 나왔고, 친절한 트럭 운전사가 그를 태워 주었던 것이다.

"마사지를 받고 있다가 체포되었어요." 워터스 교도관이 말했다.

"어디 숨어 있는지 어떻게 알았답니까?"

"그의 친아버지가 알려 주었어요."

"멋지군요."

"맥브라이드 씨는 아버지에게 전화를 걸어 돈을 좀 달라고 빌었던 모양이에요. 그의 아버지는 화가 머리끝까지 솟아 경찰에 전화를 걸어 호텔 주소를 알려 주었대요. 방 번호까지도요."

"그렇게 상냥하실 수가 없군요. 제 변호사 와 있습니까?"

"밖에서 기다리고 있어요."

교두관은 지미 리 베일리스에게 손목시계, 지갑, 휴대폰, 텀스 위장약이 들었던 구겨지고 텅 빈 포장지가 든 종이봉투를 내주었다. 그는 감사의 인사를 하고 바깥세상으로 통하는 철제 그물문을 향해 발을 옮겼다.

교도관이 말했다. "베일리스 씨, 가시기 전에 알아 두셔야 할 일이 있어요. 당신이 불을 지른 날 늪지에 있던 학생들 중에는 내 아들도 있었어요. 당신 친구가 소총으로 난동을 부렸을 때도 거기에 있었죠."

지미 리 베일리스는 자신이 꼼짝없이 듣고 있어야 할 신세라는 점을 깨달았다. 교도소 문 열쇠는 워터스 교도관이 들고 있었는데, 빨리 열어 줄 생각이라고는 없어 보였다.

“정말 죄송합니다, 부인. 아드님이 다치지 않았기를 바랍니다. 하지만 믿어 주시지요, 드레이크 맥브라이드는 결코 제 ‘친구’가 아니었습니다.”

“사내답게 구시죠, 베일리스 씨. 당신들 둘이 짜고 석유 사기극을 벌였잖아요. 거기서 일어난 모든 일은 그 사람 잘못인 만큼 당신 잘못이기도 하다고요.”

옳은 소리였고, 지미 리 베일리스는 말싸움을 할 만한 배짱도 없었다.

“이 일의 대가를 치르도록 노력하겠습니다.” 그는 비참하게 말했다.

“탐욕스러운 짓이었어요.”

“그렇습니다, 부인, 정말 옳으신 말씀입니다.”

“무모하기까지 했고요.”

“저도 압니다.” 지미 리 베일리스는 잠긴 출구를 애타게 바라보았다. 워터스 교도관이 다가와 그의 가슴을 쿡 찔렀다.

“내 아들은 거기서 팔이 부러졌다고요.”

“세상에, 이번에는 또 무슨 말로 죄송하다고 해야 합니까?” 지미 리 베일리스는 궁지에 몰린 듯한 초조한 기분이었다. 지금까지만 해도 이 여성 교도관은 그를 아주 점잖게 대해 주었던 것이다.

“베일리스 씨, 법정에 가게 되면, 증언대에 서서 진실을 말씀하시는 게 좋을 겁니다. 즉 판사에게 당신이 저지른 모든 일, 당신이 아는 모든 일을 털어놓아야 한다는 거예요.”

“당연하죠. 물론 그럴 겁니다.”

“거래를 했으니, 지키셔야 합니다.”

“그럴 작정입니다.”

“그리고 머리 굴릴 생각일랑 하지 마세요.” 워터스 교도관은 매끄러운 종이에 인쇄된 멕시코 여행안내 책자 한 더미를 꺼냈다. 지미 리 베일리스는 새하얗게 질렸다.

"당신 감방 매트리스 아래 있더군요."

지미 리 베일리스는 애써 태연하게 어깨를 으쓱했다. "사람이 꿈도 꿀 수 있지, 그것도 못 합니까?"

"판사한테 여권을 압수당한 사람은 안 되지요. 잘 가세요, 베일리스 씨."

닉 워터스의 어머니는 육중한 철문을 열었고, 지미 리 베일리스는 감옥 밖으로 걸어 나갔지만, 발걸음에는 힘이 없었다.

전화로만 이야기를 나눠 보았을 뿐인 변호사가 로비에서 기다리고 있었다. 단추가 두 줄로 달린 양복에 악어가죽 서류가방을 들고 있었다. 이름은 버너드 빈스톱 3세였다.

"하지만 다들 날 버니 더 빈이라고 부르지요." 그는 명랑하게 말했다.

지미 리 베일리스는 변호사와 악수를 하고 인사했다. "만나서 반갑습니다, 버니."

하지만 진심으로 반가웠던 건 아니었다.

밀리센트 윈십은 77세의 나이와 42킬로그램의 몸에서 끌어낼 수 있는 최대의 힘으로 덧문을 쾅 열어젖혔다. 사위의 집에 울려 퍼지는 말러의 교향곡보다 더 큰 소리를 내고야 말 작정이었다.

윈십 부인은 계단을 조용히 도로 내려가 뒤죽박죽인 바닥에 놓여 있는 녹슨 쇠지렛대 하나를 주워들었다. 그녀는 침착하게 창문으로 다가가 단 한 방으로 유리를 산산조각 냈고, 끼어들지 않는 게 좋다는 걸 잘 아는 운전사는 말리지 않았다.

당장 음악이 멈추고 드웨인 스크로드 씨가 포치에 나타났다. 어깨에서 마코앵무새가 히스테릭하게 쇳소리를 질러 대고 있었다.

"밀리, 정신 나갔어요!"

"부디 저 앵무새 입 좀 다물게 하게."

"나딘에게 손대지 마세요!"

"도와 줘요!" 새가 비명을 질렀다. "오 스쿠르! 힐페!"

깨진 창문에서 귀가 축 늘어진 갈색 머리 하나가 졸린 듯 내다보는 바람에 윈십 부인은 깜짝 놀랐다.

"누가 주니어에게 블러드하운드를 줬어요." 드웨인 스크로드 씨는 불만스럽게 설명했다. "이름은 호레이스에요."

윈십 부인은 쇠지렛대를 집어던지고 말했다. "정각 12시에 점심 약속을 했네. 그리고 지금은 1시 반이고."

드웨인 스크로드 씨는 이마를 철썩 때리고는 중얼거렸다. "젠장."

윈십 부인은 개의 주름진 이마를 쓰다듬었다. "드웨인, 내가 무례한 걸 얼마나 싫어하는지 잘 알 텐데."

"헷갈렸어요. 점심 약속이 내일인 줄 알았거든요."

"내가 부주의한 걸 얼마나 싫어하는지도 잘 알 텐데."

"죄송해요, 밀리."

마코앵무새는 깩깩거리며 윈십 부인에게 달려들려는 듯이 날개를 퍼덕거렸다. 그녀는 새를 무섭게 노려보며 말했다. "그런 짓은 꿈도 꾸지 마라, 나딘."

스크로드 씨는 시끄러운 새를 재빨리 새장에 쑤셔 넣었다. 그리고 깨끗

한 셔츠를 입고 머리를 빗질했다.

윈십 부인은 네이플스 부두 근처에 있는 레스토랑에 예약을 해 두었다. 그녀는 갈매기를 보며 파도 소리를 즐길 수 있는 야외 테이블을 골랐다. 하지만 스크로드 씨는 잔뜩 긴장해서 화창한 날씨를 즐기지도 못할 지경이었다.

"빚은 갚을게요." 그는 장모에게 불쑥 내뱉었다.

"무슨 빚 말인가?"

"주니어를 위해 변호사를 고용하셨잖아요. 싼 사람이 아니라는 거 알아요."

윈십 부인은 고개를 흔들고 샐러드의 새우 한 마리를 포크로 찍었다. "그 사람은 자기가 페리 메이슨(얼 스탠리 가드너의 유명한 추리소설에 등장하는 유능한 변호사이자 명탐정―옮긴이)인 줄 알지만, 방화 혐의가 벗겨지자 당장 DJ에게 관심을 잃더군. 2주 동안 소년원 신세라고? 뭐, 사례금 문제는 빈 스툽 씨와 내가 협상을 해서 대폭 깎기로 했다는 것만 말해 두지."

"페리 메이슨이 누구죠?" 스크로드 씨가 물었다.

"아, 신경쓸 거 없네."

"그래도 갚고 싶어요."

"깨진 창문이나 자네가 고치고 그걸로 서로 비긴 걸로 하세."

"하지만 전 이제 직업을 구했는걸요, 밀리. 돈이 들어온다고요."

또 다른 새우 한 마리를 입으로 가져가던 윈십 부인의 포크가 공중에서 멈췄다. "무슨 직업?"

"피아노 교사요. 벌써 세 명이나 매주 레슨 받겠다고 등록했어요."

윈십 부인은 미소를 지었다. "그거 대단하군."

“부자는 안 되겠지만, 좋은 일이에요. 하면서도 즐거워요.”

“자넨 전부터 재능이 있었지. 재능이 문제는 아니었단 말이야.”

“또 이거 아세요? 차를 고쳤어요. 스미더스네 매장에서 타호에 새 변속기를 달아 주었거든요! 마침내 무릎 꿇은 거예요, 밀리. 제가 이겼다고요!”

“축하하네.”

“도색도 다시 해 줄 거래요.”

“마땅히 그래야지.”

윈십 부인은 최근 랜돌프 스미더스와의 통화에서 오고간 이야기를 굳이 전해 주지 않았다. 그녀의 생각대로 스미더스 씨 역시 퓨마 구출에 대한 신문 기사와 TV 보도를 보았고, 그 일에서 어린 드웨인 스크로드 주니어가 핵심적인 역할을 맡았다는 것도 알고 있었다.

윈십 부인은 랜돌프 스미더스에게 자기 손자가 아직은 기자 회견을 하지 않았지만, 만일 하게 되면 분명 아버지에 대한 질문을 받게 될 거라고 말했다.

차도 없고, 제대로 된 인생도, 미래도 없는 아버지. 그리고 그건 모두, 신뢰하는 마음으로 스미더스 시보레 매장에서 샀던 차의 변속기가 고장 났기 때문이었다.

랜돌프 스미더스는 비록 드웨인 스크로드 씨가 대리점을 불태워 버린 일이 있긴 했지만, 이제 지나간 일은 묻어 둘 때도 되었다며 윈십 부인의 말에 동의했다. 또한 스크로드 부자가 자기 자동차 가게에 대해 좋게만 말해준다면, 혹은 더 친절하게도 아예 언급을 말아준다면, 타호를 수리해 주겠다고 했다.

“주니어는 오늘 학교로 돌아갔어요.” 스크로드 씨는 마침내 자신이 주문한 튀긴 그루퍼 샌드위치를 한 입 깨물며 말했다.

"태도는 어떻던가?"

"감옥에 앉아 있는 것보다야 백 번 낫다나요. 새 책가방을 사 줬죠."

"난 감동했네, 드웨인. 진심일세."

"그리고 캠프 갈 때 쓰라고 방수 텐트도 사 줬어요. 전 그 아이에게 더 잘해 줄 생각이에요, 밀리, 맹세해요."

"그 애는 물건이 필요한 게 아니네. 아버지가 필요한 게지."

"장모님 말씀이 맞아요. 제 말도 바로 그거예요."

"드웨인, 정말로 내게 빚을 갚고 싶은가? 그러면 자네 아들에게 제대로 된 아버지 노릇을 해 주게." 윈십 부인은 접시에 남은 마지막 한 개의 분홍색 새우를 우아하게 음미했다. 그녀는 대화의 다음 주제로 뭐가 나올지 이미 알고 있었다.

"휘트니는 잘 있어요?" 스크로드 씨가 물었다.

"별로. 어떤 정부 관리가 그 애의 가게에서 산 상한 브리 치즈를 먹고 탈이 나는 바람에 보건부에서 가게를 닫아 버렸다네."

"파리 보건부에 걸렸단 말이에요?"

"프랑스 사람들은 자기네 치즈를 아주 중요하게 생각하거든." 윈십 부인이 설명했다.

"그래서 휘트니는 집에 돌아오게 되나요?"

"아닐세, 드웨인, 그 애는 돌아오지 않아."

"잘됐네요."

"사실을 말하자면, 이혼을 준비 중이라네."

"전 상관없어요."

윈십 부인은 눈을 깜빡였다. 자기가 방금 제대로 들은 건지 확신할 수가 없었다. 스크로드 씨는 말했다. "제가 데이트를 신청하려고 하는 아가씨가 있거든요. 유니테리언 교회에서 포크 기타를 연주하는 아가씨죠."

"머리를 이발하고 수염을 깎으면 성공할 확률이 높을 걸세." 윈십 부인이 제안했다.

"DJ도 똑같은 소릴 하더군요."

"집도 청소해 두는 게 좋겠네. 자네의 기타 아가씨가 보건부 쪽에서 일할 지도 모르니 말일세."

"걱정 마세요." 스크로드 씨는 수줍게 대답했다.

"그리고 그 끔찍한 앵무새는 꼭 없애 버려야 하네."

"밀리, 앵무새가 아니라니까요!"

윈십 부인은 말했다. "한번 생각 좀 해 보게, 부탁일세."

퓨마 에피소드를 다룬 언론의 보도 어디에서도 트윌리 스프리의 이름은 나오지 않았다. 그가 원하던 바였다. 비록 그의 역할이 결코 작지 않았지만, 스타치 선생님과 아이들은 이야기에서 트윌리의 이름을 빼 주자는 데 동의했다.

스타치 선생님을 병원으로 옮긴 후(그리고 드웨인 스크로드 주니어더러 선생님 곁에 남아 있으라고 한 후) 트윌리는 두 아이를 데리러 급히 돌아갔다. 검은 덩굴 늪지를 전력으로 달려가던 그는 처음에는 호레이스와, 다음으로 드레이크 맥브라이드와 마주쳤는데, 헬리콥터에 닉과 마르타를 태우면 딱 한 명밖에는 더 탈 수가 없었다. 당연히 그는 개를 선택했다.

트윌리가 닉과 마르타가 있는 곳에 닿았을 즈음에는 안개가 걷히고 숲은 부드러운 햇빛 속에 잠겨 있었다. 닉은 오른팔이 심하게 부러져 그 고통으로 기절한 상태였다. 마르타는 언제라도 쏠 태세로 소총을 꼬나들고 닉 주변을 맴돌며 그를 지키고 있었다. 떠나기 전에 총알을 미리 다 빼놓았다는 사실을, 트윌리는 굳이 마르타에게 알려 주지 않았다.

그는 나뭇가지로 대충 부목을 만들어 닉의 부상당한 팔을 고정시켰다. 그리고 마르타의 도움을 받아 가며 아이를 어깨에 들쳐 업고 헬리콥터가 착륙하게 될 빈터까지 조심조심 나아갔다.

바로 그곳에서, 트윌리는 몇백 미터 앞을 총총걸음으로 지나가는 퓨마를 목격했다. 새끼를 종려나무 덤불로 옮기는 중이었다. 퓨마는 딱 한 번 뒤돌아보더니 사라졌다. "계속 가거라, 엄마야." 트윌리는 조용히 격려했다.

헬리콥터가 착륙하자, 트윌리는 닉을 안에 태워 단단히 고정시키고 마르타에게 잘 지켜보라고 시켰다. 그는 아이들과 함께 네이플스로 돌아갈 생각이 없었다. 당국에서 그가 대답하고 싶지 않은 귀찮은 질문을 퍼부을 게 뻔했기 때문이다. 조종사에게는 마이애미에서 포트 마이어스로 비행하던 중 늪지에서 길을 잃은 두 아이를 발견했다고 둘러대라고 미리 간단한 지시를 내린 상태였다.

블러드하운드 호레이스에 대해서는, 마르타를 시켜 버니 스타치와 함께 병원에 가 있는 드웨인 스크로드 주니어에게 주라고 했다. 개는 응급실에 들어갈 수 없었으므로, 트윌리는 마르타에게 호레이스를 가까운 나무에 묶어 두고 물을 좀 주라고 부탁했다.

헬리콥터가 굉음을 내며 멀어지자 트윌리는 캠프로 돌아와 재빨리 자기 짐을 챙겼다. 머지않아 늪지는 사람들로 붐빌 것이 분명했다. 뉴스 기자와 야생동물 보호 관리관, 그리고 물론 레드 다이아몬드 사의 불법 시추 장비를 제거하러 온 일꾼들도 있을 테지.

그래서 트윌리 스프리는 빅 사이프러스를 가로질러 남쪽으로 나아갔으며, 한밤중을 틈타 앨리게이터 앨리를, 며칠 후에는 타미아미 트레일을 건넜다. 몇 군데 소규모 산불을 피하기 위해 지그재그로 전진해 나가는 동안, 트윌리는 최후를 운에 맡겨 두고 왔던 드레이크 맥브라이드에 대해 생각했다.

한때 트윌리는 그런 어리석은 욕심쟁이들을 더 심하게 다루곤 했었다. 기발한 방식으로 여러 사람 앞에서 굴욕을 당하게 만들어 놓고야 말았던 것이다. 이번에는 대신, 숲 속에서 소리소리 질러 대던 그 남자를 건드리지도 않고, 창피를 주지도 않고 그냥 버려둔 채 나왔다. 트윌리는 자신이 관대해져 가는 건지, 아니면 더 교묘해져 가는 건지 알 수 없었다.

또한 자신이 어느새, 작은 퓨마 새끼를 위해 크나큰 위험을 감수한 드웨인 주니어와 마르타와 닉을 애정 어린 마음으로 추억하고 있다는 사실도 깨달았다. 그 아이들은 강인하고 용감하며 옳은 일을 하겠다는 굳은 결심을 지니고 있었는데, 이는 트윌리가 알기로는 어른들에게서도 찾아보기 힘든 특성이었다.

버니 스타치 이모님 말씀이 옳았어, 그는 생각했다. 희망은 영원히 샘솟는 거지.

마침내 그는 터너 강에 도달하여 초콜로스키 만 입구까지 강물을 따라갔다. 거기에는 맹그로브 틈새에 살짝 숨겨 둔 작은 푸른색 카누가 있었다.

트윌리는 에버글레이즈 시티에서 식량과 물을 샀고, 닉에게 뭘 좀 보내기 위해 우체국에도 들렀다. 그러고는 카누에 올라타 노를 저으며 뚜렷한 목적지도 없이 텐 사우전드 제도諸島를 누비기 시작했다. 그곳은 길을 잃기 쉬운 장소였는데, 바로 트윌리가 바라던 바였다.

월터 리드 군사 병원에서 돌아온 지 3주가 지난 어느 날, 닉의 아버지는 낚시를 가겠다고 발표했다.

자동차를 타고 초콜로스키까지 가는 길에는 짙은 안개가 끼여 있었고, 닉은 엄마 퓨마와 대면하게 되었던 그날이 생각났다. 안개는 또한 트윌리를 생각나게 했다. 그는 완전히 정체를 감춰 버렸던 것이다. 며칠 전, 닉의 앞으로 평범한 갈색 소포 하나가 집에 왔다. 소포 안에는 책 한 권이 있었다. 에드워드 애비의 『헤이듀크 살아나다!』였다. 보내는 이의 이름이 없는 쪽지에 "너의 가장 친애하는 멍키 렌치 갱으로부터. 우린 다시 만나게 될 거다."라고 쓰여 있었다. 닉은 지금까지 받았던 가장 멋진 선물 중 하나라고 생각했다.

햇볕에 그을리고 수염이 난 낚시 안내인이 보트 정박소에서 워터스 가족을 기다리고 있었다. 안개가 걷히고, 구름 한 점 없는 화창한 아침이 드러났다. 닉과 부모님은 보트에 타고 얼굴에 자외선 차단 로션을 발랐다.

안내인은 나무토막과 잔가지가 둥둥 떠 있는 잔잔한 얕은 바다를 몇 킬로미터나 나아가 곧바로 채텀 벤드로 향했다. 그의 말로는 농어와 연어를 잡기에 딱 알맞은 물때라고 했다.

목적지에 도착하자, 그레고리 워터스 대위는 거북스럽게 플라이 낚싯대를 바라보며 이물 쪽으로 움직였다.

"잘해 봐요, 왼손잡이 씨." 닉이 격려했다.

플라이 낚싯대는 대부분 한 손으로 잡고 던지게 만들어져 있으며, 다른 손으로 낚싯줄을 잡아당기게 되어 있었다. 그래야 미끼가 잔물고기처럼 물속을 가르며 움직여 큰 고기를 유혹하게 된다.

월터 리드 병원의 의사들은 닉의 아버지에게 진짜 같은 생명공학 손이 달린 인공 팔을 달아 주었다. 이 손은 아이림i-LIMB이라는 이름이었는데, 내장된 컴퓨터 칩이 그레그 워터스의 부상당한 어깨의 신경에서 나오는 자극을 전달하게 되어 있었다. 놀랍게도 이 전자 손에 달린 다섯 개의 손가락은 모두가 거의 진짜 손처럼 섬세하게 움직일 수 있었다.

닉의 아버지는 트루먼 학교 축구장 근처의 연못가에서 매일 오후 왼손으로 낚싯대 던지기를 연습해 왔다. 이제는 미끼를 총알처럼 정확하게 공중으로 20미터 높이까지 쏘아 올릴 수 있었다.

그는 미끈미끈한 플라스틱 낚싯줄을 잡아당길 수 있을지 불안했다. 의수는 실리콘으로 만든 보호용 특별한 장갑을 끼게 되어 있어서 미끄러울 수밖에 없었다. 게다가 인공 손가락은 계속해서 줄을 꼭 쥐고 있을 정도로 조정되어 있지는 않았다.

"잘 안 되겠는데." 몇 번 시도해 보았지만 실망스럽기만 하자 닉의 아버지가 중얼거렸다.

"아, 조용히 하고 고기나 잡아 줘." 닉의 어머니가 말했다.

닉은 고기를 잡든 못 잡든 신경쓰지 않았다. 아버지가 가느다란 낚싯대를 앞뒤로 크게 휘두르고, 낚싯줄이 창백한 하늘에 우아한 동그라미를 새겨 넣는 장면을 보고 있는 것만으로도 더할 나위 없이 행복했다. 하얗게 반짝이는 미끼는 물 위에 너무도 가볍게 내려앉아 잔물결 하나도 일지 않았다.

몇 번 묵직한 입질이 오긴 했지만, 닉의 아버지는 때맞춰 고기 입에 낚싯바늘을 걸지 못했다. 의수의 반사작용이 너무 늦었던 것이다. 그래도 손이 전혀 없는 것보다는 훨씬 나았다.

때때로 견뎌내기 힘든 시간이 오겠지만, 결국 자기 아버지는 잘 해내리라는 것을 닉은 알았다. 바로 전날 닉의 가족은 뒷마당에서 공 던지기 시합을 열었다. 닉의 어머니가 네이플스 경찰에서 일하는 친구로부터 속도 측정기를 빌려와서 그레그 워터스의 속구를 재었는데, 한 번은 시속 130킬로미터라는 결과가 나왔다. 신참내기 왼손잡이치고는 나쁘지 않은 속도였다. 닉이 왼손으로 던진 가장 빠른 공은 고작 시속 95킬로미터였고, 하마터면 이웃집 샴고양이를 때려눕힐 뻔했다.

"네 차례다, 니키. 난 좀 쉬면서 커피를 마셔야겠다." 아버지가 이물에서 내려와 닉에게 낚싯대를 건네주었다.

닉은 제대로 던져 보려고 몇 번이나 애를 썼지만, 매번 타이밍이 엉망이었다. 오른팔의 묵직한 깁스는 전혀 도움이 되지 않았다. 팔꿈치를 굽힐 수 없고서야 줄을 잡아당기는 시계 방향 동작을 취하기가 거의 불가능했던 것이다. 닉은 여러 번이나 우스꽝스럽게 엉켜 버린 낚싯줄에 휘감겨 몸부림쳤고, 20분 뒤에는 얌전히 낚싯대를 놓아 버렸다. 그는 야구공을 던지는 일이 천 배는 더 쉽다고 선언했다.

당연히도 그날 아침의 첫 번째이자 유일한 물고기를 낚아 올린 사람은 닉의 어머니였다. 4.5킬로그램이나 나가는 묵직한 농어로, 열두 번이나 뛰어오른 끝에야 안내인의 그물에 잡혔다.

아버지는 말했다. "이제 죽을 때까지 이 얘기를 들어야겠구나."

정오가 되자 서풍이 일어서, 안내인은 보트를 파빌리온 키로 옮겨 가서 바람 부는 쪽에 매어 두었다. 점심 식사는 어머니가 준비해 온 훈제 칠면조 샌드위치와 아보카도 샐러드였는데, 그레고리 워터스 대위는 지금까지 먹었던 것들 중 가장 훌륭한 식사라고 칭찬했다. 닉이 전투 중에는 어떤 음식을 먹었냐고 묻자 아버지는 웃으며 말했다. "어떤 음식이든 다 똑같았단다. 전부 다 모래 맛이 났거든."

섬에는 새들이 가득했다. 왜가리, 해오라기, 가마우지, 제비갈매기, 갈매기, 그리고 하얀 펠리컨 한 무리조차 보였다. 안내인은 바로 일주일 전에 얕은 물을 헤엄쳐 건너가는 커다란 살쾡이를 보았다고 했다.

닉은 해안선을 뚫어져라 바라보았다. "저기 퓨마도 있나요?"

안내인은 고개를 저었다. "퓨마는 대부분 빅 사이프러스와 파카하치에 머무른단다."

"보신 적 있습니까?" 닉의 아버지가 물었다.

"아닙니다. 전 여기서 나고 자랐는데도 말이죠. 54년 동안 한 번도 본 적이 없답니다."

"닉은 봤어요." 어머니가 말했다. "엄마하고 그 새끼를 말이에요."

안내인은 이 말에 관심을 보였다. "거의 남아 있질 않아 보기 쉽지 않은데요."

"뉴스에 났었어요." 어머니는 자랑스레 말했다. 그날 닉이 죽은 소나무 꼭대기에서 무슨 일을 했는가를 들려 주자, 어머니는 그 자리에서 학교 빠진 일을 용서해 주었다.

"죄송하지만 전 TV를 별로 보지 않아서요." 안내인이 대답했다.

닉의 아버지가 키득키득 웃었다. "뭐 그리 중요한 일을 놓치지는 않을 겁니다."

"팔은 어쩌다 그렇게 되셨는지 여쭤 봐도 될까요?"

"이라크에 있었거든요." 그레고리 워터스 대위는 이렇게만 말했다.

"우리 맏이가 지금 거기 가 있죠. 가지 말았으면 좋았을 텐데." 안내인은 샌드위치를 한입 물더니 닉을 바라보았다. "학생은 어쩌다?"

"나무에서 떨어졌어요. 별일은 아니에요."

"큰일이었던 것 같은데."

"그 말씀이 맞아요. 아주 큰일이었어요."

섬 가까운 곳에서 또 다른 보트가 속력을 내며 지나갔다. 해안의 새들이 한꺼번에 날아올라 환한 빛살처럼 하늘을 수놓았다. 닉은 해안에서 뭔가 푸른 것을 보았는데, 안내인은 그것이 작은 카누 같다고 말했다.

그리고 그는 점심시간은 끝났으며 다시 낚시를 할 시간이라고 말했다. 두 왼손잡이는 빨리 낚시하는 법에 익숙해져야 할 것 같다며.

스캣!

| 펴낸날 | 초판 1쇄 2010년 9월 6일 |
| | 초판 4쇄 2011년 8월 24일 |

지은이 **칼 히어슨**
옮긴이 **김희진**
펴낸이 **심만수**
펴낸곳 **(주)살림출판사**
출판등록 1989년 11월 1일 제9-210호

경기도 파주시 교하읍 문발리 파주출판도시 522-1
전화 **031)955-1350** 팩스 **031)955-1355**
http://www.sallimbooks.com
friends@sallimbooks.com

ISBN 978-89-522-1488-1 43840

※ 값은 뒤표지에 있습니다.
※ 잘못 만들어진 책은 구입하신 서점에서 바꾸어 드립니다.